远去的天星沟

——我的三线人生

晓露 著

新华出版社

图书在版编目（CIP）数据

远去的天星沟：我的三线人生 / 晓露著 . -- 北京：
新华出版社 , 2024.5. -- ISBN 978-7-5166-7433-8

Ⅰ . I25

中国国家版本馆 CIP 数据核字第 2024JX4071 号

远去的天星沟——我的三线人生

著者：晓露

出版发行：新华出版社有限责任公司

（北京市石景山区京原路 8 号　邮编：100040）

印刷：四川金邦印务有限公司

成品尺寸：170mm×240mm 1/16　　印张：24　　字数：328 千字

版次：2024 年 5 月第 1 版　　印次：2024 年 5 月第 1 次印刷

书号：ISBN 978-7-5166-7433-8　　定价：86.00 元

微店　　视频小号店　　抖店　　京东旗舰店　　请加我的企业微信

微信公众号　　喜马拉雅　　小红书　　淘宝旗舰店　　扫码添加专属客服

谨以此书献给新中国成立七十五周年，献给三线建设决策六十周年，献给曾经奋斗在崇山峻岭中的三线建设者们。

晓露

晓露，本名刘常琼，女，大专文化，1963年出生于四川省泸州市。1971年10月随支援三线建设的父母，来到位于重庆市南川区金佛山脚下的天星沟，在天星沟里的国防企业天兴厂成长，长大后进入工厂工作。1999年，随工厂整体搬迁到四川省成都市龙泉驿区。2000年初，升任工厂中层领导干部，曾任品质管理部部长、分厂厂长、子公司副总经理等职。后自主创业，成立成都晓露文创设计有限公司，任总经理。

现为中华人民共和国国史研究学会三线建设研究分会常务理事、宣传联络部副部长，四川省三线建设研究会理事、宣传委员、三线精神讲师团讲师，四川省三线文旅专委会专家顾问；四川省作家协会会员，四川省散文家协会会员，重庆市南川区宁江小学校特聘专家顾问。2010年，由中国戏剧出版社出版散文集《让优秀成为习惯》。

● 2014年3月23日，中华人民共和国国史学会三线建设研究分会（以下简称中国三线建设研究会）成立大会在北京举行。

第二排右十二为作者晓蓉

● 2019年7月8日，中国三线建设研究会第二届代表会议暨弘扬三线精神研讨会在成都大邑雾山举行。楼梯上右六为作者晓露

● 2023年5月15日，四川省三线建设研究会成立大会在成都天府国际会议中心举行。第三排左五为作者晓露

● 在攀枝花市中国三线建设博物馆内的"共和国不会忘记"荣誉墙上，包括作者晓露（刘常琼）在内的中国三线建设研究会第一届成员全体榜上有名。这是共和国给予三线建设研究者的最高荣誉

天兴人的故乡

2003 年国庆

● 上、下图均为坐落在重庆市南川区天星沟里的天兴厂

● 重庆市南川区天星沟里的天兴厂

● 搬迁到四川省成都市龙泉驿区十陵街道的天兴厂

● 再次搬迁到四川省成都市龙泉驿区国家经济技术开发区的天兴厂

● 现坐落在重庆市南川区天星沟里的天星两江假日大酒店，是将原天兴厂子弟校拆除后新建而成

● 现坐落在重庆市南川区天星沟里的三线酒店，是由原天兴厂职工宿舍改建而成

● 2006年10月，出席天兴厂建厂40周年纪念活动的历届厂领导

● 2005年8月，天兴厂中层以上领导干部到赤水红军烈士陵园凭吊革命先烈。前排右五为作者晓露

● 2014年3月23日，倪同正（左）、作者晓露（中）、陆仲晖（右）在中国三线建设研究会成立大会上

● 2014年11月15日，在攀枝花市文物管理所合影。左二为张鸿春，左三为杨克芝，左四为作者晓露，左五为王春才，左六为陆仲晖

● 2015年1月21日，王春才（左）与作者晓露（右）在贵州六盘水市贵州三线建设博物馆前举行的大型文献纪录片《大三线》开机仪式上

● 2015年1月21日，中国三线建设研究会成员在贵州省六盘水市参观贵州三线建设博物馆。右二为作者晓露

● 2019年7月8日，中国三线建设研究会第二届全国代表会议暨弘扬三线精神研讨会在成都大邑雾山举行。左起：作者晓露、陈东林、武力、温尧忱、郭志梅

● 2020年10月24日，中国三线建设研究会部分成员参观重庆涪陵816工程。左六陈东林、右三艾新全、右一郑志宏、左二作者晓露

● 2018年10月14日，中国三线建设研究会部分成员到成都市龙泉驿区十陵街道考察社区三线军工文化建设。前排右四为王春才，右五为陈东林，右二为作者晓露

● 2018年11月20日，中国三线建设研究会副秘书长何民权和作者晓露在重庆市南川区水江镇宁江小学考察。左起：郑江华、蒋锐、作者晓露、何民权、刘先忠

● 2019年11月，庆祝新中国成立70周年、三线建设决策55周年暨"三线建设历史研究辑刊"丛书签约式举行。左起：张鸿春、刘洪浩、王春才、作者晓露

● 2006年6月23日，作者晓露在重庆市南川区天星沟七十二洞前

这是一本了解三线建设的好书

王春才

今年春节刚过，晓露就打电话告诉我，她春节期间加班完成了书稿，打算出书了。她请我作序，我高兴地答应了。

晓露是一个"三线二代"，是一个在大山里长大的女同志。她很能干，活泼、热心，自费给每一个中国三线建设研究会成员办理了理事证，并且服务周到，大家都夸奖她。

10年前，她退休了。她对我说，她要创业开公司。我对她说："你不要开公司，全国的企业家数不胜数，也不缺你一个。而全国三线人里面，你的三线建设经历很完整，还能写，还有情感。你这样的人才不多，你用心写作吧，你会是一个优秀的作家。"可她还是去开公司了。

这10年间，虽然开着公司，她还是跟着我参加了不少中国三线建设研究会的活动，成为中国三线建设研究会的第一届常务理事，第二届当选为宣传联络部副部长，同时还是四川省三线建设研究会的宣传委员。她热心宣传三线建设，写了不少回忆三线建设的文章。她是四川省作家协会的会员，文笔很好，感情细腻，行文流畅，对三线建设有深刻的认识，文章获得广泛的好评。她还利用公司的优势，到成都和隆昌的军工社区打造三线文化阵地，到重庆市南川区水江镇宁江小学校帮助学校营造校园三线文化氛围，都获得成功，成都市龙泉驿区十陵街道和重庆市南川区水江镇宁江小学校都获得中国三线建设研究会授牌。

10年过去了，她告诉我，她的成都晓露文创设计有限公司经营良好，还被评为四川省高新技术企业，获得政府奖补资金，公司还成立了党支部。她这么忙，竟然还把书写出来了，真是一个勤奋的人，可喜可贺。她的身上，充分体现了拼搏奋斗的三线精神。

　　晓露这本书，令我眼前一亮，这是我见到的全国有关三线建设的书中最独特的一本。现在出版的有关三线建设的文学作品，很多是三线建设者的回忆录或口述史，还有一些散文、小说，重点都是讲述三线建设初期艰苦创业那个阶段。而晓露这本书，前八辑是以她个人成长经历为主线，从她小时候怎么离开故乡来到山沟里的三线军工企业，在艰苦的环境中，怎么读书、工作，还有企业的创立、军品生产、保军转民、民品生产以及脱险搬迁等等。她其实是在给读者普及三线建设全过程的历史。表面上看，她是在讲述个人成长史，讲述一个三线企业的发展史。但是一滴水可以映射出太阳的光辉，作者的三线人生就是广大三线人的人生，天兴厂的发展史，也是许多三线企业发展的缩影。

　　本书的第九辑至第十二辑，抒发了作者对天星沟深厚的故乡情，展示了南川和天星沟的巨大变化。还讲述了作者参加中国三线建设研究会后所做的宣传、组织工作，和一些三线建设研究者、三线企业员工的故事，讲述了天兴厂开拓者的艰苦创业故事和普通天兴人的平凡故事。

　　本书附录收入的王春才和陈东林两位三线建设权威研究专家的文章，从宏观上论述了三线建设起因、过程和得失；郝幸田的文章《体验三线酒店，回味峥嵘岁月》则让我们了解到建设天兴厂的解放军基建工程兵部队的故事；蒋鹏初撰写的《天兴人"三线"叙语——天兴厂纪念建国60周年专题电视片解说词》，通过采访两代天兴人，诠释了"艰苦创业、无私奉献、团结协作、勇于创新"的三线精神；而蒋鹏初撰写的《天兴厂简史》则讲述了一个三线企业从创立到发展的过程。

　　中国三线建设史，是新中国历史和中国共产党历史上浓墨重彩的一笔，曾经高度保密。三线建设，是1964年伊始，以毛泽东为主要代表的中国共产党人，面对严峻的国际形势，为了保障国家安全，作出的以备战为中心的工业交通、国防科研和基础设施建设的重大经济战略决策。到1980年，三线建设跨越三个五年计划，覆盖当时中西部13个省、自治区，投资2052亿元，动员上千万人，建成了2000多家大中型企事业单位。之后又经20多年的调整改造，到2006年调整改造结束，前后共42年。

这本书，可以使读者从微观上了解三线人的生活和工作，从宏观上了解中国三线建设的起因、过程和得失。这本书立意高远，构思新颖，可读性强，实在是一本难得的了解三线建设史、深化青少年爱国主义教育的好书。

希望晓露继续努力，创作出更多反映三线建设的好作品。

2024年3月于成都

王春才，出生于1935年，曾任国家计委三线建设调整改造规划办公室主任、中国三线建设研究会高级顾问、四川省三线建设研究会高级顾问，是中国作家协会会员、中国报告文学学会会员，《彭德怀在三线》的作者。1999年以前主编过《中国大三线报告文学丛书》（全四卷）和《三线建设铸丰碑》《中国大三线》《航程》等书。2003年后，大病初愈的王春才倍感生命无常，更加拼命地写作，又写出了《苍凉巴山蜀水情》《日出长江》《九九艳阳天》等书，共计200余万字。

目录

Contents

第三辑　我的学生时代

第四辑　20世纪80年代的新一辈

第五辑　在金佛山收获爱情

第六辑　变革的20世纪90年代

第七辑　20世纪90年代崛起的天兴

第十辑　我加入了中国三线建设研究会

第十一辑　开拓者之歌

告别故乡

我的父母都是土生土长的泸州人，我也出生在泸州。因为父母支援三线建设，8岁的我随父母离开了泸州，从此成了异乡人。但老家泸州永远是我的根，吸引着我经常回到它的身旁。

父亲曾是泸州化工厂工人

　　我的父亲王炳江长得高大英俊，相貌堂堂，声如洪钟，能说会道，总是收拾得干净利落，很像有气质的文化人。说明一下，我们家的姓是刘王二姓，即一辈姓刘一辈姓王的轮姓，在中华姓氏中是独一无二的。这个姓氏起源于泸州市泸县玄滩镇，已经有500多年的历史了。

　　我的父亲于1920年出生在泸县玄滩镇涂场乡（现为刁河村）的一个贫苦农民家庭。1938年，父亲18岁时，为了逃避"抓壮丁"，从偏僻的老家逃出来，几经周折，进入国民党第23兵工厂当了一名工人。抓壮丁是指旧时官府强征青壮年男子当兵服劳役。国民党第23兵工厂于1933年始建于河南巩县，抗日战争爆发后于1938年迁入泸州。

　　在旧中国，工人处在社会最底层，没有任何社会地位。父亲在厂里当工人，下了班必须到工头家做事，脏活累活都得做。父亲每个月领到薪水后，第一件事就是将薪水送回

● 2004年5月，作者晓露和父亲王炳江在一起

家。从工厂到老家，单程都有50多公里，来回100多公里。那个年代，没有汽车，只能步行，父亲就告假一天，连走带跑往家赶。怕被抓壮丁，只能天黑尽了才能进村回家，把钱交给他的母亲（我奶奶）后连夜返回，天亮了还要回厂里上班。

1945年3—6月，当时的国民政府在美国的协助下，修建了泸州蓝田机场。泸州蓝田机场原计划是"驼峰航线"中的一站，是为抗日而建的。当时，父亲因工厂生产任务不多，请了一年的长假，从厂里出来自谋生计，到蓝田机场工地当了一名煮饭的炊事员。我二叔因长相英俊，聪明灵活，在蓝田机场当了一名给美国人斟茶倒水的服务生。而修建机场的八万劳工，都干着沉重的苦力。父亲说，修蓝田坝飞机场死了好多中国人啊，每天都有死人抬出来，蓝田坝机场是中国人的生命堆起来的。父亲经常说，一个软弱的国家，是保护不了自己的人民的。

抗日战争结束后，1946年全面内战爆发，前线急需军火，父亲又被叫回厂里，继续当工人。

1949年底，共产党来了，泸州解放了，穷苦人民翻身做了主人，工人和干部一样平等了，父亲再也不用去工头家干脏活累活了。父亲那个高兴啊，走在路上都在唱歌。

新中国成立后，国民党第23兵工厂被改为国营泸州化工厂。工厂给工人分了住房。父亲分到住房的那天，回到一家人在小市的出租屋，"扑通"一声跪在奶奶面前，泣不成声地说："妈，共产党分房子给我了，我们有房子了。"

父亲和那个时代的绝大多数中国人一样，没有读过书，吃尽了没有文化的苦头。新中国成立后，共产党办扫盲班，免费教老百姓学文化，父亲和母亲都是那个时候学会认字的。经过几年的学习，父亲从大字不识一个，学会了加减乘除，还可以看书写信，写长篇的讲话稿。

父亲发自内心拥护毛主席、共产党，工作一贯积极认真。他于1953年加入了中国共产党，还年年被评为先进工人。

　　父亲聪明勤劳，肯学肯干。1959—1961年是我们国家三年困难时期，父亲就跟着别人学习织渔网，在长江里打鱼。父亲一般晚上下班后到长江边打鱼，每次都要打很多鱼回来，大的鱼有十多斤重，小的只有手指头大小。家里的鱼吃不完时，母亲就将鱼撒了盐放在门板上晒成鱼干，扑鼻的鱼香就会随风飘扬。在之后的岁月中，鱼成了我们家经常都能吃到的食物。

　　1969年，中央组织工人宣传队、农民宣传队和军人宣传队进驻学校，帮助学校恢复正常的教育秩序。1969—1971年，根正苗红、工作积极又是共产党员的父亲担任了两届工人宣传队队长，进驻泸州二中。后来到了天星沟，父亲又到天兴厂子弟校当了两届工人宣传队队长。这个没有上过学、渴望知识的普通工人，竟然以这种形式多次成了学校的领导。

我出生在泸州市高坝

在长江与沱江交汇的地方，坐落着一座历史悠久的城市，名叫泸州。泸州地处四川省东南部，是著名的历史文化名城，至今已有两千多年的历史。泸州还是中国著名的酒城，闻名遐迩的"泸州老窖"就产自于此。

从泸州市区出发，顺着长江下行约10公里的地方，名叫高坝。高坝背靠龙马潭区罗汉镇大通山，前接长江北岸，依山傍水，地势平坦，水陆交通便利。泸州化工厂（以下简称泸化厂）就坐落在这里。我出生时，我的父母都是这个厂的工人。我家住在泸化厂的职工宿舍，即上石梁村半坡上的一栋平房里。

1963年正月的一天深夜，我未等到父亲请的接生医生，就迫不及待地来到人世。在门外听到我的啼哭声，焦急的父亲一下松弛下来，笑着对医生说："这个娃儿还挺性急的，你还没到，她就自己出来了。"

我上面有一个大姐和三个哥哥，母亲当时很想再有一个女儿，结果心想事成，自然十分高兴。我在家中排行老五，是老幺，左邻右舍的人都叫我"工幺妹"。

我的出生，给这个普通的工人家庭增添了不少快乐。那时候，国家刚刚经历了三年困难时期，生活开始好转，人们能吃饱饭了。母亲总是拿我和出生在1958年的四哥相比，说我太幸福了，生下来就有白糖吃。

我家住的这栋平房只住了三户人家，三户的男女主人都是泸化厂的职工。右边黄伯家有五个孩子，左边张伯家有六个孩子，我们家住中间，

● 2018年国庆节，作者晓露和哥哥姐姐几家人合影于成都。后排抱孩子的女士为作者晓露

也有五个孩子。每家的孩子都比我大许多，我自然成了三家人最宠爱的孩子。

三家人中，黄伯最有见识。他是厂里的采购员，因工作的关系，他在三家人中走过的地方最多、走得最远，真可谓见多识广。夏天的晚上，人们都坐在门前坝子里乘凉，天南地北地摆着"龙门阵"。黄伯讲的内容最令人神往，他讲他乘火车、乘轮船的经历，讲北方的冰雪、南方的炎热。而那个时候，绝大多数的人都没有出过远门，没有见过火车没有坐过飞机。黄伯令所有的人崇拜。

母亲背着我走在长江边

　　我的母亲郑昌秀是泸州市龙马潭区罗汉镇花场门人，1933年农历正月十八出生在一个自耕农民家庭。家里有几亩地，能够勉强维持一家人的生活。

　　母亲有两个姑姑，嫁的人家都比较好，对母亲一家都非常关照。一个姑姑家在泸州市小市，开有染坊；一个姑姑家在罗汉场，开有漕房。母亲小时候每次到她的姑姑家，姑姑们都会装一袋米叫她拿回家去，这样她家的日子就要好过一些。

　　好景不长，1939—1943年，日本飞机多次轰炸泸州。有一次，泸州市被轰炸后燃起了冲天大火，烧了三天三夜，天都烧红了，烧毁了街道和房屋，包括母亲住在小市的姑姑家的染房，从此家业就败了。

● 2007年3月，作者晓露和母亲郑昌秀在一起

而住在罗汉场的姑姑在日本人飞机轰炸的时候即将生孩子，其他人都跑了，她生孩子时没有人接生，就难产死了。

母亲的两个姑姑家破人亡，没有人接济母亲家了，母亲家的生活变得更困难，因此母亲非常仇恨日本人。母亲80岁的时候，有一天看抗战题材的电视连续剧，看到日本人烧杀抢掠、无恶不作的时候，她哭出声来，哽咽着说："我真想去问问日本人，我们又没有惹他们，他们为什么要来炸我们？把我们炸得那么惨？"是啊，远在中国内陆的泸州市，哪里惹到日本人了？他们凭什么对泸州进行肆无忌惮的轰炸？那时候的中国啊，虽大却不强，只能任凭强盗在自己的国土上为非作歹。

母亲的家离泸化厂不远。1950年，17岁的母亲嫁给了30岁的父亲，进厂当了工人。母亲因为没有文化，只能当临时工（到天星沟后才转为正式工），在厂里做一些体力活，工作非常辛苦。

● 2005年6月，作者晓露一家人回到泸州高坝，与大姐、姐夫一起和在泸化厂的二舅一家合影留念。后排右一为作者晓露

母亲天资聪慧，虽没有进过学堂，却认得很多字，懂得很多中医知识。母亲学到这些知识，在很大程度上是沾了她二哥，也就是我二舅的光。我的二舅郑清昌是家中唯一的男孩子，家里供二舅上私塾、拜师学中医，母亲耳濡目染，也学会了不少。我们家谁要是有个头疼脑热、胃口不好、生疮起癣，母亲就会拿上一把镰刀，到野外割回一些草药，熬一锅药汤，给病人或喝或洗，病很快就好了。

母亲认为，女孩子必须能干，不然长大后嫁出去会受气。为了我今后不受气，母亲做什么事都要教我做，从而让我受益终身。

我6岁那年夏天，奶奶过生日，母亲带我去了住在齐家树的二叔王有章家。返回的时候，天太晚了，已经没有公交车也没有轮船了，母亲就带着我走路回家。十多公里的路程，很多时候都在长江边陡峭的山路上行走，我走不动了，母亲就会背我走一段路。天越来越黑，脚边是波涛汹涌的长江，我趴在母亲的背上，真害怕母亲一脚踏空，我们一起掉进长江里。

母亲爱笑，从来讲不完一个完整的故事，因为她总是一开始讲就笑，讲到半截就笑得讲不下去了。大家跟着哄堂大笑，不是因为她的故事讲得好，而是被她的笑声感染。

母亲总是为别人着想，从不为自己考虑。母亲总是很忍让，不说长道短，从不叫苦。她痛苦时，会独自默默地流泪，但绝不会哭天喊地。母亲不会说教，但她的言行却对我影响深远。

跟着大姐"上山下乡"

大姐是1969年3月下乡当知青的。大姐下乡的时候，父亲对她说："你到农村后，要和农民打成一片，好好表现。表现好才可能早点招工回来。"

1970年3月的一天下午，大姐和一个青年农民准备一起从家里回农村去，7岁的我哭喊着从屋里冲出来，抱着大姐的腿不让走。大姐没有办法，只好进屋为我简单收拾了几件衣服，把我带上一起走了。

只记得走了好久好久啊，我走不动了，大姐和那个男青年就轮流背着我走。走啊走啊，走得饥肠辘辘，又累又饿，天黑了都还没有到。漆黑的夜，只有一束微弱的电筒光照在田坎上，借着水田和堰塘里的反光，一行人小心地往前走着。在大姐的背上，我好怕掉进堰塘里。晚上10点多，才到了大姐在农村的"家"。

大姐在农村的"家"，是一个四合院里的一间屋子。这个院子1949年以前是地主家的，新中国成立后被分给很多家穷苦农民住。我在大姐这里一直住了将近半年，直到8月底我要上小学了，大姐才把我送回家。

大姐和农民一样，有自留地，养了小鸡和兔子，兔子还生了小兔子，好可爱。我学会了在田坎上挑选兔子爱吃的草，扯下来背回家喂小兔子吃。我还跟着农村的孩子学会了搓草绳。

1971年3月，位于泸州高坝的国营川南机械厂招工。本来只在大姐所在的公社招一名知青，但公社书记说我大姐表现非常好，竭力推荐。就这样，我大姐顺利地从农村回来，进入川南机械厂当了一名光荣的工人。这个厂也是三线建设时期修建的企业，但是条件比我们山沟里的企业好很多。

前几年，我问已经70岁的大姐，当年从家里到她当知青的地方到底有多远。她回忆了一下，说有30多公里。我按着她说的地名——泸县云锦镇石马乡，在手机导航里搜了一下，真的有30多公里远。我实在不敢相信，当年只有20岁的大姐，带着我这个刚满7岁的小妹妹，是怎么走完这段路程的。

黑夜里，大姐打着手电筒，背着我在田坎上、堰塘边行走，成为我不可磨灭的记忆。我就像依恋母亲一样依恋着大姐。

秘密进行的三线建设

20世纪六七十年代，人们总是担心第三次世界大战随时会爆发，担心在台湾的蒋介石反动集团"反攻大陆"，担心美苏两个超级大国随时会发动战争，所有的人都紧绷着备战的弦。泸州化工厂的高音喇叭，每天早、中、晚播放三次，讲的基本上都是提高警惕、保卫祖国、要准备打仗这样的话题。

1964年10月16日下午3时，中国西部地区新疆罗布泊上空，中国第一颗原子弹爆炸成功了。那一天，激动人心的消息传遍了祖国大地，震动了国际社会，也极大地增强了中国人民的自信心。原子弹爆炸后的那几年，泸州街道上到处张贴着原子弹爆炸时的蘑菇云图片，张贴着当原子弹爆炸时人们应该如何防范的彩色示意图。这样的环境，让我们小孩子都感觉到了战争的紧张气氛。

上石梁村靠近公路的地方是一个巨大的石梁，到我家就要从石梁上走过。农民们在石梁上晒粮食，一群工人则在石梁下面挖防空洞。放学路上，我和四哥最爱去看工人用钢钎、大锤打炮眼。炮眼里装满炸药后，就有拿着小红旗的工人吹着口哨，大声喊着："放炮了，放炮了，走远点！"招呼各个方向的人离远点。"轰隆轰隆"的炮声响过之后，飞沙走石，浓烟滚滚，等到拿着小红旗的工人再次吹响口哨时，人们就可以通行了。

就在我睁大一双懵懂的眼睛，好奇地打量着这个变幻莫测的世界的时候，我们国家基于当时面临的紧张国际形势，于1964年开始，秘密进行宏大的三线建设。

从1964年到1980年，中国在内地的十几个省、自治区，开展了一场以战备为中心、以工业交通和国防科技为基础的大规模基本建设，称为"三线建设"。所谓三线，是由中国沿海、边疆地区向内地划分三条线。一线指沿海和边疆地区；三线指四川、贵州、云南、陕西、甘肃、宁夏、青海及湖南、湖北、河南等内地地区，其中西南（云、贵、川）、西北地区（陕、甘、宁、青）俗称大三线；二线指介于一、三线之间的中间地区。一、二线地区各自的腹地又俗称小三线。三线建设主要指三线和小三线地区的建设，也包括一线地区设备、人员向三线的迁移。它历经"三五""四五""五五"三个五年计划，共投入2050余亿元资金和几百万人力，安排了几千个建设项目。规模之大，时间之长，动员之广，行动之快，在中国建设史上是空前的，对以后的国民经济结构和布局，产生了深远的影响（本段摘自《中国共产党与三线建设》P3）。

幼小的我还不知道，这项宏大的基本建设工程，竟然与我的命运息息相关。

告别故乡

1971年9月，我刚上小学二年级，察觉到家里正在发生变化。吃晚饭时，父亲兴奋地说，他被调去支援三线建设了，全家人都要搬到新厂，新厂在很远的地方。领导说，三线建设是国家重要的国防建设，能够去支援三线建设是非常光荣的事情。父亲说这话的时候，脸上放着光彩，满脸的自豪。当时，只有政治可靠、业务素质好的人才能被选去支援三线建设，叫作"好人好马上三线"。那时候，父亲已经51岁了，在泸化厂再过4年就要退休了，但他还是二话不说，服从了组织安排。那一年，泸化厂有50户被调到东方红机械厂，还有一些职工被调到云南的一家三线厂。

当然，并不是人人都像父亲这样觉悟高、服从安排，还是有个别人不愿意去三线厂的。有一家人就特别不愿意去，男主人居然痛哭流涕地扭着领导磨了两个月，结果还是必须去。父亲就特别瞧不起那个人，经常在家里说他不像个男子汉。

父亲说，领导讲的，国家非常重视三线建设，给三线厂的投资非常多，新厂什么都准备好了，到新厂去住新房子，有新家具，家里的这些桌椅板凳、坛坛罐罐都不必带过去，就送给亲戚和邻居们吧。那段时间，家里天天都有亲戚来送行，顺便把母亲送给他们的用具带一些走。家里的桌子、柜子、床等大件物资，都答应送给别人了，就等着我家离开的时候来搬了。母亲还带着我到学校，给我和两个哥哥办了转学证明。

一天下午，我放学回来快到家时，一群小伙伴神秘地告诉我："你们

● 1971年10月，作者晓露就要离开泸州了，大姐带着三个堂表姐及邻居家的两个姐姐和作者晓露一起合影留念。前排左一为作者晓露

家来了个'苗子'。" "苗子"是泸州人对所有说话口音和当地不一样的外省人的统称。

我看到了小伙伴们羡慕的表情，赶快跑回家，只见一个陌生的叔叔正和父亲坐在桌旁说话，原来他是新厂派来接人的章学湖叔叔。他是安徽肥东人，口音让我们很不容易听懂。章叔叔告诉父亲，新厂条件很艰苦，在深山沟里，偏僻，什么都不好买，家里能搬走的东西尽量搬走，不仅床、柜子、桌子等家具要搬，坛坛罐罐、油盐酱醋、石磨、石砂锅（即捣碎辣椒的石头碓窝）等生活用具都要带上，运输费由国家报销。按照章叔叔的指点，母亲又把一些已经送给别人的东西要了回来。

我家就要搬到遥远的地方去了，亲戚、朋友、邻居闻讯都到我家来话别。五姨爹叫蔺绍全，是党员、大队会计，到甘肃修过铁路，出过远门，见过世面。他和五姨妈一起到我家来，讲了很多关于大山的见闻，告诉了母亲很多注意事项。大姐还带着我和三个堂表姐以及邻居张伯家的两个女儿，一起到照相馆照了张合影，从而让我拥有了人生的第一张相片。

父亲从泸化厂拉回来两个包装箱，还有很多草绳，是泸化厂统一配发给职工搬家用的。家里的小件物品装进箱子里，泡菜坛子倒掉盐水只留泡菜后装在箩筐里，柜子、桌子、拆散的床等家具，就用草绳缠绕捆绑，以免磕碰或摔坏。在章叔叔的指导下，大姐用毛笔在每一件物品上都写上相同的字样：

发站：隆昌站

发件单位：四川省泸州市泸州化工厂

发件人：王炳江

到站：万盛站

收件单位：四川省南川县国营东方红机械厂

收件人：王炳江

发站和到站是火车货物托运的起点和终点，发件单位是父亲现在工作的工厂，收件单位是父亲将要去的新厂，发件人和收件人都是父亲的名字。

凡是支援三线企业的老职工，家里有在农村当知青的孩子，都可以招收进新厂当工人。当时，大姐已经工作了，就不跟着我们一起走了。大哥还在农村当知青，要晚两个月才能走。

我们离开泸州的那天，大姐请了半天假来送行。走的那天早上，18岁的大哥给全家人做了一锅高粱饭，我看见大哥的眼泪"吧哒吧哒"掉进了锅里。吃完早饭，大哥含着眼泪头也不回地走了，也不等着送送我们。

泸化厂派了一辆"解放"牌大卡车送我们，家里的东西只装了小半车。我由奶奶抱着坐在驾驶室里（我奶奶出生于1920年，是一个缠过足的小脚女人。缠足也称裹脚，是中国古代的一种陋习，即在女子年幼的时候，就把女子的双脚用布帛裹起来，使其变成又小又尖的"三寸金莲"。"三寸金莲"也一度成为中国古代女子审美的一个重要条件。民国初期孙中山就任中华民国临时大总统后，推行禁缠足政策），父亲、母亲和三哥、四哥就坐在车厢里的行李上。很多亲戚都来送我们，一个劲儿地对我们说："你们要经常回来啊！"大家都眼泪汪汪，声音哽咽，说不完叮咛，道不完再见。全家人就这样踏上了遥远的征程，从此成为异乡人。

1971年，我们一家人离开泸州到外地支援三线建设，而从1965年起，却有一大批人从全国各地来到泸州，支援泸州的三线建设。泸州是四川三线建设的重点区域之一，境内的三线企业以发展机械、化工、国防工业、石油能源为主。其中的主要项目有川南机械厂、长江挖掘机厂、长江起重机厂、长江液压机厂、西南化工研究设计院、泸州天然气化工厂404分厂、火炬化工厂、叙永瓷土公司、大树硫铁矿、四川天然气化工厂、第七化工建筑公司、泸州气矿等。还有永安化工厂，建设过程中划归泸州化工厂了，从而使泸州化工厂在三线建设时期得到提升和发展。北京起重机厂一分为二，在泸州包建长江起重机厂；抚顺挖掘机厂分迁到泸州，包建长江挖掘机厂；上海工程机械厂液压元件车间内迁泸州，包建长江液压件厂。当时的泸州非常热闹，会集了天南地北的人，有上海人、北京人、黑龙江人、辽宁人，只要是说着普通话的，基本上都是三线内迁职工。

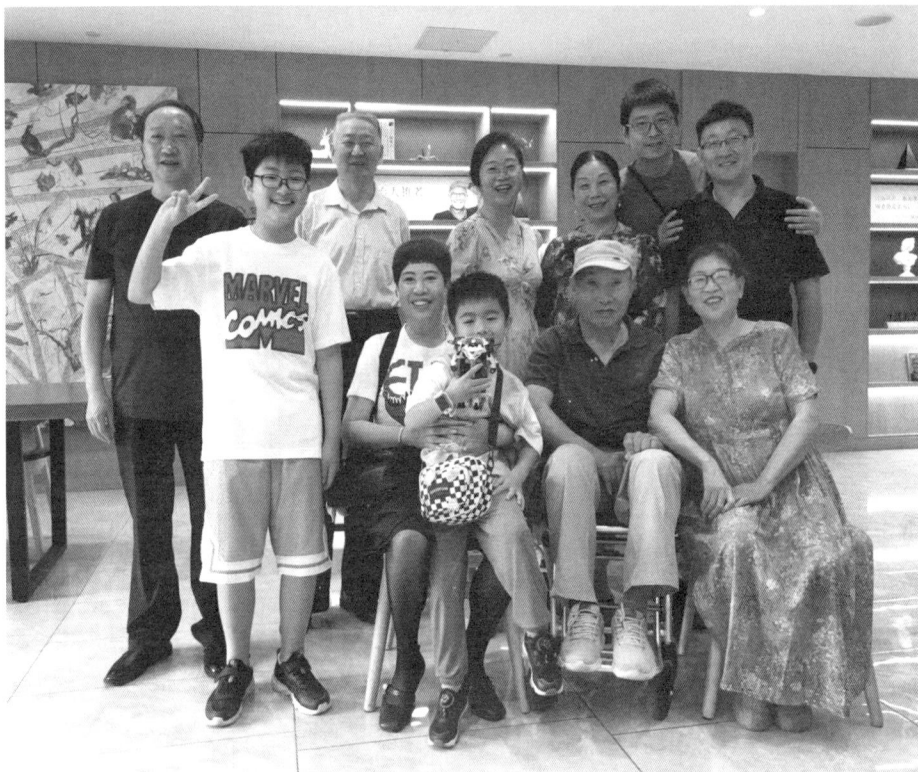

● 1934年，作者晓露父亲的舅舅黄义，在四川省泸州市泸县被国民党军队抓了壮丁，加入国民党嫡系部队，从此再未回过故乡。黄义于1949年在长春被解放军俘虏，后定居长春，在长春结婚，并生育两个女儿，于1972年11月去世，享年60岁。2014年10月，黄义的大女儿黄纯英和大女婿一起回到泸州市寻亲，恰好作者晓露及家人从成都回泸州为二叔庆贺90大寿，在街上巧遇黄纯英夫妇，得以相认。2023年8月，作者晓露夫妇和堂哥刘常楷夫妇一起到长春看望黄义的两个女儿，即作者晓露和刘常楷的两位姑姑黄纯英和黄纯波及其家人。图中前排右一为黄纯英，左二为黄纯波；后排左二为刘常楷，左三为作者晓露。一场跨越80年的寻亲活动，重续南北两地血脉亲情

偏僻的天星沟太艰苦

20世纪70年代，我们国家还很贫穷落后，而处于大山深处的天星沟更加艰苦。交通不便，购物困难，气候阴冷潮湿，做饭只能烧柴烧煤。艰苦的环境磨炼着我们的意志。

美丽的天星沟风景如画

四川省南川县（现为重庆市南川区）地处四川盆地东南边缘与云贵高原过渡地带，位于四川省东南部与贵州省接壤的边远地区。境内山势陡峭、峡谷幽深，大小山峰达108座。主峰金佛山风吹岭海拔2251米，为大娄山脉最高峰，金佛山就如高昂的龙头雄踞在这条山系的北端。每当夏秋晚晴，落日斜晖把层层山崖映染得金碧辉煌，如一尊金身卧佛闪射出万道霞光，异常壮观而美丽。金佛山的名字，早在宋代的一首诗歌《望金佛山谣》中就有记载："朝望金佛山，暮望金佛山。金佛何崔嵬，缥缈云霞间。"

天星沟是依偎在金佛山西坡脚下的一条由东向西、绵延3公里的狭长山沟，四周高山耸峙，东边尽头就是陡峻的金佛山，沟里流淌着一条清澈无比的溪流。天星沟离南川县城有18公里，离主干道南万公路有9公里，离最近的乡场三汇也有3公里。

进入天星沟，必须经过天星桥和天星洞。天星洞是两山之间连接处的一个天然溶洞，全长有几十米，洞顶悬挂着奇异的钟乳石，高的地方如苍穹大厦，低矮的地方可以摸到悬挂的钟乳石，石钟溪从洞底穿洞而出。天星洞上面就是天然的天星桥，是进出天星沟的必经之路。

天星沟就是这样一条死胡同一样的深山沟，偏僻封闭。大型兵工厂天兴厂就隐藏在这条沟里。

天星桥离天兴厂的车库只有几十米远，但站在天星桥上，你看不到天兴厂的任何建筑物，你不会想到里面隐藏着一个拥有几千人的大厂。这样的地理位置，非常符合当时国防工厂"靠山、分散、隐蔽"的选址原则。

建厂之初，这里人烟稀少，居住在这里的山民保持着落后的生产生活方式，种植水稻、苞谷和洋芋。男人和女人都头缠白帕子，住的是木房或块石砌成的房子。他们没有见过电灯，甚至可能没有去过县城。贫穷、落后是天星沟的真实写照。

● 2005年7月1日，天兴厂子弟校操场已长出荒草。图为作者晓露拍摄

天星沟四周都是高山，建厂初期山上全是原始森林，古木参天，一年四季苍翠碧绿。气候潮湿多雨，夏季凉爽，冬季寒冷有积雪。

香炉山是天星沟的"晴雨表"。香炉山比金佛山稍矮，山头尖尖的，常年云雾缭绕，就像一只燃着香的香炉。当笼罩香炉山的云雾降到半山腰的时候，天星沟就要下雨了。如果能看见香炉山的山尖，久雨的天星沟就会放晴了。

天星沟的景点还有著名的七十二洞。那座山崖上有很多崖洞，是天兴厂建厂时期被发现的，被天兴人唐国基取名为"七十二洞"。七十二洞附近有一座骆驼峰，山如其名，非常形象。还有景点一线天，走进去只能看见窄窄的一线天空。

1999年，天兴厂搬离天星沟后，经过10年的沉寂，天星沟又迎来新的发展机遇。当地旅游公司将天星沟和金佛山整体进行了旅游开发，拆除了所有的厂房和绝大部分住房，新建了三星级的天星两江假日大酒店，将原来的一片职工宿舍改造成三线酒店，新建了天星小镇和游客中心，新修了从天星沟到金佛山顶的盘山公路和观光缆车。天星沟成为到金佛山的必经之路，变得更美好了。

天星沟里藏着天兴厂

1966年10月，天兴厂〔原名国营东方红机械厂，后更名为国营天兴仪表厂、四川天兴仪表厂、成都天兴仪表（集团）有限公司，以下统称天兴厂〕在天星沟正式开工建厂。天兴厂由西安东方厂（844厂）包建，建厂初期的主要管理人员和技术骨干都由西安东方厂派出。

经过几年的艰苦奋斗，在天星沟建成了一个国家大型二类企业天兴厂，职工3000多人，职工家属共有五六千人。厂区和家属区就沿着3公里长的狭长沟底绵延分布。

那个时候保密的国防工厂都是垂直领导，直接接受中央各部委的领导，属于中央直属企业，享受高于地方企业的待遇。天兴厂是第五机械工业部（即后来的兵器工业部）直属兵工厂。国防系统企业和科研院所自成体系，为了保密的需要，几乎不与地方上发生往来。

20世纪70年代前期，全国三线企业基本建成投产，三线企业人员急剧增长。支援三线建设的人员来自祖国五湖四海，有从各省兵工企业抽调来的管理人员、技术人员和工人，有从科研院校抽调来的知识分子，有从部队退伍的复员转业军人，有从农村召回的知青，有大中专毕业生，有为了解决夫妻两地分居而调入的职工配偶，还有极少数招工进来的当地人。天兴厂人就来自全国十多个省市。

天兴厂属精密机械类加工企业，为了保密需要，代号5004厂。不但工厂用代号表示，各车间也用代号表示。天兴厂共建成8个生产车间，即401

车间（冲压车间）、402
车间（大件车间）、403
车间（小件车间）、404
车间（油丝发条车间）、
405车间（电镀车间）、
406车间（圆盘车间）、
407车间（机械装配车
间）、408车间（火工
装配车间）；2个辅助生
产车间，即415车间（木

● 2005年7月1日，作者晓露拍摄的天兴厂办公大楼

工车间）、421车间（工具车间）；2个保障型车间，即431车间（机动车间，后改为机动处）、432车间（动力车间，后改为动力处）；还有为保障生产科研需要的理化室（物理化学分析室）、产品试验站、计量室。根据工厂管理的需要，办公大楼里设有20多个职能部门。

除了生产车间、办公大楼和职工宿舍，工厂还建了包含小学到高中的子弟学校、幼儿园、职工食堂、俱乐部、图书馆、灯光球场、游泳池、煤球场等生活设施。厂里还有自己的职工大学、技校、派出所，有自己的交通车，有专为企业服务的粮店、商店、肉店、银行、邮局等。工厂就是一个自成体系的小社会。

工厂内的道路全是水泥路面，道路两旁彻夜灯火通明。这样的条件比地方上的城市建设水准提前了很多年，比偏远的乡村提前了20—30年。1972年，天兴厂家家户户都通了自来水。我有一个来自上海的三线企业朋友说，他在上海的家1986年才通自来水。

天兴厂于1974年建成投产，投产后的前10年基本上都在生产军品。职工收入有保障，大家过得自豪又幸福。

1985年6月4日，中国政府正式宣布裁军100万人，约占当时中国军队人数的四分之一，这一任务到1987年正式完成。伴随着裁军，是常规兵器生产任务的减少或停产。国家号召军工企业"保军转民"（即保留军品生产能力，转向民品生产），开发民品市场。在这个过程中，许多三线企业倒闭了。天兴厂在保军转民第二次创业的艰难探索中，走向市场，经历了许多艰难曲折，最终建成了国家定点的规模最大、实力最强的车用仪表生产基地。当时天兴厂摩托车仪表生产量在全国"三分天下有其一"，成为中国车用仪表行业的排头兵，取得了令人瞩目的成就。

天兴厂于1995年实行公司制改革，更名为成都天兴仪表（集团）有限公司，是西南兵工局所辖零部件生产企业中唯一成立集团公司的一家，被称为西南兵工局的"四小龙"之一（另三家是嘉陵厂、建设厂、长安厂）。其中生产经营部分（即工厂部分）更名为成都天兴仪表股份有限公司，于1997年在深圳挂牌上市，上市名称"天兴仪表"，代码000710。

全国的三线建设从1964年开始至1980年结束，历时17年，投入了三个五年计划的财力物力。1980年后进入调整、改造、整顿、搬迁阶段，天兴厂被列入脱险搬迁的范畴。1986年开始重新选址建厂，于1991年确定新厂址在成都市龙泉驿区十陵镇，并开始新厂建设。1999年，天兴厂实现了整体搬迁，从偏僻的天星沟迁到了富庶的成都平原。

在漫长的搬迁过程中，天兴厂曾陷入非常困难的局面。2001年，工厂进行第一次改制，国有股份减持至40%，工厂也大裁员，职工人数减少了1000多人；2009年，工厂进行第二次改制，国有股份彻底退出，国营天兴仪表厂彻底变成了民营企业。

从1966年到2009年，43年间，国营天兴仪表厂从无到有，从军品到民品，又从国有到民营，彻底退出国有企业的行列。这是时代发展的需要，是时代变化的缩影。43年，使当初进沟投身三线建设的年轻人变成了白发苍苍的老年人，使在山沟里成长、出生的第二代第三代都变成了中青年人。43年，只是历史长河一瞬间，然而对于献身三线建设的几代人来说，却是刻骨铭心的记忆。

进沟的第一顿饭

1971年10月的一天上午，拉着我们一家人和行李的解放牌大卡车从泸州高坝出发，在石子铺成的公路上，以20—30公里的时速缓慢行驶。汽车刺鼻的汽油味和剧烈的颠簸摇晃，使得除了司机和爸爸之外，其余的人都晕车了。晕车的感觉真不好受，胃里的东西吐光了，就吐出黄色的苦胆水，连苦胆水都吐不出来了，就是胃痉挛。头晕乎乎的，脸色苍白，浑身无力，难受得要死。

两个多小时后，到达了隆昌县，我们一家人被安排住进一家离火车站比较近的旅馆里。在这里，我们和从泸化厂调出的第一批20多家人会合了，家家都是扶老携幼、举家迁徙。泸化厂调到天兴厂的50家人分了几批陆续出发，我们家是第一批到达的。

那个时候的旅馆条件都非常简陋，每个房间有四张或更多张单人床，每张床下有两个搪瓷盆，分别作为洗脸盆和洗脚盆，房间里有一个热水瓶。整个旅馆有一间公共厕所，有一个洗漱的地方，定时供应热水。那时候住旅馆都是按床位付钱，而不是像现在按房间付钱，所以一个人出差住旅馆，常常会与陌生人同住一间屋。那时候洗被子都是手工清洗，自然晾干，所以旅馆的被子并不经常洗，常常能闻到异味，甚至还有跳蚤。

在旅馆住下后，章学湖叔叔带着每家的男主人去火车站办理行李托运手续。在隆昌住了两天后，大队伍又一起乘坐火车来到了重庆市，集体住进重庆菜元坝火车站附近的山城饭店。

在重庆住了一个多星期，又乘火车到了万盛，在万盛又住了三四天等行李。到万盛就觉得山很大很高了，山上总是雨雾蒙蒙，看不到它的真容，和泸州是完全不同的感觉。

等到托运的行李到了万盛并装上了到新厂的卡车后，大队人马才坐上两辆大客车，向位于南川县天星沟的天兴厂出发。

那天，细雨绵绵，云雾蒙蒙。经过在崎岖山路上两个多小时的颠簸爬行，我们终于进入了天星沟。过了五百平方，过了车库，在左手靠河边的一栋楼前看见了我家的行李。但客车并没有停下来，而是一直开到七十二洞，从七十二洞开始往沟外陆续有人下车。客车最后才在我家楼前停下来，在这里下车的人最多。

当时，和我家住在同一栋楼的泸州人共有13家。后来有人把这栋楼叫"泸州楼"，就是因为这栋楼住的泸州人最多。

这是两栋并排的三层青砖楼房，才修好两个多月，墙壁上还在渗出细水珠。两栋楼可以住36家人，我们来时已经有一些人家住在里面。我家三代六口人，分了一套三小间，有30多平方米，比我家在泸州化工厂的房子要大一些。

我家简陋的家具卸在一楼中间的院坝上。天上下着小雨，坝子上也都是烂泥坑。一些邻居围了上来关切地问候，天啊，他们说的是什么话，怎么都听不懂？全是南腔北调，连说带比画，才勉强弄懂了彼此的意思。

热心的邻居们送来了工具，帮助我们一家人拆除了行李包装，取出了家具和用品，爸爸又去厂里领了灯泡回来装在家里。

父母用从老家带来的锅碗瓢盆和米，从室外公用的自来水管接水，在家里已经砌好的灶台上，点燃拆下的包装木材，煮熟了饭。灶不好用，灶膛里的烟全往外冒，弄得满屋子都是浓烟滚滚。全家人就着从老家带来的泡菜坛子里捞出的泡菜，吃了进沟的第一顿饭。那个时候，天星沟里没有饭店，没有旅馆，不可能在外面吃饭和住宿，再苦再累，都只能自己解决问题。

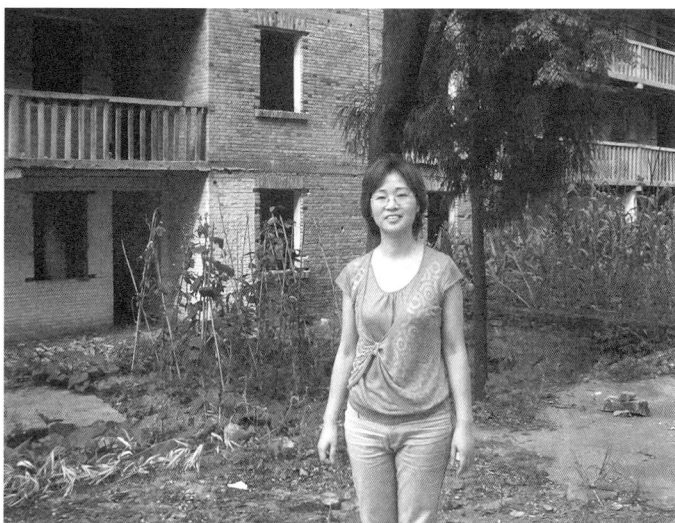

● 2005年7月1日，作者晓露回到天星沟，在自家门前拍照留念。此时，天兴厂已经搬走6年

吃完饭后，天已黑尽，父母又把几张床安装好，铺上被褥，疲惫不堪的一家人就沉沉地进入了梦乡。第二天，爸爸将灶膛拆了重新砌了，烧火才没有往外冒烟了。爸爸又带着哥哥们去买了煤炭，上山捡了一些木柴回来，家里就能正常做饭了。一家人开始了在天星沟的生活。

与众不同的三线人

与当地人相比，三线人是一个独特的群体。三线人来自全国各地，说着南腔北调的话，穿着打扮时尚新潮。三线人中高素质人才云集，名牌大学毕业的大学生比比皆是。三线人不像当地人一样难得出远门，而是经常坐汽车、火车甚至飞机，到全国各地出差、探亲。三线人胸怀神圣的使命感，崇高的革命理想在每个人的心中燃烧。在当地人的眼中，三线人是高收入人群，是神秘而高不可攀的群体。

工厂是中央直属企业，工厂的人经常会到北京、重庆等地开会。工厂的每批产品，都要用汽车运输并武装押运到西安、沈阳做靶场试验，工厂有一批人长期到两个城市的靶场出差，随车往来，长途跋涉，非常辛苦。工厂有武装部，武装部配有枪支弹药，每批产品运输时，至少要配两名荷枪实弹的武装保卫人员押运。工厂的产品在路途中不允许任何机构和人员检查。

不是任何人都可以成为三线人的。三线建设初期，是"好人好马上三线"，政治和业务素质都过硬的人才能参加三线建设。那个时候，三线人的待遇在全国是中上水平。工厂招工的时候，分配给当地的名额极少。再后来，一些职工与当地人联姻，厂里为了照顾夫妻关系，把这些职工的配偶调进工厂（前提是对方必须是国营企业的职工），厂里才增加了一点当地人的比例。

三线企业人才云集，除了专业技术人才外，文学、音乐、舞蹈、体育

● 天兴人在露天广场举行篮球比赛

等方面也人才济济。地方上举行的任何比赛，包括球类、田径、文艺演出、棋牌、美术、书法、摄影等，前几名从来都被三线企业囊括。这种风气一直沿袭到50年后的今天，三线企业陆续搬迁到大中城市后，在这些大城市的社区活动中，仍然独占鳌头，风采依旧。

三线企业的人来自全国各地，那个时候，普通话还没有普及，大家都说着不同的方言。我们刚到天星沟时，语言不通成了一个很大的问题，给我们生活带来了不少麻烦，也闹出了不少笑话。久而久之，工厂形成了以普通话为主、四川话为辅的语言形式。三线人说话还有一个特点，就是在说话时，普通话和四川话来回转换，上一句话是对着外省人说的，就说普通话，下　句话是对着四川人说的，就说四川话。

三线建设时期，三线人普遍有一种高人一等的清高和傲慢。三线调整时期，一些企业破产倒闭或效益不好，一些三线人又产生了悲观失落的情绪。

艰苦的天星沟

1971年，我们进沟的时候，天兴厂还处于建设时期，到处都在搞"基建"，到处都堆放着红砖和河沙。当时进出天星沟的唯一的公路还很泥泞，后来全厂职工齐努力，每个车间修一段路，很快就修成了水泥路。

父亲在泸化厂当了一辈子的化学工人，到了天兴厂后，51岁的父亲服从安排，改行当了水暖工，还当了班长，带领一个班组负责给每家每户安装自来水管。父亲对工作很负责，总想让更多的家庭早点用上自来水，他所在的班组的安装进度大大超过了别的班组。父亲年年被评为先进，获得过很多印有"先进生产（工作）者"的奖品，有热水瓶、笔记本、《毛泽东选集》和马克思、恩格斯合著的《资本论》等。

母亲先后在煤球场、托儿所工作过短暂一段时间，后来在职工食堂工作到退休。

我们到达天星沟一个多月后，大哥也来到天星沟，进厂当了一名工人。

到了天星沟，家安顿好后，母亲带着我和三哥到天兴厂子弟学校报名。三哥上初一，我上小学二年级。我本来应该上小学二年级上期，可是当时学校只有一年级下期或二年级下期，妈妈就让我读二年级下期，我就这样莫名其妙地跳了级。由于差了一学期半的功课，刚到学校那一周，我完全是"读天书"，什么也听不懂。但很快我就跟上了进度，四年级还当了班长，一直到初中毕业离开子弟校。

● 2006年6月30日，天星沟七十二洞处的厂房和职工住房。图为作者晓露拍摄

　　刚进沟的时候，学校才建好不久，还没有桌椅，我们每天都得扛着高凳（当课桌用）、拎着矮凳（当坐椅用）去上学。在学校上学期间，我们小学生也被组织起来，参加了修建学校操场和游泳池的义务劳动。

　　我家在泸州的时候，家里已经用上了天然气，可到了天星沟，就没有天然气了。在天星沟，每家做饭烧的是柴或煤。那时候，伐木公司的人在山上大量砍伐树木，留下的树枝、树皮可以捡回家烧。南川盛产煤炭，厂里每天派出卡车到煤矿买回煤炭，和上黄泥浆加工成煤球供应给职工。每个家庭都会上山去捡柴，因为烧煤需要用木柴引火，有的家庭为了省钱，则尽量多烧柴少烧煤。许多在大城市用惯了天然气的人，刚到天星沟时因为不会烧柴烧煤，煮不熟饭，急得直哭。

　　天星沟的交通非常不方便，每天只有两班客车到南川县城。为了改善厂里的交通状况，厂里安排了一辆大卡车周末到南川，供人们到县城购物；安排了一辆大卡车到万盛，每周有两个早上送乘火车的人到万盛，有两个晚上到万盛接乘火车返回的人。20世纪80年代，厂里买了两辆大客车，到南川和万盛的班车才从卡车变成了客车。天星沟里只有一个商店供给百货、副食品和杂货，品种非常有限。

那个年代，整个国家的交通都非常落后。厂里的人来自全国各地，有的老家在外省，非常遥远，进沟后，就很难得回一趟老家。有的人在老家的父母或爷爷奶奶去世，都不能赶回去。有的孩子，进沟后就从来没有出过沟。在天星沟长大的人，出沟前，有的连火车都没有坐过。

20世纪六七十年代，在天星沟的生活虽然很艰苦，但厂里一直努力想办法改善职工生活。逢年过节时，厂里会派车到重庆等地采购蔬菜、水果、肉鱼等食物，按家庭人口数量进行发放。一般是行政科负责物品的发放，每家每户凭户口本去领取票证，每人一张票，遗失不补。厂里发带鱼，就家家户户都吃带鱼；发西瓜，就家家户户都吃西瓜。

20世纪70年代，厂里经常会给职工发劳保用品，比如草帽、军用水壶、毛巾、手套、红烧肉罐头、水果罐头等。很多女职工都把棉线手套拆了，给家人织成线衣线裤。

到了20世纪八九十年代，厂里效益好的时候，床单、被面、被子、热水瓶、米、面等东西都经常发，福利待遇还是非常令人羡慕的。

我刚进沟的时候，还是一个8岁多的小孩子。少年不识愁滋味，我当时并不觉我们的生活有多苦，相比当地人，我觉得我们过得相当好，只觉得天星沟非常好玩，上山玩耍、下河游泳、放鸭子、捞田螺，自由自在，野性生长。邻居非常多，小朋友也非常多，家家户户都敞开着门窗，自由进出，和睦互助。那是一个充满温情、人情味十足的世界。

我家的盅盅饭

天星沟原来是一个封闭的山沟，四周的高山上都是原始森林，沟里的农民以种水稻和苞谷为主，自给自足，基本不出沟。突然在天星沟里建了一个几千人的国防厂，来了那么多人要吃要喝，生活物资的供应成了极大的问题。物质严重匮乏，生活极端困难，是天兴厂人那几年最深刻的感受。

就连生姜、大蒜这样的调味料，天星沟都很难买到。有一天，我家楼上的赵妈说，她妹妹从泸州来看她，帮她做白菜汤，随手就拍了一块生姜放进汤里，把她心疼得不得了。赵妈说，要到南川才能买到生姜，她这块生姜都放了半年了，一直舍不得用，想等到炖肉时再用的，没想到她妹妹就这样给"大材小用"了。

大姐第一次来天星沟探亲，看见家里窘迫的状况，暗暗记在心里。以后每年回来，都要从泸州给我们带来满满一背篼的蔬菜、咸菜、黄糖等。

我年龄虽小，也知道为家分忧。我常常放学后到豆腐房排队买豆渣。豆腐是凭票供应的，但豆渣不要票。在很多地方，豆渣都是用来喂猪的，但我们却将豆渣买回家做食物。将豆渣放上盐和菜叶一起煮，可以当菜吃，或者和上面粉做成豆渣粑，蒸熟了当饭吃。豆渣也不好买，每天都要排好长的队。

在我十二三岁的时候，有一天学校不上课，我和同学张琴两人相约到南川县城买菜。我们俩背着背篼跑到厂运输队搭便车到了南川，先到照相馆各自照了一张单人照，然后到菜市场各自买了几棵大白菜。准备去车站买返程车票时，想想6毛钱都可以买两棵大白菜了，就舍不得买车票了，两人决定走回去，说不定半路还能搭上便车。我们俩走啊走啊，走得腿都抬不起来了，肚子也饿得咕咕叫，感到背上的菜分外沉重。天也要黑了，在这前不着村后不着店的公路上，行人极少，两边又是黑漆漆的大山，我俩开始感到害怕。突然，我们看见开过来一辆解放牌卡车，是厂里的车！我们高兴得又跳又喊，像见到久别的亲人一样，对着汽车直招手。汽车在我们身边停了下来，这是一辆拉煤的车，车厢里装满了煤炭，煤炭上面坐了好几个我们厂的人。我俩爬上了货车顶部，也坐在煤炭上面，那种兴奋劲和幸福感至今难忘。

不仅蔬菜买不到，连定量供应的每月每人一斤的猪肉也不能保证。每到买肉的时候，大哥和三哥都轮流排队，通常要排通宵，还不一定能买到。

那时候粮食也是定量供应，并且要搭配30%—40%的豆类、苞谷、红苕干等粗粮。我父母正当壮年，三个哥哥都是大小伙子，又缺油、缺肉、缺菜，每个人的饭量都特别大，粮食根本就不够吃。其实那个时候每个人的粮食定量，按现在的人眼光来看是很高的，比如我大哥每月定量45斤，我上小学每月定量25斤，三哥上中学每月定量32斤。现在的人，肉吃得多，哪里吃得了那么多粮食。

为了解决全家人的吃饭问题，父亲想尽了一切办法。他聪明勤劳，自己动手织渔网，下了班就去打鱼给全家人改善伙食。他还自己制作鸟枪，星期天上山打鸟等野生动物。山上有天麻、天冬、山药等野生植物，父亲也常常带领哥哥们去挖回来当作食物。山上有一种植物，学名叫沙棘，俗称红籽、救军粮，据说当年红军长征时吃过这种东西度饥荒。红籽吃起来有点酸甜，父亲采摘回来，用石磨磨成浆，再混合一些面粉，做成窝头蒸着吃。那个时候没有自由市场，粮食也不允许买卖。记得父亲有一次半夜三四点走路到县城，趁着天还没亮，"市管会"的人还没有上班，他偷偷摸摸在黑市上买了几十斤米，又背着米走路回来。他不敢坐客车回来，害怕米被没收。

可是我们家饭桌上还是常常出现尴尬的场面。大哥吃得飞快，三哥细嚼慢咽，大哥吃了三碗，三哥一碗还没有吃完，锅里的饭就没有了，矛盾因此产生。如果任凭大家敞开肚皮吃，粮食可能只够吃半个月。万般无奈，父亲想出了一个按定额做饭的办法。每顿

● 1973年，天兴厂职工自己动手修公路

饭分别用一个搪瓷碗、几个搪瓷盅蒸饭，吃饭时，大哥吃瓷碗里的，略微多点，我们每人端一个搪瓷盅，自己吃自己的，吃完就没有了。搞平均主义，矛盾是减少了，"盅盅饭"、儿子们吃不饱饭的名声却传了出去。隔壁邻居时常到我们家来看传说中的"盅盅饭"，脸上露出奇怪的表情，我就感觉特别不爽，感到耻辱。吃豆渣粑、红籽粑，吃野菜，我都没有觉得有什么不妥，因为那时候厂里很多家庭都是这么过来的，唯独"盅盅饭"让我难堪。

现在物资极为丰富，但那些远去的艰苦岁月，想起来仍让我隐隐作痛。

恐怖的梦魇

刚到天星沟的时候，山上还是原始森林，每天都有成群结队的乌鸦在天空中飞来飞去，"哇——哇——哇——"地叫个不停。乌鸦的叫声非常凄惨，听上去就像孩子或女人凄惨的哭叫声，令人毛骨悚然，浑身起鸡皮疙瘩。乌鸦在我们的方言里叫"老鸹"。人们都说，老鸹叫得厉害了，就要死人。

大约是1973年，有一天，一个小伙子触电死了。那个二十来岁的年轻人是基建队的民工，他和另一个人管理着一屋子水泥。他们怕有人来偷水泥，就将铁丝缠绕在窗栏杆上，还将铁丝的另一头接在电灯泡的电线上。拉开开关，这个小伙子伸手去试铁丝有没有通电，没想到一抓住铁丝手就松不开了，就这样被活活电死了。人们都说他太傻了。现在的人可能会觉得不可思议，但那个年代，很多乡村还没有见过电灯，很多农民根本不懂得电的厉害。我跟着一个男孩子，跑到那个小伙子被电死的房间看热闹，看见了窗户上还缠着的铁丝和屋里放着的水泥。

小伙子死后，厂里派了卡车把他家里的亲人接来，按他亲人的要求用白绸裹了尸体全身。送小伙子回家的时候，我就站在现场看着。担架从手术室里抬出来，下梯子的时候，盖在尸体上的白被单滑到一边，我看见了从头到脚被裹得雪白的尸体，紧张得大气都不敢出。

那个时候，很多家都是三世同堂，家里都有七八十岁的老太太。我们这栋楼的几位老太太，最爱聚到我家闲聊。那天，老太太们又聚在一起议论纷纷，说着被电死的小伙子的事情。

刘外婆说："你们前天听到没有，老鸹叫得凶得很啊，我就害怕得很啊，不晓得哪个人又要死了，结果今天就死了个年轻人。"

林外婆说："听到了。前天晚上还听到几条狗叫得凶得很，像哭一样地叫，汪汪汪地叫，我就睡不着，我就在想啊，不知道哪个人要死了。"

● 2005年7月1日，天星沟里的天兴厂职工宿舍。图为作者晓露拍摄

她们说得很神秘，添油加醋、活灵活现地描绘了很多细节，把坐在屋里做作业的我吓得浑身直起鸡皮疙瘩。

受了惊吓的我半夜做起了噩梦。我梦见自己站在我家窗前，望着外面的公路，看见那个惨死的年轻人穿着一身雪白的衣服，从远处翻着跟头来到我家窗前，对着我凄惨地笑。我吓得大叫，却叫不出声，猛地一下惊醒了，翻身坐起来，心跳得"咚咚"直响。窗外黑压压的大山，我害怕得不敢看，恐怖的梦境又令我不敢合上眼睛。可能是惊吓过度，这个梦我怎么也忘不了，几十年过去了，至今想起来还是心有余悸。

那些年，每天都可以听到老鸹的叫声。因为老鸹的叫声太凄惨、太恐怖，让我一个人不敢到山上玩，和其他人一起上山后也不敢一个人下山。后来树林被砍光了，老鸹的叫声就很难听到了。

● 天兴人在天兴厂子弟校操场举行接力比赛

第三辑

我的学生时代

　　整个20世纪70年代，我都是一个学生。从小学、初中到中专，我的老师都是认真教学的好老师。我除了在学校认真学习功课外，课余生活也是丰富多彩。我疯狂阅读图书，并和小朋友们一起参加"向阳院"活动。

我的语文老师杨莲英

1971年11月初，母亲带我到天兴厂子弟校报名。那天天下着雪，山坡上、田地里都是白皑皑的积雪，天气很冷，我穿着母亲做的花棉袄和棉鞋。我本来在泸州化工厂子弟校读小学二年级上册，但天兴厂子弟校当时只有小学二年级下册，就这样我跳了半级。

小学的时候就能够和来自全国各地的人成为同学，是三线子弟的特色。不仅同学来自全国各地，我们的老师也来自全国各地。开始大家都说着各种方言，后来就自发形成了说普通话的习惯。

从小到大教我的老师有很多，每一位老师都令我难忘，但我一定要写一写小学语文老师杨莲英。

1973年3月到1975年7月，杨老师是我们小学四年级至五年级的语文老师，也是我们的班主任。杨老师教我们的时候，只有二十七八岁，她的女儿才一岁多。她戴着深度近视眼镜，瘦弱，身体不太好，背有点弯曲，表情很严肃，说着标准的普通话，很多学生都怕她。杨老师共教了我们两年半，两个年级多一学期，是因为学校为了将春秋两季升学的混乱现象统一为秋季升学，从而让我们的四年级多读了一学期。

杨老师教我们的年代，是全国上下批判"师道尊严"和"学而优则仕"、以"白卷英雄"张铁生和"反潮流""革命小闯将"黄帅为榜样的年代，是"读书无用论"盛行的年代，有的老师无心教学，有的学生不好好上课。但杨老师却不受这些思潮的影响，以教学严厉、认真、刻板而闻

● 2020年6月1日，作者晓露与杨莲英老师夫妇在天兴小区合影。中为杨莲英老师，此时她的眼睛已经失明了；左为杨莲英老师的丈夫许凤才；右为作者晓露

名。正是她的严厉和"刻板"，才使我们养成了认真学习的好习惯，使我们没有荒废学业。

我们班同学的基础知识水平参差不齐，比如拼音，本来是小学一年级学的内容，但大多数同学都没有学会，我也没有学会。四年级多出来的一学期，杨老师就给我们补习拼音，从声母和韵母开始教起。通过补习，我们班同学基本上都学会了拼音。学会拼音对我一生太有用了，现在用电脑、用手机，都离不开拼音。

那个时候，绝大多数同学都没有字典词典，每次学新课文，杨老师就把其中的生词词义写在黑板上，叫我们抄下来"死记硬背"。杨老师不但要求我们背诵生词，还要求我们背诵课文，同学两两一组互相背诵，背会了才能到杨老师那里背诵，不背会杨老师是不会放过的。

杨老师的严厉和"刻板"，在对待上下课礼仪的态度上可见一斑。上课铃响，杨老师走到教室门口的时候，班长要发出号令："起立！"全体同学要站起来，双手垂直放在两侧。杨老师见到同学们都站得笔直，才会走进教室，转身和同学们一起面向讲台，庄严地注视着黑板上方的毛主席像。班长又高声喊道："伟大领袖毛主席教导我们说——"全体同学齐声有力地朗诵："好好学习，天天向上。"杨老师才会转过身来，面向同学们说："请坐下。"同学们坐下后，才开始上课。在进行上课礼仪的时候，如果杨老师听到身后有人发出响声和笑声，或者同学们朗诵得不整齐、没有力量，杨老师就会把同学们批评一顿，并重新走到教室外面，重新进行上课礼仪。记得有一次上课，就因为个别同学不认真不严肃，杨老师反复要求我们进行了三遍上课礼仪，才开始上课。

杨老师经常教育我们要脚踏实地、虚心好学，要戒骄戒躁、秀外慧中，而不要"金玉其外，败絮其中"。杨老师常说："虚心使人进步，骄傲使人落后。"她还说，"一瓶水不响，半瓶水晃荡。别听它'咣当咣当'叫得最响，其实肚子里并没有多少货。"她是在教育我们做人要诚实，不能虚浮，要永不自满，追求更高，而不能自以为是，夸夸其谈。

杨老师经常组织我们学雷锋、做好事，每周都要安排我们开展一至两次集体做好事活动。那两年，学校的厕所、阳沟、公共走廊的清洁卫生，基本上都是我们班包干了。在参加这些劳动的过程中，同学们养成了不怕脏、讲奉献、爱集体、爱劳动的优良品质。我们班被光荣地评为涪陵地区先进班集体，成为学校有名的模范班。在那两年中，我们班养成了热爱学习、遵守纪律、热爱劳动、吃苦耐劳、团结友爱、积极向上的良好班风。

杨老师带我们养成的这些好习惯，成为我们一生享用不尽的财富，使我们在人生的道路上受益匪浅。

同学的第一故乡是天星沟

　　李素芬是我在天兴厂子弟校的同学。她初中毕业后，跳了一级直接上高二（我们那时候高中只读两年），读了一年高中就算高中毕业了，目的就是为了早日参加工作。李素芬在天兴厂403车间当工人，我参加工作后最开始在检验处理化室工作。两个单位一前一后紧挨着，所以我们两人每天上下班就相约一路，成了最要好的朋友。

　　1984年，我被调到办公大楼检验处工作，李素芬考上电大后也离开了403车间。同年，她父母带着弟弟妹妹被调到河北省灵寿县的一家三线兵工企业工作，她要等到电大毕业后才去。她家被调走后，她一个人住一间屋子，我家住房拥挤，我就搬过去和她一起住了一年多。我们还经常晚上一起到办公大楼我单位的办公室学习。

　　她于2019年给我写了一篇介绍她家的文章，我才全面了解了她的身世。

　　李素芬，祖籍河北省保定市，1963年出生于西安市。1967年底，随支援三线建设的父母从西安东方厂来到天星沟，1986年7月随父母调往河北的兵工厂，现居河北省石家庄市。她说，她在天星沟度过了最美好的童年和青少年时光，天星沟就是她的第一故乡，她非常怀念在天星沟生活工作的那些日子。

　　李素芬的父亲李保行，1935年出生于河北省保定蠡县齐村乡。1950年即新中国成立初期，16岁的他受堂姐的影响，悄悄地跑出家，到堂姐上班的工厂参加工作，那是山西一个生产火药的工厂。后来，他考上了技校，

● 2000年10月，李素芬（左）、李素芬的母亲苏贞娣（中）和作者晓露（右）在一起。图为陈黎林拍摄

毕业后就被分配到西安东方厂工作。

李素芬的父母是同一个村的人，母亲苏贞娣一直在老家当老师。李素芬满月后，苏贞娣就把李素芬带回了老家。

1967年底，响应国家备战备荒的号召，西安东方厂挑选了一批根正苗红的干部和工人支援三线建设。李素芬的父亲李保行当时是刚被提拔起来的车间主任，夫妻俩就带着才4岁的李素芬来到了天星沟，创建天兴厂。李素芬的妹妹只有1岁，被留在了老家。妹妹当时还没有断奶，她父母把她妹妹留在老家，一是为了给妹妹断奶，二是听说新厂太艰苦，怕照顾不好妹妹。她奶奶熬米糊糊之类的喂妹妹，有时把妹妹抱到有婴儿的邻居家，吸点别人的奶。

刚到天兴厂时，厂里没有地方住，也没有学校，她母亲苏贞娣是老师，被安排在三汇公社小学代课，所以他们一家被安排在当时的三汇公社一间办公室里居住。公社的房子是沿着河边盖的，一半在水里，一半在地上，河水就在房子底下流。遇到发大水，水就会漫进屋子，小小的李素芬会感到很害怕。

到新厂才一个月，老家爷爷奶奶就拍电报来说带不了妹妹，李素芬的父亲李保行只好在北京开完会后，顺道回老家把妹妹接到了天星沟。那个年代没有高铁，飞机不是谁都能坐的，坐火车从老家到新厂需要几十个小时。火车上也没有什么粥啊糊糊的喂妹妹，列车员好心，送了一些米汤。李素芬父亲一个大男人，在火车上一路向其他带孩子有奶的妇女给妹妹讨口奶吃，这样一路艰难地回到了天星沟，一家四口在三汇公社团聚了。

1968年，工厂在马林坝修建了仓库，在仓库给李素芬家留了一间房子。1968年底，李素芬一家人搬到了库房住，一住就是4年。同年12月20日，李素芬的大弟弟在库房出生了，取名"建川"，就是建设好四川的意思。

1972年下半年，天兴厂终于给李素芬家安排了宿舍，他们一家五口算是真正进厂了。住房在粮店后面的山坡上，干打垒房子，二楼两间，和周光成、黄曙光等做邻居。所谓干打垒，是用当地的块石加水泥、河沙垒起来的房子。1972年9月，李素芬从三汇小学转到厂子弟学校三年级上学。9月30日，李素芬的四弟也出生了，因正好赶上国庆节，所以取名叫"国庆"。他们家在这里一住十几年，从未搬过家，邻居家的小伙伴们也相伴着长大，成了比亲兄妹还亲的朋友。

受"叶落归根"老思想的影响，李素芬的父母于1984年通过工作调动回到了河北第一机械厂（也是三线厂）。李素芬当时正在天兴厂全脱产读电大，1986年电大毕业后回到了河北。

在天星沟生活工作将近20年的时光里，李素芬一家经历了太多太多的事情。父亲李保行从车队队长到厂计划科科长再到大件车间主任，母亲苏贞娣从代课老师到组建家属工厂的负责人再到转正回学校当老师，两人把他们的青春都献给了天兴厂。李素芬四姐弟也把最快乐的青少年时光留在了天星沟。天星沟和他们有割不断的情缘，是真正意义上的第一故乡。这种感情，没有到过三线的人可能理解不了。

父亲又当上工宣队队长

父亲小时候绝对想不到，从小读不起书的他，成年后还会有读书的机会，还先后当了两所学校的领导。

到了天星沟后，有几位泸州来的老师知道父亲在泸州担任过工宣队队长，就去找厂领导，强烈要求将父亲调到学校任工宣队队长，维持学校的教学秩序。1974—1976年，父亲被派到天兴厂子弟校，再一次担任学校工宣队队长。

父亲的办公桌就安放在校长的对面。他当工宣队队长时，工宣队队员、校长和老师经常到我们家来找父亲谈工作，还有厂党委副书记也常到我们家来。

父亲是一个非常正直、善良、果断的人。他从骨子里尊重知识尊重老师，总是耐心地倾听老师们的诉说，鼓励他们安心教学。对一些调皮捣蛋、不好好学习的学生，他就去找学生家长谈心。他经常被老师请去给学生们作忆苦思甜报告，每次讲到旧社会的苦难，父亲就会哽咽流泪。父亲总是教育学生要珍惜今天的读书机会，好好学习。父亲是一个勤快能干的人，见到学校里的桌椅门窗坏了，他就会主动去修理。

父亲任工宣队队长的年代，学校是遵照毛主席的指示来安排教学活动的。在当时的时代背景下，学校经常组织学生到工厂学工，到农村学农，学习解放军开展长途拉练活动。

记得我上初二的时候，刚满14岁，在清明节的时候，学校组织团员和入团积极分子到南川烈士陵园扫墓。来回38公里的路程，女学生坐车去，返回时步行，男学生则来回都是步行。这样艰苦的训练，锻炼了学生体质，练就了学生们不怕苦不怕累的精神。

父亲本是一个工人，不习惯坐办公室，也不习惯与知识

● 2005年7月1日，作者晓露在天星沟天兴厂子弟校留影

分子打交道，更喜欢在工人岗位上工作。但父亲是一个受学校师生爱戴的工宣队队长。一年期满后，老师们到校领导和厂领导那里强烈要求，希望他继续留下来任工宣队队长。就这样，爸爸又连任了一年工宣队队长。

南川县五厂子弟校运动会

天兴厂子弟校砌了两堵标语墙，一堵墙上书写的是"发展体育运动"，另一堵墙上书写的是"增强人民体质"。这两句话是毛主席的语录。

天兴厂子弟校有一个大大的操场，是足球场，也是200米跑道的田径场，还有标准的篮球场，有水泥砌的乒乓台，还有单双杠等体育设施。修操场的时候我还在读小学，学校还动员我们把家里的煤炭灰送到学校填操场。

那个时候，群众性的体育运动开展得如火如荼。我们学校每年要召开一次运动会，有各项球类比赛和田径比赛。当时南川县内有五家隶属于第五机械工业部的三线兵工厂，即天兴厂、宁江厂、庆岩厂、红山厂、红泉厂。这五个厂每两年要举行一次南川县五厂子弟校运动会。

1975年春季，读小学五年级的我被选进了小学女子篮球队学习打篮球。说起来汗颜，我那个时候根本就不会打篮球，也没有兴趣。学了那么长时间，我连规则都没有搞清楚，所以，在球队里，我就是一个板凳队员。

参加五厂子弟校运动会前，学校叫我们自己到商店去买一件红色的短袖运动衣，自己把球员号码绣上去。我请楼上爱画画的赵建国帮我写号码，赵建国就用白纸给我写了"15"这个数字，然后我回家用复写纸把数字复印在衣服后背上。我又按照邻居吴外婆的要求准备了针和白棉线，吴外婆绣了几针给我看，我就学会了，然后自己独立绣完了。我绣的号码针脚整齐，松紧合适，受到吴外婆的夸奖。到学校去一比，其他同学都是自己的姐姐或妈妈帮着绣的，只有我一个人是自己绣的，同学们都说我很能干。

作为天兴厂小学女子篮球队队员，我参加了在红山厂举行的那一届五厂子弟校运动会。运动会有五厂子弟校派来的四五百名运动员参加。与所有国内大型运动会一样，有正式的开幕式和闭幕式，有运动员代表和裁判代表发言，比赛的项目有球类和田径类，比赛结束后还有颁奖典礼。

运动会一般要举行三四天，运动会期间主办学校的学生只能放假。各学校的运动员自带被褥和用具，在教室打地铺，在工厂的职工食堂统一用餐。参加运动会的学生，每个人会补助一些粮票和钱。

1976年秋季，刚上初中二年级的我又被选入天兴厂子弟校女子排球队，参加了在庆岩厂举行的五厂子弟校运动会。这一届的女子排球队，由高中生和初中生组成，12名队员中有3名初中生。我在队中年龄最小，力气最小，用尽全身力气，还是经常发球不过网，所以还是只能当替补队员。

1976年10月，"四人帮"被打倒，邓小平复出，国家开始重视教育和科技，学校出现了久违的学习气氛，师生都把心思放在了教学和学习上。

我的体育成绩虽然不好，但我们学校的体育成绩却是非常好的，有全南川县甚至是全涪陵地区最好的男女篮球队、羽毛球队和乒乓球队。那些年的体育运动会，锻炼了学生体魄，培养了体育人才，提高了学生的团队意识和协调能力。那几届学校的体育尖了，后来又成为大兴厂的体育骨干力量。

向阳院的故事

1975年暑假和1976年暑假，在厂团委和厂子弟校的共同领导下，假期里的小学生被组织起来，成立了向阳院。天兴厂从沟外到沟里，共成立了8个向阳院分队，小学老师和厂共青团干部任各向阳院分队的辅导员。当时还是小学五年级学生的我，有幸成为向阳院一分队队长，带领小学生及学龄前儿童一起学习、一起开展有意义的活动，从而给我的少年生活留下了不可磨灭的记忆。

一、天兴厂成立了向阳院

1975年暑假的一个下午，12岁的我正和几个小朋友一起唱着儿歌跳橡皮筋，刘桂芳老师和屈玉华老师把我叫到了屈玉华老师家。

刘老师当时是小学体育老师，屈老师是小学数学老师，两个都是三十来岁的女老师。她们对我说，现在全国都在轰轰烈烈地开展向阳院活动，我们厂里也要成立向阳院。

电影《向阳院的故事》是1974年开始放映的，描写一个城镇居民区向阳院的孩子们，利用暑假开展学雷锋活动，支援国家公路建设的故事。

刘老师说："厂团委和学校最近组织团干部和老师们到重庆学习了。我们厂总的叫作东方红向阳院，下面按住宅区域分片，从沟外到沟里依次成立8个向阳院分队，我们这个片区叫东方红向阳院一分队，范围包括车库附近、河两边的9栋楼。我们厂向阳院的主要任务是学校放假以后，把小学生和将要上学的小孩子们组织起来，一起做作业，一起做有意义的活动，一起玩耍，好让家长们安心工作。"

我问："那当然好。哪个来管向阳院呢？"

刘老师说："住在各片区的学校老师，就是相应片区的向阳院辅导老师，可以辅导同学们的学习，厂团委还要派团干部到各个分队任向阳院辅导员，辅导向阳院的工作。向阳院的日常事务还是学生们自己管，每个分队要选出分队长、小组长。经我和屈老师研究决定，我们向阳院一分队由你来当队长，我和屈老师是一分队的辅导老师。"

"我？这怎么可以？"

"你当队长有什么不可以？我们几个老师一起研究过了，你成绩好，在学校当班长，组织能力强。向阳院队长不仅仅是带着孩子们玩耍，还要带着孩子们学习，带着孩子们搞有意义的活动。你是最合适的人选。"屈老师补充道。

"可是我怕那些小孩儿不听我的。"我怯怯地说。

"不要担心，有我们两位辅导老师，还有团委派来的辅导员，学生们都会听老师和辅导员的。我们还要选出文体委员、学习委员和劳动委员，每栋楼选一个小组长，还要召开向阳院成立大会。"

很快，在屈老师家门前的院坝里，刘老师和屈老师一起组织召开了成立向阳院动员大会，有四五十个孩子参加。孩子们都高兴得手舞足蹈，当即开心地把我叫成"刘队长"。

两位老师说，厂团委和学校还要举行隆重的向阳院成立大会，参加成立大会时，我们一分队的队员就扛着红缨枪入场。

我和小孩子们都热情高涨，开始自己动手或者请家长帮忙做起红缨枪来。电影《闪闪的红星》里的潘冬子不就是扛着红缨枪吗？就照着那个样子做。

我的红缨枪是我自己做的。我在一块木板上画出菱形，叫小邱的爸爸帮忙锯了，自己拿着小刀将四方削尖，再找小邱的爸爸要了银光粉涂成银白色，枪头就做成了。我又到山上砍了一根竹竿，将枪头插在上面。枪头和枪杆连接处用红纸剪出的穗装饰，枪杆用红纸条和黄纸条一起斜着往下缠，缠出红黄相间的斜条纹，一杆漂亮的红缨枪就做成了。红缨枪扛在肩上要多神气有多神气，就像电影中打日本鬼子的儿童团员。

向阳院成立这天，向阳院各分队的小朋友在辅导老师和辅导员的带领下，从各个住宅区，排着队唱着歌来到学校操场，厂里分管共青团工作的党委副书记、厂团委书记、子弟校校长、少先队辅导员都在主席台就座。9点，主持会议的学校少先队辅导员赵绍云老师宣布"东方红向阳院成立大会现在开始，向阳院各分队队员入场"，只听得锣鼓喧天，《运动员进行曲》响起来。我举着写有"向阳院一分队"的小红旗走在队伍的最前面，向阳院一分队的小朋友们个个扛着一杆红缨枪，雄赳赳气昂昂，神气十足地跟在我的后面绕场一周，走到了主席台前。其他7个分队跟在后面依次排队进场。

二、我们的罗辅导员

一天晚上，一个陌生的小伙子出现在我家门口，问我："请问，刘常琼家在哪里？"我好生奇怪，认真地打量着来人，只见他二十来岁，中等个子，和善的面容，大大的眼睛。我说："我就是。"来人说："我叫罗世伟，是电镀车间团支部委员，团委派我来当你们向阳院一分队的辅导员。"

"哦，是辅导员啊，快点到屋里坐。"我欣喜若狂，对着屋里就喊道，"爸爸妈妈，辅导员来了。"然后请辅导员坐在我家方桌前的长条凳上。

我家人口多，住的是三小间。外屋安一张哥哥们睡的床，还有吃饭的桌子。里面两间屋，一间我和奶奶住，一间是父母的卧室。

父母都走出来很热情地招呼罗辅导员，罗辅导员和父亲握了手后，就坐下和父亲聊起来，向父亲解释成立向阳院的意义和让我当向阳院一分队队长的决定，并要求父亲支持我的工作。父亲憨厚地笑着说："她小娃儿家，懂得啥子哟，今后还要靠辅导员多多帮助。"

● 1972年5月，罗世伟、张大恒、张忠良在天星沟

趁着父亲和罗辅导员说话的时候，我按罗辅导员的要求，把刘老师和屈老师请了来，随之而来的还有闻讯赶来的小朋友们。一下子，我家就热闹得楼板都要被掀翻了。

罗辅导员有些腼腆，说话爱脸红、爱笑，操着浓重的成都口音，是厂里唯一一个成都人，"成都"就成了他的外号。他的责任心很强，经常晚上来找我了解向阳院的情况，给孩子们讲故事，星期天也经常来和孩子们一起搞活动。他很有耐心，孩子们都非常喜欢他，每次见他来，那些几岁的小朋友总是跑上去吊着他的左肩右膀，叽叽喳喳地向他诉说。

罗辅导员给向阳院送来一块黑板和几盒粉笔，要求我们每周都换一期黑板报。黑板就挂在我家外墙上。罗辅导员还给我们送了一本有关黑板报报花的书，上面印满了各式各样的插图、花边，我们就学着往黑板上画。

罗辅导员送来很多油印的歌单，还来教小朋友们唱歌，派他们车间跳舞跳得好的姐姐来教大家跳舞。所以每天下午，向阳院安排的都是文体活动，很多时候我带着小朋友们到那栋还未修好的母子宿舍里排练节目。

1976年暑假，向阳院继续开展活动，电镀车间团支部书记张星明来当我们的辅导员，他说罗世伟去四川大学进修了。那时候，张星明正在和我家楼上赵大姐"耍朋友"，他和我们在一起还有点不好意思，我们也就拘谨一些。

后来，我进工厂工作以后，罗世伟和张星明都还在电镀车间上班。他们先后走上了中层领导干部岗位，后来都在天兴厂退休。

三、快乐的向阳院

每天早晨6点半，厂里的广播喇叭会准时响起来，《东方红》的音乐声响彻全厂。听到广播响了，我一骨碌翻身起床，几下梳洗完毕，拿着口哨就跑了出去。

每天早晨7点，是广播体操时间，辅导老师要求向阳院小朋友们集中在一起做广播体操。这么早，这些几岁、十来岁的小朋友哪里起得来，刘老师就发了一个口哨给我，叫我一大早到各栋楼房前吹哨子，把小朋友们叫起来。向阳院一分队的小朋友们分散在河两岸的9栋楼房里，战线拉得长。我跑前跑后地吹着哨子，慢慢地看见一个个睡眼惺忪的小朋友从家里跑了出来。

不过小朋友们聚在一起就兴奋起来，叽叽喳喳像一群麻雀一样闹腾。刘老师走了过来，我赶快叫小朋友们排好队等着做操。7点，广播里响起了广播体操的音乐，熟悉的男高音响起来："伟大领袖毛主席教导我们：发展体育运动，增强人民体质。第一套广播体操现在开始。第一节，伸展运动，一、二、三、四、五、六、七、八……"小朋友们随着口令，伸胳膊踢腿地做起操来。

做完早操，小朋友们各自回家吃饭，有的小朋友回家后又倒头睡了。

上午9点，每栋楼的小朋友要集中在指定的同学家里做作业，老师们要到各个地点检查。上午，我和同一楼的小朋友来到小邱家，在小邱家做作业。小邱家人口少，家里宽敞些。小邱家和屈老师家是邻居，他们门前的坝子也比较平整。小朋友们有的趴在小邱家桌子上写作业，有的把自家方凳和小板凳搬到院坝上，趴在方凳上写作业。刚开始，还安安静静的，各写各的，过一会儿，就有人调皮捣蛋了。

一会儿，刘老师和屈老师来检查了，大家就老老实实做作业，谁都不敢再作声。

做了一阵子作业，小朋友们想玩了。玩什么呢？有时候跳橡皮筋，有时候抓子儿，有时候"修房子"、踢盒子、藏猫猫。

小朋友们在一起，最爱到河里玩。河水浅浅的，清清亮亮的，水里的小鱼、螃蟹全都看得清清楚楚。我们用竹编的撮箕捉小鱼，搬开鹅卵石抓螃蟹，在水深的地方学游泳。天星沟的小河沟带给了孩子们最多的欢乐。

当年我家对面的山坡上全是大树。杉树叶扎手，干枯的金黄色松毛却很柔软。我们常常用松毛铺成厚厚的一层，当作我们的床，用松枝围成一圈，当作我们的家，孩子们的童话世界就产生了。

四、关于理想的对话

有时候，老师们会带着向阳院的小朋友们到农村支农和慰问演出。有一次到了马林坝一个半山腰的农村敬老院，给那些孤寡老人表演节目。有时候到农村送肥料。厂里各家各户都是烧煤和柴，垃圾堆里主要是烧过的柴灰和炭灰，经过发酵后也是较好的有机肥，农民挺喜欢这种肥料，经常到垃圾堆来筛肥料。老师就号召小朋友们到垃圾堆筛肥，用撮箕装了，给农民送去。

送肥的时候，老师担着一挑肥料带队，向阳院的小朋友们排着队，两个人抬一撮箕肥料，最前面是扛着向阳院队旗的小朋友，边走边唱歌。走上一个多小时，老师找到农村的生产队队长，同学们将肥料倒在生产队队长指定的地方，然后又拖着空筐子回家。往往是出去的时候精神饱满，回家路上人疲体乏，队伍就拖拖拉拉不成队形了。我和大一点的小朋友，就要配合老师，照顾着小弟弟小妹妹们，把全体队员带回家。

有一次，河里涨了大洪水，把低洼处的农田淹了，洪水退后，留下满田的沙石。老师就带着向阳院小朋友去农村慰问演出。走在路上的时候，刘老师问我长大了想做什么。我不知道我长大了能做什么，哥哥姐姐们长大了都是下乡当知青、当农民，我还能做什么？但我又不想当农民，只好含糊其词地说："长大了做一个对社会有用的人。"这其实是我爸爸常讲的话，他经常说："你们要勤劳，长大后要做一个对社会有用的人，不要成为社会的负担。"

● 天兴厂职工自己修建的游泳池，培养了天兴人的游泳爱好。天兴厂每年都要举行游泳比赛，图为比赛现场

刘老师当即就批评我："你看你，就不敢说长大了当一个农民。毛主席说：'知识青年到农村去，接受贫下中农的再教育，很有必要。'"说得我脸上一阵发烧。

向阳院的活动轰轰烈烈地开展了两年，这两年的寒暑假就这样十分充实十分快乐地度过了。1976年10月，以华国锋同志为首的党中央一举粉碎了"四人帮"。党中央开始拨乱反正，学校的学习风气也逐渐浓厚起来，学农学工的活动基本上不再开展，向阳院的活动没有人抓了，我也开始潜心学习了。

几十年过去，当年向阳院的伙伴们还鲜活地出现在我的记忆中，那么快乐，那么可爱。

爱看书的小女孩

2016年，在成都市龙泉驿区作家协会的活动中，有一位作家问我："你小时候看了很多书吗？"

我说："是啊，我小时候看了很多的书，书堆起来看都看不完。"

那位作家很诧异地看着我，说："我小时候在农村根本没有书看，你小时候还有堆起来的书看。你家条件很好吗？"

我急忙说道："不，不是我家条件好，而是那个时候三线企业的条件好，学校和工厂都有图书馆。"

这番对话，勾起了我的回忆。

1971年，我们全家随支援三线建设的父亲从泸州来到天星沟。当时的三线企业里人才云集，使我有幸生活在知识分子成堆的地方，让我可以到左邻右舍家看书，还可以在学校图书馆借书看。

山沟里的童年是清苦的，也是快乐的。清澈的小溪、巍峨的群山，让孩子们自由地成长，而书籍则是陪伴我成长的精神食粮。

一、小邱家的小人儿书

我很喜欢看书，但我家里没有什么书，只有爸爸每年被厂里评为先进时发的《毛泽东选集》《列宁全集》、马克思和恩格斯的《资本论》，还有大哥买的两本鲁迅的杂文集和外国小说《傲慢与偏见》。这些书太深奥我看不懂。三哥的中学语文课本里有好看的故事，我就经常去翻三哥的书包，找他的语文书看。

邻居邱妈家的儿子邱选成和我同龄，大家都喊他小邱。他是家中的独生子，爸爸妈妈都是厂里的正式职工。那个时候很多家庭都有四五个甚至六七个孩子，家庭经济条件都不太好，像小邱家这样的情况是绝无仅有的。因为他家的经济条件非常好，他想要什么父母就给他买什么，小朋友们都非常羡慕他。小邱家有一大抽屉的小人儿书。

小邱一家待人很和善，他家还有一个风趣幽默的姑婆，所以老老小小的邻居都喜欢到他家玩。在征得他们家人的同意后，我就轻车熟路地拉开写字台的抽屉，翻看起来。小邱抽屉里的小人儿书我都不知道看了多少遍了，每本书的每一页画面、文字说明，闭着眼睛都想得起来。

要是我发现商店又有新书了，我就会怂恿小邱去买。小邱会把新书藏在里屋，我缠着他时，他就拿出来给我看，等我看完了，他又很爱惜地拿到里屋藏起来。

二、学校图书馆的常客

我上小学三年级的时候，学校小学部开了间图书馆，曾教我二年级语文课的陈碧雍老师因为身体不好，被安排去管理图书馆。图书馆每天下午放学后开门借书，每个学生都可以凭学生证借一本。

为了办学生证，学校专门去请了30多公里外万盛照相馆的摄影师来为学生照相。摄影师在学校后面的农民房外墙上挂了一张白布，学生就背靠白布端坐着照相。我那天穿了一件白衬衣，脖子上系的红领巾很认真地翻到衣领下面，胸前露出两根红飘带，头发是妈妈用剪刀剪的齐耳短发，头顶上用梳子分出一绺头发用红毛线扎了，圆圆的脸，抿着嘴，羞涩地笑着。这张单人照后来被我从学生证上撕下来，贴在了影集里。

小学图书馆里主要是一些少儿故事、短篇小说，比如《雷锋叔叔的故事》《董存瑞》《闪闪的红星》等英雄人物的故事，也有少量中篇、长篇小说。

我看书痴迷极了，如果手里有一本没有看完的书，我一定会一鼓作气看完了才罢休。放学路上在看，蹲在厕所里也在看，吃饭的时候就把书放在写字台上，用重的东西压着翻开的书，边吃饭边看。爸爸妈妈叫我吃完饭再看，我嗯嗯地答应着，眼睛就是不愿意离开书。晚上睡觉的时候，我房间的灯熄得最晚，实在瞌睡了才关灯睡觉。

看了好看的书，我到学校就会眉飞色舞地讲给同学听，鼓动同学也去借我看过的书。如果有同学借的书是我没有看过的，为了借到那本书，我就会与同学约好，还书的时候一起去。我将自己和同学要还的书一起拿着，递给陈老师，说："我们俩一起还书，我再借她还的那本。"

图书馆的短篇小说很快就被我看完了，我的眼睛瞄向了那些厚书。按照学校的规定，小学三年级的学生是不允许借长篇小说的，但我实在渴望，就苦苦向陈老师哀求。陈老师经不住我软磨硬泡，就悄悄地将长篇小说借给我。

有一年暑假，我借了一本长篇小说《小兵闯大山》，放假前没有还，整个暑假期间就放在我枕头边，我从头到尾不知看了多少遍。书中那一群十来岁的小学生，利用暑假到大山里采黄连，遭遇毒蛇、猛兽、洪水和与坏人的殊死搏斗，看得我惊心动魄，故事情节深深地印在了我的脑海里。

三、付老师家的藏书

我们家住的这栋楼，知识分子很多，仅老师就有5人。那时候老师们都很年轻，老师家的孩子都很小。我非常喜欢小孩子，总爱到老师家里逗小孩子玩，借此机会，我把他们每家的书基本上都看完了。

我在付永义老师家看的书最多。

付老师是教高中的语文老师，身体很瘦弱，是1964年兰州大学中文系毕业的高才生。他的丈母娘每天都要坐在走廊上戴着老花镜看书看报。那个时候基本上每家都有老年人，但只有傅老师的丈母娘认识字。付老师一家人对人总是客客气气的，说起话来很中听，大家都很尊敬他们。

付老师刚搬到我们这栋楼的时候，他家有一个两三岁的女儿付艳东和一个刚出生不久的儿子付祥，我就常常跑到他们家逗小孩子玩，和付老师一家渐渐熟悉起来。

付老师家有一个书柜，里面放满了书，记忆最深刻的是《十万个为什么》全套8本，上面有好多有趣的问题。这些书看了后，我觉得宇宙浩瀚无边，太神奇了，在宇宙中，脚下的地球都非常渺小，人则更渺小。

付老师的丈母娘——我喊她"婆婆"——见我把书柜里的书都翻看完了，就踩在方凳上，从墙壁上的一个小书架里取下一本书来给我看。那本书叫《欧阳海之歌》，厚厚的，纸张都发黄了，好像是1965年12月出版的。这是一本长篇小说，写欧阳海从出生到牺牲的故事。我把这本书看了一遍又一遍。

这个时候，小学高年级的学生可以到中学部图书馆借书了，中学部图书馆的书可比小学部图书馆丰富多了。放假期间，中学部图书馆每周开放一次，学生每周可以借一本书，下周再来以旧换新。我每周都到图书馆借书，但一周一本书根本不够我看。

可是老师就不一样了，图书馆来了新书，老师可以优先借阅，假期里，老师可以借10本20本书放在家里慢慢看，等开学了再还。我家这栋楼住了5个老师，他们都经常借很多书回家，我就轮番跑到他们几家看书，《青春之歌》《林海雪原》《铁道游击队》《红旗谱》《金光大道》《沸腾的群山》《艳阳天》《巴黎圣母院》《复活》《简·爱》等中外名著都是那个时候看的。

走家串户找书看的日子里，我还学会了很多东西。我学会了包粽子，学会了用语录本的塑料皮做玫瑰花，学会了用皱纹纸做荷花，学会了做绣花枕头，学会了踩缝纫机。

四、李大姐的手抄本

1975年夏天，天星沟涨大洪水，很多人家里都进水了。付老师家被水淹后遭受了巨大损失，就搬到四合院住了。

付老师家搬走后，李大姐和伍哥两口子就搬来住进了那间屋。李大姐和伍哥都是1971年招工进厂的知青。很快，李大姐生了一个女儿，好可爱，我特喜欢，我又成了李大姐家的常客。李大姐和伍哥家成了名副其实的"娃儿窝"。我每天放学了，书包往家里一搁，就跑到李大姐家了。

伍哥也有一个书柜，里面放着很多杂志。我把伍哥的《解放军文艺》看完了，书柜上面的书也看完了，伍哥就把书柜下面的柜子打开，把里面存放的杂志也找出来给我看。李大姐和伍哥经常从厂里图书馆借书回来，我就跟着看。有时候跑到他们家的时候，李大姐或者伍哥正在看小说，我就缠着他们，叫他们让给我看。他们经不住缠，叫我帮着带他们的女儿小英，就可以把书拿给我看。

有一段时间，李大姐神神秘秘地给我们一群小孩子讲《一双绣花鞋》的故事。她讲道："在一个漆黑的夜晚，一个黑影在钟楼里闪动，露出一双绣花鞋……"惊悚的故事吓得我心惊胆战。我问李大姐故事是从哪里看来的，李大姐就是不说，还不准我们讲给别人听。终于有一天，我看见李大姐趴在写字台上，正在信笺纸上抄写什么。李大姐见瞒不住了，就说："《一双绣花鞋》是手抄本，被别人看见了要'遭'，你千万不准对别人讲。我也想抄一本，你来帮我抄嘛。"我听说过社会上正在秘密流传一些手抄本，比如《第二次握手》和《少女之心》，这些手抄本在当时都是禁书，一旦被别有用心的人知道了就不得了。我深知要"遭"的含义，那就是要被抓起来受批斗、游街、开除工作或者坐牢。我郑重地点点头，保证绝不讲出去，然后坐下来帮李大姐抄书。那本《一双绣花鞋》也是用信笺纸钢笔字抄写的，厚厚的，好几百页，用白棉线装订成一本。我抄了没几页，手就软了，就想，这么厚一本书，多久才抄得完？

五、深夜阅读《希腊棺材之谜》

20世纪70年代初期，绝大多数职工都在天星沟过年。人们来自五湖四海，在当地都没有什么亲戚，厂里的同事、同学、朋友就互相串门拜年，也不在谁家吃饭，春节还是很有意思的，也很热闹。后来，交通条件逐渐改善，那些离家近的人就回去过年了，春节变成了天星沟最冷清的日子。如果全家人都走了，就要请一个熟人在他家住宿，以防小偷。好几年春节，我都被叫去给别人守屋。

有一年春节，我给李大姐家守屋。陈希全叔叔借了一本书给我，名字叫《希腊棺材之谜》。陈希全是一个热心人，在厂工会工作，还是乐队的鼓手。他写得一手好字，晚年经常为办丧事的人家写挽联写悼词。

《希腊棺材之谜》被誉为推理小说中的"圣经"，是美国作家埃勒里·奎因的绝世经典。这本书的故事情节我已经记不得了，但我看这本书时受到的惊吓却记忆犹新。那时候，我就是一个十来岁的小女孩，一个人在别人家里住着，看书看到半夜，想睡觉时却满脑子都是书中描写的恐怖场景，而楼房的后面就是哗哗的河水声，四周全是黑漆漆的大山，我害怕得用被子蒙着头。

我就像一只书虫一样"啃"着一本本书籍。看书的日子伴随着我从童年走向少年，从少年走向青年。中外名著，畅销小说，看了好多好多。《暴风骤雨》《创业史》《野火春风斗古城》《敌后武工队》，高尔基的

《童年》《我的大学》《母亲》，巴金的《家》《春》《秋》，《红楼梦》《水浒传》《三国演义》，还有《钢铁是怎样炼成的》《安娜·卡列尼娜》《复活》《福尔摩斯探案集》《傲慢与偏见》，等等，都是那些年代看的。20世纪80年代又看琼瑶的言情小说。看书使我知道了世界很大、很精彩，对生活充满幻想；看书使我接受了革命理想主义的熏陶，心中常常热血沸腾，激情澎湃；看书也让我常常有写作的冲动，最终变成了一个写作爱好者。

初中毕业后，我考上了中专

1975年秋季，我开始读初中，班主任及语文老师是潘贞顺老师。刚跨进初中一年级的教室时，我立即就被墙上贴的条幅吸引住了，还记得其中一幅写的是"严是爱，松是害，不管不教要变坏"。见我惊叹的表情，潘老师得意地说，这是她请人书写的，装裱了贴在墙上的。教室的布置，让我明显感觉到了初中和小学的不同。

刚上初中的时候，"文化大革命"还没有结束，国民经济也很困难，我们的课本都不能及时供应，老师就号召大家去借高一级或高两级同学的课本。

初一和初二的时候，学校还经常组织学生"学工""学农"。我们到山上帮农民修过水库，帮农民割青草倒进田里，据说可以沤成有机肥。

1977年，邓小平复出工作后，国家各方面工作逐步步入正轨，高考也恢复了，学校的学习风气逐步浓厚起来，老师们教学热情高涨。那时候，也没有什么课外辅导书，老师们自己动手刻蜡板，给我们油印了大量的课外练习题，各科老师都有，教数学的穆兆贞老师给我们油印的练习题最多。当时很多同学做作业做得直叫苦，现在想起来，才觉得那个时候的老师是多么好，不计报酬、毫不保留地教给我们知识。

1978年，我初中毕业。这一年，由于国家政策的改变，对我们这届学生的命运产生了重大的影响。一是当年初中毕业、年满16周岁、是家中长子或者家中已有两个知青的，可以直接进厂当工人；二是初中毕业可以参

● 1978年5月，天兴厂子弟校初三二班部分同学合影。第二排左三为物理老师许淑秀，左四为语文老师潘贞顺，第三排右四为作者晓露

加统考，考高中或中专。因家长担心自己的孩子将来会到农村当知青，对于进厂的机会绝对不愿放过，因此凡是符合条件的孩子都选择了第一项政策，从而导致我们这个年级两个班的同学有三分之一进厂当了工人。第二个政策使我考上了中专，走出了天星沟。

1978年春季的一天，老师走进教室，向同学们宣读了关于报考普通高中和中专的通知。我听了感到非常诧异，因为在子弟校里可以直接读到高中，从来不需要考试，我们的子弟校不收地方上的人，我们也没有想过要到地方上的学校读书。

没有哪个老师给我解释过中专就是中等专业技术学校的简称，我得到的解释是：中专就是可以到其他地方读书，毕业了国家负责分配工作，工作了就是干部身份。中专分省部级重点中专、地区中专和县级中专，中专的各种类别也表示毕业后学生的分配去向。

中专是什么我并没有搞懂，但能够到外面读书却极大地诱惑了我。进沟7年了，我才回过一次老家，我太想出沟了。

中考是在南川县先锋乡中学进行的。和我们的子弟校相比，这个地方上的中学条件就差多了。

考上中专的几名同学，由教师带领到南川县人民医院体检，体检完后已经是下午5点多了，已经没有回家的客车了。老师征求我们大家的意见，一是住在南川县城，明天早上坐早班车回去，二是现在步行回去。我们几个15岁的同学，都舍不得花8角钱的住宿费，就异口同声地要求走回去，就这样，我们踏上了回家的路。回家有18公里的路程，说起来容易，走起来却感觉非常遥远。我们没有带任何食物，也没有吃晚饭，走出县城也没有地方吃饭。我们越走越饿，越走越抬不动腿。走到晚上八九点，我们到了先锋乡，才走了一半的路。老师说："我们还是把饭吃了，住下来吧，明天再坐车回去。"这时候，没有人再逞强，就听从老师的安排住了下来。

填志愿的时候，我不知道该怎么填，父母也不懂。邻居唐国基叔叔来关心我，指导我填了志愿。我看见学校的名单中有泸州化学工业专科学校（以下简称泸州化专）中专部，是省重点中专，就一心想回家乡读书。唐叔叔就说，每个人可以填6个志愿，最想去的学校就填在第四个志愿。我就这样填了，结果真的被这所学校录取了。

在泸州化专读书的日子

1978年9月，我来到泸州化专读中专，于1981年7月毕业。泸州化专为四川化工行业培养了很多人才，四川很多化工厂的大部分技术和管理人才都是泸州化专毕业的。我们在校期间，学校有2000多名中专生，还有2000名多技校生。学校有校办氮肥厂，每天有工厂的冷却水供应给洗澡堂，我们每天都可以到大澡堂洗热水澡。在当时，有这样条件的学校算很不错的了。

开学的时候，校长在开学典礼上讲话，说全国只有百分之几的人能够考上中专，而能够考上省重点中专的就更少了，说我们是时代的骄子，将来是祖国的栋梁之材。说得我们倍感自豪，热血沸腾。

我们班是化工仪表一班，化工仪表专业是学校新开的专业，师资力量非常强。我们班50个同学，有三分之二是应届初中毕业生，有三分之一是当过知青的往届高中毕业生。我们年级的同学最小的只有13岁，最大的有23岁，最小的同学和最大的同学年龄相差10岁，文化程度也参差不齐。我们是"文化大革命"后恢复统一中考后的第一届应届中专生。班上那些当过知青的同学都非常珍惜这来之不易的学习机会，学习非常刻苦，而我们应届初中毕业生基本上都是原来班上的学习尖子，学习也非常努力。在"文化大革命"中消沉了10年的老师们也焕发了教学热情，教学非常认真。

我们的第一任班主任老师是李炳武，他是留校往届毕业生，当我们班

● 1979年9月14日，泸州化专化工仪表一班全体同学合影。第二排正中的男老师是班主任李炳武，第二排右四为作者晓露

主任时，还是一个20多岁的年轻人。李老师同时担任化仪一班和二班的班主任，开班会时他就将两个班合并在一起开，外出春游或实习也是两个班在一起，所以我们两个班的同学都很熟悉。李老师是一个非常认真、管理严格、追求上进的人，在他的管理下，我们两个班在各方面都很出色，学习成绩、遵守纪律、文艺体育、寝室卫生等各个方面都是先进，是学校有名的先进班级。

刚到学校的时候，全国的经济条件都不太好，吃饭还需要粮票。我们第一年统一伙食，每日早餐都是苞谷粑和稀饭。第二年改成学生自己买饭菜票打饭打菜，伙食就好多了，早餐基本上不吃苞谷粑了。

刚进学校的时候，学校优惠给每个学生发了一套蓝色工作服，布料有点像现在的牛仔布。在那个每人每年只发一丈五尺布票的年代，大多数人都没有什么像样的衣服，这套蓝布工作服几乎成了我们的学生服，无论男女都爱穿，一直穿到毕业。

我们学校有校办氮肥厂，很多学生都在那里实习。我们两个仪表班很幸运，学校安排我们在重庆的川仪总厂实习了两个月，还在成都的军区氮肥厂实习了一个多月。川仪总厂上海人很多，因为这个厂是上海援建的三线企业。

在泸州化专读中专的时候，我周末经常离开学校到亲戚家。在泸州读书三年，使我已疏远的亲情又亲近起来，也加深了我对故乡泸州的了解。

从泸州回天星沟的交通，是非常艰难的，要转很多趟车。可从泸州乘汽车到隆昌转火车，也可以乘轮船到重庆转火车，坐火车到万盛，在万盛乘厂里的班车回天星沟。

从隆昌乘火车要在小南海站转一趟车，那时候人多车少没有秩序，上车下车都靠挤。最烦的就是春运期间坐闷罐车。闷罐车车厢里没有座椅、没有厕所、没有水、没有照明灯，没有列车员提供服务，没有广播提醒到站信息。乘客坐在自己的行李上或席地而坐，只有几个小小的窗口透气。想知道是否到自己下车的站，只能每次停车时看清楚站台上的路牌的指示。上厕所是最大的问题，有的人忍不住了，就会在众目睽睽下在车厢角落解决问题，所以车厢里总是充满屎尿臭味。中途有两个站停的时间长点，乘务员就会在车下喊大家可以下车上厕所了，但下了车哪里来的厕所？实际上就是在铁路边的田野随便解决。那时候绝大多数人都没有手表，也不知道火车要在站上停多少时间，所以每个下车方便的人都非常慌张。

火车晚上10点多到达终点站万盛站，我要背着行李以最快的速度冲出站，去寻找我们厂的班车，以期望找到一个好一点的位置。厂里的班车是解放牌带篷货车，车上没有座椅，我很麻利地爬进车厢，最好能够站在靠车头的位置，这样晕车没有那么厉害。

厂里的班车都是在曲曲折折的盘山公路上行驶，路面不平，汽车颠簸得很猛烈，我每次都会晕车，吐得非常厉害。厂里的班车一般要半夜12点过才能到达，班车在车库停下，大家还要自己走回家，幸好我家离车库最近，几分钟就到家了。

开学的时候，要离开家到学校，厂里的班车早上5点出发，我必须早上4点起床。我读中专的时候才15岁，每个假期就是这样独自一个人起早贪黑地来回奔波的。经过这样的锻炼，我变得非常泼辣、大胆、能吃苦，在父母身边娇生惯养的孩子是做不到的。

我后来才知道，我们班上四个说普通话的人，包括我、程剑龙、倪德亮和晏南珍都是三线企业的职工子弟。

程建龙的父亲是江苏人，母亲是陕西人，是核工业部负责安装设备的单位的职工。1963年，程剑龙出生在甘肃省嘉峪关市的大沙漠里。在他出生前，他父母在大沙漠里住的是地窝子，他出生后条件稍好些，住的是干打垒房。甘肃的项目安装完成后，他父母来到四川省广元市的大山里，在另一个核工程安装设备，然后又来到重庆市涪陵区白涛镇816核工程安装设备。程剑龙就随着父母四处漂泊，于1978年考上泸州化专，中专毕业后分配到涪陵地区武隆县化工企业工作，工作几年后调回江苏省，后来又辞职到山东省创业开工厂。倪德亮毕业后回到父母所在的化工研究院工作，后随单位搬迁到成都。晏南珍毕业后回到父母所在的核工业部企业工作，在该企业退休后在成都定居。

现在说到三线建设中那些难忘的艰苦岁月，几个同学都很激动，都支持我将三线建设的故事写出来。

20 世纪 80 年代的新一辈

　　20世纪80年代，是理想主义盛行的年代，是激情燃烧的岁月。80年代的年轻人，正值青春年华，我们唱着《年轻的朋友来相会》，胸怀革命理想，对工作充满热情，热爱学习，追求文凭，把雷锋视作楷模。

我送同学到南川磷肥厂工作

1981年7月，我从泸州化专毕业了。我和同学们们唱着"光荣属于八十年代的新一辈"，热血沸腾、意气风发地离开了学校。

那年，我们学校的毕业分配方案迟迟没有公布，就叫学生们回家等待。

我先到一位同寝室的同学家玩了8天，她家在内江市。那年，长江流域和沱江流域发生特大洪水，水位突然上升几米到十几米，位于沱江边的内江市，很多街道都被洪水淹没了。同学家所居住的街道位置较高，家里也进了一米多深的水，比她家低的街道房屋全都淹没到顶了。我们到达内江时，街道上还堆积着铲成一堆一堆的淤泥石块，她家里还有很明显的被水淹的痕迹，水位线有一米多高。她带着我逛街时，看见街上很多摊位贱卖被水浸泡过的商品。她带我去动物园玩，结果猴子、老虎等很多动物都被淹死了，动物园没有开放。

在同学家玩了8天，我们两个心里很不踏实，就回到学校等待分配。每天闲着没事干，一位之前带着我们做课外实验的老师叫我们继续帮他做实验，我们就在老师指导下设计电路，自己腐蚀电路板。

在学校待了一个月，工作分配的事情还是没有着落，我们就回到各自的家，一直等到12月初才得到毕业分配通知书。

拿到毕业分配通知书，我就到涪陵地区工业局报到。那年一共有12名泸州化专各个专业的学生被分配到涪陵地区，我和重庆的一位女同学被分

● 1981年12月5日，被分配到涪陵地区的泸州化专同学合影。第二排右二为作者晓露

到了南川。

我和同学到南川县工业局报到后，又到南川县人事局报到。人事局的干部问了我们两个的情况后，对我说：“我先不分配你。你们这些国防厂的子弟都不会安心在我们地方上工作，与其今后闹着调走，还不如你现在就回去联系调回厂里，省得今后麻烦。”人事局干部将那位同学分到了南川县磷肥厂。

1981年12月14日，我送同学到南川县磷肥厂报到。这个厂在距离南川城区8公里左右的北固。当我们走进厂区的时候，我和同学的表情都变得非常凝重。

天啊，这也叫工厂？厂区内到处都是黑色的灰，厂里的人说这就是磷肥。下班的工人就像煤矿工人一样，除了两个眼睛在转动，除了牙齿是白的，整张脸都是黑色的。工人就是周边的农民。难道我的同学今后就要在这样的环境中工作？

没有人的时候，同学就伤心地哭。我也很难过，我也接受不了这种环境。我们天兴厂，水泥公路，路灯明亮，厂房、住房都整齐排列，到处都是干干净净的，工人穿着也是干干净净的。和上万人的泸州化工厂相比，我的父母一直都说只有几千人的天兴厂是小厂，但这个只有几百人的磷肥厂在地方上却算大厂。我在学校时去实习的几个化工厂环境都比这里好，我不知道这世上还有这样糟糕的工厂。

将同学送去南川磷肥厂后，我也回到天兴厂报到了。

这位同学比我大5岁，父亲在重庆钢铁工业学校工作。她高中毕业后下乡当了3年知青，又到泸州化专读了3年中专。她的男朋友已经在重庆长江钢厂工作3年了，就等着她中专毕业、参加工作后结婚。本来她一心想回重庆工作，没想到那年重庆的学生一个都没有被分回重庆。

过了一年，同学生了女儿，我骑车26公里前去看望她。她参加工作刚好两周年的日子，就被调回了重庆，我又到北固送了她。

以我们当时的认知，我回到了天兴厂工作，所有人都认为我比她幸运，比她分得好。但过了30年再回头看这个问题的时候，我们两个人的认识都有所改变。就像毕业前老师说的那样，到大厂好还是小厂好，各有各的好，就看你看重什么。大厂条件优越，工作稳定，但小厂也许机会更多，有一种说法叫"宁当鸡头，不当凤尾"。

同学说，如果我被分到南川磷肥厂工作，第二年就有去大学深造的机会，她是因为要回重庆才放弃了读大学的机会。那个时候地方上太缺少人才了，每年毕业的大中专生都重点倾斜到大型国有企业了，我们是第一批被分到南川县的中专毕业生，南川县政府高度重视，迅速将有培养前途的中专生送到大学培训，毕业后就委以重任。

我的第一个工作岗位

1981年12月29日，我拿着南川县人事局开具的调令来到天兴厂组织部报到。组织部的领导说，马上就是元旦节了，元旦节过了很快就是春节（1982年1月25日是春节），很多单位都放假了，让我来年2月1日再来。

1982年2月1日，组织部将我分配到了检验处，检验处又将我分配到了理化室热工仪表组。理化室主任郑新强将我带到了理化室。

理化室是物理化学分析室的简称，主要是对军品材料进行物理化学性能分析检测。理化室在小件车间后面，一个独立的小花园里的一座独立的二层楼房。一楼有金相室、仪表室、室主任办公室、机加房、性能室，二楼是化学分析室。按当时八级工制度，理化室各个专业都是学徒期3年、最高八级的技术工种，是最好的工种。理化室非常干净，地板是水磨石的，光滑如镜。理化室冬天有暖气，夏天有风扇，还有洗澡堂，是全厂工作环境最好、待遇最好的地方，在这里工作是非常令人羡慕的，在这里工作的年轻人都会被认为是"有关系"的人。

后来我才知道我的"关系"是谁。听说我被调回厂里了，邻居们都来关心我。和我家同住一楼的邱鼎成师傅在理化室热工仪表组工作，他说我学的是化工仪表专业，适合在理化室热工仪表专业工作。住三楼的李宗红师傅是理化室化学组组长，他说我是化工学校毕业的，可以到理化室化学分析专业工作。是他们两个老师傅去给检验处领导建议，我才被分到理化室的。

● 1983年5月，科研所搬离理化室，欢送理化室全体同志重新回到检验处。第二排左六为作者晓露

热工仪表组的工作职责，就是负责全厂的测温仪表和压力仪表的检定、维护和维修。这些仪器仪表的原理我在学校都学过，在工厂实习时都使用过，所以一上班就能直接进入工作状态。全厂的测温仪表主要分布在工具车间、冲压车间和油丝发条车间的热处理工段，我们经常要跑现场，工作还是很辛苦的。

邱鼎成师傅是热工仪表组唯一的老师傅，他和我父亲一样，是从泸州化工厂调来的，是对工作极端认真负责的老师傅。他是技校毕业生，比我父亲更有文化。任何时候，车间发生紧急情况时，邱师傅总是立即带领我们奔赴现场，从不耽误。我们的工作需要细心和耐心，邱师傅容不得我们有半点的粗枝大叶。我们上班第一件事就是打扫卫生，他要求我们只能用半干的拖把拖地，原因是室内都是精密仪器，怕潮湿。用过的抹布必须用肥皂搓洗干净，洗出抹布的本色。有一次，我们重新安装仪表室的日光灯管，我将电线沿着吊日光灯管的铁链子穿下来，穿的时候是每隔两扣穿一次，邱师傅要求我拆了重穿，每隔一扣穿一次，还要按同样的方向穿过，这样才美观。

热工仪表组还有文善超和金晓琴两位女同事，她们两个都要比我大一些，都当过知青，当时都怀有身孕。正因为她俩行动不便，我才拥有了更多的出差学习的机会。那几年，凡是到重庆和其他地方的学习和出差，都只有派我去。我们每年会到重庆出差，到长安厂、建设厂送检计量标准器，还要去重庆参加国家计量标准器具检定标准的学习和考计量检定员证。

有一次，化学分析组需要到重庆北碚的川仪一厂购买铂金器皿，郑新强主任就叫我去买，还要到财务科领空白支票，带上空白支票去。郑主任说，只有我胆子大，敢去外面出差，派其他姑娘小伙子都不敢去，因为他们没有出过远门，怕找不到路，怕出去遇到坏人，甚至连家长都不让去。郑主任说的这种现象具有普遍性，因为在山沟里长大的三线子弟都没怎么出过沟，对外面的世界是既憧憬又恐惧。这时候，我才知道在泸州读3年中专对我的锻炼是非常有用的。

理化室郑新强主任也是很负责很细心的人。他带领人到各工作室检查卫生时，会戴着白色细纱手套，专门去摸卫生死角，发现没有打扫干净就要重新来过。郑主任的毛笔字写得很好，写标语、写通知都是他的拿手好戏。理化室有一辆公用的"二八"圈加重自行车，郑主任经常用油棉纱把钢圈擦得锃亮，不见一丝锈迹和灰尘，同时他把理化室的花草也侍弄得很茂盛。

1982年5月，天兴厂科研所成立，地点就在理化室，理化室被从检验处划归科研所。但理化室建筑面积太小，科研所设在理化室并不合适，所以一年后，科研所就搬走了，理化室又回归检验处。

我当上了团支部书记

我在理化室工作满一年后，转正为热工仪表技术员。我对自己的职业规划非常简单：认真工作，干好本职，当好一名技术员，然后逐步升级为助理工程师、工程师。我过着单纯、平静而快乐的生活。

1982年12月下旬，检验处党支部书记王刚把我叫到他的办公室，对我说："小刘，检验处原团支部书记宋开元年龄大了，现在到402检验工段任工段长去了，检验处需要一个新的团支部书记。我们了解到你人年轻有朝气，有文凭，很有组织能力，组织上决定让你来担任检验处团支部书记，是全厂唯一的专职团支部书记。当然，为了你的前途考虑，我们还让你兼任人事劳资员。"

对于党支部书记的谈话，我内心的感受非常复杂。喜的是，能够得到领导的信任，这是每一个年轻人都会高兴的事情；忧的是，在那个年代，共青团具有非常重要的地位，我从来没有当过团干部，担心自己当不好；难过的是，自己要改行了，自己在学校学了几年的专业知识没用了，工程师的梦做不成了，今后的前途是什么不清楚。所以，我并没有立即答应王书记的安排，而是对王书记说："我回去考虑考虑再答复。"

回到家，我向父亲说了这件事。父亲是一个已退休的老工人、老党员，他高兴地对我说："听党的话没错，服从组织安排，领导叫你做什么就做什么。"

我们理化室主任郑新强和我的师傅邱鼎成都认为，能够到机关办公室

● 1985年10月，共青团国营天兴仪表厂第四届团委委员合影。前排左一为作者晓露

工作是"高升"，是值得高兴的事情，他们觉得我应该去。第二天，一大群同事热热闹闹地把我送到了办公大楼，送到了新的工作岗位。

头两天，我完全没有进入角色。当别人都去忙工作的时候，独剩我一个人在办公室里不知所措，我就想起我在原岗位时干得多么得心应手，和同事相处得多么愉快，我的眼泪就刷刷刷地流下来了。恰在这时，被走进办公室的同事吴志英看见了，她就去隔壁领导办公室对领导说我在哭，慈祥的王书记急忙过来关心我，问我怎么了，我哭哭啼啼地说："王书记，我不想当团支部书记，我还是想回去当技术员。"那个时候，我还没有满20岁，心理还很脆弱，还是一个柔弱的小女孩，动不动就哭。

王书记耐心地开导我，叫我再好好想想。王书记走后，张代金主席走了进来。张主席是我同年级不同班的同学张维刚的父亲，是我们单位的分工会主席。他严肃地对我说："小刘，我听说你不想当这个团支部书记。实话对你说，把你调上来当团支部书记是我向书记建议的。我听我儿子说，你曾组织你们一个年级两个班的同学开同学会，说明你很有组织能力，所以这次我才向书记推荐了你。如果你觉得这个决定是害了你，你还可以回去当技术员，但我希望你先试几个月再做决定。如果你要怪就怪我，但我相信再过20年，你一定会感谢我。"

不用等到20年，只过了3个月，我就万分感谢张主席了。

1984年元旦节后，在党支部和团委的协助下，检验处召开了全体团员大会对我履行选举程序，我正式成为团支部书记。那时候，检验处是全厂最大的单位，有300多个职工，其中28岁以下的青年占了一半以上，共青团员有八九十人。在团支部大会上，我第一次对着这么多人讲话，为了掩饰我紧张不安的情绪，我讲几句话就会哈哈笑一声，大家就记住了我是一个爱笑的人。

新的工作，全方位地锻炼了我的组织能力和沟通协调能力，为我后来走上更重要的工作岗位打下了坚实的基础。新的工作，让我走进了工厂的行政和科技中心办公大楼，让我有机会接触到工厂的各类高素质人才，从而大大拓宽了我的视野和活动空间，让我认识了一大批爱学习爱工作的同龄人，进一步激发了我的求知欲和进取心。我的人生就因为这位同学家长的一次建议而改变了。

张主席还对我说过一句话，让我终生受用。我当了团支部书记后，工作中难免会遇到挫折，有时会感到委屈，委屈了就爱哭。有一次，我又在办公室默默流泪，被张主席看见了，他听完我的诉说后，叹口气说："小刘，你就是太在意别人的看法了。哪个人能够做到十全十美？怎么可能人人都说你的好话？只要自己觉得是正确的事情，就大胆去做，不要管别人说什么。"

像张主席这样鼓励我帮助我支持我的领导很多，他们像我的长辈，像爱护自家的孩子一样爱护我，和我谈心里话，为我指点迷津，我发自内心地感谢他们。

丰富多彩的团支部活动

这里要介绍一下我们检验处。在生产军品时期，"军品生产，质量第一"，全厂各个环节检验产品质量的岗位都归检验处管理，包括材料入厂验收的理化室、负责量具检测的计量室、负责产品试验的试验站和各个生产车间的质量检验工。检验处是全厂涉及面最广和人数最多的单位，因而团员也分布在全厂各个地方，这让我的工作范围增大了很多。

我们检验处处长邓超群是一个文体爱好者，也是一个十分要强的人，不论工作还是文体活动，他样样都要争第一。他和党支部书记王刚都直接过问团支部的工作，都对团支部工作给予了大力支持。

团支部的工作还得到了团委的大力支持。团委办公室就在我的办公室对门，当时的团委书记是秦杰，团委干事有陈志平和刘犇。一年后，团委改选，秦杰因超年龄，不再担任团委书记，工厂委任他为审计处处长。陈志平当选为新的团委书记，团委干事除刘犇外，还新增了郑刚和夏莉，我也当选为团委委员。

我当了团支部书记后，团委安排的第一个任务就是组织共青团员们学跳集体舞，由厂里三个最大的团支部，即检验处团支部、机装车间团支部和大件车间团支部组织团员一起学习排练，在五四青年节时进行表演。组织这样的活动是有原因的。在"文化大革命"期间，人性的东西被禁锢，电影都是革命题材，没有谈情说爱和家庭生活的内容，青年男女之间界限划分得非常清晰，男女之间说句话都会脸红，更不会有手拉手的动作和打打闹闹的亲热举动，青年男女在一起是比较拘束和尴尬的。组织青年们跳男女手拉手的集体舞，就是想打破这种禁忌，活跃气氛，给青年男女创造接触机会，解决婚姻问题。学跳的舞蹈名叫《青年圆舞曲》，就是青年男女手拉手围成一圈跳舞，动作很简单，跳得的人越多越好。每一次排练都是在职工食堂的大厅里进行，参加排练的人一般有五六十人甚至更多，以我们检验处团支部为主，我是主要组织者，组织工作还是有一定难度的。

有一天下午3点，已经通知了三个团支部下午5点排练，我突然发现磁带上的音乐被人无意间洗掉了。没有音乐，一会儿怎么排练？把我吓得出了一身冷汗。怎么办呢？我突然想起在二楼厂办公室工作的秘书丁先星会拉手风琴，我就去找他商量，求他到广播室帮我们拉一曲，广播室帮我们录音。丁先星愉快地答应了，广播室播音员文瑶和电工穆德福给予了热情的帮助。我们临时组成了一支小乐队：丁先星拉手风琴，穆德福担任打击乐手，"乐器"是办公桌和倒扣的喇叭，我敲打搪瓷盆。文瑶负责录音。录出来的音乐效果还不错，排练时竟然没有人听出来是我们新录的音乐。

五四青年节演出开始，当男女青年随着音乐手拉手跳起舞来时，全场响起了热烈的掌声。

青年集体舞演出成功后，青年男女之间的关系变得轻松活泼多了，厂里开始组织学跳交谊舞。最初跳交谊舞的骨干力量是当时四五十岁的中年人，比如我们检验处的张代金、朱兰英、吴忠斌等。后来厂里每个周末晚上都要在灯光球场举办免费舞会，参加的人老中青都有，每场都会有几百人参加。

那几年，每年都会分来一批大中专毕业生，新来的大学生带来了桥牌热，我们就请大学生教大家打桥牌，还举行桥牌比赛。中央电视台经常举办各种各样的知识抢答赛，我们也学着组织知识抢答赛。为了给青年人创造更大的活动空间，各个国防厂的团委还经常组织联欢活动，走出去，请进来，非常活跃。

除了文体活动外，组织共青团员突击生产任务也是共青团的一大特色。有时候，会出现某个车间生产任务告急的情况，我们团支部就会组织团员利用业余时间去支援。

我任检验处团支部书记不久，科研所的工程师武卫华就被提拔起来任我们检验处副处长，一年后升任天兴厂党委副书记。仗着他是我的老领导的关系，我找他批了两次条子。一次是30多公里远的万盛新修了公园，我请求他给我们派了一辆大客车，载着我们支部的团员去逛公园；另一次是请求他派了一辆大客车，载着我们的团员去与红泉厂的团支部联欢，到山泉药物种植场参观各类药用花卉，到新修的南川交易大楼乘电梯。这两次活动令我们支部的团员非常自豪。

每年元旦节前，检验处都要举行迎春联欢会，检验处全体职工一起载歌载舞辞旧迎新，气氛非常热烈。那两年的迎新联欢会就是由我负责主持。

团支部丰富多彩的活动，令我大开眼界，并使我的能力得到展现和提升。我们团支部活动比其他团支部更丰富，也令我们的团员特别自豪。很多年过去了，当年的团员聚在一起，还有人对我说："我工作后最快乐的时光，就是在你领导下的团支部时期。"

● 1985年春天，作者晓露穿着"安然衫"在南川山泉药物种植场

1985年1月，我参加了团委组织的骨干团干部到成都参观学习活动，参观了都江堰，开了眼界。

当了团支部书记后，我的穿着打扮风格也有了一点改变。我本来是一个很不会打扮的人，穿着一直都很朴素、很保守。当了团支部书记后，团委的一个节目演出要穿黄色毛衣和大红色喇叭裤。衣服都是自己买的，平时也要穿，所以我很快接受了时髦打扮，和那个年代的年轻人一样开始穿高跟鞋、穿喇叭裤、烫卷卷头，每周都到理发店把头发吹得很有型。顺便说一句，在南川那个偏僻的县城，我们五家隐藏于深山沟中的国防厂引领着当地的时尚潮流，几个厂的人穿着打扮紧跟上海、重庆的潮流，在当地永远都是标新立异的带头人。

● 2017年11月6日，龙泉驿区作协部分作家和中国文联主席、中国作协主席铁凝在成都洛带。左三为铁凝，左五为作者晓露

20世纪80年代中期，根据著名女作家铁凝的小说《没有纽扣的红衬衫》改编的电影《红衣少女》上映了，在全国引起很大反响。影片中的主角安然穿的那件没有纽扣的红衬衫，很快在全国流行开来，成为时尚少女的标配。我到重庆出差，看见满大街的女孩子都穿着红色的"安然衫"，感觉太美了，就一口气买了两件，一件乔其纱的，一件柔姿纱的，穿回厂里，引得姐妹们好生羡慕。陈桂芳要求我将乔其纱的那件分给了她。很快，全厂的女孩子几乎人人都有了一件红色的"安然衫"。2017年11月，应龙泉驿区作协的安排，我在成都市洛带古镇，见到了心中的偶像、中国文联和中国作协主席铁凝女士，让我回想起满街都是红衬衫的年代。

学雷锋活动

雷锋（1940年12月18日—1962年8月15日）生前是一名普通的解放军战士，1962年不幸因公殉职。1963年3月5日，毛泽东主席题词"向雷锋同志学习"，从而在全国掀起了学习雷锋的热潮，每年3月被定为"全国学雷锋月"。

雷锋对后世影响最大的是以其名字命名的雷锋精神。雷锋精神是为共产主义而奋斗的无私奉献精神，忠于党和人民、舍己为公、大公无私的奉献精神，立足本职、在平凡的工作中创造出不平凡业绩的"螺丝钉精神"，苦干实干、不计报酬、争做贡献的艰苦奋斗精神，归根结底就是全心全意为人民服务的精神。雷锋精神影响了后来一代一代的中国人。

那些年，厂里每年3月都要开展学雷锋为民服务活动。这个活动由厂工会和厂团委共同组织，通常是利用周末休息时间，各分工会和各团支部到广场上摆摊设点，义务为全厂职工家属提供免费服务。这些服务非常受天兴人欢迎，因为当时天星沟没有什么服务业，学雷锋活动帮助职工家属解决了一些生活问题。

各分工会和各团支部挖空心思，利用各自擅长的技能，义务为民服务。有的修自行车修收音机修手表，有的补锅补盆，有的理发修面，有的裁衣服熨衣服，有的把家里的缝纫机抬出来为大家缝缝补补，有的磨菜刀、磨剪刀，有的摆读书摊，还有医院的医生护士为群众量血压、量身高体重。每年的学雷锋日都很受欢迎，广场上就像赶集一样热闹，很多摊位

● 1986年1月，为了庆祝检验处团支部荣获1985年度先进团支部，检验处团支部全体团干部合影留念。后排右二为作者晓露

前排起了长队。很多人家平时将漏了的锅碗瓢盆收集起来，专等着"为民服务"这天来补。

我们检验处也有自己擅长的事情。理化室的郝玉贤和郑新强都是理发高手，他们平时在单位就长期义务为同事理发。"为民服务"的时候，他们就为群众义务理发。计量室的陈吉祥是块规修理高级技师，他将他的看家本领拿出来为大家磨刀，磨出来的刀又亮又快。电镀车间检验工段的刘燕玲是个聪明美丽、心灵手巧的女孩，为民服务的时候，她为人们现场裁剪衣服或熨烫衣服，每次都会有人慕名而来，将提前准备好的布料交给她裁剪。理化室仪表组工作中会使用电烙铁，为民服务的时候，就用电烙铁为人们补搪瓷盆或搪瓷碗，到这个摊点来请求补盆的人总是排满了长队。

我们团支部的照相项目也是非常受欢迎的，因为那个时候，厂里没有照相馆，家里一般都没有照相机，要想照一张相是比较困难的事情。我们提供的服务很受年轻人和孩子的欢迎，这是别的团支部望尘莫及的项目，因为检验科理化室金相室配置有最精密的照相和洗相片设备。

其实那个年代，学雷锋活动并不限于学雷锋月，在日常生活和工作中，人们相互帮助、助人为乐都是发自内心的，毫无作秀的成分。

军品204产品庆功大会

从1966年建厂至2000年，天兴厂发展以生产经营为主线，划分为四个时期。

一、基本建设和军品生产准备时期（1966—1974年）

从开始建厂到实施工厂竣工验收。

二、单一军品生产时期（1975—1980年）

这个时期全部生产军品。企业建厂时引进了多个国家的高精设备，拥有地方企业难以相比的军工优势。从1975年开始少量投产，以后逐步上批量，并在1979年首次实现盈利。之后，该军品转产。

三、军民结合多品种生产时期（1981—1989年）

在老军品转产之际，恰逢国家第一次提出"保军转民"的战略方针，企业在转产新军品的过渡时期，首先集中精力上民品。按照上级的统一规划，第一次上的民品就是"铁塔"牌机械报时座钟和定时器。企业充分发挥了军工实力，零部件从内到外全部自制，封闭生产，在一两年时间里就

● 1988年6月，攻克二〇四军品庆功大会在露天广场举行

形成年产20万台座钟的能力。该产品后因市场变化而下马转产。

从1981年开始，企业开发的新军品需求量增加，也很快形成批量生产能力。在座钟下马之后，新军品就发展为主导产品，同时企业又加强了军品的研制开发。依靠军品，企业从1984—1989年，连续6年实现盈利，为国防建设作出了重要贡献。

在这一阶段，企业以军品为基础，在座钟产品之后，又开发了一系列新的民品，包括电风扇、公安产品、汽车制动器、车用仪表等，其中，摩托车仪表、汽车仪表得到突出发展。企业开发车用仪表是1984年开始的，开发的第一块表就是嘉陵JH70型摩托车仪表，其质量优异，在国内同行中率先获得成功。接着又开发了建设CY80摩托车仪表、长安微型汽车仪表。由于军品任务较重，民品车用仪表在起步的前5年中，生产规模较小。

四、车用仪表专业化规模生产时期（1990年至今）

1990年，天兴军品除研制计划外，生产计划大幅削减。此时民品生产还未形成规模，企业陷入困难境地，经济处于亏损状态。在困难面前，企业党政狠抓职工思想观念由计划经济向市场经济的转变，丢掉军品幻想，立足民品，背水一战，奋力拼搏，突出发展已开发成功的车用仪表，终于抓住了国家"八五"时期摩托车、汽车市场高速增长的

● 天星沟里这些房子都拆了，但这座小桥还在，就是通往天星两江假日大酒店的那座桥，只不过被装扮一新了。图为作者晓露拍摄于2005年7月1日

宝贵机遇，走向全国市场，迅速形成大规模生产。1992—1995年，车用仪表年产量从20多万套，上升到50万套、100万套、150万套、200万套，效益同步上升。在1996—2000年的"九五"时期，全国两车市场竞争日益白热化，企业奋力拼搏，尽管效益有所下降，但在生产规模和技术水平上，仍然保持了在全国车用仪表行业的领先地位。

企业经过"八五""九五"时期的发展，在资产规模上，由多年的四五千万元上升到4亿元。在企业体制上，组建了集团有限责任公司和上市股份有限公司。在企业环境上，实现了由南川市向成都市的全迁，进入了大都市新环境。

红红火火的军品生产持续到1988年。1988年6月，工厂举行了盛大的"204产品庆功会"。

放飞和平鸽和彩色气球，震天动地的鞭炮声，曲绵城厂长热情洋溢的讲话，为优胜单位和个人披红挂彩、颁奖，使庆祝活动热烈而隆重。

1988年是军品任务最多的一年，全年共完成202和204产品101万发，突破百万大关。202产品因质量优良还获得了"部优产品"称号。

小小钢珠闯大祸

20世纪80年代，天兴厂主要生产军品。我在检验处工作时，经常听到领导在会上讲一个钢珠的故事，教育职工要牢固树立"军工产品，质量第一"的观念。故事内容是：天兴厂生产的军品中要安装两颗细小的钢珠，只有芝麻粒大小的钢珠。有一次，一批军品装配到最后一发产品时，发现差了一颗钢珠，这可是一件不得了的大事。装配工是一个年轻的小姑娘，她虽急得要哭，但也不敢隐瞒不报。问题报上去了，惊动了总装车间的全体职工，惊动了检验处领导，惊动了厂领导，还惊动了军代表。所有的重要人物都集中到了总装车间，指示必须把这颗钢珠找出来，否则整批产品就必须返工，一发一发地拆开检查，检查是否有一发产品多装了一颗钢珠。

军品生产过程的质量控制是非常严格的。装配时，每500发产品为一批，配料时，所有的零部件都是按500发产品的用量配发的，一批产品装配完，所有的零部件都是刚好用完，既不能多一个也不能少一个。如果一批产品装配完了，发现某种零件少一个或者多一个，这批产品就不能出厂，就要全部返工查找原因，到底是某发产品上多装了一个零件或者是少装了一个零件还是其他什么原因，必须把原因搞清楚才行。领导常说，军工产品人命关天，万一在战场上产品出了故障，我们的解放军战士就有生命危险，所以，军工产品质量就是生命，绝对不能马虎大意。

找，一定要把这颗钢珠找出来！如果找不到这颗钢珠，就会造成整批产品返批，影响进度不说，产品拆卸后很多零件都会报废，会造成很大的经济损失，有关人员都会受到处分，因为这是一个重大的质量事故。

于是整条生产线都停工了，大家都在忙着寻找那颗钢珠。桌面上找，桌子缝里找，所有的盒子都翻来覆去地找，抽屉里找，衣服口袋翻开找，趴在地上找，用放大镜找，用磁铁吸，将扫把伸到桌子底下扫。总之，能够想到的办法都用上了。

谢天谢地，最后在钢珠装配工的桌子底下找到了这颗钢珠，所有人才松了一口气。

钢珠的故事已经过去40年了，当我想写这个故事的时候，我打听到我的两位女同学曾经装配过钢珠，于是，利用一次聚会的机会，我向这两位女同学了解当年少装一颗钢珠的具体情况。两位女同学不愧是老兵工，她们听到我说的问题时都非常敏感，马上矢口否认，说她们装配钢珠的工序是在火工车间，她们从未发生过这样的事故，这个事故是后面的机装车间装配工序发生的。

两位同学向我介绍了她们是如何控制产品质量的。她们的工序是在产品上装配一颗直径只有2.5毫米的钢珠及相关的零件。之前是两个生了孩子的年轻妈妈负责这道工序，因车间担心年轻妈妈家里有小孩子杂念多，工作容易出错，就安排她们两个刚参加工作的女孩子，将那两个有孩子的妈妈换下来了。因为我这两个同学当时都是小姑娘，心思单纯，手脚麻利，不容易出错。

她们领材料时，是按每100发产品组的小批，钢珠每次只发一盒，每一盒就是100颗。每颗钢珠装在纸盒子里的底板上，底板上有100个小窝窝，每个小窝窝都装满了就是100颗。领料时，库管员都会把纸盒子打开，让她们确认签字了才能拿走，所以领料时是绝对不会出错的。她们装配钢珠的工序是在一间密闭的玻璃小屋，外人不允许进去。她们从来没有发生过钢珠丢失的质量事故。

事情已经过去40年了，很多天兴人都还记得这件事。这说明在军品生产过程中，质量控制是非常严格的，军工产品真正是质量第一。

业余时间全是学习

20世纪80年代初期，全国掀起"读书热"和"文凭热"。有志青年都在忙着学习，忙着考文凭。

各个单位都在举办"双补"培训班。所谓"双补"，主要是基于职工队伍整体文化素质较低的实际状况，分期分批地为职工补习文化和技能。文化补习要分阶段达到初中毕业和高中毕业水平，技能培训则根据各个岗位要求进行培训。厂里还连续办了几届职工大学和电视大学，从青年职工中招收优秀人员进行培养，让他们获得大专文凭。这些学员后来成为工厂管理人员和技术骨干。

我刚上班的时候，教育处每晚都在子弟校教室办夜校，为"双补"职工讲课，听课不收钱。我想我没有上过高中，就主动去参加高中数学课补习。讲课的是徐显群老师，她讲得非常好。我听了以后，才发现这些课程我在中专都学过了，不过就当复习吧，反正晚上闲着没事，所以我还是坚持学习。上夜校的时候，一个叫李淑珍的女职工令我非常感动。她当时已是两个女儿的妈妈，大女儿三四岁，小女儿一岁左右，她每天晚上都带着两个女儿一起来听课，还坚持完成作业。她说，她们那个年龄段的人被"文化大革命"耽误了，没有学到多少文化，现在有这么好的学习机会，她要珍惜。

除了上夜校，我还和孙亚丽一起学英语。孙亚丽是我的同学，初中毕业时因为年底满16周岁，是家中的老大，可以进厂当工人，家长就让她进厂了，但她一直都很爱学习。那些年，中央电视台每天晚上6点半都要播半个小时学英语节目，叫《跟我学》。孙亚丽告诉我她订阅了《中国电视报》，上面登有《跟我学》课文内容，叫我和她一起学英语。我很喜欢学英语，初中没学什么英语，中专学了一年与化工专业有关的《基础英语》，日常用语没学过，我就愉快地和孙亚丽一起学英语了。其实就是下班了回家看电视，然后把孙亚丽的报纸上的课文抄下来学习，整整抄了两个厚厚的笔记本。第二年，孙亚丽报纸没订上，我们到南川新华书店和重庆新华书店买相关的书，也没有买到，就没有办法继续学习《跟我学》课程了。

后来，我报名参加了函授学习英语，还花了一年的积蓄120元钱买了一个收录机学习英语，不过最终还是没有坚持下来。

我当了团支部书记、到办公大楼工作后，深切感受到办公大楼浓厚的学习氛围。当时，在办公大楼工作的人员中，有很多人没有文凭。他们都在积极地参加函授学习或自学考试，努力获得大专文凭。每天晚上，办公大楼基本上都是灯火通明，每个办公室都有人在加班或者在学习。组织部的龚新芳是最刻苦的，当时她都30多岁了，每天晚上都要学习到很晚。她只用了两年的时间就通过了自学考试，获得大专文凭，这是一件很不容易的事情。

受大家的影响，我开始不满足于我的中专文凭了，也加入了自学考试队伍。我报名参加了党政干部管理专业自学考试，参加这个专业的考试是因为我是专职团支部书记，属于党政干部，专业对口，所有学习资料都是工厂出钱买的，去南川参加考试还可以报销考试费和出差费，考试合格还有奖励。1985年下半年，我第一次参加自学考试就报了三科，结果《形式逻辑》和《写作》合格了，还有一科差几分合格。

我在宁江厂上了两年电大

1986年2月中旬，厂教育处下达文件，属于干部编制、文化程度是高中的职工可以报考电视大学。我找教育处处长曹启宙咨询了，他说我是中专毕业，只要单位同意我就可以报考。我回到单位就向邓超群处长和王刚书记提出我要考电大，没想到两位领导都不同意，说我有文凭了还去考什么电大，可是我当时想读书的愿望超过了一切。

2月27日晚，离报名截止日期只剩一天了，领导还是不松口。我急了，晚上就到了邓处长家，刚一进门，我就说："邓处长，我真的想去读电大，你就放我去吧！"说完，我的眼泪就哗哗哗地流了下来。

邓处长对着他的两个女儿说道："你们看看人家，多爱学习，叫你们读书你们就不爱读书。"

然后邓处长和颜悦色地对我说："你这么想去读书就让你去吧，不让你去，你今后会恨我。我本来是想你一个女孩子，已经有中专文凭了，很不错了，现在工作又这么出色，放弃了前途有点可惜。"

就这样，我到教育处报了名，开始复习功课，准备在5月5—6日参加全国成人高考。

厂里指定的专业是工业企业管理，算文科，高考的课程是语文、数学、政治、历史和地理。只有两个月的复习时间，还要上班，只能利用业余时间复习。语文和数学吃老本，没花什么功夫，历史和地理没学过，政治也要背，只有恶补了。那段时间，我所有的业余时间都是在办公室度过的。

● 1988年7月，宁江电大工业企业管理专业班毕业照。第二排左五为作者晓露

　　一起在办公室学习的还有技术处的描图员陈桂芳，她当年报考的是武汉职工大学英语专业；检验处试验站工人雷丽娟，她要参加自学考试；我的同学李素芬，她当时在读电大，在做毕业设计。每天晚上，我们几个女孩都要学习到11点才回家。最后我以成人高考总分400分的好成绩考上了电大（录取分数线只有200多分）。

　　那一年，我们厂共有3个人去上了电大，我、夏莉和姚国梁。夏莉是我在天兴厂子弟校同年级的同学，当时是团委干事；姚国梁要大10岁，已经有两个孩子了，本来是厂工人大学毕业的，已经获得大专文凭了，但他以国家不承认工人大学文凭为由，闹着报考了电视大学。

　　两年电大是在宁江厂读的，宁江厂也是和天兴厂一样的三线国防兵工厂，在南川县水江镇。宁江厂离我们厂将近50公里，我们就住在宁江厂学习。我们班除了我们厂的三个人外，还有宁江厂9个同学、南川县4个同学。

1986年，厂里参加成人高考考上大学的还有在武汉职工大学学习英语专业的陈桂芳和焦南玲，在重庆长安职工大学学习基建专业的王军、王理和张维刚。1983年被分到厂里来的大学生程杰，则考上了研究生离开了天星沟，到湖北武汉读书了。

两年电大生活，我们是带薪学习，每学期还按工厂的奖金标准发放奖学金。除此以外，学习期间还有出差补助，厂里发东西我们也有份，厂里涨工资我们也正常涨。厂里给我们的待遇真是不错。

读电大期间，南川县组织各电大举行运动会，宁江电大组织了一支女子篮球队，班主任老师王佩珠教我们打篮球，从三大步上篮等基本动作开始教起。这一次，我对篮球才真正开始感兴趣了，进步很大，在我们这支不强的球队里也算得上一个主力。这次篮球训练，为我回厂参加篮球比赛打下了基础。

通过两年的学习，除了获得大专文凭外，我对工厂的管理有了全面的认识，这对我后来的工作帮助极大。

在金佛山收获爱情

　　20世纪80年代的年轻人，追求志同道合的爱情。这种爱情没有什么物质的附加条件，单纯而美好。有的人敢于大胆追求，有的人不善于表达，但都留下了一个个美好的故事。那时候，我迷上了登山，并在登山途中收获了爱情。

迟到30年的爱情表白

1980年代，大学生被称为天之骄子，令人羡慕，令社会宠爱。大学毕业的男生，是无数女孩子心目中的白马王子，是无数父母心目中的乘龙快婿。

从1980年开始，每年都会有一批大中专毕业生分配到天兴厂工作，这些人一到厂里，就成了抢手的香饽饽，立刻就被说亲的人包围了。最典型的是一位从事人事工作的母亲，直接从即将到厂里报到的大学生档案里挑选女婿，并选中一个满意的对象，等这个大学生一到厂里报到，这个母亲就向他表示了无限的热情和关心照顾，很快就把他感动了，将他变成了自己的女婿。

1983年，周苏贤从华东工学院毕业分配到天兴厂工作。周苏贤身材修长，长相俊秀，待人接物彬彬有礼，随和亲切，是大学生中的佼佼者。他一分到厂里，立即成了大众女婿的人选，向他提亲的人络绎不绝，但他在天兴厂却从未谈过恋爱。

1991年，周苏贤调回了江苏省徐州市。他虽然在天兴厂只工作了8年，但天兴厂和天星沟却给他留下了非常美好的回忆。他觉得，天兴厂的人都太好了，每个人都是那么淳朴、善良、热情，无论是工作上还是生活上都给予了他们这些远离父母的年轻人全方位的关怀和照顾，使他们倍感温暖。但是天星沟、天兴厂也是令他肝肠寸断的地方，因为他所钟爱的姑娘竟然嫁给了别人，这曾令他痛不欲生。

那个年代，国防厂就是条件比较好的工作单位，虽然地处偏僻，但厂里的业余文化生活却丰富多彩。天兴厂的女孩都很漂亮、知性，可能是水土的原因，她们的皮肤都很白嫩。

周苏贤隔壁办公室有一个女孩，长得苗条漂亮，既活泼又文静。偶尔她也会到周苏贤办公室来办事，但她一般都只是微笑着说几句话就走，并不闲聊。

周苏贤一直在悄悄地观察她，并暗暗地喜欢上了她。过了几十年，他还能够一口气说出她的各种特征。

她高挑苗条，手指修长漂亮，白白净净的手背上有几个肉窝窝。每次看到她的时候，周苏贤真想摸一摸她那肉乎乎的手，但却从来不敢。

她字写得很好，她自己刻蜡板印歌单，教共青团员们唱歌，是一个多才多艺的女孩。

她才能出众，在人很多的大会上发言也落落大方，从不扭捏。她站立的时候，两只脚微微张开，站得很稳、很自信的样子。

她喜欢打篮球和排球，打得不算太好，但每年厂里的篮球和排球运动会，她都会加入单位的球队参加比赛。她在运动场上特别活跃，很能跑，红扑扑的脸蛋上总是淌着汗水。

她为人很正派，从不在男孩子面前卖萌撒娇，忸怩作态。

有一次，周苏贤和十几个人一起去登山，他惊喜地发现，她也去了。登山的路上她总是无拘无束，有说有笑，和同伴们一起大声歌唱、大声喊叫。她很能走路，很能吃苦，登山是一件很苦很累的事情，她不但不在男孩子面前叫苦，反而一路上关心人，还帮男孩子背东西。周苏贤发现很多男孩子都喜欢她。周苏贤总想靠近她，和她搭话，她总是客客气气、很有礼貌地和他说话，并没有把他看得和其他男孩子有什么不同。

她爱参加厂里的广场舞会，她的交谊舞跳得很好。周苏贤曾有两次请她一起跳舞，她都大大方方地同意了。跳舞时，他们愉快地交谈着，但仅限于一般礼节性的话题。她还参加过厂里举行的交谊舞大赛，她和她的同事们表演了慢三步的华尔兹舞。那天，她穿着洁白的长裙，和男舞伴翩翩起舞，美得像天仙一样。

周苏贤爱她爱得无以复加，却不知道怎么向她表白。越喜欢她，见到她越心慌，越要装得若无其事。周苏贤的办公室就和她的办公室一墙之隔，他却不敢单独到她办公室去和她说话。

周苏贤每天都在思念她，每天都在思念中痛苦着。他不知道该怎么办，不知道该向谁诉说心事，不知道谁能够帮助他。他想向他的母亲和姐姐求助，但她们都离他那么远，他无法向她们诉说自己的烦恼。他被暗藏在心中的爱情折磨得六神无主。

就这样稀里糊涂地过了几年。有一天，他突然听说她结婚了，这个消息犹如五雷轰顶，直接把他打蒙了，让他痛苦万分。每天晚上，他都一个人默默地仰望天空，独自流泪，觉得老天对他太不公平了，他真想质问老天：为什么？为什么这么好的女孩不属于他？

周苏贤常常在梦中和她在一起。有一次，周苏贤梦到自己坐在一间教室里，他一回头，突然发现她坐在他的后排。他很惊喜，就走过去不管不顾地将她紧紧地拥入怀中，动情地说："你是我的了。"她紧紧地依偎着他，娇羞地小声"嗯"了一声。梦醒了，四周一片漆黑，除了他自己之外空无一人，他止不住泪流满面。

还有一次，周苏贤梦到在天兴厂的上班路上，他在人潮中看见了她，他冲过去，一把将她抱在怀里，故意大声地对她说话，唯恐天下人不知道他爱她。她显得有点紧张，轻轻地从他的怀中挣脱，说："别这样，让别人看见了影响不好。"梦醒了，他还久久地沉浸在甜蜜的感觉中。他重重地捶打着自己，唉，要是自己能像梦中那样勇敢，也许就不会失去她了。

他接受不了失去她的痛苦，就向厂里递交了申请调动的报告，无论谁来劝阻，都无法动摇他的决心。他申请调走还有一个重要原因，那就是他是一个有抱负的人，他觉得天兴厂机会太少，上升空间有限。

1991年，他离开了这个令他伤心欲绝的地方。

离开了天星沟，周苏贤回到了故乡江苏省徐州市，结婚生子，工作上也取得成就，后来成为一家企业的高管。

离开了天星沟，周苏贤却常常怀念天星沟。在他后来的职业生涯中，再也没有遇到过像天兴厂那样富有人情味的工作环境了。

离开天星沟20多年后，周苏贤邀约了几个当年先后分到天兴厂工作，又先后离开了天兴厂的大学生，一起回天星沟看看。此行，周苏贤最想见到她。周苏贤想尽了一切办法，让几个朋友分头劝说，终于把她请回了天星沟。

周苏贤和几个男士都带着老婆，她和她的一位好姐妹一起来到，犹如明星一样闪亮登场。她穿着红色的运动衣和牛仔裤，还是那么阳光灿烂、朝气蓬勃，还是那么笑容可掬、亲切随和，岁月仿佛没有在她身上留下痕迹。周苏贤和几位老朋友都上去和她热情拥抱，大家仿佛回到了20多岁时的青葱岁月，激动万分，谈笑风生。

在天星沟，他们踏着当年的足迹，回忆着当年的点点滴滴。在露天广场，他们再次携手跳起了交谊舞。

他们坐在河边，遥对着露天广场，讲述着当年的故事。周苏贤情不自禁，当着大家的面，当着她和老婆的面，把当年他对她的暗恋和痛苦一口气说了出来。说出了压在心底30多年的心里话，他如释重负。虽然此生没有和曾经深爱的人牵手相伴，但周苏贤终于让她知道了他曾经深爱着她，看到她现在过得幸福美满，他也就释然了。

她静静地听着周苏贤讲述，露出吃惊和感动的神情。周苏贤讲完后，她先对周苏贤老婆说："你别多心，你就当听一个别人的故事吧，因为我们之间什么也没有发生。"然后她又对周苏贤说，"谢谢你告诉我这一切，我很感动，但我当年真的一点儿都不知道你的想法，其实当年我对你的印象也很好。虽然是迟到30年的表白，但我还是非常感动和开心，至少满足了我的虚荣心。如果当年你主动向我表白了，也许我们的生活就会改写了。"

其实周苏贤和她都明白，生活没有如果。大家都有了各自的生活，过去的就让它过去吧！

（文中人物周苏贤为化名）

我爱上了登山

在天星沟，我们从小不是下河就是上山，但真正意义上的登山，则是1984年以后的事了。

1984年春天，吴意全约我一起去登金佛山，去看珍贵的银杉树。4月1日那天，共有15人一起去登山，有吴意全、罗绍光和伍庆铙3个30多岁的老师傅，有姚根华、熊集俭、程杰、张晓成、褚俊敏等从外地分来的大学生，有林永华、吴峰、刘世平、沈作仁等家属子弟，女孩只有我和陈桂芳，那是我第一次参加登山活动。

我们早晨6点半就出发了，每个人都背着一个厂里发的军用水壶，背着一个装有干粮的背包，经过职工食堂时去买了几个刚出笼的热馒头边走边吃。我们顺着天兴厂的公路往沟里走，走过苟家河坝，沿着河边一直走到沟尽头，就开始登山。山路险峻陡峭，我们大汗淋漓，气喘吁吁，但却很兴奋。我们大声吼叫，放声歌唱，仔细倾听山谷的回音。走累了就坐在地上休息一会儿，吃点干粮，喝点凉水，水壶里的水喝完了就在小溪里灌山泉水。

两个多小时后就到了半山腰较开阔的地方，名叫兰花大队，这里稀稀拉拉住着十几户农民，还有两间土屋的小学校。这里的石头就像云南的石林那样奇形怪状，只是没有那么多、那么大。这也不奇怪，因为金佛山属于云贵高原大娄山山脉的主峰，和云南一样，都是喀斯特地貌。

我们找了一个名叫陈能海的年轻农民给我们当向导，他才被野蜂蛰了，两只眼睛肿得眯成一条缝。

● 1984年4月1日，一群攀登金佛山的年轻人。前排左边女性为作者晓露

从兰花大队再往上爬山，路就更不好走了，基本上是树丛中一条不太明显的小路。沿途成片的白色扁竹花，特别好看，兰花草也很多，难怪这里叫兰花大队。

路上经常会遇到蛇，我们会小心地绕着走。要经过一条狭窄的山缝。很奇怪，那么高的山，暴露出来的山体全是鹅卵石和沙子，好像这里曾经是河床一样。从这里绕到另一个方向，眼前是一个巨大的天坑，对面从坑顶流下的瀑布像一条条丝线，被风吹得飘飘扬扬。

在接近金佛山顶的一座比较陡、中间高两边低的山脊梁上，我们在树丛中看到了银杉树，一共有100多棵银杉树，每一棵都挂了牌子编了号，说明了银杉树的珍贵。银杉树是一种古老的树种，被称为"植物中的大熊猫"。目前，世界上只有中国有活的银杉，而且数量很少，只有几千株，分散在四川金佛山、广西花坪和大瑶山、湖南界福山和八面山、贵州的道真和桐梓山区，非常罕见。1992年邮电部还发行了一枚银杉邮票。银杉是松科常绿大乔木，树干挺直，高达24米，挺拔秀丽，枝叶茂密。树冠塔形，分枝平展，树姿俊俏优美。树条上螺旋形排列着条形的叶子，叶片像杉木的叶子一样扁平，叶片背面有两行银白色的气孔带，微风吹来，饱含露珠的叶片在阳光照耀下，银光闪闪，更是美中生奇。银杉以此而得名。

下午四五点开始下山，人人都说上山容易下山难，那么陡峻的山路，下山时所有人都是小心翼翼，一步一步踩稳才敢挪动双脚，只有姚根华是个另类，他可以一溜烟地往下跑，人人都佩服他。

第一次登山感觉特别好玩，特别开心，我就喜欢上登山了。吴意全也觉得我能吃苦，不娇气，后来他组织登山时经常会把我叫上。

1984年五一节，我第二次参加登山活动，也是第一次登上金佛山山顶，这一次登山的人有陈家华、陈荣华、刘小平、刘世平、涂平、丁峰、姚根华、姬建印、程杰等人，女孩只有我和陈桂芳两个人。这次我们准备登上金佛山山顶，还要在山顶露营，所以我们除了带干粮和水，还背上了被褥和毛衣。我们还是早上6点多就出发，还是从上次那条路往上爬，经过了人称"十八步梯"的绝壁，直到下午5点多才到达山顶，在凤凰寺的遗址处打地铺露营。选定露营地后，我们都顾不上休息，有的人忙着捡柴火，有的人就忙着挖灶坑，烧火煮饭，煮一大锅稀饭，大家就站着吃干粮、喝稀饭，晚上就围坐在篝火周围聊天、唱歌。火烤胸前暖，风吹背后寒，自在又快乐，赛过活神仙。

我第三次参加登山活动是1985年五一节，也是我第二次登上金佛山山顶。这次登山共有11个人参加，有姚根华、王光明、褚俊敏、熊集俭、刘经峰、程杰、张晓成、陈志平、黄茂彪，女孩只有我和李素芬。

这一年的五一节，厂里宣传我们就要搬迁了，今后想登金佛山都没有机会了，号召全厂职工都到金佛山山顶去看看。厂里连续两天派出大客车和大卡车，将厂里的职工家属拉到金佛山去玩，而我们这群喜欢登山的人放弃了乘车的机会，还是喜欢自己攀登上去。

我第四次参加登山活动是1985年9月15日至16日，组织者仍然是吴意全和罗绍光，吴意全和罗绍光领着姚根华、罗长菊、李素芬和我共6人。这一次我们改变行走路线，从另一个方向登上金佛山顶。我们从三汇坐客车到快到小河的一处叫童家沟的地方下车，开始攀登上山，在金佛山山顶上的气象局住一晚上。这一次登山，让我意外收获了爱情。

在金佛山收获爱情

1982年7月，全举从四川省气象学校毕业后分配到金佛山气象局工作。金佛山气象局位于金佛山顶南面，海拔2000米，这个高度经常形成浓厚的云层，每年的雾天达到320多天。

有时候，金佛山气象局头顶上阳光灿烂，天空非常蓝，但从金佛山气象局看出去，却是白茫茫的一片，仿佛一脚踩下去，就会踏入茫茫云海中一样，只有远处的黑山露出一点若隐若现的山尖，犹如茫茫大海中的一叶扁舟。那时候，真不知道自己是人还是仙。全举总是觉得，这是仙女出没的地方，一定会有一个仙女出现在自己面前，结果仙女真的就出现在自己面前了。

这是全举后来经常向他的朋友介绍我时说的一段话。

1985年9月15日，吴意全和罗绍光带领姚根华、罗长菊、李素芬和我一行6人攀登金佛山，来到了金佛山气象局。

那时候的我，正当花季，顽皮而活泼，而全举也正是青春年少，开朗而大方，他的寝室成了我们的活动中心。我们围着火炉唱歌、说话，全举翻着他的手抄歌本弹着吉他为我们伴奏，不知不觉就过了大半夜。我看到全举的床头上放着一本厚厚的书，是巴尔扎克作品选集，心里不觉一动，哦，原来他也喜欢文学。

第二天清晨，我们离开气象局时，气象局的小伙子们都来为我们送行。当我冲下山坡后，突然回头向山上的小伙子们挥挥手，笑着喊了声

"拜拜"。站在最前面的全举怔了一下，慌乱地举起手，也傻傻地喊了一声"拜拜"。回眸一笑，成了我留给全举最迷人、最美好的记忆。全举还说，那天晚上吃饭时，吴师傅叫我到厨房去拿碗，我蹦蹦跳跳地去了，又蹦蹦跳跳地回来了，当被问及拿碗的事情时，我装着内疚的样子说："哎呀，我搞忘了。"当别人正想责备我的时候，我却从身后拿出碗来，俏皮地说："碗在这里，你们被骗了，哈哈哈……"我的活泼和顽皮打动了他的心。

我和全举就这样认识了。后来，他很快就给我写了一封信，信封上连我的名字都写错了，他在信中假模假样地说想和我交朋友。还没等我把回信寄出，他又急急忙忙地找到厂里来，在我的办公室没有找到我，又找到我家来了，借口说想念登山的朋友了。那天，他借了同事黄道学的风衣和领带，又借了同事李永权的自行车，骑了18公里的路找到我们厂，在快到办公大楼的桥头还摔了一跤。那天我正好有事请假在家，当我打开门，发现是他站在门外时，毫不掩饰内心的激动，犹如久别重逢的老朋友一样，兴奋地和他说笑起来。

我和全举都有共同的感觉，就是只要我们两人在一起，就很开心，就有说不完的话。当时我是团支部书记，每个月要教青年团员们一首歌，我就在给他的回信中夹了一张我自己亲手刻印的歌单——苏联歌曲《小路》，婉转地表达了我对他的爱慕之意。歌词写道："一条小路曲曲弯弯细又长，一直通向迷雾的远方，我要沿着这条细长的小路啊，跟着我的爱人上战场……"

又经过一些周折，半年后我成了他的女朋友，一年以后我们结了婚。

全举最打动我的，是他纯粹的爱情。他只是一门心思地爱我，其他问题他都视而不见。结婚后，我们共同孝敬双方的老人，帮助双方兄弟姐妹解决问题，成了两个大家庭的主心骨。

一见钟情，是我们爱情的开始，我们两个成了最浪漫、最快乐、最幸福的一对，《小路》成为颂扬我们永恒爱情的金曲。

"一条小路曲曲弯弯细又长，我的小路伸向远方，请你带领我吧我的小路啊，跟着爱人到遥远的边疆。"从山下到山上，一条曲曲弯弯的小路，连通了我和全举。那时候，我只要有两天以上的时间，我就会步行上山去陪伴他（他们单位的交通车，一周只上一次山），15里长陡峭的山路，一般是我向上走到三分之一的时候，从山上跑下来的全举就会接到我，然后我们一起往山上走，全程大约要走3个多小时。后来，全举先我5年调到成都工作，成渝线又成为连接我俩爱情的"一条小路"。再后来，我也到了成都，但由于工作关系，我们之间仍然存在一定的空间距离，但无论相隔多远，都不能隔断我们的爱情，一条曲曲弯弯的爱情"小路"永远连通着我和他，这也是我的笔名取名叫"晓露（小路）"的缘故。

● 1991年春节，作者晓露一家人在南川照相馆合影

转眼间，我们已经结婚30多年了。回首往昔，当年我们追求志同道合、志趣相投的纯洁爱情，没有其他任何的关于金钱、地位、家庭的附加条件，我们一直都很幸福，日子过得充实而快乐。

金佛山上的一棵松

我和全举认识后，才逐步了解了他。

全举出生在乐至县一个农民家庭，他上面有3个哥哥和3个姐姐。在他两三岁时，他母亲就去世了，父亲又体弱多病，他是在贫穷的家庭中长大的，但这并不影响他成为一个优秀的人。

我发现，他是一个很有理想、积极上进、对工作非常认真负责的人，是一个吃苦耐劳且很会关心人、照顾人的人，是一个兴趣广泛、热爱运动、热爱音乐美术、活泼快乐的人，是一个正直善良、作风正派的人。

● 金佛山甑子岩。作者晓露摄于1992年夏

金佛山位于云贵高原与四川盆地过渡地带中的大娄山山脉尾部，为西南地区重要的水汽输送通道，金佛山景区海拔2000多米，周边均为陡坡、峭壁，四周视野开阔，便于开展高山气象观测。金佛山气象站所取的气象资料代表高山气候，对大范围天气系统，尤其是东南大风反映副热带高压活动指示性较强，是全国三大气象指标站之一，历史上曾长期作为湖北、湖南等下游台站预报副高的指标站，也是四川、贵州、重庆等西南地区天气预报的指标站。该站对提高长江中下游和西南地区灾害性天气预报准确率具有重要的现实意义。

金佛山气象站（局）位于金佛山南坡的最高峰甑子岩上，气象观测站在海拔2000米高的山顶上。这里常年人迹罕至，云雾弥漫，每年雾天达到300多天。当年，金佛山气象站的交通车只能开到海拔1400多米高的甑子岩脚下，余下近600米的高度只能手脚并用攀爬上去。甑子岩，顾名思义，就是像老百姓蒸饭的甑子一样冒着雾气的圆柱形的山岩。

全举在这样艰苦的环境中工作了12年。他任劳任怨，兢兢业业。有一天晚上，风雪交加，鹅毛大雪从天空中飘落下来，地上积起了厚厚的雪。突然，风向风速仪出现了故障。全举挺身而出，冒着风雪爬到10米高的风杆上去维修。狂风好几次都差点将他从风杆上刮下来，他爬到风杆顶上时，手已经冻僵得伸不直了。他勇敢的行为、矫健的英姿，深深地印在了我的脑海里。他就像金佛山上的一棵青松，傲霜斗雪，顶天立地。

在这样的环境里，金佛山气象站的年轻人仍然保持着革命乐观主义精神，每天都要一起打篮球、打乒乓球、弹吉他、唱歌、学习。他们就像一家人一样在一起工作生活，结下了深厚的友谊，无论过了多少年，再相见时都非常亲热。

我认识全举后，他每年都要拿几本获奖证书回来，他在四川省和涪陵地区气象部门的同业务竞赛中每次都能名列前茅，每次都能获奖。1989年，才26岁的全举因工作成绩突出，光荣地加入了中国共产党，升任金佛山气象局副局长。1992年，全举被评为"全国优秀青年气象工作者"。

1993年到青岛参加了全国气象局长会议和颁奖仪式，并得到组织关怀，在青岛疗养了一个月。

我和全举结婚后，有很多人关心我们的未来。他们局长曾征求我的意见，问我愿不愿意到地方上工作，如果愿意，他可以将我调到南川县商业局。那时候的我非常无知，根本不知道商业局是干什么的，还以为商业局就像我们厂工矿商店一样就是卖货的，再加上当时的认知就是我们国防厂是最好的，满脑子瞧不起地方上的工作，所以就拒绝了局长的建议。

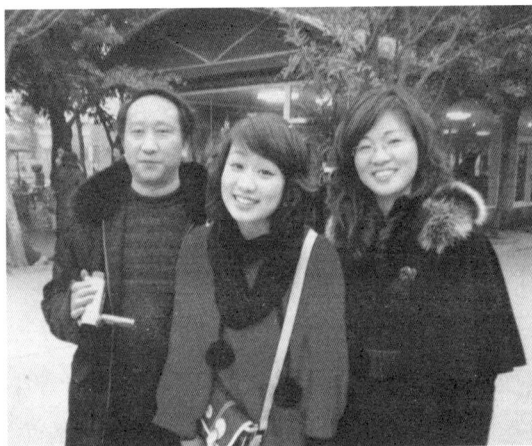

● 2006年2月，作者晓露全家在成都合影。右起：作者晓露、女儿全欣竹、丈夫全举

当时，我一心想让全举调到我们厂里来工作，但却调不进来，搞得我很苦闷。也算是天道酬勤，1994年底，金佛山气象站改成自动观测站，工作人员全部撤下来重新安排工作。涪陵地区气象局廖局长关心地问全举："听说你夫人她们厂要搬到成都市龙泉驿区去，你愿不愿意调到成都市龙泉驿区气象局去？"全举说："我当然想了，但我怎么才能调去？"廖局长说："你愿意去就好，后面的事情交给我来办。"然后廖局长亲自到成都为全举办理调动手续，理由就是为了照顾夫妻关系，再加上四川省气象局一个管人事的同学的帮助，只用了短短20天，全举就调到了成都市龙泉驿区气象局。

全举能调到成都市龙泉驿区气象局工作，令我们非常满意。全举这个农家子弟，远离家乡，在金佛山上那么艰苦的环境中工作，在涪陵地区无亲无故，只因为他一直工作认真负责，卓有成效，才赢得了领导的重视和认可，才有了这次工作调动。

欣 竹

1989年夏天，我生了一个女儿，取名"欣竹"。那年，26岁的老公全举可谓三喜临门：入党，提升为金佛山气象局副局长，增添女儿。

金佛山上有两种特别珍稀的植物，一种是银杉树，一种是方竹。银杉树我已经在前面的文章中介绍过了，这里重点讲一下方竹。

方竹是一种很奇特的竹子，成年的竹子远看是圆的，近看是方的，被称为"世界一绝，中国独有"。方竹主要生长在海拔1400米至2500米的高原山区，迄今所知，在全世界仅产于重庆南川区金佛山国家级原始生态自然保护区和贵州桐梓县、福建建瓯等地。作为南川区金佛山的稀有竹种，方竹硬度和韧性都极好，具有广泛的用途。方竹笋以其特有的鲜、香、嫩、脆品质举世闻名，成为一种当之无愧、独具特色的地方特产，被世人喻为"笋中之王""竹笋之冠"。和别的竹笋不同，方竹笋不是春天采摘，而是秋天采摘。

女儿后来从四川师范大学电影电视学院播音主持专业毕业，为四川卫视台和成都电视台编导制作了几年电视节目后，辞职创业，成为一个文化公司的负责人和公司党支部书记。

我们给女儿取名"欣竹"，就是希望她像竹一样成为一个有作为的人，为此，我写了一篇散文《欣竹》，抒发我们对女儿的期望。

竹，不仅受到文人雅士的颂扬，更受到广大老百姓的喜爱。这样的厚爱，世界上还有什么植物能够与之媲美？

文人雅士颂扬竹的品德，赞美竹的美丽。

竹，百折不挠，不惧严寒，在寒冷的冬天中仍保持着旺盛的生命力，因而与松和梅一起并称为"岁寒三友"。

竹，虚怀若谷，清雅淡泊，是为"梅兰竹菊"四君子中的谦谦君子。

竹波荡漾，竹叶婆娑，令多少才子诗兴大发，令无数雅士挥毫泼墨，留下多少千古名句和传世佳作。

苏东坡说："宁可食无肉，不可居无竹。无肉令人瘦，无竹令人俗。"在四川的乡村，家家户户都会在自己的房前屋后种上竹子，有一片竹林，必定会有一户人家。

但老百姓种竹，却并不是为了脱俗，而是因为竹对老百姓实在是太有用了，老百姓的生活离不开竹。竹是寻常百姓家取之不尽、用之不竭的材料。

竹的嫩芽称为竹笋，是美味佳肴。当竹笋拱出泥土长出半尺或一尺来高时，人们将它扳断，剥去表面的笋壳，用水煮熟后再进行烹调，炒肉、炖汤、凉拌、烫火锅等。金佛山的方竹笋因其肉头厚，吃起来又嫩又脆，总是叫人念念不忘。

刚刚冒出来的嫩嫩的竹芯，犹如一根细长的竹针，还没来得及舒展成竹叶，就被人们抽取出来泡水喝，据说这样的水具有清热解毒的功效。

随着竹子长高长大，包裹竹笋的笋壳也长大变老，成为一张张枯黄色、毛乎乎的笋壳。妇女们在竹林里挑拣面积大、未破裂的笋壳，擦去表面的绒毛，再把它压平，剪成鞋底的样子，和布壳、棉布粘在一起，纳成鞋底，再做成布鞋或棉鞋。笋壳在鞋底中起到了定型和防水的作用。

一年左右，竹子就长大成材了。根据不同种类竹子的粗细、软硬、韧性，竹子的作用被人们发挥到了极致。

在古代，人们用竹做成竹简，在上面刻写文字。竹简成了人类早期的书籍。

在缺木料的地方，竹子被用来修建房屋。人们用竹子作为檩条或椽子，用竹子糊上泥巴作为墙，用竹篾编成门帘挡风寒。

在山区，竹子成了取水的水管。人们将粗壮的竹子劈成两半，将中间的竹节去掉，将这样的竹子一根接一根地连在一起，山泉水就被引到自家的水缸里了。

喜爱打鱼和钓鱼的人是离不开竹子的。撑开针网的母竿是较粗的竹子，四根爪竿是较细而韧性好的竹子。钓鱼竿是竹子做的，装鱼的巴篓是竹子编的，坐着钓鱼的凳子也是竹子编的，撑船的竹篙是一根长长的竹竿。

人们将竹子劈成条，剥离成薄薄的篾条，用篾条编成各种各样的生产和生活用品。床上用的竹席，淘菜用的笫箕，撮土的撮箕，蒸饭的甑盖，筛米的筛子，晒粮食的簸盖，洗锅的刷把，厨房用的漏勺，装物品的箩筐、背篓，吃饭的筷子，剔牙的牙签，还有花瓶、笔筒……竹子简直是无所不能，无所不用。

一片欣欣向荣的竹林，预示着欣欣向荣的生活。

我欣赏竹的美丽，更赞美竹的奉献。

我希望我们的女儿也能像竹一样，做一个对社会有用的人，能够奉献于社会。

● 1985年国庆节，原天兴厂青年攀登到金佛山山顶合影留念。前排右二为作者晓露

变革的20世纪90年代

20世纪90年代，社会主义市场经济蓬勃发展，打破了以往单一计划经济的平静。走在市场前沿的天兴人，最先感知到市场经济的春天，受南方新兴企业灵活的用人机制和丰厚的经济待遇的诱惑，很多天兴人纷纷下海跳槽，天兴厂人才流失严重。

居住在母子宿舍

那时候，国营企业的职工住房都是单位分配的，单位根据家庭人口数量、性别和家长的工龄来给每家人分配住房。

我家来到天星沟后，先是分了一套有30多平方米的三小间，这在当时是面积最大的户型。1984年，厂里在学校旁边修了一栋带阳台带卫生间的住房，我父亲工龄较长，排在第6号，分到了一套有3间卧室的住房，我家就搬家了。我父母在这套住房一直住到离开天星沟。天兴厂搬走后，天星沟搞旅游开发，绝大多数住房都被拆了，但这栋房没有被拆，而是改造成为天星两江假日大酒店的一部分。

从20世纪80年代后期开始，因为一直都说要搬迁，厂里就很少修建新的住房了，导致长大后的年轻一代，结婚时没有自己的住房，有100多户年轻人只好租住农民房。

1989年，我因为怀孕了，分到了一间母子宿舍。

母子宿舍楼是一栋3层楼房，这栋楼分成了两部分，西边半栋楼是有厨房的住房，有12平方米一间房和20平方米一间半房两种户型，专门分给带孩子的双职工住。东边半栋楼才是真正的母子宿舍，每间屋只有9平方米，有公共厨房，是专门分给母子住的，即老公不在厂里工作，只有一个女职工带着一个孩子的家庭。能够分到一间母子宿舍，我感到很高兴，这比那些住在农民房的小夫妻要强多了。

母子宿舍虽然窄了点，但由于都是住的年轻人，家家都有孩子，其实是很好玩的。那个时候，家家都是大门敞开着，邻居们都可以自由串门，互相帮助。谁家做点好吃的，都会和邻居们分享。孩子们成群结队地在一起玩耍，大人们也聚在一起玩耍。

夏天的晚上，我们吃过晚饭后，就几家人约着一起散步，沿着公路走过车库，走过五百平方，然后又沿着盘山公路向山上走，时间差不多了再返回来。我们还几家人一起到山上去野炊，在山野煮稀饭、包饺子。周末的晚上，我们还喜欢聚在一起玩扑克、打双扣，不输赢一分钱的玩法，我们同样会玩得通宵达旦。这样的邻居感情是非常深厚的，我们到了成都20多年后，邻居们还在一起聚会。

夏天的周末晚上，住在二楼的我通常都是一个张罗者。我从窗户上伸出头来，对着三楼喊道："雷丽娟，打不打牌？"如果她说"要打"，我就对着一楼喊："张庆红，打不打牌？"她要是回答"要打"，我就会继续喊道："那你再找一个人哈！在坝子头打哈！"于是，张庆红的老公郑文州就开始忙碌起来。他从家里接出一个灯泡挂在他家窗户上，于是，坝子头就亮堂了。他再搬出一张小桌子和两张小凳子，拿出扑克牌，我和雷丽娟每个人再端一个凳子，张庆红找的人也来了，圈子就扯起来了，我们就开始打扑克。

我在母子宿舍一直住到女儿9岁那年，即1998年的夏天。因厂里调到成都新厂工作的人越来越多，空出来的房子多了，我就分到了四合院的一间20平方米有厨房的房子。我搬到这套房子后，天兴厂在天星沟的最后一届篮球比赛就在我家房后的露天广场举行。两年一届的篮球比赛一般要持续两三个月。篮球比赛期间，我每晚上吃过饭都会带着女儿去观看比赛。看着熟悉的人打比赛，会情不自禁地兴奋起来，高呼"加油"，为胜利者鼓掌。

我搬到这套房子只住了半年，就离开天星沟了。

现在，我在四合院住过的这栋楼已经被拆了，建成了金佛山喀斯特展示中心，而四合院的其他楼房，则被改造成了三线酒店。

20世纪八九十年代的"下海潮"

20世纪90年代是改革开放逐步深入的年代，社会主义市场经济蓬勃发展，打破了以往单一计划经济的平静。中国南方城市广州、深圳的崛起，对内地冲击很大，农村的打工妹往南边跑，国企里的人才也纷纷向南边流动，形成了当时称为"孔雀东南飞"的社会现象。

1992年的春天，随万物迎来了一轮新生的，还有中国的发展道路。那一年的1月，88岁高龄的邓小平与家人一道，乘列车南下，先去武昌，然后是深圳、珠海和上海。他在这些南方地方的重要讲话，点燃了扩大市场开放和加快发展的大火。有一首传唱很广的歌叫《春天的故事》，其中一段歌词是这样写的："一九九二年，又是一个春天，有一位老人在中国的南海边写下诗篇，天地间荡起滚滚春潮，征途上扬起浩浩风帆。春风啊吹绿了东方神州，春雨啊滋润了华夏故园。啊，中国，你展开了一幅百年的新画卷，捧出万紫千红的春天。"

那些年，天兴厂紧跟市场经济脉搏的跳动，在没有军品任务的情况下，民品生产取得了巨大的成功，厂里生产的摩托车仪表和汽车仪表为工厂带来了丰厚的利润，发了财的天兴厂希望发更多的财，就陆续在全国很多地方投资新项目，如在广州建立了模具中心，在上海成立了上海天兴万友仪表有限公司，在成都成立中日合资企业成都天兴山田车用部品有限公司，在浙江玉环成立了摩托车仪表生产厂，等等，先后投资了十多个新项目。

走在市场前沿的天兴人，最先感知到市场经济的春天，受南方新兴企

● 1994年夏季，参加天兴厂足球巡回邀请赛的运动员合影留念

业灵活的用人机制和丰厚的经济待遇的诱惑，很多天兴人纷纷跳槽，到广州、深圳去打工，天兴厂人才流失相当严重。

从当时的政策来讲，国家是允许人才流动、鼓励人才流动的，但当时每一个国企人才流失的问题都非常严重，是一种普遍现象。为了减少人才流失，各个厂都采取了一些应对措施。

天兴厂针对人才流失的问题采取的措施是相当严厉的。工厂没有像其他单位那样实行停薪留职，也不允许辞职。面对要求辞职的人员，工厂一个都不批准。当要求辞职的人员得不到批准，只能一走了之，形成事实上的旷工以后，工厂就以这些职工旷工时间长、违反劳动纪律为由，下了红头文件予以开除。那些年，经常都有开除职工的红头文件下发到各单位，被天兴人笑称为"是职工炒了工厂的鱿鱼，而不是工厂炒了职工的鱿鱼"。当年称这些主动丢掉"铁饭碗"的人为"下海"。

被开除的职工当时称为"三不要"，即不要饭碗、不要住房、不要户口，是一种很决绝的行为，没有任何退路，没有任何回旋余地，一旦在外面工作不顺利，结局会很惨。到底有多惨？当时齐秦在一首流行歌曲《外面的世界》里是这样唱的："外面的世界很精彩，外面的世界很无奈。"比如，厂里有两个年轻的职工"下海"后到南方去打工，后来生了重病，不能工作了，只能从打工的工厂辞职，从此没有了收入，又没有钱看病，还没有住处，最后30多岁就失去了生命。而当时国企的福利待遇还是比较好的。如果职工生了重病不能工作，工厂会发60%的工资作为生活费，并且医疗费用实报实销，还有职工的住房都是厂里分的，只象征性地在工资里扣一点点房租。

虽然可能会有极端的事件发生，但仍挡不住天兴厂人才快速流失。1991年，为了留住人才，工厂采取了"连坐"的做法，理由是"你们不能自己出去挣大钱，却把包袱留在厂里。你们要走，必须把自己的老婆和孩子都带走"。厂里通知每一个"下海"人的老婆，责令她们必须在一年内调离天兴厂，一年后还没有调走的就开除。在这一年内，这些人必须按时上下班，但工厂只发少量的生活费，没有奖金。

一年内，这些"下海"人的老婆们，有的想办法调走了，有的离婚了，也有的不相信厂里会动真格的，就耗着，因为她们认为自己并没有违法乱纪，也遵守劳动纪律照常上班，厂里凭什么开除她们？但厂里真的就将这些人开除了，包括已离婚的女人，因为工厂说她们是假离婚。其中有一名女工，当时已经44岁了，还有一年就可以退休了，但厂里还是把她开除了，导致她到了退休年龄领不到退休金。10年后，我在成都的新厂看到过她，她还在和厂里打官司、讨说法，索要退休金。不知道最后结局是什么。

"下海潮"导致天兴厂出现第一次离婚高峰。跳槽"下海"通常都是男人的行为，女人在工作的同时要照顾孩子，没法离开。跳槽出去的男人，在外面的花花世界看花了眼，和妻子分居久了，感情就亮起了红灯。天兴厂的第二次离婚高峰是3年滚动搬迁时期，夫妻没有同时搬迁到新厂，导致两地分居，离婚率增高。

30多年过去了，当年被开除的天兴人都到了退休的年龄，因为是被开除的，他们在天兴厂工作的工龄被一笔勾销，导致每个月退休金会少一大笔钱。可能有的人在外面挣了大钱，不在乎这部分应得而少得的钱，但也有些人过得并不是那么如意，对少得这部分钱还是耿耿于怀的。如果当初批准他们辞职，或者给予辞退，他们在天兴厂的工龄就能够被承认。

时隔30多年，我和一位被采访者讨论如何来看待当年的跳槽"下海"事件。他是1982年分到厂里的大学生，分到天兴厂后也想在厂里努力工作。他当过团干部，还找了一位家属子女结了婚，但当时厂里存在的任人唯亲、人浮于事的问题令他看不到前途。80年代末，他到厂里开在广州的模具中心去出过几次差，也想调到那里去工作，但厂里不同意，他就提出辞职，但厂里不批准，最后他只好不辞而别。他走了两年，厂里都没有把他除名，而是一直劝他回来，但外面的世界实在太精彩，他不可能再回到天星沟了。1991年，厂里开始实行"连坐"政策，先把他老婆的工作换到相对艰苦的岗位上，1992年又将他和他老婆一起开除了。

谈到这些往事，他就对天兴厂充满了恨意。他说，本来他对天兴厂是很有感情的，也想好聚好散，但天兴厂"做事太绝、太不人性"，把离开天兴厂的人都变成了仇人，这些离开了天兴厂的人后来都不再和天兴厂有任何往来。他说，当时很多国企都不是像天兴厂这样处理的，很多厂处理得很人性化。

带着这个问题，我采访了一个当时在另一家三线企业任劳资部门领导的朋友。他说，他们厂当时也遇到人才流失的问题，但他们厂对想离开工厂的人表示理解，并采取尽量有利于职工的政策，比如，允许停薪留职，允许借调，允许辞职，从没有因为职工想辞职而开除过一个人。他认为辞职是职工的权利，因为职工想辞职而把职工开除了是不符合国家法律法规的。后来想走的人多了，他们厂的政策也"加严"了，所谓加严，就是要求夫妻双方一起离开工厂，离开工厂时要将工厂的房子退出来。对于一些女职工因为年龄大了，找不到接收单位，他们厂就给女职工办理停薪留职、病退，或者用将年龄改大办理退休的方式解决（严格说，这样的做法也是违规的）。

这么一比较，确实觉得我朋友的那个厂似乎更有人情味。

我的朋友还说，在当时那种形势下，三线企业职工想往更好的单位流动是正常的，是可以理解的，而企业为了留住人才采取一些必要措施也是可以理解的，这是时代变革给国家、企业和个人带来的冲击和阵痛。任何改革都会有牺牲，对历史而言，每一个人都是历史进程中的一粒沙子，微不足道，但改革开放使中国走上了高速发展的道路，使中国人民过上了富裕生活，这才是时代的主流。

她在风中飘零

钟琴是一个因老公"下海"而受到牵连的女人。

钟琴是一个谨小慎微、本分内向的女人，她没有什么兴趣爱好，每天就过着从家到单位、再从单位到家的两点一线的简单生活。可是她的丈夫程志却是一个活泼外向、风趣幽默、多才多艺的人。那时候，每次厂里的文艺会演，必定会有程志和陈老五的相声，他们的相声总是令人捧腹大笑。程志曾是厂团委书记，后来30多岁就当了一个车间主任，前途仿佛一片光明。

大约是1991年，发生了一件事，彻底打破了他们平静的生活。

那天，程志到厂办公大楼办事，顺便到一个处室看望一个好朋友，他们还喊了另一个好朋友一起聊天。话题自然说到工厂的现状，他们在一起表达了对某位厂领导的不满。告别了好朋友后，程志步行回到了车间，路上只需要10分钟时间。他一回到车间，就接到电话，叫他马上到组织部去，结果是通知他"下课"了，免去他的车间主任职务，原因是他言行不当。

程志心中明镜一样地清楚告密者是谁，却只能是怀疑，并没有真凭实据——就算有了真凭实据又能怎样？他只能在心里喟然长叹，一世英雄豪杰，就这样栽在了"好朋友"手里。年轻气盛的程志咽不下这口气，坚决要求辞去工作。那个年代，人才流动并不自由，你想辞职，厂里根本就不批准。程志只能一走了之，造成事实上的旷工，然后被厂里开除。

事情远不是程志被开除就完事了。程志被开除了，厂里限令钟琴必须

● 坐落在群山之中的天兴厂。作者晓露拍于2005年7月1日

在一年内调离工厂，否则就开除，并且一年内只发生活费。

程志是赌气离开的工厂，他并没有做好离开工厂后该做什么的准备，所以刚开始出去创业时是比较艰难的。刚开始，他在重庆人民文化宫搞了几年蛇展。

钟琴和程志是完全不一样的人。程志是工厂招工时从丰都县招来的干部子弟，钟琴则是一个家属子弟，从小在工厂的环境中长大，对外面的世界不了解。她是一个弱不禁风、与世无争的人，是一个完全没有开拓精神的人，只适合做按部就班的工作。让她离开工厂，和她丈夫一起过颠沛流离的生活，她根本就不适合，她也不想去。

在限令她离开工厂的那一年时间里，虽然每月只能领到微薄的生活费，她还是每天坚持上班，因为她不想离开工厂，她指望政策能有所改变。同事们都很关心她，关心她何去何从，和她一起叹息。

1992年，一年时间到了，钟琴不得不离开了她热爱的工厂。说是工作调动，其实是程志在他老家丰都县找了熟人，将钟琴的人事档案寄存在熟人的单位。那个单位并不给钟琴安排工作，她相当于失业了。

失业了的钟琴只好配合程志搞蛇展。有一次我到重庆出差，专门到重庆人民文化宫去看望他们夫妻。钟琴这样一个胆小如鼠的弱女子，每天却要和毒蛇、蟒蛇打交道，看着真令人揪心。在厂里时，她有一个体面的工作，工作环境好，清洁清静，冬天有暖气，每月有稳定的收入。唉，今非昔比啊！

过了10年，天兴厂已经搬到成都了，我又在上下班的人流中看见了钟琴的身影。原来，程志后来到丰都县的一个旅游公司工作了，有了外遇，最终和钟琴分手了。钟琴是因为受程志连累失去工作的，程志还是对她负责到底，每月给她生活费，又想办法把她调回天兴厂的集体企业当工人，毕竟钟琴的父母和亲人都在天兴厂，她对天兴厂还是很有感情的。钟琴在这个岗位干了几年后就退休了。

2005年，钟琴患了鼻咽癌，在华西医院做化疗，她的女儿请了长假从重庆过来照顾她。我去看她的时候，天气有点冷，她站在楼下等我，风把她的风衣吹得飘飘扬扬，就像要把单薄的她吹走一样。还好，钟琴的鼻咽癌发现得早，治疗及时，病情得到了控制。

前几年，她见我经常写天星沟的故事，就鼓励我多写点，把她的故事也写出来。但当我把这篇文章发给她看的时候，她却用微信回复我："往事不愿想，也不愿提，身体差得很，像个傻子般越简单越好，能自理一天就少给女儿添一天的负担。"饱经磨难的钟琴是悲观消极的，我无法用语言去安慰她，只能说一句"保重"。

（文中人物程志、钟琴为化名）

我曾"下海"当了一个月记者

20世纪90年代初期的"下海潮"，也使我平静的内心泛起了波澜。

1993年春节前，我们夫妻二人到都江堰市参加了一个全国经济信息交流会，那天到会有好几百人，非常热烈，人人脸上都充满了荣光。改革开放、推行市场经济以来，全国企业的供销信息需要有平台发布和查阅，当时没有互联网，有人就成立了全国新华经济信息网络，用纸质媒体来发布经济信息。在那个会上，朋友鼓励我们夫妻二人利用业余时间做这个新华经济信息网络的联络员，可以挣点钱。

回来后，我们夫妻就兴致勃勃地开始开展工作。我们利用星期天（那个时候每周只能休息一天），骑车或坐长途客车到各个工业企业和商业企业去宣传我们的经济信息网络，让他们免费试用三个月。那个时候南川的企业非常少，跑上好多公里才有一个厂，不像大城市，挨家挨户都是企业。我们跑了两三个月，挣到

● 1992年5月作者晓露拍于南川照片馆

125

好几千元钱，但确实太辛苦了，就没有坚持下来。

1993年10月，朋友又介绍我到江苏南通市的一家经济周报去工作。我在天兴厂请了一个月探亲假，独自乘坐火车，途经上海，来到江苏省南通市，在一家经济周报当了一名记者。

南通繁荣活跃的经济和老百姓的富裕程度令我瞠目结舌。当时，内地称最富裕的人是"万元户"，可是在南通流行的说法却是"万元户是贫困户，十万元才起步，百万元不算富"，我仿佛来到了另一个世界。当时我在厂里的月工资也就两三百元，"万元户"对我而言已经是高不可攀的了，什么"十万元户""百万元户"更是想都不敢想。

利用记者的身份，我跟随同事走访了多家企业，也参加了几次新企业的开业典礼。每一次开业典礼，企业都会给我们这些媒体记者发红包、送礼物，一个红包就相当于我在厂里一个月的工资了。我给一家企业写了一篇报道文章，企业老板还额外给了我3000元钱。我的感觉就是当记者又好玩又好挣钱。这么好的工作，最终我却放弃了并回到了厂里，主要的原因是当时的厂长亲自给我打了一个电话。厂长对我说："你跑了，在厂里影响很大。你赶快回来，不然我不但要开除你，还要开除你的几个哥哥。我相信你在外面能够混得很好，但你的几个哥哥也能够在外面混得好吗？我把他们开除了，你能够养得起他们吗？"

我的几个哥哥都是厂里的普通工人，他们要是被厂里开除了，那可真是活不下去了。我知道厂里是说得出来也做得出来，我不敢连累几个哥哥，只好答应厂长马上回来。还有一个原因就是我特别想家、想女儿，每天晚上眼泪都流湿了枕巾。

回到厂里，经过一段时间的情绪低落后，我也想通了：第一，诸如我父母这样的退休工人、我的哥哥们这样普通的天兴厂工人，他们要依靠天兴厂生存；第二，我的家人离不开我，我也不能离开他们。从此以后，我就死了"下海"的心，安心在厂里工作。

归来吧，归来哟

20世纪80年代，封闭已久的国门再次打开，许多怀着各种梦想和心愿的年轻人，纷纷踏上了出国之路，汇集成了中国有史以来规模最大、波澜壮阔的一次"出国潮"。1980年，日本人均年收入是9069美元，美国人均年收入为12272美元，而1981年，中国的城镇居民年人均可支配收入只有476元人民币，这就很好理解那时候的"出国潮"了。天兴厂子弟校有一个非常优秀的学生，就是在那个时期去美国的。

他是天兴厂子弟校1977年高中毕业的学生，于1978年考上天津南开大学，从此离开了天星沟。

1977年他高中毕业时，按照当时的政策，他是家里的老大，就直接进厂当了工人，而他的一些同学却下乡当了知青。1977年9月，我们国家决定恢复已经停止了十余年的全国高等院校招生考试，恢复高考的招生对象是工人、农民、上山下乡和回乡知识青年、复员军人、干部和应届高中毕业生，1977年的高考时间定为12月。

得知这个消息，他的父母就要求他复习功课参加高考，虽然他已经进入很多人梦寐以求的国防工厂，端上了"铁饭碗"。1977年国庆节，他的几个天兴厂子弟校乒乓球队的同学从农村回来，一起到他家去找他玩，直接被他母亲挡驾了。他母亲说："他要复习功课考大学，以后不要来找他玩了。你们也不要玩了，回家好好复习考大学吧！"

1977年12月，他参加了高考，但没有考上，他又继续利用下班时间在家复习，终于在1978年考上了天津南开大学。一起考上大学的还有他的两位同学。他们是天兴厂子弟校高中毕业生中考出去的第一批大学本科生，是天兴厂子弟校的骄傲。

过了几年，他的妹妹也考上了大学。他家兄妹两个都先后考上了大学，在那个年代是非常罕见的。

大学毕业后，他被分配到一家大型国有企业，有了一个令人羡慕的工作。他娶了大学同学为妻。他们夫妻俩都很上进，又双双考上研究生，继续深造。他一如既往地成为他父母的骄傲和自豪。他的父母和中国所有的老人一样盼望早日抱上孙子，但"出国潮"让他父母的孙子梦戛然而止。

那时候，优秀的人不出国好像就不算优秀，谁家有出国的人都会引来别人的羡慕和崇拜。那几年热播的电视连续剧《北京人在纽约》就是反映"出国潮"的。"如果你爱他，就送他去纽约，因为那里是天堂；如果你恨他，就送他去纽约，因为那里是地狱。"这是《北京人在纽约》的经典开篇语。片头纽约地标性建筑布鲁克林大桥、世贸中心流光溢彩，那纸醉金迷的生活让人心生向往。

在这种时代背景下，他们夫妻俩也萌生了到美国留学的想法。本来他妻子已经怀孕了，但他逼着他妻子打了胎，因为这会影响他们出国。当他的父母得知孙子没有了的消息时，气得吹胡子瞪眼睛。他爸爸给他写信，骂他是"杀人不眨眼的刽子手"，说他怎么这么狠心，把还没有出生的小生命给扼杀了。他爸爸还写信骂他，说国家培养了他，他应该好好报答国家才对，到美国去干什么。

父母的责骂动摇不了他们出国的决心。不愧是两个优秀的人，他们夫妻双双都考上了美国大学的研究生，义无反顾地到美国去了。他在美国研究生毕业后，又在美国继续攻读了博士学位。那时候，他就是成功人士的代名词，是人们眼中的楷模，高不可攀的神话。

他的妹妹、妹夫大学毕业后本来分在江苏工作，为了照顾父母，就双双调回天兴厂工作。

　　但是他的父母却陷入了思念儿子的痛苦之中。她的母亲思儿心切，才50多岁就患了老年痴呆症。那时候他家住在河坝的新楼房，他母亲每天拄着拐杖站在河边，拖着长声呼唤他的名字，声声呼唤，声声凄厉，令人落泪。

　　他妈妈发病的时候，有时候会举起手中的拐杖打人。他爸爸的脸上、脖子上经常都有被他妈妈抓伤的痕迹，他妹妹的背上、腿上经常都被他妈妈打得青一块紫一块的。我问他们为什么不躲，他们都说，如果躲闪的话，万一她追打时摔倒了就更糟糕了，她是病人，她想打人就让她打吧！唉，这是多么善良的一家人。

　　他妈妈病了两三年后，他回来过一次，没待几天就走了。1992年5月，他妈妈去世了，他没有回来。

　　后来，他和他老婆在美国离婚了。他40岁左右的时候，回重庆找了一个比他小十几岁的女孩结婚了，那个女孩跟着他到了美国。

　　有一次，他一个人悄悄回到了天星沟，回到了他家住过的地方。工厂已经整体搬迁了，以前厂里的很多房子已经拆了，还剩下少数破败不堪的旧楼房。他久久地站在他家的废墟旁，想起母亲当年对他的教诲，对他的严格管教。如果没有母亲对他的严格要求，就没有他今天的成就。但是，他还没有来得及对母亲尽孝，母亲就离开人世了。想到这一切，他心如刀割，泪如雨下。

　　他年轻的妻子给他生了一个儿子，他们曾把儿子送回国，让他爸爸和妹妹帮着带了一段时间。他爸爸也到美国去帮他们带过一段时间孩子，不过他爸爸不习惯在美国的生活，很快就回国了。

　　2015年2月，他50多岁的时候，他父亲去世了，他回到成都给父亲送终。他父亲是我的老领导，我去吊唁，遇到了他，我们交谈了好一会儿。听说我喜欢写作，他说："太好了，你多写点天星沟的故事吧！"

　　他对他的同学们说："你们如果今后要培养自己的孩子出国留学，你们一定要想清楚，你们把孩子送出国，就等于失去了孩子，我就是一个典型例子。"

他还说，他刚到美国那些年非常艰苦，好不容易站稳脚跟了，生活稳定了，可回到中国一看，中国发展速度很快，中国的生活水平和美国已经差不多了，他萌生了退休后想回国度晚年的想法。

他说，他在美国就是一个高级打工仔。他持有两个硕士研究生学位、一个博士学位，这么优秀的人才，也只是美国一家公司的一名软件开发人员。他说，作为一名华人，无论多么优秀，都进不了美国公司的管理层。他说他现在每天的生活非常简单，每天就是上班、回家，上班就是编写软件程序，中午带盒饭到公司吃，晚上回家吃饭，然后睡觉，休息时间没有像在中国那么多的人际应酬。

我说："像你这样勤奋努力的人，这么杰出的人才，如果你没有去美国，无论在国内哪个单位工作，你现在都可能有一个令人尊敬的职务和优越的待遇；如果你没有去美国，你的孩子也应该有30多岁了；如果你没有去美国，你可以对父母多尽点孝，你对父母的内疚感就不会像现在这么强了。"

他说："你说得没错，但历史没有如果，没有谁的人生可以推倒重来。当年，我们国家才开始改革开放，'下海潮''出国潮'裹挟着很多人，内地人到广州深圳打工，优秀人才纷纷出国，很多人的命运因此而改变。"他说，当时他大学同学很多都出国了，如果他不出国，就感觉自己很失败似的。他从来都没有落后过，在"出国潮"中，他也不愿意被人瞧不起。

我问他："现在回头看是不是得不偿失？"他说："不知道该怎么评价。个人的命运总是被历史的潮流推动着，左右着，有谁说得清自己人生的路上哪一步该走，哪一步不该走？"我很认同他的观点。

他现在还在美国工作，离65岁退休还有几年时间。祝愿他退休后能够实现自己的回国梦。

20世纪90年代崛起的天兴

　　20世纪90年代，天兴厂的民品开发取得了巨大成功，摩托车仪表全国市场占有率达到三分之一，为天兴厂赢得了可观的利润，天兴厂成为崛起的中国兵工车用零部件行业"小巨人"，进行了公司化改制，成为上市公司。

木钟、手铐和许豆腐

从20世纪80年代初期开始，天兴厂在生产军品的同时就不断开发民品。

80年代初期天兴厂生产的"铁塔"牌机械座钟，虽是民品，用的却是军工技术和材料，精美的木质外壳，上满发条后，可以运行15天，走时准确。那个年代，天兴厂生产的座钟成为天兴人的馈赠佳品，回老家、走亲戚，都送上一个自己厂生产的座钟，非常有面子。

1982年科研所刚成立的时候，办公地点设在我工作的理化室。科研所在研发军品的同时，也在研发民品。天兴厂的两个画家赵建国、徐新华当时就在科研所工作，他们负责研究木钟表面的烫画工艺，然后再去教生产工人制作。

在军品为零、座钟停产的1984年初，企业处于"找米下锅"的艰难境地。没有加工手段的一些单位，甚至在种蘑菇、卖豆浆、搞缝纫、养猪、做生日蜡烛等，饱受"没有支柱民品"之苦，尽管时间不长，但对职工思想冲击很大。此后，大家倍加珍惜到手的市场合同。

在此前后，企业先后开发了定时器、电风扇、公安产品、汽车制动器、车用仪表、传感器、机油泵等民品。

木工车间是专门生产产品包装箱的车间，他们利用自身的优势，做家用沙发。他们做的沙发，用了弹性非常好的金属弹簧，用棕铺垫，舒适度和耐用度都是非常好的，直到现在，一些天兴人的家里还在使用。还是那

● 1986年夏天，检验处全体干部合影。第二排右三为作者晓露

句话，天兴人即使生产民品，也是用的军品技术、军品材料、军品质量标准，产品经得起检验。木工车间还生产小木凳销售给各家各户。

工厂还开发了警用器具，如手铐、军用小铲等。

说到手铐，我的手腕就感到了疼，因为我曾被"铐"上了手铐。

那天，检验处领导办公室来了很多人，其中有厂武装部的领导张进黔，人称"张大汉"，原来他们正在观看厂里新生产出来的手铐样品。我也拿起一个手铐在察看，嘴里自言自语地说着："这怎么用啊？"说时迟，那时快，我们办公室的同事侯晓群抓起我的左手，拿起一个手铐朝着我的手腕用力一敲，手铐就铐在我的手上了。

我疼得直咧嘴，朝着侯晓群吼起来："你干什么？你把我的手都整痛了！"

他嘿嘿直笑，说："你不是不知道手铐怎么用吗？我给你铐一下你就知道了。你别动，你越动，手铐铐得越紧。"说完，他就用钥匙给我打开了。经过这一次，我是终生不会忘记手铐了。

我们检验处没有任何加工设备和材料，但职工们也不服输，想尽办法

● 1975年，天兴厂研发生产的民品木钟产品

挣钱。电镀车间检验工段的一个女职工利用工余时间给职工理发、烫头，一个女职工给职工裁剪衣服，等等。冲压车间检验工段的工段长许远福当时只有30多岁，在开发民品的大潮中，他带领全工段的检验工人，早上起来磨豆浆、做豆腐，拿到早市上去卖，从此，他做的豆腐就全厂闻名了，人们都称他"许豆腐"。

这些都是天兴厂民品开发过程中的花絮。很多事情虽然没有做成功，但全厂职工都发动起来了，都在开发民品上出主意、想办法，就总会有出路的。

后来，天兴厂终于开发成功了摩托车仪表和汽车仪表，并形成批量生产能力。在90年代，天兴厂是国家定点生产摩托车仪表的厂家、占领了全国摩托车仪表三分之一的市场。依靠摩托车仪表，天兴厂在山沟里面实现了公司化改制，成了上市公司，成为西南兵工局所辖的几十家兵工厂中的"四小龙"之一（其他三家厂是嘉陵厂、长安厂和建设厂三个大厂）。利用摩托车仪表和汽车仪表赚的钱，天兴厂实现了整体搬迁。

天一仪表走遍东西南北

　　20世纪90年代，天兴厂生产的民品摩托车仪表和汽车仪表获得极大成功，全国市场占有率达到三分之一，自称"三分天下有其一"，盈利水平也极高。在为工厂赚到大把钞票的同时，天兴厂职工的福利待遇也跟着水涨船高。

　　1993年5月，天兴厂机构改革，将检验处管辖的各车间检验工段划给各车间管理，检验处剩下的部分与计量理化处、全质办合并成为新的检验处，我又从计量理化处回到了检验处办公室，只不过新的工作岗位是质量管理。在质量管理岗位，我负责过全厂的QC小组活动，到重庆、北京、大同、成都等地参加西南兵工局和兵器工业部举行的QC成果发表会；负责过ISO 9000质量管理体系认证工作；负责过四川名牌产品申报工作；参加过厂里的工艺质量大检查，每季度跟随厂领导到重庆各主机厂走访客户，等等；参加过兵工局组织的对各个兵工厂的质量管理检查验收工作。这些工作开阔了我的眼界，增长了我的见识，也让我对全厂各单位的情况都有所了解。

　　腾飞的天兴令我自豪。结合工作情况，我开始向报刊投稿。下面选用一篇我当时发表在《兵工质量》1994年第6期"动态与简讯"上的文章《天一仪表走遍东西南北》，来说明当时天兴厂的辉煌。

　　在1994年7月闭幕的"'94四川名优特新产品博览会"上，天兴仪表厂参展的"天一"牌摩托车系列仪表以及摩托车系列油泵等产品，荣获博览会金奖。

天兴仪表厂是国家定点生产摩托车仪表的重点企业。工厂生产的"天一"牌摩托车系列仪表一直是国内摩托车市场上享有较高声誉的产品，经中国测试技术研究院鉴定，"技术水平在国内属领先地位"，被国家行业主管部门推荐，多次在巴西、德国等国际工业品博览会上展出。该系列仪表从50立方厘米到250立方厘米，共有11个排量、70多个品种，年产量达到150万只（套）以上，居全国同行业之首。"天一"仪表以其外形美观、质量稳定等特点备受用户青睐。北起长春，南至广州、海南，东起济南、西达重庆，中有洛阳、南京，全国十大摩托车主机厂家基本上都选用了"天一"牌产品，"天一"仪表在全国市场的占有率达到40%。

四川天兴仪表厂是国家定点生产微车仪表的主要厂家和定点生产奥拓轿车仪表及组合开关的唯一厂家，产品与长安、奥拓等名车配套。该厂还生产"天一"牌摩托车系列机油泵、摩托车系列油量表传感器、摩托车零配件，已成为专业化、大批量生产该类产品的主要厂家。

在激烈的市场竞争中，天兴厂立于不败之地，是因为该厂坚持科技先导与质量并重，成功地走出了一条质量效益型之路。

多年来，天兴厂一直把军品生产质量第一的指导思想贯穿在民品生产过程中，沿用军品生产的质量保证体系，以提高产品实物质量为重点，从产品科研开发到售后服务，从原材料、外协外购件入厂验收到成品出厂验收，进行全方位的质量控制，形成完整的质量控制体系。

经过几年的车用仪表生产，天兴厂已在国内同行业中具有领先优势，拥有一支技术较强的生产骨干队伍和开发能力较强、对市场反应快的专业技术队伍。这个厂不断完善产品开发机制，缩短开发周期，平均每个季度要开发5种新产品，为工厂在市场竞争中赢得了主动权。

天兴厂坚持以高质量的产品开拓市场，将进一步引进国外技术，提高产品开发能力。最近，该厂正积极与日本、意大利等国的商家洽谈合资项

● 1994年2月，欢送胡健康调涪陵地区政府工作。前排左起：李作应、罗家骏、胡健康、武卫华、邓雨明、王荣庆。第二排左起：蒋鹏初、江河梁、余伯强、黄培荣、颜泽荣。第三排左起：王布宽、荣建华、卢成远、丁先星、钟守林、周国栋

目；同时，该厂正在抓紧实施国家计委批准的车用仪表二期技术改造工程，数千万元技改投资正陆续投入。该厂最近用150万美元从瑞士等国家引进具有90年代先进水平的设备，将在成都新厂址建成西南地区第一流电加工中心，还将完成其他重要的技改工程。

天兴厂坚持"用户第一，信誉第一"的宗旨，十分重视用户信息和售后服务，将用户反馈信息作为工厂的一大财富，据此不断改进产品实物质量，提高产品的市场竞争能力。对用户反馈信息及时处理，做到闭环管理，千方百计让用户满意。该厂还形成走访用户制度，每半年由分管质量的副厂长带队，组织质量管理、质量检验、技术开发、销售等部门的同志，主动到各大用户厂家走访，受到用户厂家的一致好评。

天兴仪表——
崛起的中国兵工车用零部件行业小巨人

天兴人开拓进取，敢为人先；天兴人孜孜以求，不畏艰难。天兴"以业为重，以合为贵，以新领先，以优取胜"，"执着追求天下第一"。

1995年11月29日，工厂进行了公司制改制，在成都成立了"成都天兴仪表（集团）有限公司"。时任四川省副省长李蒙、成都市副市长孙家骒、国家计委三线办公室主任王春才等领导到会祝贺并讲话。

成都天兴仪表集团是以成都天兴仪表（集团）有限公司为核心企业，由6个全资或控股的紧密层企业和5个半紧密层企业及50多个松散层企业，按照"自愿、平等、互利、互惠"原则组成的跨地区、跨行业、跨部门、跨所有制、跨国界的企业群体。集团的宗旨是，发挥群体优势和综合功能，坚持"高起点、专业化、大批量"原则，坚持"一业为主，多种经营"的方针，携手合作，同舟共济，共同为发展中国的车用零部件民族工业做出贡献。

1995年，企业与日本山田制作所合资，成立了"成都天兴山田车用部品有限公司"；与上海兵总浦东开发公司合资，成立了"上海万友天兴仪表工业公司"；还组建了"南川金佛山万友矿泉水饮料公司"等企业。其中，成都天兴山田车用部品有限公司顺利发展至今，并在成都市龙泉驿区建立了新厂区。

1995年前后，公司先后获得"中国兵器工业总公司先进企业""四川

● 1997年4月22日，"天兴仪表"A股股票在深圳股票交易所正式挂牌上市

省文明单位""四川省优秀企业""四川省资信AAA特级信誉企业""全国职工文化工作先进单位""中国国防科技工业第二次创业劳动竞赛先进单位"等荣誉称号；"天兴"牌摩托车仪表获得"四川省优质产品奖""中国兵器工业总公司优质产品奖"等荣誉称号。时任中共中央政治局委员、国务院副总理邹家华为天兴厂题词："艰苦奋斗为国防，军民结合谱新篇。"

1997年4月22日，"天兴仪表"A股股票在深圳股票交易所正式挂牌上市。时任中国兵器工业总公司副总经理田瑞璋、四川省副省长李蒙等领导出席敲钟上市仪式。成都天兴仪表股份有限公司是中国兵器工业总公司车用零部件企业和中国车用仪表行业的第一家上市公司。天兴厂率先抓住了这一宝贵机遇，为企业融资、发展奠定了基础，为职工谋得了利益。

最难忘1997年10月的卖股高潮。1997年4月，天兴仪表股票在深圳A股上市，天兴厂成为西南兵工局继嘉陵厂、建设厂、长安厂三大主机厂上市之后第四个上市的兵工厂，是西南兵工局唯一的生产零部件企业的上市公

● 1995年11月29日，成都天兴仪表（集团）有限公司成立大会在成都十陵天兴新厂区举行，作者晓露夫妻在天兴厂装配大楼前合影留念

司。那个时候的天兴厂被称为西南兵工局四小龙之一，在兵工系统内享有极高的知名度。

天兴仪表股票上市，每个职工都用低廉的价格买了内部股。内部股要半年后才能上市。那时候，天兴人每天晚上都盯着电视上的股票行情，看着天兴仪表的股票天天都在上涨，都很兴奋。到了1997年10月职工内部股可以上市交易的日子，厂里放了几天假，安排了交通车辆，允许职工们到成都股票交易所卖股票。那几天，成都的股票交易所都被天兴人占领了，人山人海，令炒股的成都人感到非常吃惊。每个人都卖了好价钱，赚了较为可观的一笔钱。过后相当长一段时间，尝到股票甜头的天兴人兴起了炒股热。

由商品营运向资金营运转变

20世纪90年代中期，天兴厂生产的"天一"牌摩托车系列仪表在全国市场占有率超过三分之一，连续几年，公司的主要经济指标以年均60%左右的速度增长，成为行业"小巨人"和中国兵器工业总公司十强企业之一。

这样好的经营成果令天兴厂领导喜不自胜，开始寻思由商品营运向资金运营转变。

《政研交流》1996年第四期刊登了一篇署名文章《更新观念实现两个转变推动企业腾飞——天兴仪表（集团）有限公司第二次创业回眸》，文章写道：

三、由商品营运向资金营运转变

公司在"八五"期间完成了由产品生产到商品生产经营"第一次跳跃"之后，又瞄准了新的目标。公司总经理反复强调，"企业不能仅仅是商品生产经营者，而应该是一个善于运用资本去赚取最大利润，以保证国有资产迅速增值的资本营运者"。他要求公司各级领导要由主要注重营运产品、关心看得见的物资流转移到主要注重营运资金、关心看不见的资金流上来，按照这一思路，公司开始了由商品生产者、靠单一性的"产品保护"的"围墙经济"向以资本经营、靠多元性的"产业保护"的开放型经济转变。

1995年6月18日，位于成都火车站附近的天兴商场正式开业，这是公司实施"一业为主，多种经营"方针和进行社会化服务的一个重要举措。

1996年4月8日，天兴公司与西南兵工万友旅业集团、南川市文风镇三家联合组建的南川金佛山万友矿泉饮料有限责任公司举行了隆重的开工典礼。这是我们与万友旅业集团、文风镇长期共同合作的结果，是我们公司跨地区、跨行业投资兴办企业的一种尝试，也是我们"一业为主，多种经营"方针在实践中迈出的新步伐。

为顺应国家科技体制改革的趋势，增强企业竞争能力，经成都市政府批准，兼并了成都机电研究所，对其实行资产一体化经营，成为我公司的全资子公司，这为企业与科研的结合走出了一条新路子。

为迅速扩大华东市场，我们公司与兵总北方浦东经济技术开发总公司本着"自愿联合，平等互利，共同发展"的原则，把公司车用仪表的开发、生产、技术优势与北方浦东经济技术开发总公司的地理、科技、信息、资金等优势有机结合起来，在上海浦东张江高科技园区内共同投资兴建了上海万友天兴仪表工业公司，并已经高速度、高效率地建成投产。

1995年2月28日，天兴公司与日本国株式会社山田制作所共同投资2000万美元的成都山田车用部品有限公司在成都成立，这是中国兵器工业总公司第一家专业化、上档次生产车用零部件的企业。

天兴公司与香港亚洲殷发实业有限公司合资的四川殷华激光快速模具有限公司已于1995年12月在成都注册登记。

公司开始的由商品营运向资本营运的种种尝试，为公司的超常规发展注入了新的活力，增加了公司新的经济增长点。

在公司领导的正确决策与带领下，经受过市场洗礼，面对机遇与挑战的天兴人勇于进取，不畏艰难，敢为人先。我们公司将一如既往，"以业为重，以合为贵，以新领先，以优取胜"，"执着追求天下第一"，把观念的转变作为公司快速、持续、稳定发展的思想理论基础，促进公司的腾飞，为振兴中国摩托车、汽车工业贡献一份力量。

● 天兴厂陈列室中陈列的摩托车仪表

除了这篇文章提到的这几个投资项目外，天兴厂后来还陆续投资了一些新的项目，如在浙江慈溪投资了摩托车仪表生产厂等，前后投资了十来个项目。其中，成都天兴山田车用部品有限公司顺利发展至今，2006年销售收入可达2.5亿元，并在成都市龙泉驿区建立了新厂区。

2006年9月22日，纪念天兴建厂40周年庆祝典礼在四川省成都市龙泉驿区十陵街道天兴厂区举行。

● 天兴厂现任领导和多位往届厂领导参加了天兴建厂40周年庆祝典礼

● 天兴厂全体员工身着白色工作服整齐列队，冒雨参加天兴建厂40周年庆祝典礼，作者晓露是其中一员

艰难的脱险搬迁

天兴厂原址位于海拔2251米的金佛山西麓的深山沟内，水文地质险情和工程地质险情都十分严重，整个工厂都处在一条长达3公里的狭窄陡峭的排洪沟沟底，常年受山洪、泥石流、危岩、滑坡等灾害侵袭。国务院三线调整办公室于1990年正式将天兴厂列入"八五"三线调迁计划，国家计委于1991年正式批复天兴厂的脱险搬迁项目建议书，工厂开始了漫长而艰难的搬迁工作。

家里涨洪水了

1975年，天星沟暴发了特大暴雨和山洪，造成三分之一的工房和住宅被淹。设备被水淹没，下水道盖板被掀开，公路被破坏，电线杆堕入河中。全厂停产，清理废墟。那场暴雨，我家进了洪水。

1971—1984年，我家住在修建在河沟堤坝上的楼房里。河沟平时清澈见底，水流很浅，成群的鱼儿游来游去，鹅卵石下面隐藏着螃蟹。但山洪暴发的时候，河沟就变成了另外的模样。

夏天，只要下暴雨，山上的水都往河沟里流，河沟里的水就会迅速涨高好几米。汹涌的洪水涛声震天，洪水裹挟着泥沙、圆木呼啸而来，打着漩涡，撞击着河两岸的堤坝，好像要把建立在堤坝上的楼房卷走一般。山洪暴发的时候，我不敢从窗户往河里看，我好害怕洪水把我家住的这栋楼冲垮。

有一年夏天，下午上学的路上，我突然看见很多人往河沟边跑，往河里看着什么。我也跑过去看，看见汹涌的洪水冲下来一个女孩子，随着洪水起伏漂荡。岸边的人都努力想把女孩子抓住，怎奈河水太凶猛，没人能够救起女孩，只能眼睁睁地看着女孩被冲走。后来听说，那个女孩是住在天星沟尽头的芶家河坝的农民家的女儿，有十六七岁了。那天那个女孩打猪草回来，从两根圆木捆绑而成的简易木桥上行走时，脚下一滑，滚进了河里，背上背着的背篼进了水拖着她爬不起来，她就被洪水冲走了。那个女孩的尸体被三汇的拦河坝拦住，被农民打捞上来，裹了草席，被拖拉机拉回了家。

1975年夏天，我家涨洪水了。半夜，奶奶被"乒乒乓乓"的响声惊醒，她以为有老鼠，就伸手去拉拴在床架上的灯绳。灯不亮，奶奶翻身下床，双脚就浸泡在洪水里，她大喊："涨水了！"才把全家人惊醒。爸爸打亮手电筒，发现家里的洪水有一尺多深，快要淹没床褥了。家里的箱子、柜子、泡菜坛子、鞋子、木盆等东西，都漂在水里。爸爸打开门，门外也是一片汪洋，还在下着瓢泼大雨。门一打开，门外的水哗地冲进来，从我家厨房的下水道往河里流，爸爸才发现，洪水不是从河里涨上来的，是从山上冲下来的。

爸爸叫全家人赶快离开，往公路对面地势高的那栋楼去避雨。小脚奶奶死活不愿意走，爸爸就叫大哥把奶奶背走了。

那天的洪水把整栋楼的住户都吓坏了。付永义老师家最惨，山洪正对着他家房门冲，家里的衣柜都倒在了洪水里。他家房门打不开，急得他拖着哭腔对着窗户大喊"救命"。他家隔壁住着教体育的刘桂芳老师一家人。刘老师虽然是女的，但很泼辣，她家也打不开房门，她就一拳打碎了窗玻璃，从窗户上跳了出来，强行将房门打开，将自己一家人救了出来。她又跑去帮付老师打开了门，帮助他一家老小逃了出来。

洪水很快退去了，但是公路上和家里全是半尺厚的淤泥，我们几个学生还去帮付老师家洗被洪水泡过的衣服。那次洪水把孱弱的付老师吓坏了，第二天下午他家就搬到四合院去了（天兴厂搬走后，四合院改成了三线酒店）。

那场洪水过后，天兴厂一片狼藉。家家门前都晾晒着被洪水打湿的衣服、被褥和大米。被洪水浸泡过的大米颜色发黄，非常难吃，但那个年代粮食都是定量，凭票购买，谁家也没有余粮，所以被洪水浸泡过的大米还是要煮来吃。

那场洪水给天兴厂造成很大的损失，很多地方都被洪水淹了，有的家属楼房和厂房被山上垮下来的巨石砸出了洞，有的厂房里的机器设备也全部被水淹了。诸如此类的洪水每年夏天都会暴发很多次，有时候还会把公路冲垮，严重影响天兴厂的交通、生产和生活。

那次洪水也把奶奶吓坏了，年底大姐从老家来探亲时，奶奶执意跟着大姐回了老家，再也没有回过天星沟。

一线天悲歌

1984年7月25日，天星沟再次遭遇特大暴雨，并引发山体滑坡，造成两名年轻的职工不幸失去了生命，也促使天兴厂下定决心，一定要搬出天星沟。这一天，是天兴厂历史上一个不能忘记的日子。

那天下午上班后开始下大雨，很大很大的雨，不停地下，到6点下班的时候还在下。下班的时候，我打一把大伞走回家，雨瓢泼般淋下来，我全身上下除了头以外都被淋湿了。河水暴涨，水位猛然涨了好几米高，洪水裹挟着圆木、树枝、杂物，凶猛地冲撞着河堤，咆哮着向下游奔去。7点左右，雨稍微小些了，却听到广播里播放紧急通知。我心里一紧，感觉不妙。果然，不一会儿就听到有人说一线天油库出事了。

一线天是两山相连处自然形成的一个峡谷，站在谷底往上看，只看得见一线蓝天，一线天因而得名。峡谷底部，平时是一条清澈的小溪流，水很浅，蹚水往上走，可以一直走到山顶。峡谷两侧的山体上，悬挂着长了青苔、滴着水滴的钟乳石。

一线天外的开阔处，建设了工厂的油库。厂里专门设了岗哨守卫油库，岗亭建在小溪边的山脚下，平时通过一座小桥连通。那天，一线天冲出几米高的大水，将小桥淹没了；岗亭后面的山坡被农民开垦出来种了玉米。失去了植被的保护，半边山体垮塌下来，将小小的岗亭推倒、掩埋了。得到消息的厂领导们都赶到了一线天，指挥挖掘机进行挖掘。挖到半夜，找到一个担任守卫的小伙子遗体，另一个小伙子却不见踪影。

死去的小伙子名叫张国志，时年28岁，是我们检验处402工段的检验工。他因为身体不好，要求借调到保卫处去当门卫，我当时是检验处的专职团支部书记兼劳资员，张国志的借调令是我办理的，没想到他才去3个月就出事了。

张国志死后，检验处党、政、工、团领导去慰问他的家属。我们先到了张国志的家，他年轻的妻子带着1岁多的孩子哭得痛不欲生。然后我们又来到张国志母亲家，他瘦弱的母亲脸色苍白、有气无力地说："我这是什么命啊，他爸爸3年前出车祸死了，才3年他又死了，他才28岁啊，死得好年轻啊。"泪水不停从她的眼睛里滚落出来，令人好不心酸，在场的人都哭起来。

张国志家是和我家一起从泸州调到天星沟的。3年前，厂里的救护车拉了一车需要到重庆检查治疗的病人，在快到万盛的一个叫猪槽湾的地方，因浓厚的晨雾遮挡视线，救护车冲下了山崖，当场死3人、伤3人，张国志的爸爸就是在那次车祸中丧命的。

山洪造成失踪的小伙子名叫杨家玉，是我同学杨勇的大哥，当时也只有28岁，是保卫处的经济民警，家里的孩子也才1岁多。他是在失踪半个月后才被找到的。他的遗体被冲到了20多公里远南川的下游河边，被沙子掩埋了。他腰间的皮带露在了沙子外面，被几个在河边玩耍的孩子发现了。痛失爱子，杨家玉的父母将天星沟视作伤心之地，后来全家人随工厂搬迁到了成都后，再也不想回天星沟去。杨勇也是开同学会时才第一次回天星沟，在一线天他大哥出事的地方，他一个人点了两支烟立在地上，默默地祭祀着大哥。

杨勇告诉我，他父母是江苏徐州人，他父亲1967年4月从西安东方厂调到天兴仪表厂工作。那时候他们心中有党中央的决定，领导工人排除困难，有条件要上，没有条件创造条件也要上。先工作、后生活，先国家、后小家，是信仰高于一切的境界。老一辈虽然没给后辈留下什么物质财富，但他们的精神财富是无法估量的。国家强大有他们的付出，他们为了

● 2000年10月1日，杨勇（左）、唐维顺（七十二洞农民，小名花狗，中）、宋钦（右）在唐维顺家门前合影

国家的三线建设献了青春献终身，献了终身献子孙，他们无怨无悔。正是有了他们无私的奉献，才有了我们现在安定的生活。

天兴厂选址在天星沟，符合当年三线建设"靠山、分散、隐蔽"的选址要求，但随着工厂投入生产，诸多不利因素暴露无遗。天星沟地理位置偏僻，自然环境恶劣，多雨潮湿，山洪频发，根本不利于生产和生活。

一线天出事后的那段时间，天兴厂一个月内连续召开了两次追悼会，整个工厂的气氛都非常沉重。工厂领导痛定思痛，下定决心，要加快搬迁进度，尽快搬出天星沟。

王春才天星沟遇险记

2021年4月1日，原国家计委三线建设调整改造规划办公室主任、中华人民共和国国史学会三线建设研究分会高级顾问、四川省三线建设研究会高级顾问、中国作家协会会员、中国报告文学学会会员王春才老先生，知道我在写作《远去的天星沟》一书后，就特意写了一篇文章《涪陵南川5004厂列入"八五"调迁计划纪实》并附照片发给我。这篇文章讲述了王春才牵头的国务院三线办三线调迁考察组到天兴厂考察时遇到险情的情况，并决定将天兴厂列入"八五"三线调迁计划。

现将原文刊登如下：

涪陵南川5004厂列入"八五"调迁计划纪实
王春才

1991年1月24日，国务院三线建设调整改造规划办公室（简称国务院三线办）在北京国防科工委远望楼宾馆召开第八次工作会议。国务院三线办主任鲁大东、国家计委常务副主任、国家三线调整领导小组组长甘子玉及中国航天工业部部长刘纪原、中国兵器工业部部长来金烈，机械工业部部长包叙定及云南、贵州、四川、陕西、甘肃、湖北、河南、湖南八省暨重庆市领导参加了会议。国务院三线办副主任向嘉贵在会议上作了报告，强调要抓紧完成"七五"三线调迁项目，进行项目考察调研，安排好"八五"三线调迁项目，确定调迁地址，部、省要取得一致意见。兵器工

● 1991年6月25日，国务院三线办规划二局副局长王春才（左五）、处长黄少云（左二）在南川5004厂与厂领导合影，左三为党委副书记宋世忠，左四为党委书记武卫华，左六为厂长胡健康，左七为胡长青

业部（对外也称五机部）来金烈部长指出，重庆地区山里兵工厂较多，有险情，申请搬迁的项目较多，除了西南兵工局考察把关外，五机部综合计划司副司长谭凯、副总工程师薛义流，也要到现场考察，向国务院三线办报告"八五"三线调迁方案。1983年，我时任国务院三线办规划二局副局长，西南兵工局副局长姚小兴、基建处副处长汪龙等同志，陪我坐吉普车看了不少三线厂，开展制作"八五"三线调迁计划，我再次到重庆地区兵工厂考察调研，其中调研涪陵5004厂印象深刻。

1991年6月25日，星期二，157厂派辆小车将我与国务院三线办处长黄少云及四川省三线办重庆市三线办调研人员送到564厂，看了564厂山洞工厂后，听取了厂长李敬扬、党委书记郑荣杰的汇报，该厂申请将564厂列入"八五"调迁计划。午餐后，下午3时30分，郑荣杰书记亲自带队，开了一个多小时车将我们一行人送到5004厂。5004厂厂长胡健康、厂党委书记武卫华、老厂党委书记宋世忠及保卫科科长陪同我们参观了工厂，见到山上危岩砸坏了一些厂房，洪水也冲毁了一些厂房，一些机器被水冲坏。参观考察人员正在山脚由马路进入车间时，山腰突然有几块大石头滚下来，我们立即躲开，心里发慌。幸好人未受伤，留下难忘的记忆。考察组意见一致，将5004厂列入"八五"三线调迁计划，列入"双给"项目，即给资金，又给退税政策。

调迁地点选在四川省成都市龙泉驿区十陵镇。副司长谭凯、副总工程师薛义流看了新址后感到满意。

（王春才2021年4月1日写于成都）

艰难的搬迁过程

1984年11月8日，国务院三线建设调整改造规划办公室《关于三线企业调整方案的报告》中写道：

"在三线地区八省一市的范围内，共有省属以上大中型骨干企业和科研事业单位1945个，其中：属第一种，即建设成功的有929个，占总数的48%；第二种，基本成功的有871个，占45%；第三种，进山很深，布局分散，厂址存在严重问题，没有发展前途，需要关、停、并、转、迁的有145个，占7%。

"第三种企事业单位总的调整原则是：该关停的就不要搬迁；能迁并的就不要迁建；能就近搬迁的就不要远距离搬迁；能向中小城市搬迁的就不要向大城市集中。按照上述原则，第三种企事业单位调整的方案是：原经国家有关部门批准调整的24个；关停的9个；迁建和部分迁建的48个；迁并的48个；全部转产的15个。"（摘自中共党史出版社《中国共产党与三线建设》第311页）

在这个报告中，天兴厂被列入第三种三线企业，需要脱险搬迁。

在三线企业调整、改造过程中，国家给予调迁的三线企业很多优惠政策，如1986年7月5日，财政部下发了《关于对三线调整单位减免税的通知》；1986年7月23日，国家计委、财政部、中国工商银行、中国人民建设银行、国务院三线办下发了《关于扶持三线企事业调整几个优待政策问题的通知》；1992年2月25日，国家计委、财政部、中国人民建设银行、国务院三线办下发了《关于扶持三线企事业调整几个优待政策问题的通知》等。

天兴厂于1984年底被正式确定为脱险搬迁的三线企业，于1992年确定新厂址，1996年开始"滚动搬迁"，直到1999年才实现了整体搬迁，前后用时15年。这说明在那个年代，一个大型国有企业要实现整体搬迁是一件非常艰难的事情。我没有从事过搬迁工作，我只能以一个普通职工的感受来说一下搬迁的难度。

第一难是选址难。1988年，国家计委批准天兴厂脱险搬迁，并正式列入"八五"计划。工厂于80年代末期开始进行搬迁前期准备工作，到1992年，先后完成了厂址定点、土地征用、农户拆迁，三通一平，选择施工队伍等工作。

第二难是合并搬迁太扯皮。上级将当时在南川县境内的天兴厂和宁江厂合并成一个项目搬迁到成都市龙泉驿区，天兴厂代号"5004"，宁江厂代号"564"，故将合并搬迁工程命名为"双四"工程。据说宁江厂原址条件比较好，是不符合脱险搬迁条件的，但上级部门又不愿意将宁江厂一个厂留在南川，故想让宁江厂搭乘天兴厂搬迁的"顺风车"，一起搬出来。"双四"工程指挥部由两个厂派出对等职务和数量的人员组成，由于在实践中存在两个法人单位的建设思路、建设进度、投资计划、债权债务等难以统一的矛盾，导致工程进展缓慢。经研究和经上级批准，于1994年实施了两厂按产品分线建设的新措施，有效地促进了工程顺利进展。

在分线建设中，天兴厂成立了"双四"工程5004厂新厂建设工程指挥部。工程项目设计聘请兵器总公司第五设计院，地质勘察聘请成都理工学院（后更名成都理工大学）东方岩土工程勘察公司，项目质量监督委托四川省兵器工业工程质量监督所进行。

1994—1997年，工程项目全面开工，到1997年底，完成了大部分工房建设，并完成了配套的供水、供电、管网、道路工程以及几个厂的共建工程。

从1997年起，工厂开始申报二期工程，由于种种原因，国家计委一直未批复。为了扭转滚动搬迁中两地生产的被动局面，工厂于2000年利用自筹资金和职工集资款，修建了102机加工房的中间部分，促使工厂于2000年5月完成整体搬迁，并及时将旧厂址处理完毕。脱险搬迁一期工程于此时全部完成。

由于一期工程建设的生产设施没有配套，直接影响了投资效益的充分发挥，为此2001年国防科工委批复了我厂完善工程项目，该项目于2002年完成，促使工厂全面投产，步入生产经营正常阶段。

第三难是自筹资金难。 国家给搬迁企业的政策是"四三三"，即国家拨款40%，上级拨款30%，企业自筹30%。天兴厂搬迁完成一期工程投资13139万元，其中自筹部分全靠全厂职工苦干挣得。

20世纪90年代，天兴厂抓住了摩托车和汽车发展的大好时机，生产摩托车仪表和汽车仪表，产品盈利能力非常强，为工厂赚了很多钱，职工福利待遇相对较好，企业投资了不少新项目，更要把钱投到新厂建设中。

回想搬厂前那几年，天兴厂的工人可真累，为了赶任务，周末和晚上加班是常态。厂里的高音喇叭每天都要报道生产任务完成情况，经常都会听到工人带病坚持工作，累倒在生产线上的表扬稿。即使是这样，全厂职工都咬牙坚持。为了搬出天星沟，为了让下一代有更好的生活环境，我们这一代人再苦再累都值得。

第四难是令人最痛苦的"部分搬迁"的说法。 曾经有几年，厂里纷纷传言，说只搬迁一部分生产线，还会留一部分人在天星沟继续生产。这个传言令天兴人惶恐不安，精神上极为痛苦，谁都害怕自己成为留下来的人。

第五难是"滚动搬迁"。 从1996年开始，工厂开始实行滚动搬迁，即建好一条生产线就搬迁一条生产线，哪条生产线先搬迁，哪条生产线的有关人员就随之搬迁。滚动搬迁持续几年，给厂里的生产和职工生活都带来很大的困难。从生产上讲，新厂老厂相距400公里，两边要配合生产出产品，大大增加了管理难度、生产成本和运输成本。从生活上来讲，新厂当

● 1992年10月7日，"双四"工程指挥部举行挂牌仪式

时生活条件还不完善，职工在新厂工作生活上有很多困难，还造成很多家庭两地分居，也造成了很多家庭"离婚重组"。

第六难是职工"买房难"。 新厂的住房要自己掏钱买了，每家每户都有一套房，每套房享受了各种优惠政策后，要花三四万元。以现在的眼光看，74平方米的房子那是相当便宜的，但当时每个家庭都没有多少存款，要支付这笔昂贵的购房款并不是很容易的事情。购房款分三期支付，第一期是1992年，每套房子交2000元；第二期是1997年，每套房子交8000元；第三期是交住房钥匙时，将尾款交完。很多家庭为了买房都是借了钱的，还有极少数人因交不起钱，从而放弃了买房。

第七难是搬迁把工厂和每个家庭都搬穷了。 工厂整体搬迁就是职工家属一个都不留，全部搬走。搬迁耗尽了工厂的家底，也掏空了每个家庭的积蓄。

2000年5月，公司完成整体搬迁，并将老厂址全部移交地方，实现了

"由山沟向城市"的战略转移。

1999—2001年，由于搬迁影响、市场竞争激烈等因素，公司产销大幅下滑，亏损严重，生产经营陷入低谷，2001年销售收入4885万元，降到近10年最低点，亏损3983万元，企业运转艰难。

刚搬到成都的天兴厂濒临破产，困难得连工资都发不起了，发生了天兴厂工人在市场上赊米的事情。当时还流传着这样一个故事，十陵当地的农民教育自己的孩子时说："你不好好读书，长大了送你到天兴厂当工人。"听到这句话，我感到非常伤心。当年是"好人好马上三线"，每年的大中专毕业生优先分配到天兴厂这样的国营企业，天兴厂里高学历的人多的是，读书成绩不好是没有资格分配到天兴厂工作的。如果不是搬迁，天兴厂怎么会沦落到这个地步？

但天兴人是坚强的，天兴厂是坚强的。

2001年12月，为建立现代企业制度，适应市场经济要求，促进脱困发展，天兴在兵器工业系统率先进行了产权改制，完成增资重组。2002—2005年，改制后的天兴发生了较大变化。在全体员工共同努力下，生产经营逐步恢复和发展。销售收入由2001年的4885万元，上升到2005年的1.6亿元，亏损下降，综合指标平均每年递增30%以上。历经磨难的天兴厂又于2016年6月从十陵搬到了成都经济技术开发区。2026年，天兴厂将迎来建厂60周年大庆。

环顾四方，当年的三线企业很多都不复存在了，而天兴厂还在坚强地挺立着，继续在市场上搏击拼杀。

回忆是痛苦的，但回忆也是骄傲的。不经历风雨，怎么见彩虹。值得庆幸的是，天兴厂最终搬出了天星沟来到了成都。当年地方企业就地破产的多的是，谁会把你搬到更好的地方去？如果不是三线企业，我们怎么可能搬到成都？

成都这个宜居宜业的城市，无论对企业还是对我们个人，都提供了无穷的发展机会。

我狼狈逃出天星沟

1999年2月11日，农历腊月二十六，离春节只有4天时间了。那天晚上，我穿过当地农民设置的"封锁线"，瞒着同事和朋友，带着女儿，悄悄逃出了天星沟。那天是我在天星沟工作和生活的最后一天，是我终生难忘的一天。

1992年，天兴厂在成都市龙泉驿区购买了土地，计划在1996年实现搬迁，当时，全厂职工极为振奋，人人都憧憬着到成都的新生活。有一天，我才3岁多的女儿在邻居家照镜子，非常高兴地对邻居说："我妈妈说的，我长大后就是成都姑娘了。"她那骄矜的神态，令邻居一直记忆犹新。

1992年9月，我和我们计量理化处处长曹启宙一起到成都出差，顺道到新厂区去看了看。在新厂指挥部工作的一位天兴人指着面前的大片土地说："这儿就是我们的厂区。"又指着远处有一根高烟囱的砖厂的地方说，"那儿就是我们的家属区。"又指着中间的一条河流说，"那条河叫东风渠，今后要在河上修一座桥，上下班就近了。"那时候的十陵只有一条短小的街道，街上都是盖着瓦的平房，农民住的房屋基本上都是土墙茅草房。

终于盼到了1996年，厂里开始实行滚动搬迁，按建成的生产线和车间陆续搬迁。

我老公原来在南川县金佛山气象局工作。1994年底，他调到了成都市龙泉驿区气象局工作。他走的时候，我以为我们厂也很快就会搬过去，谁知我们竟然两地分居了4年多才团聚。

那几年，我在天星沟一个人带着孩子非常辛苦。看到身边的人一个又一个地调到新厂去了，我是多么渴望能够早些调到新厂去工作啊！

一直到1998年下半年，我们品质部新调来一位部长叫卢成远，他了解到我的情况时，脱口就说："你这种情况，早就该解决了。"

1999年1月，卢部长悄悄对我说："你春节前就搬家到成都，春节过后就在新厂上班，不回来了。"卢部长要求我一定要保密，不要对任何人讲，搬家也不要请同事帮忙，免得节外生枝。唉，也难怪卢部长有这个要求，当时确实人心惶惶，谁都想早点到新厂去，他担心万一被同事知道了，同事都去找他闹，他就不好办了。

于是我开始悄悄做着搬家的准备。我到装配车间去找了一些废弃的包装箱，拿回家包装家具，叫哥哥帮我打包。又到车队去联系车辆。那时候，每家交了700元钱搬家费，每两家可以合起来要一辆大卡车搬家。

我到车队的时候，遇到一位男同事，他老婆已经调到新厂去了，他想春节前将家具搬到成都去。他和我商量，说他家的东西不多，我们两家合起来要一辆车就行，我同意了。因为车队迟迟派不出车，他就一个人先到成都去了，叫我联系到车后帮他把家具搬到成都去，万一联系不到车他就春节后再搬。但我不能走，我必须要等车队给我派车，将家搬走。

那时候已经快到春节了，天兴厂很多单位都放假了，很多人都离开天星沟回老家或到新厂过年去了，天星沟的人比平时少了很多。我心急如焚，天天都到车队调度室去候着要车。

终于在2月11日，车队给我们安排了一辆双排座的小货车，叫我们赶快装车。我叫了几个农民帮我装车。同事的家离车队比较近，我本来想先装他的东西，结果到他家一看，他家东西非常多，这辆车光装他家的东西都装不下。于是我就改变了主意，先去装我那点少得可怜的家具，然后再装他的，能装多少算多少，反正他春节后还要回来上班的，到时候还可以想办法。车队张调度了解到这个情况后，也是这个意见，说同事装不下的东西他春节后再派车子，到时候不再另外收同事的搬家费。

晚上8点多，车装好了，司机叫我回家吃饭，不知道什么时候可以出发，反正出发前他来叫我。

那几年，天兴厂的人个个都想尽快离开天星沟，而天星沟的农民却害怕天兴厂搬走。天兴厂在天星沟建厂30多年了，与当地农民形成了水乳交融的关系，建立了深厚的感情。当地农民依靠天兴厂卖菜卖肉做生意，在厂里打工，无偿使用厂里的水电，在厂里看电影、看文艺演出、看体育比赛，过着相当富足的生活。听说天兴厂要搬走，他们感到惶恐不安——离开了天兴厂，他们不知道该怎么生活。

他们找到厂里，厂里给他们修了上山的水泥路，单独安装了电缆和水管，可是他们还是不满足，最主要的原因是他们根本不想让天兴厂搬走。到了最后两年，他们就开始耍横，天天在进出天星沟的唯一通道上架设路障，不准天兴厂的车出去，他们想以这样的方式拖住天兴厂。

当地农民这种做法，把天兴厂害惨了，常常造成市场急需的产品送不出去，严重影响天兴厂的生产经营，搬家的天兴人也不能顺利离开天星沟。

除了当地农民对天兴厂设卡，当地政府对我们也不友好。眼看我们几个国防厂就要离开南川了，南川县政府还在每个厂的交通要道上修了收费站，对过往车辆收取过路费，这一招，大大地增加了每个厂的生产成本，迫使每个厂更要加快速度搬迁。

除了这些人为的干扰，自然灾害也经常发生。进出天星沟的唯一公路，经常被洪水冲断或者被山体滑坡堵塞。

那些年，在天星沟生活真的太难了。

那天晚上8点多了，我装好车，才回到我父母家吃晚饭。我刚吃了一点饭，司机就派人来叫我马上出发，说刚回沟的司机说，现在堵路的农民都回家吃饭去了，叫赶快趁空隙把车开出沟去，不然明天白天肯定是出不了沟的。明天走不成，春节前就不走了。

我赶快吃完饭，叫上母亲和四哥，带着女儿，赶快朝车队走去，途中，还叫上了要搭车的一位朋友。

那时候，天星沟的交通非常不便，要进出沟很困难。临近春节了，我母亲和四哥要回泸州老家去，朋友要到成都去，我就叫他们搭这辆车。这是一辆双排座的货车，加司机一共可以坐6个人。谁知到了货车跟前，才知道司机又带了2个人来搭车，一共有8个人。

大家就僵在那里，谁都不想离开。确实也要过年了，厂里已经没有班车送大家出沟了，没办法，大家就一起挤吧！路上，我9岁半的女儿就一直坐在我的腿上，把我腿都坐麻了。

半夜12点，我们到达了万盛，实在太累了，司机提议在万盛住一晚再走。

第二天早上又继续行进。直到半夜12点多才到达成都天兴小区，我老公早就等在这里了。

后来，我在天兴小区遇到了副厂长王荣庆，他听了我的讲述，笑着说："小刘，你这是胜利大逃亡啊！不过，出来了就好了，还是放开心点吧！"

我8岁多进沟，在天星沟生活了将近28年。之前无论如何都不会想到，我会以这样的方式离开天星沟。

再见了，天星沟

1999年8月，我已经在成都新厂工作半年了，但天星沟还时时浮现在我脑海中，令我的心情一直不能平静，于是我写出了《再见了，天星沟》一文。这篇文章发表在天兴厂品质管理部办的《天兴质量动态》小报上，在全厂职工中引起强烈的共鸣。现将《再见了，天星沟》全文刊登于下：

1971年10月，我随支援三线建设的父母进入天星沟，那时候，我才8岁多。

天兴厂于1966年10月在天星沟选址建厂。天星沟是一条非常偏僻的山沟，地质条件、气候条件都很恶劣，交通不便，物资匮乏，给生产和生活造成极大的困难。在这样艰难的环境里，父辈们胸怀革命理想，战胜重重困难，把天兴厂建成了一座现代化国防工厂，为祖国的国防事业贡献了自己的青春和热血，有的甚至献出了自己宝贵的生命。

1996年，在纪念建厂30周年"天兴魂"文艺会演上，由天兴人李友林编剧编曲、田元馨领舞、检验处职工参演的四幕歌舞剧《创业颂》隆重推出。当台上一群身背水壶、草帽、围着白毛巾的人，和着沉重的劳动号子，用舞蹈语言表现着当年架线、打夯、筑路、挑担的情景时，台下许多老天兴人禁不住热泪盈眶。

时光荏苒，不知不觉天兴厂已在天星沟成立了33年。33年间，通过几代三线兵工的艰苦创业，天星沟发生了翻天覆地的变化，尤其是改革开放

20多年来，在邓小平南方谈话及党的十四大精神指引下，天兴厂在保军转民的第二次创业的艰难探索与实践中，冲出山沟，走向市场，把我们的天兴厂建成了国家定点的规模最大、实力最强的车用仪表生产基地，成为中国车用仪表行业的排头兵，取得了令人瞩目的成就。天兴仪表成了上市公司，美名扬天下。偏僻而沉寂的天星沟人多了，热闹了，繁华了，曲折的羊肠小道变成了宽阔的盘山公路，漆黑的夜空燃起了万家灯火。

在这期间，我从一个年幼无知的孩童逐渐长大成人，也成为一名光荣的兵工战士，为天兴厂的发展添砖加瓦。

在国家对三线企业进行调整、改革、整顿、搬迁的政策安排下，1999年，天兴厂实现了整体搬迁，从偏僻的天星沟迁到了繁华的成都平原。

离开了天星沟，天星沟却不能令我忘怀。在天星沟的怀抱里，我曾在溪水里嬉戏，在树林中玩耍，在高山上呼喊，在云雾中歌唱，留下了多少欢乐和忧伤、多少笑声和眼泪。我的童年、少年和青年，我的学业、事业和爱情，人生最美好的时光和最美好的回忆，都与天星沟紧密相连。

天星沟啊，你真的很美：春天，你山花烂漫，引来遍野踏青人；夏季，你凉风习习，盛夏时节无酷暑；秋日，你秋高气爽，层林片片染金黄；隆冬，你银装素裹，冰枝玉叶更妖娆。还有那幽静深邃的一线天，充满传奇色彩的七十二洞，巍峨雄壮的金佛山，潺潺流淌的石钟溪。"植物中的大熊猫"银杉树说明了你的古老，方形的竹子显示了你的奇妙。我真的舍不得你啊！离开了你，我到何处去寻那甘甜的山泉、清新的空气？

然而你美丽的自然景观却不能减轻你带给天兴人的痛苦。由于你地处深山谷底，洪水、泥石流、危岩、滑坡等灾害时常发作，给天兴人的生活和工作带来了深重的灾难。难以忘记1975年夏天的一个深夜，咆哮的山洪把人们从睡梦中惊醒，翻身起床，才发现家中已成了一片汪洋；更难忘怀1984年7月那个令人肝肠寸断的日子，连续6小时的暴雨使山体发生滑坡，两个正在值班的职工，一个被埋在了泥石流中，一个被洪水卷到20多公里外，半个月后才找到尸首。两个多好的小伙子，就这样永远地离开了我们，刹那间，两位年轻的妻子痛失丈夫，两个年幼的孩子没有了父亲，天地为之恸哭。还有1998年的一场洪水，工厂通往外界的唯一的一条公路被毁达50多米，交通中断多日，使天兴与外界、与市场失去了联系，造成了重大经济损失。

因此我不能不离开你。你虽有电缆与外界联通，但通话却常常受阻；你虽有蜿蜒的公路，却怎能与成渝高速相比？你太偏远闭塞，难以感受到现代文明的气息；你狭长的沟底，卧不下腾飞的天兴。在这个高速发展的年代，你显得那么茫然无措。你属于避暑的胜地，休闲的处所，却不适应创新的时代，竞争的时代。沉溺于你"世外桃源"的生活，我们的工厂和我们自己，就会跟不上时代的步伐，就会落伍。我们必须走出去，到大都市去，到市场前沿去，去继续探索一条发展之路、光明之路。无论外面的世界多么纷繁复杂，前面的道路多么坎坷曲折，我们都义无反顾！

再见了，天星沟！20世纪六七十年代，因为国家"备战备荒"的需要，父辈们从城市迁到山沟，以艰苦卓绝的奋斗，实现了第一次战略大转移，换来了第一次创业的胜利；八九十年代，我辈不辱父志，勇于拼搏，经受住了"军品转民品"第二次创业的挑战；如今，我们又从山沟进入城市，成功地实现了第二次战略大转移。33年间，我们从城市到山沟，又从山沟到城市，我们所处的地理位置虽然发生了变化，天兴人也换了一代又一代，但三线人那种对人民、对祖国、对社会主义建设事业无比忠诚和无私奉献的精神没有变，三线人艰苦创业、吃苦耐劳、团结奋斗、勇于创新的精神没有变。有这样一个群体，还有什么困难不能克服？还有什么人间奇迹不能创造？

再见了，天星沟！我虽离开了你，但你的云雾风雨、山水情义，都将永远铭记在我的心中，无论我走到哪里，都将永远怀念你。

再见了，天星沟，我的第二故乡！

我们来到了宜居的成都

1999年，当我随天兴厂整体搬迁来到成都后，感觉幸福极了。随着在成都居住的时间增长，对成都的了解越多，我就更加热爱成都。

成都真好啊，大平原，条条道路都很平坦，农民们用自行车驮着农作物，轻轻松松就送到了市场，不像山区的农民需要肩挑背扛、爬坡上坎、汗流浃背。

成都的物产特别丰富，一年四季都有新鲜的水果、蔬菜，并且品种繁多，价格便宜。从早到晚都能买到肉和菜，再也不用像在天星沟那样，早晨6点多就要起床，冲出家去买馒头、买菜、买肉，在上班之前把一天的食物买好——晚了就什么都买不到。

成都的交通更方便，公共汽车、长途客车、火车、飞机、地铁，你想什么时候走就什么时候走，再也不用像在天星沟那样，出趟差需要起五更、熬半夜，出趟远门更是难上加难。天兴厂的人来自全国各地，在天星沟时，因为交通不便，有的人进沟后，几十年没有回过老家，有的人家里父母或爷爷奶奶去世了，限于各方面的条件，想回也回不了，只能仰天长叹，泪水长流。

成都的气候更是好得没法说，夏天不太热，冬天不太冷，是一个宜居的城市。成都的雨也特别通人性，春雨通常都是后半夜才下，早晨该上班的时候就不下了。在天星沟的时候，呼啸的北风刮得人满脸生疼，无论穿多厚的衣服都抵挡不住刺骨的寒风。

成都是一座开放的现代化大都市，开阔了我们的视野，拓宽了我们的思维。我们的孩子不再仅限于在厂子弟校上学，在工厂里上班，他们有了更加广阔的选择天地；老人们不一定非要在厂职工医院看病，省、市、区各级大大小小的医院，有最好的医生和设备；已经步入中年的我们，也不一定非要在天兴厂工作，可以重新选择自己喜欢的工作单位。

成都是一个具有几千年历史的文化名城，具有深厚的文化底蕴。三星堆、金沙遗址、杜甫草堂、武侯祠、明蜀王陵……这些保存完好的古迹见证着成都悠久的历史。当我徜徉在这些文化遗产中，内心总会涌动着无比的感动。

成都是一座由都江堰水系哺育的城市。都江堰水利工程由战国时期秦国蜀郡太守李冰创建于公元前256年，距今已有2200多年历史。李冰带领蜀人开凿离堆，将岷江水引入成都平原，使成都平原变成旱涝无忧、繁荣富饶的"天府之国"，使成都人民过上了富裕悠闲的生活。

成都是一座宜居的公园城市。道路两旁绿树成荫，一年四季鲜花盛开。无论是中心城区，还是各个郊区，大大小小的公园、人工湖星罗棋布。就连很多普通的居住小区，绿化环境都好得像别墅区。

成都更是一座欣欣向荣的工业新城、科学新城。20世纪六七十年代，我们国家为了应对可能爆发的战争威胁，集中了全国最优秀的人才和物力，在中国中西部13个省、市、自治区，掀

● 2015年，作者晓露在成都洛带博客小镇

起了以国防工业为核心的三线建设，极大地促进了当地的经济建设，也为成都能够成为西部一座现代化的经济、文化、交通、物流中心作出了不可磨灭的贡献。20世纪90年代，随着三线建设的调整改造，一大批三线企业、科研单位、学校从大山深处搬迁来到成都，进一步促进了成都的工业和科技教育发展。

丰饶的物产，温润的文化，蓬勃向上的时代追求，使成都人热爱生活，创造生活，享受生活，使成都成为全国新一线城市，成为一座闻名遐迩的追梦之都和休闲之都，一座"来了就不想走"的宜居城市。

啊，成都，我的第三故乡，如果在天星沟所经受的磨难就是为了来到你的怀抱，我无怨无悔。

重返南川天星沟

天星沟是我的第二故乡。当我还在天星沟的时候，一直都盼望着离开天星沟；但真的离开天星沟后，天星沟却令我魂牵梦绕。我先后十多次回到天星沟，每一次都有不同的感悟。

重返天星沟

2006年6月下旬，为纪念建厂40年，公司组织部分员工重回离别了7年的天星沟，重回老厂，去凭吊那个曾经艰苦奋斗33年的地方。这是一次激动人心的活动，它表达了所有天兴人的共同愿望，有幸参加者都感到非常高兴。虽然现在生活在大城市了，条件比在天星沟时好多了，但回天星沟去看看的愿望更强烈了——毕竟，那是老兵工战士为了新中国的国防事业"献了青春献终身，献了终身献子孙"的地方；毕竟，那是装载着曾经年轻的一代童年欢乐、青春梦想的地方。

从成都出发，乘坐成渝高速列车，4个多小时就到达了重庆；再换乘豪华大巴，沿着渝黔高速公路和綦万高速公路，70分钟抵达万盛；万盛到南川，仍是过去的水泥马路。我们才离开7年啊，就发生了如此大的变化，比过去30多年的变化都要大。那时候，从老厂到乘车到重庆，顺利的话，需要5个小时，如果遇上堵车，就说不清楚要多少时间了。而现在，只需2小时就可以从老厂直抵重庆了。

汽车行驶上重庆至南川的道路以后，大家的情绪开始激动起来，思绪在过去几十年的时空中来回穿梭，埋藏在心底的记忆被清晰地唤醒，快乐的、痛苦的、可笑的、烦人的，一件件往事，一个个鲜活的面容出现在脑海中，话题不约而同全是"那时候"发生的事情。股股热潮涌向心头，泪水不知不觉地模糊了双眼，有一种想哭而哭不出的感觉。天星沟啊，我的故乡，我回来了。

回老厂的必经之路——马鞍山到天星沟路段，已全部修成了平坦的水泥路，但是在急转弯处，过去经常发生塌方的地方，我们又遭遇了因山体滑坡而导致的交通中断。我们只好从大巴车上下来，徒步走过滑坡的地方，再换乘中巴车抵达天星沟。山体滑坡，曾夺去我们厂两个年轻小伙子的生命，曾造成住房被滚落的巨石洞穿，曾造成公路垮塌，交通中断，工厂停产。我听见旁边一位领导对几个未在天星沟工作过的年轻员工说："去看看吧，去看看我们当年是在怎样的艰苦环境里，为新中国的国防事业而奋斗的。"

在徒步经过山体滑坡的地方，一位中年妇女背着巨大的编织口袋正从沟里往沟外走。我认识她，她是天星沟农民牛儿的老婆。我停下来，跟她打了个招呼，问她到哪里去，她说："你们天兴厂搬走了，我们没有地方打零工了，种的菜也卖不出去了，现在只好到外面去打工。"我听了，心里感到有点凄凉。我们走了，离开天星沟了，欢天喜地地到成都去了，而那些生活在天兴厂周边的农民却依然在这里。他们与天兴厂相互依存了33年，他们已经习惯了有天兴厂的日子，天兴厂的离开，让他们有撕裂般的疼痛。他们实在是舍不得天兴厂离开啊！

渐渐地离天星沟越来越近了，到三汇了，到马林坝了，到天星桥了，到五百平方了，转过一个弯——噢，车库到了，天兴厂到了。大家激动地在车上站了起来，跟随着汽车开过的地方，齐声高喊着一个个老天兴厂特有的地名：粮店、学校、河坝、四合院、露天广场、医院、洗澡堂、游泳池、办公大楼、机装车间、招待所、新商店、电影院、托儿所。我们回来了，我们仿佛只是出了一趟差，又回到了家一样。汽车继续前行，大家继续呼喊：职工食堂、电镀车间、大件车间、理化室、小件车间、冲压车间、动力车间、七十二洞、工具车间、锻工房、高烟囱、一线天、油库、大修车间、木工车间、苟家河坝。我们就像回到了从前，急急地走在上班路上，匆匆地走到自己的工作岗位，开始一天的工作。

到达天星沟的时候，是早上8点，太阳刚刚从金佛山后面升起来，明媚的阳光斜照着天星沟的青山绿水，天蓝蓝的，和风徐徐吹来，清新的空气沁人心脾，令人心旷神怡。天星沟真美呀，在这里生活了几十年不曾感觉到，离开后，才发现天星沟比很多著名的风景区还美。或许，这就是古人说的"不识庐山真面目，只缘身在此山中"吧！

组织者说，时间有限，在天星沟只能逗留一个半小时。时间太短暂了，天星沟连绵3公里，天兴厂和生活区就分布在这狭长的沟底。家是一定要回去看看的，虽然已空无一人；曾经工作过的地方要回去看看，虽然已是残垣断壁；学校要去看看，自己曾经在那里念过书。一个半小时的时间虽然太紧了，但是这些地方就是跑步也要去看看，即使只看一眼。

工厂油库所在地"一线天"已修成了旅游景点，骆驼峰还沐浴在晨曦之中，流传有种种神秘传说的"七十二洞"掩映在绿荫之中依然显得神秘，食堂后面的天然小瀑布依然像小家碧玉般含情脉脉。石钟溪这条生命的小溪，每日为天兴人唱着欢乐的歌，清冽的溪水是孩子们快乐的摇篮。我脱了鞋，再次走进潺潺的溪流中，捡几块鹅卵石投掷出去，重新感受着童年时的欢乐。

办公大楼前的宣传栏画面清晰，黑板报的字迹还依稀可辨，黑板报内容还停留在搬迁前的1999年。宣传栏上"99天兴总体思路"和"工厂平面图"还完好无损，我们品质管理部办公室的墙上还贴着当年的"劳动竞赛栏"。拍下来，统统拍下来，这是当年我们挥洒过青春热血的地方，用心血和智慧创造的事业留下的痕迹。这些地方发生了许多可歌可泣的故事，留下了如火如荼的岁月。

回家了，每一间屋子都要进去看看，每堵墙都要去摸摸。孩子当年留在墙上的涂鸦成了最美的图画，每一个痕迹都会勾起亲切的回忆。在家里多拍几张照吧，多留几个影吧，因为家，典藏着最温馨的记忆。

汽车徐徐启动了，大家依依不舍，回头目送着远去的天星沟，挥动着手臂，呼喊着："再见了，天星沟！"

在天星沟漫步

2015年端午节前的一个周末，我发了一张小区游泳池的照片到微信上，并附上文字："今天，全家人下水游泳了，水有点凉，但还能忍受，不像天星沟的水，一年四季都冰冷刺骨。"

微信刚一发出，就得到了万伯森的响应："怎么，你想回天星沟了？我们端午节一起回去吧！"

端午节回天星沟的事就这样确定了。2015年6月20日是端午节，6月19日，我们一家三口加万伯森夫妇共一行5人，驾着我们家的海马轿车踏上了回沟之路。全程高速公路，400多公里，5个半小时就开到了。

在天星沟停留的两天，一直都是细雨绵绵，远山近水，烟云如纱，缥缥缈缈，如虚如幻，风景美极了。但是这样动辄下十天半个月的雨曾令我们非常烦恼，再好的皮鞋也经不住雨水的浸泡，所以那时候不论大人孩子都备有雨靴。这样的雨令空气非常潮湿，洗过的衣服晒不干，工厂里加工的零件很容易生锈。

沟里除了两边的山没有变，其他都变了。我们的住房、厂房基本都拆光了，取而代之的是一栋栋别墅、宾馆、仿古小镇，连我们最爱玩耍的小河沟，也应景观的需要进行了修饰。天星沟变得很美了，美得令我们感到陌生，感到失落，令我们找不到回家的感觉。

幸运的是，我妈妈家住的那栋楼保留下来了，被重新装修成了宾馆，连同子弟校的位置新修的宾馆一起叫作天星两江假日大酒店。我一直都想回到我家去住一晚，这次得以如愿。可是，房间的格局已经改变，屋内陈设全都不同，老公说，躺在这里没有回家的感觉。这套房屋我家曾住了15年，但现在这里已经不是我家了。

河坝连同我们的办公大楼、游泳池、装配大楼的地方，被连成一片，修成了仿古的天星小镇。游泳池曾是全厂职工家属义务劳动修成的，免费供职工家属游泳。游泳池的水取自山泉水，最热的时候也冰冷刺骨，下水之前要鼓足很大的勇气。这个游泳池为天兴厂培养了很多游泳爱好者。

从沟外走到沟里，绵延3公里，我很难看到一张熟悉的面孔，原来，沟里的农民全都搬走了，搬到三汇的农民新村去了。这里新修了很多楼房，现在这些宾馆别墅大多都闲置着，据说冬夏旅游旺季的时候，这里是一房难求。夏季凉爽，冬季可赏雪，这两样都是重庆的稀世珍宝，天星沟终于发挥出它应有的旅游价值。

还有屈指可数的几处遗迹。四合院曾被规划成重庆三线建设博物馆，得以保留下来，现在被改造成三线宾馆。灯光球场还在，我们曾在这里举行过无数次球赛、文艺表演、广场交谊舞，如今一切都归于沉寂。霏霏细雨中，女儿打着伞，一言不发地走在广场上，走上看台。看着后面山上郁郁葱葱的植物，女儿说："山上的路可能都没有了。"曾经，每天都会有很多人在那些山路上散步、玩耍。现在没有人走了，路自然就长满了杂草。

万伯森曾在单身宿舍居住了10年，他最想看一看他曾居住过的地方，但一切都了无痕迹。他

● 2010年10月1日，回到天星沟开同学会的同学在高烟囱前合影。右二为作者晓露

● 2015年6月21日重返天星沟。左起：黎德群、万伯森、全举、作者晓露、全欣竹

说，人的力量真是伟大，可以在这个原始森林里建起一座现代化的工厂，也可以让这个工厂瞬间消失得干干净净，取而代之的是一派全新的景象，仿佛那个五六千人的大型工厂从来不曾存在过。

但那个工厂真实地在这里存在过，锅炉房的一根高烟囱被保留下来，孤独地矗立在路旁，令游人不明就里，指指点点。我接过一个年轻游人的话说道："这是一根真正的烟囱，是以前的国防工厂留下来的。"年轻人万分诧异，说："那我们踩的地下是空的吗？原来的工厂是不是建在地底下？"好可笑的问题，曾经的保密国防工厂留给了现代人充分的想象空间。

每一次回来，我都不停地拍照。女儿说："算了吧，你拍也拍不完的，就让记忆留在脑海中吧！"是啊，不管天星沟怎么变，我的记忆永远都是过去的模样。

又要离开天星沟了，我们贪婪地看着窗外的景象，不停地说着过去的故事。我知道，我还会深深地思念天星沟，还会回来看它的。

天星沟的召唤

从1981年开始，改革开放恢复高考后毕业的大学生、中专生，陆续走上工作岗位，每年都会有一批大中专生毕业被分配到天兴厂工作。后来，很多大中专生又因为各种原因陆续离开了天兴厂，离开了天星沟。

离开了天星沟，天星沟却令我们魂牵梦萦。2017年五一节期间，20世纪80年代分到天兴厂工作的一群大中专生，从全国各地相约回到了曾经工作和生活过的天星沟。

相约回沟

董亮于1982年毕业于北京理工大学，那时他才19岁。他今天从广东广州赶来。

熊集俭于1983年从华东工学院毕业，这次是从江苏徐州赶来。

张晓成于1983年毕业于北京工业学院，这次从江西宜春赶来。

王远昌于1983年由太原机械工业学院毕业分到天兴厂工作，今天从广东深圳赶来。

刘经锋于1984年毕业于太原机械工业学院，1987年考上研究生后离开了天星沟，这次是从北京过来。

蒋志兴于1986年毕业于陕西第一机械工业学校，这次从广州赶来。

熊集俭、张晓成和刘经锋3人都携夫人同行。

● 2017年5月1日，部分天兴人在重庆合影。前排：郭志梅（左一）、周其胜（左四）、江朝元（左五）、作者晓露（左六）。后排左起：蒋志兴、刘经峰、熊集俭、董亮、王远昌、张晓成

　　我和郭志梅都是在天星沟长大的孩子。郭志梅在天星沟生活了10年，于1978年考上西南师范大学后离开了天星沟，而我于1978年考上泸州化学工业学校离开了天星沟，毕业后又分回天星沟，直到1999年随工厂整体搬迁才离开天星沟。这次郭志梅从我这儿得到消息，就执意要和我一起回到天星沟参加这次人学生聚会。她是从西安乘飞机赶来，我从成都坐高铁赶来。

　　曾在理化室工作、现居住在重庆的周其胜和江朝元闻讯后，米到重庆七天优品酒店与大家见面。周其胜和江朝元是1971年招工进厂的重庆知青，从厂里退休后回到重庆生活，他们人生中的美好时光都奉献给了新中国的国防事业。

　　大家20多年没有见面了，相聚总是快乐的。大家在集合的地方重庆七天优品酒店合影留念。

在天星沟不断遇到天兴人

第二天，除周其胜和江朝元外，大家一起回到了天星沟。

天兴厂的绝大多数厂房、住房都被拆除，天星沟已经被重新建设成为重庆市的著名风景区了。如果没有人告诉你，你根本看不出来这里曾经隐藏着一座大型工厂。

我们入住三星级的天星两江假日大酒店。这个酒店的位置，是原天兴厂子弟学校，我和郭志梅都曾在这所学校读书。学校操场是工厂举行足球比赛的地方，很多分配来的大学生成了足球比赛的主力。

原来学校旁边的那栋天兴厂住宅楼重新改造装修成为天星两江假日大酒店的一部分。我的父母曾经住在那栋楼，我有两次回天星沟，都选择住在我家的房间里。但房间格局和陈设的东西变了，没有父母等待了，我找不到家的感觉了。

学校旁边的石梯还在，当年有一部分大学生住在学校后面潮湿而阴暗的干打垒楼房里，他们就是沿着这条路回到宿舍。现在，几栋干打垒楼房全拆了，修成了豪华的别墅。

● 坐在露天广场忆当年青春年少。左起：刘经峰、董亮、作者晓露、熊集俭、张晓成

原来被称为四合院的天兴厂住宅楼，现在被改造为三线酒店。重庆市曾经计划将这里改造成为重庆三线建设博物馆，这部分建筑物才得以保留下来。三线酒店的陈设还原了一些当年三线建设时期的氛围和用品。

露天广场曾经是天兴厂的文化活动中心，露天电影、文艺演出、篮球比赛、广场舞会等都在这里举行。露天广场上那堵白色的墙，曾经是放电影的银幕。我们当年就坐在两边的台阶上看演出、看比赛、看电影，在广场上打球跳舞。那时候，我们简单而快乐。

今天，我们还要在这里疯狂一回。活泼的郭志梅就像个导演，指挥大家摆出各种造型照相。我们仿佛又回到了青年时期，欢快的笑声划破长空。

从四合院到河坝的桥还在。当年天兴厂建在河坝的很多栋楼房都被拆了，重新修建了一个全新的"古镇"——天星小镇。这个地方被天兴人叫成河坝，是因为建厂初期这里是河流冲积形成的一片沙滩地，上面长满了灌木。大约是1973年开始，这里修建了很多栋职工住宅楼。

我们站在四合院通往河坝的这座桥上，以香炉山和金佛山为背景合影留念。桥的右后方原来是工厂的办公大楼，我们都曾在那里面上班。办公楼后是游泳池，天兴人游泳不要钱。即使是夏天，游泳池的水都是冰冷刺骨的，但这里仍是天兴人的快乐天堂，培养了很多游泳爱好者。桥的左后方原来有职工医院、职工大学和洗澡堂。那时候，职工看病不要钱，家属只收半价。职工大学为工厂培养了几届工人大学生和电视大学毕业生。

中午我们在河坝——现在的天星小镇吃午饭。回到了天星沟，激动而快乐，举杯庆贺是必须的。

我们回忆着过去的青葱岁月。那时候，我们拥有火热的青春，豪情满怀，每天都感觉生活充满了阳光。我们憧憬爱情，又羞于表达，就和电影《山楂树》里的情节一模一样。

大家七嘴八舌地讲述着各自的故事，把30年前不敢说、不能说、不好说的话都说了出来，就像在讲别人的故事一般开心。我做起了笔记，我要把那些动人的故事写出来。

吃过午饭后，我们继续往沟里游览。原来的洗澡堂旁边有一股很大的泉水，厂里用水管把泉水引出来。停水时，人们就到这里来接水煮饭。现在，水流量明显小了，水到哪儿去了？

新商店左侧的那栋住房还在，新商店还在，成为南川文物保护单位。当年的新商店片区，有最集中的职工住房和单身宿舍，有商店、银行、餐厅、菜店，还有托儿所、电影院、图书馆、照相馆等。这里就像一个小山城，是天兴厂的经济文化中心。新商店是指天兴厂工矿商店，之所以叫新商店，是因为在这里修好之前，在另一个地方有一个商店。

原来新商店后面有很多栋楼房，现在只剩了最前面的一栋，也成了破败的模样。我在这儿遇到了原来在天兴厂工矿银行工作的夏邦贤，她和一家人也来此寻找过去的记忆。

新商店右侧的托儿所已经荒芜。当年，女职工生孩子产假到期了就要上班，几个月大的孩子就可以交给托儿所，只象征性地交点托儿费。

托儿所右侧被称为厂干楼的楼房还依然矗立在那里。

从新商店到电镀车间的桥，虽已破旧，但令人记忆犹新。这条路，是天兴人上班必经的路。当年，整个工厂都在广播喇叭指挥下上下班。

过了桥，原来的职工食堂没有了，变成了一座亭子。山壁上原来有一股非常丰沛的泉水倾泻而下，水流之处，长了很大一片青苔。现在的泉水比原来小了很多。

在原来冲压车间的位置，我们遇到了曾任天兴厂厂长的黄培荣和他的爱人李亚萍。他们两人是1971年招工进厂的重庆知青，在天兴厂的培养下迅速成长。

有一个地方，天兴人把它叫七十二洞。20世纪60年代后期建厂爆破，建设者们发现在这个山壁上有很多人工开凿的石洞，当时厂里的基建工程师唐国基按照《西游记》中有七十二个洞的故事，就随口称这里是七十二洞，就这样，七十二洞就叫出名了。这里到底有多少个洞，是谁打的洞，没人说得清楚。最近，我听说有考古的人说这是东汉末年的崖墓，我觉得这个说法有点靠谱。

原来工厂有十多个车间的厂房，现在只剩下了路边的这根大烟囱。这

● 2017年5月2日在天星沟偶遇曾任天兴厂厂长的黄培荣夫妇。左起：李亚萍、作者晓露、熊集俭、黄培荣、郭志梅

根高烟囱原来是锅炉房的烟囱，锅炉房烧煤产出蒸汽，给各个车间供应暖气。高烟囱旁立了一块牌子，上面写道："这里是国营天兴仪表厂遗址的一部分，它有一段极不平凡而又辉煌的历史。1964年，根据国防需要，中央决定大力展开三线建设，作为备战的战略基地，天兴仪表厂于1966年由西安东方厂援建，原名东方红机械厂，主要生产军械配件。1980年，更名为天兴仪表厂。1999年，根据地区产业调整，天兴仪表厂搬迁至成都后，这里一度陷入了沉寂，现存的烟囱就是对那段历史的见证和纪念。"（牌子上内容有错误，在此有更正）

在原工具车间附近，终于找到一段原来的公路。当年，上下班时间，路上是滚滚的自行车流，坐在自行车后座上的女人，幸福地依偎着骑车的男人，那感觉，就像现在坐宝马车的女人。

一线天是天星沟著名的风景区，也是工厂的油库所在地。1984年夏天，山洪暴发，山体滑坡，两个值班的年轻职工——两个年轻的父亲永远地离开了热爱他们的亲人。那天，苍天泪崩，大地战栗。

一线天，原来是淙淙流淌的小溪，被人为拦了个大坝。原来可以从这

里沿着小溪前行，头顶上是滴水的钟乳石和一线蓝天，可以一直走到半山腰的农民居住区柑子坪。

晚餐时，张一彬从成都赶过来和大家会合，他是1982年从北京工业学院毕业后分配进厂的大学生。

夜晚的天星小镇比较冷清。除了天星小镇有点灯光，其他地方都是一片漆黑，不像当年从沟里到沟外，都有通夜明亮的路灯。

继续寻找过去的痕迹

第三天，我和郭志梅脱离大部队，上午再逛逛天星沟，下午就返回各自生活的城市，而其他人将乘缆车到金佛山去观光。

分手前，我们在天星两江假日大酒店前合影。

分手后，我和郭志梅从天星两江假日大酒店出发往沟外走。

首先要跨过一座小桥。桥对面，当年有派出所、军管楼、粮店、肉店、菜店和很多栋住宅楼，我三哥一家就住在那里。现在，桥对面原来的所有建筑物都没有了，变成了茂盛的植物。桥这边，是我父母的家。我站在桥上，望着我家，轻轻地喊了一声："妈！"眼泪就涌了出来。

天星两江假日大酒店河对面茂盛的梧桐树是当年厂里栽种的，树后是原来的煤球场。那时候，家家户户都要在这里买煤球回家，烧煤做饭。很多天兴人来自大城市，到天星沟之前都是烧天然气。为了新中国的国防事业，他们舍弃了优越的生活条件，来到原始森林中的天星沟艰苦创业，过着艰苦的生活。

继续往沟外走。在离天星两江假日大酒店几百米远的路边有一棵歪脖子香樟树，这是郭志梅的哥哥于1975年种在自家门前的。当年的小树苗，已经长成了一棵大树。郭志梅不停地念着"我家的树、我家的树、我家的树……"，不停地照相。

在进沟的那个山嘴上，工厂建厂初期在这里修建了最早的干打垒房子，作为建厂指挥部和职工临时住房，因建筑面积是500平方米，这个地方因而得名五百平方。原来的杀猪房和当地名中医苟老头的诊所就在五百平方。当年，全厂职工家属吃的猪肉都从这里产出，人们还在这里看中医。如今，两代长须飘飘的苟老头都已作古，中医世家的房子改成了民宿旅馆。

五百平方还残留着两栋干打垒平房，房内还有原来使用过的办公桌。50多年历史的老房子见证着三线人为了国防事业服从安排、艰苦奋斗、无私奉献的精神。可建厂时期的三线建设者们却一个接一个地离开了人世，还有多少人知道"三线建设"这个词？还有多少人知道中国今天的强大、和平和幸福，是一代又一代人的努力拼搏换来的？

五百平方对面有座山，当年我一个同学的父亲和邻居家的奶奶就埋葬在那里。离开天星沟时，天兴人把埋在地下的亲人一起带走了。为了新中国的国防事业，三线人献了青春献终身，献了终身献子孙，默默无闻地在深山沟里艰难生活，他们默默无闻地做人，却干着惊天动地的事。

河水从天星沟流出时，要穿过一个天然的溶洞，这个洞叫作天星洞，洞内曾经悬挂着很多钟乳石。据历史资料记载，1952年夏天，洪水冲积物将天星洞堵住，致使天星沟被淹。建厂后，厂里担心涨洪水时万一天星洞被堵住，天星沟里的厂房都会被淹，就叫工程队来将天星洞进行了扩大和加固，很多钟乳石就被敲掉了。

天星洞上面天然形成的桥称为天星桥。进出天星沟的公路都要从天星桥上经过。当年这里是爱情之路，恋爱中的年轻人最爱在这里散步。封闭的环境，使天兴厂人犹如近亲繁殖，形成了复杂的姻亲关系。

再次攀登金佛山

除我和郭志梅外，其他人在天星沟乘汽车和缆车上到金佛山山顶。

20世纪80年代，周末或节假日，天兴厂的年轻人总是相约一起攀登金佛山。

当年我们攀登金佛山，基本上都是吴意全和罗绍光两位师傅组织领导，一般会组织10人左右的登山队，男多女少。如果要登上山顶，则一定会在山顶过夜，我们会背上被盖、干粮（面包或自己烙的饼）、铞锅、大米和一个军用水壶。我们通常是早晨6点半出发，先到职工食堂去买一些馒头，然后一直沿着厂区大路走到尽头，走过农民聚居的芶家河坝，就到达山脚，然后开始登山。山路几乎是在垂直陡峭的山壁上盘旋，登山途中，我们经常都会手脚并用。累了，我们就停下来吃喝，休息一会儿，又继续向上攀爬。水喝干了，就在路边灌一壶甘甜的山泉水。我们会在森林中大声歌唱，大声呼喊，大声欢笑，听山谷的回音，无拘无束，无比快乐。

下午四五点，我们到达山顶，在山顶上要找一处合适的露营地。我们要拾很多的树叶和木柴，垒灶烧火。树叶要铺在地上打地铺，木柴则用来煮稀饭和烧篝火。篝火必须通夜燃烧，一是取暖，二是防野兽。当夜幕降临的时候，天空星光灿烂，地上篝火熊熊，我们围着火堆，吃饭、聊天、唱歌，困了就倒在地铺上睡觉。那种火烤胸前暖、风吹背后寒的感觉，至今记忆犹新。

金佛山在云贵高原的边缘，是大娄山山脉中的一座山峰，最高峰海拔2251米，是典型的喀斯特地貌，山上有好几个巨大无比的溶洞——古佛洞、仙女洞、牵牛洞、扁口洞。每一次，我们都手持火把，在洞中摸索穿行，感觉既害怕又刺激。

在天星沟能够看到金佛山上的两个大洞，左边是牵牛洞，右边是扁口洞。扁口洞看着洞口巨大，其实走不了几米远就没有洞了。牵牛洞内则宽大无比，洞底怪石嶙峋，洞内有瀑布、暗河，走一个多小时可以到达另一个出口。出口就像一个小小的天坑，垂直的洞口有十多米高，农民安放了几根木棒砍出缺口做成的木梯在那里，每次仅能够容纳一个人进出。从这个小天坑爬出来，离古佛洞口就不远了。

古佛洞洞口就像一个家门那么窄小，走了几十米后，突然一个巨大无比的溶洞出现在面前，五节电池的电筒都照不到顶和边。那时候，古佛洞还是原始的天然的溶洞，还没有进行旅游开发。洞壁上有很多岔洞，我们必须沿途做好记号，才能避免走错路。

在古佛洞另一端出口的悬崖上，还有一个大洞叫仙女洞。

现在到金佛山，都不用步行攀登了。从天星沟乘坐旅游大巴到达半山腰，然后再转乘缆车，就到达山顶了。

今天的金佛山顶，一如既往地云雾缭绕。据气象资料记录，金佛山每年的雾天有300多天，能够在金佛山上遇到晴天，那是运气好。

金佛山上有很多高大的杜鹃花树，有世界第一的杜鹃花树王，五一节期间正是杜鹃花盛开的时候。想当年我坐在杜鹃花树上拍照，那种狂野和自在，令人陶醉。

金佛山上还有植物中最珍贵的品种——银杉树。银杉树的每一棵树苗，都被编号管理。

金佛山上的方竹呈方形，韧性很好，方竹笋肉厚而嫩，可以做成美味佳肴。

今天，大学生们在金佛山上竟然遇到了当年一起登山的老朋友——天兴人周秀梅和周秀红两姐妹。她们说她们经常从成都回天星沟玩，可见天星沟在天兴人心目中的分量。

当年，大学生们胸怀革命理想，来到艰苦的天星沟，虽苦犹荣，绚丽的青春绽放出迷人的光彩。那时候，大学生是天之骄子、时代宠儿，受到空前的关注和爱护。他们读着普希金的诗，却有着少年维特的烦恼；他们内心涌动着热烈的爱情，却羞于启齿——内心汹涌澎湃，表面却装得静如止水。他们在天星沟留下了美好回忆，也留下些许遗憾。

往事如风，但并不是风吹云散，而是在经历者心中刻下深深的印痕，构成生命的一部分，不能割裂。

再别天星沟，挥挥手，再带走一片云彩、一片思念。

回天星沟开同学会

天兴厂从天星沟搬走后，很多曾在天兴厂子弟校读过书的人都回到天星沟参加同学会。为了参加同学会，有很大一部分人从遥远的地方乘飞机或乘高铁赶回来，这种激情和凝聚力，我认为其他非三线厂子弟校的初中同学或高中同学不太可能有。

生长或出生在天星沟的三线子弟，他们把天星沟、天兴厂看成自己的故乡，对天星沟充满了深厚的感情。他们最大的困惑就是说不清楚自己是哪里人。他们对父亲的故乡和母亲的故乡都很不了解，也不会说父母的方言。他们出生在南川，但他们对南川既不了解也没有什么亲戚关系，不会说南川话。他们说着普通话和四川话，随工厂从重庆迁到成都，但他们的四川口音既不像重庆话也不像成都话。比如我的一个同学，父亲是黑龙江人，母亲是陕西人，她出生在西安，但在南川天星沟长大，现在又在成都生活。你说她是哪里人？

三线厂子弟校的同学关系是很特殊的。他们不仅小学、中学是同学，还可能是技校或职工大学（电视大学）的同学，还可能是一个厂的同事，还可能是亲戚关系或邻里关系。他们的父辈可能也是同事，他们的下一代还可能继续是厂子弟校的同学。

三线厂子弟校的学生，长大后多数会留在本厂工作，20世纪八九十年代考上大中专的学生，毕业后很多人会优先选择回到本厂工作。有以下五种情况，三线厂的孩子才可能离开山沟：一是随父母工作调动，全家一起离开山沟；二是考上大中专学校后，毕业分配到了别的地方；三是到部队服役，复员转业到了别的地方；四是找了外地的对象结婚成家，调到对象单位去了；五是辞职离开三线厂。以上五种情况导致我们班同学离开天兴厂的人约占三分之一，也就是说还有三分之二的同学在天兴厂工作。

相对说来，我们要开同学会，同学们还是很容易联系上的。天兴厂从天星沟搬到成都后，我们天兴厂子弟校的同学一共开了三次同学会。第一次是在成都举行的，第二次和第三次都是回天星沟举行的。

每一次酝酿召开同学会的过程，都是激动而兴奋的。同学们互相联络，相约来到成都。

在成都的同学极尽地主之谊。远方的每一个同学回来，都会受到在成都的同学最隆重热情的接待。回到成都的同学也很忙，他们除了要见同学，还有很多熟悉的老朋友、老前辈、老邻居要去拜访……他们就像回到了故乡。

● 2018年7月21日，回天星沟开同学会的同学们在天星沟合影留念。后排左三为作者晓露

第一次同学会举行的时间是2000年国庆节。那一年，我们刚到成都不久，还处在搬出山沟的喜悦中，于是我们把分散在全国各地的同学都请到成都来，向他们分享我们"乔迁"的快乐。

第二次和第三次同学会都是回天星沟开的。我们这些在山沟里长大的孩子，早已把天星沟看成自己的故乡，离开久了，都想回天星沟看看。

我们乘旅游大巴从成都出发。上车伊始，在车上的4个多小时，我们都在不停地唱歌，唱着笑着回到故乡。

回到天星沟，我们从沟里到沟外走了一遍，每一处都是满满的回忆。我们还从天星沟乘缆车到金佛山顶上去观光。当年还在天星沟的时候，虽然天天看着太阳从金佛山背后升起来，但只有少数不畏艰险的人登上过山顶。现在金佛山开发了旅游景区，有条件了，大家都想上山顶去看看。

我们在天星两江假日大酒店附近开展联欢活动。天星两江假日大酒店的位置是当年天兴子弟校的教学楼，我们当年种下的梧桐树苗都长成了参天大树。我们在这里唱歌跳舞，并告诉所有围观的人，我们曾经是这里的主人。

晚上，我们住在天星两江假日大酒店。天星沟的夜色多美啊！深蓝色的天空干干净净的，没有一丝杂质，银色的月亮露出大半边脸，月亮上的"桂花树"清晰可见，山的轮廓是那么熟悉。

早晨，太阳出来了，天星沟的天好蓝，空气纯净透明，远处的金佛山像卧佛一样看得清清楚楚。

下午，我们来到南川县城。南川已经变成一座非常现代化的城市，高楼耸峙，公路四通八达，我们已经找不到过去的记忆了。

南川人民怀念三线企业

离开南川后，我曾多次回到南川、回到天星沟，每一次，我都会感受到南川日新月异的变化。

每次回到天星沟，见到每一张熟悉的面孔，我都像遇到亲人一样激动，和他摆谈，给他拍照。而南川人民对我们三线人的热情，也非常令我感动。

我在南川街上打的，司机听说我是以前天兴厂的人，坚决不收我的钱，还一连串地唏嘘感叹，说南川人民好想念搬走的5个国防厂，这5个厂搬走了，对南川的经济影响太大了，现在还要费力地招商引资，都怪那时候没有把这几个厂照顾好，不该让这几个厂搬走，现在南川人民好后悔。

虽然我们是从全国各地回天星沟参加同学会的，但很多人的身份证号码都是南川的代码。从天星沟乘缆车上金佛山时，我们拿出身份证，齐声说："我们曾经是天星沟的主人。"卖票的管理员被感动了，将票价给我们打了五折，还说欢迎我们经常回来。

有一年，我和曾经在天兴厂工作过的一群大学生回到天星沟，遇到了一个当地农民，彼此都很惊喜也很亲热。他说，天兴厂搬走了，天星沟突然冷清下来，他们非常不习惯。天兴厂搬走后十多年他们的生活都很困难，因为种的菜没人买了，也不能在厂里做临时工了。他们非常想念天兴厂，想念天兴人，好多年过去了，他还经常梦见天兴厂又搬回来了，天星沟又热闹起来。后来，沟里搞旅游开发了，他家获得了80多万元和两套房

● 2009年9月，曾任天兴厂党委副书记的屈振武在儿子屈景轩的陪同下重返天星沟，和当地老乡合影留念

子的补偿，搬迁到三汇农民新村去住了。国家还给他们买了社保，他们现在的生活就很好了。

更令人感动的是，2018年，我得知在南川区水江镇，三线企业宁江厂搬走后，当年的宁江厂子弟小学校校址被当地人利用起来办小学，为了纪念三线企业，他们把这所学校命名为重庆市南川区水江镇宁江小学校，并且校园文化打造的是三线文化。

　　2018年11月，受南川区水江镇宁江小学校的邀请，我回到南川，见到了南川区党史办的领导。他说："南川的发展史离不开三线建设，南川的工业史写着几个国防厂的名字，只可惜，你们全都走了。都怪我们，当年没有把你们留住，欢迎你们常回家看看。"

　　后来，我又多次回到南川，还将中国三线建设研究会的领导从北京请来，为南川区水江镇宁江小学校举行授牌仪式。因为我经常写文章宣传三线建设、宣传南川、宣传天星沟，因此每次回到南川，我都受到南川区党史办的热情接待。

担淅水的娃儿有出息

三线建设时期，2000多个项目在中国广大的中西部地区开花结果，改变了中西部地区贫穷落后的面貌，也改变了中西部地区人民的思想观念和生活方式。

走进天星沟，最先看到的住房是"五百平方"处公路边的一户农民房，这家人原姓苟，近些年改成了姓敬（川渝读音仍读苟），开有中药铺，三代行医，天兴人都称"敬老头家"。1971年我进沟时，第一代敬老头白胡子飘飘，仙风道骨；1999年我出沟时，第二代敬老头也老了，也是白胡子飘飘，仙风道骨；第三代代表人物名叫敬光怀，学业有成，离开了

● 左边第一栋楼就是敬老头家，现在是一家民宿。右边两栋曾是天兴厂工矿肉店的杀猪场和办公室

天星沟，于1993年"飘"到深圳行医去了。

1965年，天星沟来了一群说着南腔北调的陌生人，选定天星沟为厂址，并于1966年动工建设天兴厂。1966年，天兴厂建的第一批干打垒房屋共500平方米，就建在敬老头家对面的山坡上，后来那一片区域就叫"五百平方"。那个地方本来叫洞桥冈，意思是在天星桥上面的山包，但后来人们只知道五百平方而没有多少人知道洞桥冈这个名字了。

敬光怀出生于1965年1月，他和天兴厂一起成长。天兴厂开阔了他的眼界，改变了他的人生，使他知道世界上还有这样一群人和他们的生活方式不一样，使他有了追求的方向和动力。

20世纪70年代前半期，住在天星沟车库附近那几栋楼的人应该还记得一个农民家的小孩，他每天放学后都会担着一挑小木桶到每栋楼去收潲水，他就是敬家第三代之一的敬光怀。他家在每栋楼前都放了一两个木桶，专门收集每家的潲水。他每次将收集潲水的大木桶中的潲水倒进小木桶后，都要将大木桶用自来水冲洗干净，老人们都夸他懂事。收潲水时，他并不和天兴厂的人说什么话，因为他觉得天兴厂的人是另一个阶层的人，他有自卑感。他不声不响地做着事情，脑瓜子里其实一直都在想着数学题。我奶奶和我妈每天都会很细心地将淘米水、洗碗水、米汤倒在一个盆里，澄清亮后将清水倒掉，再将沉底的东西倒进潲水桶里。敬家人将收集的潲水担回家喂猪，每年家里都会杀几头肥猪。

沾天兴厂的光，敬光怀家及附近的农民都同步用上了电灯，而那些离天兴厂较远的山区还在点煤油灯或用松油照明；他们家及附近的农民都和天兴厂同步用上了自来水，而其他山区的农民则用竹管接山泉水作为饮用水；他们家及附近的农民都改成蔬菜专业队，享受城市居民的待遇，每个月有固定的粮票、油票、布票等供应，经常吃大米饭，而其他山区的农民则不然，收获了洋芋就吃洋芋，收获了苞谷就吃苞谷，大米还是比较少的；他们家门前就是公路，天天可以看见汽车，而稍远的山区则到很多年后才通了公路；他们也会跑到天兴厂的洗澡堂洗澡，洗澡堂有哗哗哗不断从水管里流出来的热水，男澡堂还有泡澡的池子，而其他远处的农民只能自家烧水用木盆洗澡。凡此种种，都让敬光怀感到新鲜、幸福、自豪。

有一次，一个住五百平方的天兴厂的阿姨给他家端来了3个饺子，他以前不但没有吃过饺子，还没有听说过饺子，他觉得真好吃啊！后来他工作了，到处出差，到每一个地方吃饺子时都在寻找当年的饺子味道，但再也找不到那种味道了，吃起来再也没有那么香了。还有一次，一个天兴厂的阿姨送了他几块糖，那种亮晶晶的甜甜的糖，他从来没有

● 现为深圳市龙华区人民医院耳鼻喉科副主任医师的敬光怀

吃过也没有见过，真好吃啊，他终生难忘。他还记得天兴厂有一个白胡子的郭爷爷，不仅会武术，还懂很多国学知识。那时候，敬光怀的父亲正在研究《易经》，有些内容看不懂，郭爷爷就时常教他父亲一段口诀，他父亲用口诀对照易经的内容，就很好理解了。

而对敬光怀影响最大的是天兴厂的文化生活。天兴厂经常放映电影，经常有外面来的文艺团队演出。他看到舞台上的木偶竟然可以像人一样说话、吃饭、喝水、做农活，感到太神奇了。他还看过杂技演出，看过舞蹈、川剧、京剧、相声等。他还清楚地记得，天兴厂有两个人用美声唱法唱《我爱你中国》，唱得真好啊！他还知道天兴厂的篮球队很厉害，到涪陵地区打比赛都可以得冠军。天兴厂下班时，从厂里冲出来的自行车车流犹如万马奔腾，蔚为壮观，使幼小的敬光怀感到十分震撼。

1969年秋天，敬光怀4岁半的时候，他姐姐到了上学的年龄，要到三汇小学去读书。他的父亲认识天兴厂的李保行，知道李保行的妻子苏贞娣当时因天兴厂子弟校还没有建好，在三汇小学当老师。敬光怀的父亲就去求李保行和苏老师，说敬光怀的姐姐上学去了，家里没人带他，也没有幼儿园可以上，希望苏老师就让4岁半的敬光怀和姐姐一起上学，就算学得不好也不会怪罪老师，于是苏老师就把敬光怀收下了。谁知敬光怀天生就是一个爱学习的料，小小年纪学习不但没有掉队，成绩还特别好。苏老师是河北人，普通话其实很标准，但对当年的敬光怀来说，他觉得苏老师的话很难懂。

敬光怀家离天兴厂车库很近，车库有一块黑板报，上面有一版学习园地，经常用很漂亮的粉笔字写一些新知识。他每一次从那里经过时，都要认真阅读黑板报上的内容，还知道了字原来可以写得这么好，于是他也练就了一手漂亮的钢笔字。

有一段时间，天兴厂的人都在传，说敬老头家富得很，钱多得很，放在家里都生霉了，用簸盖装起来放在院坝里晒。而事实的真相是这样的：1976年，时任生产队会计的第二代敬老头敬林森不慎将钱包掉到粪坑里去了，他用锄头将钱包捞上来后，将钱洗干净了晾晒，但他家住在路边，过路的人太多，很多人都看到了这一幕，口口相传就变了味。他家离天兴厂最近，开着中药铺，还有爆米花的机器，到他家看病拿药的人很多，逢年过节时到他家爆米花的人经常会排长队。他家不仅有几块自留地，还养着几头大肥猪，肯定比很多人富裕，但这会招人羡慕嫉妒恨。用簸盖装钱晒的事情发生后，就有人去三汇公社告状，说他们家"走资本主义道路"。有一天，三汇公社的领导带着十几个民兵到他家去抄家，没收了一些值钱的东西，如手表、自行车、收音机、爆米花机等，几年后退还时，这些东西基本上都被损坏了。

1977年，敬光怀和姐姐初中毕业了，当时是推荐上高中，本来姐弟俩学习成绩很好，是应该被推荐上高中的，但就是因为他爸爸"走资本主义道路"的问题，就没有被推荐。没办法，敬光怀就转学到40多公里远的鸣玉小学中学部复读初中。

1977年底，国家恢复了高考，初中毕业未满13岁的敬光怀得到消息，独自一人从鸣玉徒步40多公里回到三汇参加高考。结果他考上了中专，但因年龄太小，未被录取。为此，南川县政府专门发函致涪陵地区招生办提出反对意见，说国家政策对考生年龄只有上限，没有下限，因为敬光怀年龄小而不录取是不符合政策的，就这样，敬光怀被涪陵地区卫校南川校区录取了。敬光怀前去报到时，班上一个大他七八岁名叫郑美的女同学看到他时，对他说的第一句话就是"咦，你不就是那个担泔水的小孩吗？"他说："是的，我就是那个担泔水的小娃儿。"原来，郑美是天兴厂子弟，高中毕业到农村当了几年知青，这次也考上了中专。

1981年，敬光怀中专毕业时还未满16岁，被分配在南川县人民医院当医生。1985年，他参加成人高考，带薪全脱产到成都卫生管理干部学院临床医学专业学习3年，获得大专文凭。1993年，他又带薪全脱产到重庆医科大学进修一年。这一年，他到深圳的一家医院应聘并被录取，于1993年底调到这家医院工作。在深圳工作期间，他边工作边学习，获得华中科技大学的本科文凭。1997年，他的姐姐也来到深圳的一所中学当老师。

现在，他和他姐姐的孩子都非常有出息，分别在上海和深圳工作。他说，如果没有天兴厂的到来，没有天兴厂带来的现代文明的影响，他们可能依然过着日出而作、日落而息的生活，依然是一个头缠白帕的农民。他忘不了天兴厂带给他的美好记忆，带给他的人生观冲击，使他有了一个和原生的农村孩子不一样的人生。他感恩天兴厂的到来，感谢给他启蒙的天兴厂的苏贞娣老师和李保行叔叔，感谢所有关心过他、温暖过他的天兴人。他始终怀着感恩的心回馈着社会，认真负责地对待每一位患者。

我与宁江小学的不解之缘

　　1986—1988年，我在位于重庆市南川区水江镇的三线兵工企业宁江厂读了两年电大。后来，宁江厂和我们天兴厂都搬迁到了成都。谁知30年后，我和重庆市南川区水江镇宁江小学校再续前缘。

　　2018年6月，我接到一个来自重庆的陌生电话，来电者自称是宁江小学的老师，姓郑，叫郑江华。听到这儿我有点蒙——南川的三线国防企业宁江厂不是早就搬到成都了吗？宁江厂子弟学校和天兴厂子弟学校也随工厂搬到了成都，2006年交给地方管理后，两个厂子弟校合并，改为成都市龙泉驿区灵龙小学校，哪里还有一个宁江小学？

　　他说，是的，宁江厂子弟小学校随宁江厂搬走了，在南川水江镇留下来的校址仍然在办小学，还是叫宁江小学。为了让小学生们记住三线建设那段历史，宁江小学的校园文化定位为三线文化，学校里还建造了三线文化墙，将原来在南川的几家三线国防企业的简介都展示了出来。学校还编了三线建设内容的校园课本，并选了一篇我的文章编进书里。

　　什么？南川水江镇的宁江小学打造的是三线文化？还将我的文章编进课本里？这太令我吃惊了。在南川的三线企业全都搬走了，谁知当地人还在以这种方式怀念三线企业。

　　2018年7月12日，我邀请南川区水江镇宁江小学的校长蒋锐和总务主任郑江华到成都来，我们和原国家计委三线调整办公室主任、中国三线建设研究会原副会长王春才，宣传联络部副部长、央视《大三线》总导演刘洪

● 2018年7月12日，参观宁江社区的人员在宁江社区合影留念。左起：张文化、谢惠详、胡开全、冉宁、刘洪浩、王春才、作者晓露、王宏明、蒋锐、郑江华、张莉

浩，以及成都市龙泉驿区档案局副局长王宏明、研究员胡开全一起参观成都市龙泉驿区十陵街道的社区三线文化建设，并参加在十陵街道举行的三线精神军工文化研讨会。

宁江社区是从南川搬迁来的三线兵工企业宁江厂的职工宿舍形成的社区。搬到大城市的宁江人，不忘"艰苦创业、无私奉献、团结协作、勇于创新"的三线精神，以党建引领、强化社区发展治理，努力营造军工艰苦创业的社区文化氛围，取得了初步成效。

2018年11月20日，我和中国三线建设研究会副秘书长何民权应邀来到重庆市南川区水江镇宁江小学校进行调研。

这个学校的校址就是原来的宁江厂子弟小学和宁江厂电大、技校所在地，我曾经在这里读了两年电大。蒋锐校长告诉我，宁江厂搬走后，宁江厂子弟小学校址改成水江镇中心小学分校，2014年独立建校，改名为重庆市南川区水江镇宁江小学校，目的就是为了牢记三线建设历史，弘扬三线精神。他们的具体做法如下：

一、校园环境营造三线文化。学校的符号由红星和齿轮构成，红星代表永远跟党走，齿轮代表三线时期的军工文化。学校做了几堵文化墙，墙上有40首三线建设时期的诗。教学楼每一层的文化墙上都有原来在南川的几家三线企业及三线建设历史的介绍。

二、学校倡导的精神是"艰苦成就卓越，奋斗书写人生"。学校每学期都要评选"奋斗少年"，以传承三线精神中的奋斗精神。学校是南川区的德育先进单位。

三、学校开发了自己的一套校园读本，共3册，包括《过去的三线，永恒的精神》《艰苦成就卓越，奋斗书写人生——故事集》和《水江美》，校园读本中收集了我写的三线回忆文章。学校还申报了国家级课题，获得教育部认可。

学校进行三线文化的打造，在南川区很有知名度。学校今后的努力方向：一、在学校的文化打造方面进一步直观凸显三线时期的物化作品，展示时代特征与三线传承的学生作品。二、在校园内增设三线文化的陈列室

● 2019年7月9日，在中国三线建设研究会第二届代表大会暨弘扬三线精神研讨会期间的合影。左起：郑江华、何民权、艾新全、作者晓露、张莉、蒋锐、张文华

与荣誉室。三、深入拓展校本课程的实践活动。四、在今后的校本教研的开发和探索中，深入挖掘，不断探索创新，总结经验，做实、做细、做强校本课程的开发工作，将三线精神永远传承下去。

后来，我介绍蒋锐和郑江华加入了中国三线建设研究会，成为理事。2019年7月，我们一起到成都市大邑县雾山参加了中国三线建设研究会第二届代表大会暨弘扬三线精神研讨会。

2020年9月，我第二次应邀来到宁江小学校，出镜参加学校宣传片《过去的三线，永恒的精神》的拍摄，学校授予我"重庆市南川区宁江小学校特聘专家顾问"荣誉称号。此时，原宁江小学校长蒋锐已经调到南川道南中学任副校长（后调任南川水江中学校长），新任校长为张志勇，郑江华已升任宁江小学副校长。

重庆市南川区宁江小学校，因在校园里打造三线文化取得很大成果，在全国4600多万所乡镇小学中脱颖而出，成为重庆市示范学校，在教育部申报课题并已结题，在全国教育系统引起极大的关注，每年都有好几百批客人到学校来参观学习。

2020年10月23日，我第三次来到宁江小学校。这一天，宁江小学校宾客盈门，一批来自全国各地的三线建设研究的专家学者来到这里，来自重庆市和南川区的有关领导来到了这里，一起参加中国三线建设研究会授予宁江小学校全国"三线精神"校园文化传承基地的授牌仪式。

我加入了中国三线建设研究会

很多年来，我只知道我们在从事崇高而神圣的三线建设，老人们还说："三线建设搞不好，毛主席他老人家睡不着觉。我们当时能够到三线厂来，是莫大的光荣！"但三线建设是什么？为什么我们要从城市到山沟里去，又要从山沟里搬到城市里来？我却一直没有真正搞懂。最近一些年，我参加了中国三线建设研究会，看了一些资料，走了一些地方，才知道了三线建设的伟大意义。

三线精神永放光芒

我的第二故乡天星沟，地处黔渝交界的重庆市南川区境内，海拔2251米的金佛山脚下，位置十分偏僻荒凉。从1966年开始，几千名来自全国各地的干部、工人、上山下乡知识青年、复转军人、大中专毕业生，响应党的召唤，陆续进入天星沟，要在这里建设一座大型的兵工厂。于是，寂寞的群山沸腾了。

1971年10月，我们几兄妹随支援三线建设的父母，从四川省泸州市举家迁徙进沟时，工厂建设已经有5年了。进沟那天的情景至今依然历历在目。那是一个细雨蒙蒙的秋日，一辆大客车载着我们在曲折的盘山公路上颠簸、爬行，险要的山形路势不时令我们恐慌惊叫。只记得行驶了很长的时间，当我们全身筋骨都快被抖散架的时候，车辆才驶入了崇山峻岭环抱的天星沟。抬头望去，只见四周的山是那样高，高得全都与天连在了一起。半山腰云雾缭绕，好似有堆堆篝火在燃烧。从未见过大山且年幼的我惊奇地瞪大双眼问个不停："那些是烟吗？是在烧火吗？山上有人吗？"这个疑问在我心中盘旋了很久很久，总想亲自跑到"冒烟"的地方去看个究竟。

随后的生活异常艰苦。先来的叔叔阿姨们已在这里开辟了一条简易的公路，修建了一些干打垒住房，建起了学校，拉通了电线，但是条件仍是非常差。由于山区气候的特点，这里经常都是阴雨绵绵，到处都是大坑小凼，泥泞不堪。学校还没有桌椅，我们每天都得扛着高凳、拎着矮凳去上学，高凳当课桌，矮凳当座椅。在老家烧惯了天然气的我们，在这里不得不烧柴烧煤，过着烟熏火燎的日子。物资出奇地匮乏，远远满足不了生活的必需。交通更是难题，离县城将近20公里，每天却只有两班交通车，有些人迫不得已时，徒步而去，徒步而回。

在这样艰难的环境里，父辈们胸怀革命理想，披星戴月，披荆斩棘，开山劈水，筑路架桥，战胜重重困难，在这里建起了一座现代化兵工企业，生产军品，支援国防，保军转民，走向市场。我们的山沟工厂甚至还成了上市公司。几代三线人为新中国的国防事业贡献了自己的热血和汗水，有的甚至献出了自己宝贵的生命。在这期间，我也从一个年幼无知的孩童逐渐长大成人，进厂当了一名光荣的兵工战士，为工厂的发展添砖加瓦。

后来工厂又启动了漫长的搬迁工作，历经十多年的重重艰难，于2000年初，终于整体搬迁到了成都。

很多年来，我只知道我们在从事崇高而神圣的三线建设，老人们还说："三线建设搞不好，毛主席他老人家睡不着觉。我们当时能够到三线厂来，是莫大的光荣！"但三线建设是什么？为什么我们要从城市到山沟里去？为什么又要从山沟里搬回到城市里来？我却一直没有真正搞懂。最近一些年，看了一些宣传报道，我才知道了什么是三线建设。

史称的"三线建设"，是指1964—1980年，在中国中西部的13个省、自治区进行的一场以战备为指导思想的大规模国防、科技、工业和交通基本设施建设。从行政区域看，由中国大陆的国境线向内地收缩，划两个圈，形成三个带。一线地区包括沿海和边疆省区，三线地区包括基本属于内地的四川（包含重庆）、贵州、云南、陕西、甘肃、宁夏、青海7个省、自治区及山西、河北、河南、湖南、湖北、广西等省、自治区靠内地的一部分，共涉及13个省、自治区。介于一线、三线地区之间的地带就是二线地区。

在贯穿3个"五年计划"的16年中，国家在属于三线地区的中西部，投入了2052.68亿元巨资；400万名工人、干部、知识分子、解放军官兵和成千万人次的民工，在"备战备荒为人民""好人好马上三线"的时代号令召唤下，打起背包，跋山涉水，来到祖国大西南、大西北的深山峡谷、大漠荒野，风餐露宿，肩扛人挑，用艰辛、血汗和生命，建成了三线地区强大的国民经济和国防生产力，包括：建成大中型骨干企业近2000个，形成包括核能、冶金、航天、造船、电子、化工、机械等门类比较齐全的工业体系，如攀枝花钢铁集团，酒泉钢铁集团，金川有色冶金基地，酒泉航天中心，西昌航天中心，葛洲坝、刘家峡等水电站，六盘水工业基地，渭北煤炭基地，贵州、汉中航空工业基地，川西核工业基地，长江中上游造船基地，四川、江汉、长庆、中原等油气田，重庆、豫西、鄂西、湘西常规兵器工业基地，湖北中国第二汽车厂、东方电机厂、东方汽轮机厂、东方锅炉厂等制造基地，中国西南物理研究院、中国核动力研究设计院等科研机构；建成川黔、成昆、贵昆、湘黔、襄渝、焦枝、阳安等10条铁路干线；同时，聚集并培养了一支强大的科研队伍。这些伟大成就，初步构成了中国的战略后方基地，改善了中国的生产力布局，增强了经济和国防实力，成了西部工业和经济的"脊柱"，为今天西部大发展奠定了坚实的基础。

基于当时特定背景所采取的"靠山、分散、隐蔽"和"进洞"的选址原则，给不少企业后来的经营和发展造成了严重的浪费和不便，带来各种地质灾害威胁。1980年以后，中央基于对形势的正确判断，提出"军民结合，平战结合，军品优先，以民养军"的方针，对三线企业采取"调整改造、发挥作用"的一系列重要措施，针对三线建设中存在的钻山太深、过于分散等问题和新形势下提出的新任务，有计划、有步骤地展开了经济关系、经济政策、企业布局、产品结构、产业结构等方面的调整。在这种情况下，许多企业、科研单位又从山沟迁到了城市。

当我知道了三线建设的伟大功绩后，我为我能够投身到这个伟大的事业而自豪。

● 2014年10月18日，作者晓露（左）、王春才（中）、张鸿春（右）在庆祝湖北卫东厂成立50周年暨《卫东记忆》出版发行仪式中

离开了天星沟，天星沟却常令我魂牵梦绕。我永远不会忘记我在天星沟度过的童年、少年和青年时期的美好时光，不会忘记天星沟美丽的自然风景，我也永远不会忘记闭塞的环境给我们带来的困惑和艰难，咆哮的山洪带给我们的恐慌和悲伤。

在新中国成立60周年之际，我把此文发到互联网上，引来广大读者强烈的共鸣，留言达到四五百条。下面我和大家分享部分读者留言：

留言一："共和国每一步前进的步伐，都充满了艰辛、悲伤与欢乐。记住前辈们奋斗的历程，鼓舞我们奋勇前进！"

留言二："上海也有很多老职工响应党和国家的号召，义无反顾地到各地支援三线建设。他们在艰苦的环境中辛勤工作，为建设祖国做出了杰出的贡献。三线建设者艰苦创业的精神、廉洁奉公的精神以及同志之间团结友爱的精神，永远值得我们学习！"

留言三："这篇文字总给人震撼，在岁月的长河中，留给我们记忆的是一种向上的精神，支撑我们灵魂的高度。我喜欢作者那童年中艰苦的美丽。"

留言四："三线建设最早是从修建公路、铁路、桥梁开始拉开的轰轰烈烈的建设大幕。在三线建设中，中西部有许多高山峻岭需要凭着双手征服，就那样有许许多多的人牺牲了生命。我们今天坐着火车穿行在黔渝铁路上，穿行在宝成铁路上，开着汽车穿越秦岭山脉，可曾想过这些都是当年三线建设者们抛汗水、洒热血而创造的奇迹吗？！向那些逝去的和活着的建设者们致敬！！！"

读者们的留言令我感动，让我意识到：三线建设的历史功绩和创业精神，所有关心祖国命运和前途的人都不会忘记，共和国永远不会忘记！

是的，共和国不会忘记三线建设。

2014年3月，中华人民共和国国史学会三线建设研究分会在北京成立。随后，贵州省、重庆市、四川省及一些地方城市，都相继成立了三线建设研究会，许多三线建设亲历者和一些领导、专家学者投入到三线建设的研究中。大量的关于三线建设的回忆文章、书籍、学术论文开始问世，大量反映三线建设的电视纪录片、电视连续剧、电影开始热播，如《永远的铁道兵》《大三线》《军工记忆之三线风云》《二十四城》《火红年华》《正是青春璀璨时》《那些年，我们正年轻》《你好，李焕英》等等。

三线建设艰苦创业的日子早已过去，但几百万名建设者为了国家安全和人民幸福所表现出来的浩然正气，将长存于天地间。三线人对人民、对祖国、对社会主义事业的忠诚精神，三线人"献了青春献终身，献了终身献子孙"的奉献精神，三线人"艰苦创业、无私奉献、团结协作、勇于创新"的拼搏精神，都将作为宝贵的精神财富传承于世。三线精神永放光芒！

（此文写于2009年5月，荣获纪念共和国成立60周年"共和国不会忘记"全国征文大赛一等奖，编入中国三线建设文选丛书《三线风云》中。修改于2023年11月。）

从三线子弟到三线文化传播者

我有一个社会职务，是中华人民共和国国史学会三线建设研究分会（以下简称中国三线建设研究会）常务理事、宣传联络部副部长。我怎么会荣任这个职务呢？这要从我的经历谈起。

一篇文章，使我结识了一批宣传三线建设的人

我是一个在山沟里长大的三线子弟，和所有的三线人一样，都是以厂为家的人，一直以"我们是光荣的三线建设者"而自豪。

2009年3月，一则为了庆祝中华人民共和国成立60周年"共和国不会忘记的人和事"的征文启事，使我想到，共和国一定不会忘记三线建设，我要写我熟悉的三线人和三线建设。想到这里，我热血沸腾。

为了全面了解三线建设，我找出我收藏的前国家计委三线建设调整办公室主任王春才于1998年发表在《中国兵器报》上有关三线建设的文章，找出王春才主编、四川人民出版社出版的《中国大三线》报告文学丛书，认真学习，摘录要点，写出了《三线精神永放光芒》的文章初稿。在文章中，我结合自己从城市到山沟，又从山沟到城市的经历，对什么是三线建设，三线建设的缘起、过程和得失成就，什么是三线精神等进行了阐述。

文章初稿写好后，我怀着忐忑不安的心情拿给我们厂党委书记巩新中审阅。巩书记看后，非常赞赏，安排厂宣传部部长蒋鹏初帮我把关润色。

感谢两位领导的帮助，才使我这篇文章的立意站得更高，表述更准确。

文章投稿后，我收到了"共和国不会忘记的人和事"全国征文大赛组委会的获奖通知，通知我的文章获得了一等奖，还通知我到北京人民大会堂参加颁奖典礼。但因工作原因，我没有去参加此次颁奖典礼。

随后，我把文章投给了《中国兵器报》《南方集团文化》《政研交流》等报刊，几家报刊都刊登了。我把文章发表在我的网易博客上，犹如一石激起千层浪，在网上引起很大的反响，广大三线人纷纷在网上留言，倾诉三线情，留言数量达到400多条。

通过这篇文章和我对天星沟生活的系列回忆文章，我在网上神交了一批热心宣传三线建设的朋友，包括后来成为中国三线建设研究会常务理事的倪同正、霍日炽、李杰、郭志梅、王民立等人，他们都成了我现实生活中的良师，成了和我共同进行三线建设研究和宣传的朋友。

神奇的缘分，让我和王春才成了忘年之交

从年龄上讲，王春才老先生比我大28岁，是长辈；从距离上讲，王老在成都，我以前在重庆南川的天星沟，两地相距上千里；从职务上讲，王老是国家计委三线建设调整办公室主任，我是企业的一名基层职工，按常理，我和王老是八竿子打不着，根本就没有任何交集的两个人。但世界就是很奇妙，山不转水转，水不转人转，有缘分的人就会转到一起。

1992年，我们厂决定搬迁到成都，已经在成都十陵买了地，当时负责新厂指挥部的是我们厂党委书记宋世忠。1992年五一节过后，因为要到成都出差，我搭上了宋书记的顺风车。在成都，宋书记带着下属和我一起去拜访了王春才。王春才当时才50多岁，是国务院三线建设调整办公室规划二局局长，三线企业的搬迁工作都是他在负责。就这样，我认识了王春才，因为我父亲姓王，我很自然地称呼他王伯伯。

王伯伯对人很热情，很随和，他常和我们聊天，了解我们的工作情

况。他说他为了了解我们
天兴厂脱险搬迁的情况，
还到我们老厂天星沟去过
两次，有一次是1991年在
西南兵工局副局长姚小兴
的陪同下去的，在我们
老厂的山沟里，遇到一块
山石滚落下来，差点砸到
他们一行人。他还说我们

● 2019年7月8日，在中国三线建设研究会第二届全国代表会议暨弘扬三线精神研讨会上的合影，左起：唐林、王民立、王春才、作者晓露

在十陵这个新厂址他也去过多次，且多次出面与地方政府协调土地问题。他说："你们兵器工业部的几个厂脱险搬迁到十陵，是经过国务院三线办、兵器工业部、四川省三线办批准的，不是你们想搬到哪里就搬到哪里的。"他还送了我一本他写的书——《彭德怀在三线》。

1997年5月1日，我和老公一起去看望了王伯伯夫妇，此时，他是国家计委三线建设调整办公室主任。王伯伯和吕阿姨依然对我们很客气，留我们吃午饭。王伯伯又送我们夫妻一本由他主编的中国大三线报告文学丛书的精选本《中国大三线》。

1999年，我们厂整体搬迁到了成都。到了成都后，因为工作很繁忙，更主要原因是觉得自己没有取得多大成就，不好意思去打搅他，我一直没有去见王伯伯。

2011年春节前，我给王伯伯打了电话。王伯伯说他还记得我，叫我到他家去玩。

王春才带我走进了三线建设研究群体

王伯伯发话了，我不能再不露面了，于是我和老公一起于2011年3月17日去看望了他，此时，他已经退休几年了。这一次，我带上了我的新书

● 2015年6月10日，在德阳东汽举行的央视大型文献纪录片《大三线》西南地区全面拍摄启动仪式上。左一为作者晓露

《让优秀成为习惯》送给王伯伯，并重点向他介绍了《三线精神永放光芒》这篇文章，还告诉他，我这篇文章就是参考了他的文章才写出来的，获得了"纪念共和国成立60周年——共和国不会忘记"全国征文一等奖，在网上影响很大。王伯伯非常高兴，说我出了书了，要介绍我加入四川省作家协会。这一次，王伯伯又送给我们一本他的新书《元帅的最后岁月——彭德怀在大西南》。这时候，我才知道王伯伯本是高级工程师，却与文学结缘，他从1957年22岁时就开始坚持业余写作，著作颇丰，他还是中国作家协会会员和中国报告文学学会会员。

这一次和王伯伯的重聚，开启了我人生新的一页。王伯伯介绍我加入了四川省作家协会，还一步一步带着我走进三线建设研究的群体当中，带着我加入了中国三线建设研究会。

后来，王伯伯带着我参加了在成都彭州市举行的《三线风云》一书的研讨会，参加了在北京举行的中国三线建设研究会成立大会，参加了湖北省卫东厂建厂50周年纪念活动暨《卫东记忆》新书发行仪式，到四川省攀枝花市考察中国三线建设博物馆建设情况，参加中央电视台大型纪录片《永远的铁道兵》在成都的首映式，参观了位于贵州省六盘水市的贵州三线建设博物馆，参加了中央电视台大型文献纪录片《大三线》在贵州省六盘水市举行的开机仪式和在四川省德阳市东汽举行的西南地区开机仪式，参加了在成都大邑雾山举行的中国三线建设研究会第二届代表会议暨弘扬三线精神研讨会。

受王春才"王老精神"的感召，我写了《王老的书房》一文，成为宣传王春才第一人。我还陆陆续续写了不少反映三线建设和三线建设研究动态的文章，《三线风云》文选每一集中都刊登有我的文章。我主动推荐热心三线建设宣传和研究的人才加入中国三线建设研究会。我积极参与到三线文化进社区、进校园的社会实践工作，指导四川成都市龙泉驿区十陵街道宁江社区、四川隆昌市山川镇山川社区营造三线军工文化，指导重庆市南川区水江镇宁江小学营造校园三线文化，并向中国三线建设研究会推荐，授予四川省成都市龙泉驿区十陵街道"中国三线建设研究会社区文化传承基地"称号，授予重庆市南川区水江镇宁江小学"中国三线建设研究会校园文化传承基地"称号。

了解得越多，越是感到三线建设的伟大，越是感到三线人精神的可贵，越是想更多地宣传三线建设、宣传三线人，我希望通过自己微薄的努力，让社会风气回归到充满理想信念、国家至上、无私奉献的精神层面。

王老的书房

● 2014年11月，王春才（右）与作者晓露（左）在他的书房

我是一个"三线二代"，与王老已经相识20多年了。王老即王春才，是原国家计委三线建设调整办公室主任、中国三线建设研究会副会长、四川省作家协会会员、中国作家协会会员、中国报告文学学会会员、高级建筑工程师，被大家尊称为王老。

王老一直鼓励我写作，并介绍我加入了四川省作家协会，我常常到他家向他请教。王老的家位于成都市中心，是他原单位1984年修建的职工宿舍的6楼，170平方米，没有电梯。2014年11月的一天，我又来到王老的家，王老将我带进他"专用"的书房，十多个平方米书房中间靠窗口摆着一张大书桌，四周全是书柜，里面装满了书和资料，书柜门上贴满了相片。王老兴致勃勃地向我介绍相片的故事，并打开书柜门向我介绍里面的书籍、收存的纪念物品。随后，他打开各房间的门让我参观。王老的家除了客厅和一间卧室外，其他房间也安放着大大小小的书柜，全部成了王老堆放书、资料和纪念物品的库房。

黄包车的故事

在王老书房中的一个书柜里，我看见一个小小的礼品盒，盒上系着红丝带，盒旁放着一辆黄包车模型，这是王老珍藏了十多年的生日礼物，是他外孙王琏12岁时用自己挣的23元稿费买来送给他的。当时王老患中风手拄拐杖，行走困难，王琏希望外公继承他父亲王老太爷拉黄包车的前进精神，坚持走路锻炼身体。

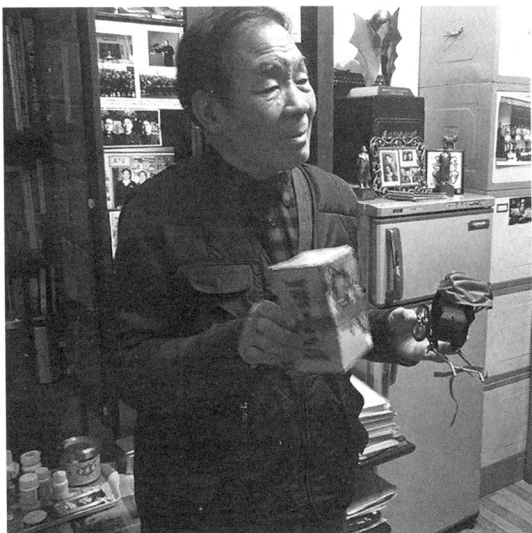

● 在王老的书房，王老手拿黄包车模型讲故事

王老的父亲王恒祥老太爷出生于1894年的苏北平原建湖县高作乡，那里经常发水灾。1918年，苏北平原又发大水，土地被淹，庄稼颗粒无收，王老太爷几兄弟被迫到苏州谋生，因没有文化，只能做一些苦力活，抬轿子或拉黄包车，王老太爷就靠拉黄包车挣钱养家。由于他没有文化，地方又不熟，不认识街道名和门牌号，有时就不能准确地把客人拉到目的地，这样不但得不到力钱，有时还遭到臭骂和拳打脚踢。王老太爷饱尝了没有文化的苦楚。当王老三兄弟出生后，王老太爷发誓一定要让儿子们读书，能读多少就让他们读多少。王老太爷在苏州拉了20多年黄包车，直到1941年新四军解放了家乡，1946年进行土地改革，1947年家中分到16亩土地和3间房后，他才回到家乡务农。王老太爷靠拉黄包车，培养了人称"文坛三兄弟"的王春友、王春才和王春瑜三个儿子。

2004年12月4日，武汉《长江日报》第6版"冷暖人生"专栏以整版篇幅刊登了记者万强采写的文章《文坛三兄弟》，对王老三兄弟作了介绍。老大王春友，1922年出生，1943年参加革命，业余爱好文艺创作，笔耕不辍，是中国民间艺术家协会会员，曾担任江苏盐城市民间艺术家协会主席等职。老二王春才，1935年出生于苏州，1952年毕业于江苏建湖县初中，保送到扬州华东第二工业学校（扬州大学前身）读书，1954年加入中国共产党，1955年工民建专业毕业后，服从分配投身大西南建设。在行政工作之余，撰写有关三线的著作多册，被誉为"为彭德怀补碑的人"。老三王春瑜，1937年出生于苏州，中国社会科学院历史研究所研究员，享受国务院政府特殊津贴的专家，中国作家协会会员，杂文家、书法家，出版有史学、杂文等书籍几十种。

王老说他们家的家风就是他父亲传下来的"黄包车精神"，即吃苦精神和前进精神。外孙王琎从小耳濡目染，深刻理解并传承了这种家风，这令王老感到十分欣慰和自豪。

一个浓缩的三线建设史料博物馆

王老的书房资料比书籍还多，资料全部整理成册，分类摆放，俨然一个档案室。这些资料都是王老自己亲手整理的。2011年，王老接受攀枝花市文物局局长张鸿春、文物专家刘胜利的请求，决定将自己收集整理的有关彭德怀和三线建设的资料捐献给攀枝花三线建设博物馆。那段时间，王老成天就坐在书房整理资料。70多岁的王老因长时间坐着不动，脚都坐肿了，前后花了两年的时间，才将资料整理好，并亲自将这批珍贵的文物资料护送到了攀枝花市，令有关领导、文物专家十分感动。这批文物包括中央领导、中央有关部委领导和老将军给三线建设的题词和给《彭德怀在三线》一书的题词。

在书柜里还放着几十本日记本，包含了王老从1956年开始写日记以来的全部日记。坚持每天写日记让王老养成了写作的习惯，他从1957年开始发表文章，其中《和苏联索特尼柯夫专家相处的日子》《多亏贺老总捅了一棍子》《浦氏三姐妹（蒲洁修、蒲熙修、蒲安修）》等作品引起了较大的反响。这一写就一发不可收，王老至今也没有停止创作的脚步。

因工作的关系，王老常常深入三线建设地区的各基层企业、单位，拍了大量的照片。王老有一个习惯，每

● 王老的资料柜

到一处拍的照片，他都要整理成一册，几十年下来，他的相册已有200多本。这些珍贵的照片保留了历史的真实原貌，为王老的写作提供了有力的佐证，也为三线建设研究留下了珍贵的史料。

从1964年我们国家开始三线建设起，王老就一直工作在三线建设的领导岗位上，1997年62岁的他退休以后，也一直在研究三线建设，撰写反映三线建设的文章。满屋的资料、书籍、图片，王老的书房就是一个浓缩的三线建设史料博物馆。

绘图板的妙用

在王老的书桌旁，放着一块老旧的绘图板，那是王老年轻时任建筑工程师手工绘图用的。

1999年10月，时年64岁的王老由于长期伏案写作形成严重的颈椎病，从而引发中风。经过几个月的住院治疗，王老仍感头痛、头晕，头抬不起来，手脚发抖、抽筋，站不起来，吃饭要人喂。几个医院的西医会诊后

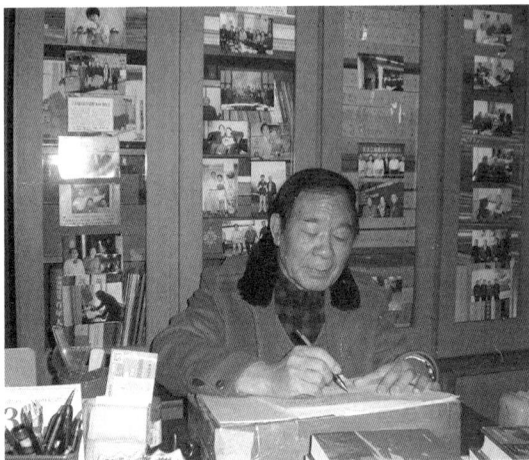

● 王老趴在绘图板上写作

确诊是脑梗阻造成的，很难治疗，认为病情控制住不发展就不错了。拄着拐杖回到家的王老，连生活都不能自理，更别说写作了，这令王老非常痛苦。但生性倔强的王老不甘心这样活着，他想，脑梗阻不就是脑血管不通吗？能不能想办法打通？西医说不能，中医行不行？

王老四处求医、八方寻药，成都蓉威诊所的中医刘继贤医生很肯定地告诉他："能打通，地龙就有这个功效。"地龙就是蚯蚓，有通络除痹的作用。王老听从刘医生的治疗方案开始服用中药，主要成分就是地龙，并同时辅以颈椎按摩。坚持服用了3个多月60多服中药后，2002年，王老的身体开始好转并逐渐扔掉拐杖。

2012年12月，沈阳《老同志之友》杂志刊登了王老写的《地龙助我重新站起来》一文，他中断3年的写作又开始了。王老的老伴吕婆常坚决反对王老再写作，担心他再犯颈椎病，但怎能阻挡得住？王老其实也担心自己的身体，为了减少写作时颈椎弯曲，王老就把以前当工程师时用的绘图板找出来，斜放在书桌上，便于写作。

1999年以前，王老曾主编过《中国大三线报告文学丛书》《三线建设铸丰碑》《中国大三线》《航程》等书，出版了《元帅的最后岁月——彭德怀在三线》一书。2003年后，大病初愈的王老倍感生命无常，更加拼命地写作。他趴在这块倾斜的绘图板上，用钢笔又写出了《苍凉巴山蜀水情》《日出长江》《九九艳阳天》《元帅的最后岁月——彭德怀在大西南》《彭德怀三线岁月》等书，共计205万字。

2004年4月，时已90岁高龄的著名作家马识途为王老的新作《日出长江》题写了书名。该书出版后，王老将书送给马老，并对马老说："我69岁了，身体不太好，我不写作了。"马老说："你才69岁，怎么能够说自己不行？你熟悉三线建设，有生活，要为后人留下点东西，你再写20年都没有问题。"王老听了马老的话，又不停笔地写作。2006年9月，马老在王老新出版并题写书名的《九九艳阳天》一书的扉页上写下了鼓励的话："春才同志出好书，艳阳天际人共仰。"2008年7月13日，马老在王老新书《元帅的最后岁月——彭德怀在大西南》扉页上题词："好书，王春才同志又出了一本好书，可喜可贺。"10年过去了，年逾100岁的马老还在写作，而曾经中风的王老也还在写作。王老说："我感觉多动脑、多动手、多动腿，越写作，身体越好。在单位组织、领导同志关心下，享了老伴、家庭子女的福，我现在的身体状况和精神状况比生病前还好，我要向马老学习，一直写下去。"

为彭德怀补碑的人

在王老的书房中，有满满两柜子是有关彭德怀的资料，包括几十年来王老采访100多位当事人所做的采访笔记，收集的文物、资料等。

1965年11月，身处逆境的彭德怀奉命到成都担任西南建委第三副主任，负责三线建设的工作，1966年12月被红卫兵揪回北京，关押8年后被迫害致死。彭老总在成都工作的那段时间，因工作的关系，王老常常接触到他，亲自感受到他忍辱负重、一心为国、一心为民、甘为孺子牛的高尚情操。因敬重彭老总的为人和同情彭老总的遭遇，王老暗下决心要用自己的笔墨让历史记住一个活着的彭德怀，让后人了解一个真实的彭德怀。他开始悄悄收集有关彭老总的资料。

王春才利用业余时间采访，1986年动笔写成了《彭德怀在三线》书稿，1987年元旦开始在《军工导报》上连载，受到读者欢迎。中央军委彭德怀传记编写组顾问浦安修（彭德怀夫人）读后甚感欣慰。浦老因患乳腺癌住在北京301医院治病，没有子女，一位名叫江颖的女兵照顾她。浦老带病阅读了王春才送给她的15万字的《彭德怀在三线》文稿，修改了文字64处。1987年12月25日，浦安修在北京家中接待了王春才，并与他亲切交谈。当见到王春才递给她的存放在成都东郊火葬场化名"王川"的彭德怀骨灰盒寄存单时，浦老伤心地流泪了。待心情平静后，她从沙发上起身，走到桌边坐下，握笔在纸上写道：

> 人间毁誉淡然对之，身处逆境忠贞不矢。
>
> 为《彭德怀在三线》题 浦安修87.12.25于北京

然后，浦老让江颖在客厅里手握相机，为她与王春才合影留念。她对王春才说，此照片可以印在书上，希望明年即1988年10月24日彭老总90周年诞辰时，在中央军委召开的纪念座谈会上大家都能看到《彭德怀在三线》新书。王春才感谢浦老带病精心审阅改稿，说这是对彭老总的真诚纪念，保证抓紧出书，不辜负她的厚望。

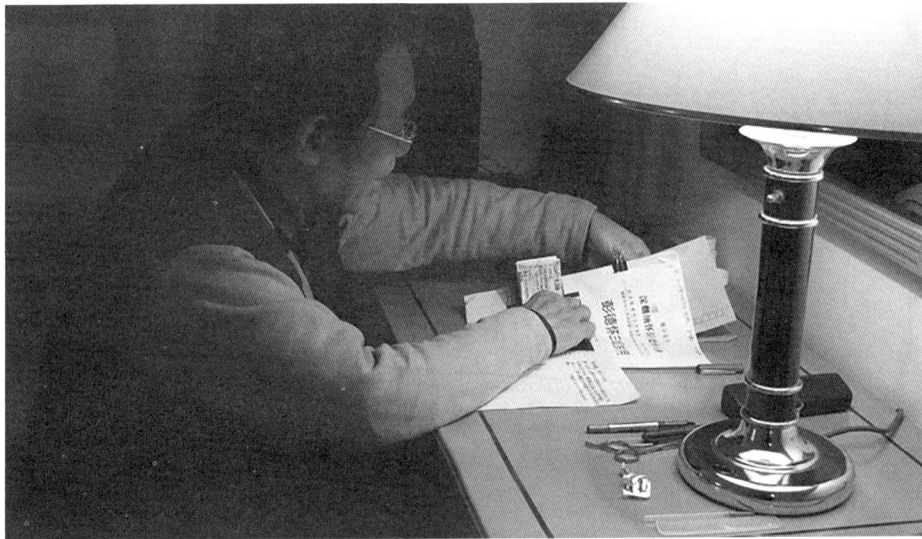

● 2013年12月18日，王老参加上海大学三线建设学术会期间，在宾馆修改《彭德怀三线岁月》

责任编辑刘卫平联系了北京几家出版社，有人因心有余悸，以忙不过来为由，婉言谢绝出版《彭德怀在三线》。王老最终找到了四川省社会科学院出版社社长张力。1949年，张力参加中国人民解放军海军，1955年转业考进上海复旦大学历史系，1960年毕业参加工作。他非常敬重彭德怀元帅，主动向四川省新闻出版局领导汇报申请出版《彭德怀在三线》，立即得到批准。该书14.8万字，1988年8月第一次印刷1万册，两个月就售完，接着又加印了3万册，也很快售完。

浦安修及彭德怀传记编写组全体同志得到了《彭德怀在三线》一书，非常开心。王焰主任主持了座谈会，有关内容编入《彭德怀传》一书。但让王春才难过的是，浦安修老前辈1991年5月2日在301医院病逝，享年73岁。

1991年，为庆祝建党70周年，《彭德怀在三线》经四川人民出版社修订再版，印刷1万册，内容已经增加到23万字。出版前，四川人民出版社于1991年1月给中央军委彭德怀传记编写组发函，呈上该书新增加的8万字原稿，请予审定并签发书面意见。彭德怀传记编写组王焰主任，20世纪50年代就担任彭德怀办公室主任，他亲自审阅稿件，并于1991年1月16日代表彭德怀传记编写组签发了审稿意见："《彭德怀在三线》一书，从各个方面描述了彭老总在蒙冤受屈情况下，积极为祖国建设事业而奋斗的崇高品德，是一本好的群众读物。我又读了新增的章节，根据我们所掌握的资料，认为书中的重要情节都是符合历史事实的。"并签名和盖上了公章。1991年2月，中央军委副秘书长、国防部部长张爱萍上将也为《彭德怀在三线》一书题了词："逆境受命气犹壮，为民为国心无私。"

1992年，《元帅的最后岁月——彭德怀在三线》，由薄一波题写书名，四川人民出版社再次出版发行，内容增加到24万字。1998年在彭德怀100周年诞辰之际，其家乡湖南湘潭县建立彭德怀纪念馆，该书又加印了1万册。该书荣获四川省优秀图书奖、四川省优秀报告文学作品奖，经北影厂改编摄制的《彭德怀在三线》电影，获文化部"华表奖"提名、四川省

"五个一工程"奖，2011年5月被选定为国家重点公益性文化项目"农家书屋"图书。原文化部副部长、中国作家协会原副主席、中国报告文学学会会长、中国电影家协会会长、老作家陈荒煤曾评价该书说："它不仅是对彭德怀元帅建设三线所作出的伟大贡献的真诚缅怀，也是对全体三线建设的同志们所取得伟大成就的真诚纪念和鼓舞。"

2008年10月，为纪念彭德怀110周年诞辰，《元帅的最后岁月——彭德怀在大西南》由四川人民出版社第四次出版发行，内容增加到26万字。并在中国共产党新闻网和人民网上连载，刚上网3天，点击率就达到33万。

2013年10月，《彭德怀三线岁月》经中共中央党史研究室审定，由中国文史出版社出版发行，内容增至36万字，插图150多张。中共中央党史研究室对该书稿的审读意见是："《彭德怀三线岁月》是作者通过搜集大量史料、采访不少当事人写成的。书稿从彭德怀在三线的一段历史为线索，以丰富的史料和生动感人的故事，描述了无产阶级革命家彭德怀身处逆境，忧国忧民的崇高风范，书稿对广大党员干部具有较强的教育意义。"

王老从1986年开始动笔写作彭德怀，几十年来从来没有停止过研究和写作。1991年，陕西省作家协会原副主席、老作家杜鹏程为该书题词："彭德怀同志在三线工作，这段历史，还未见著作文字记载。《彭德怀在三线》一书，填补了这个空白，是传记的重要补充，对读者有重大的教育意义。"王老因而被称为"为彭德怀补碑的人"。

三线建设研究的灵魂

整天趴在书房里写作的王老是一个什么样的人，人们对他有多种评价。

有人评价王老是一个"大傻子"，说如果他退休后利用自己的地位和影响，将用在写作上的时间、精力用在个人"经济建设"上，他一定会成为一个收入非常高的人。王老的老伴吕老说："我说他呀最划不来，一天到晚就知道三线三线、彭老总（彭德怀元帅）彭老总，其他啥也不关心。给他说什么他都记不住，一说到三线，说到彭德怀，就记得清清楚楚。每天趴着写作，写出一身毛病，出书得的稿费也全部换成书，书拿来送人，还经常倒贴邮费给别人寄去。我叫他别写了，他就是不听。不过，我还得敬佩老王，不抽烟、不喝酒、对人好，帮助他的朋友多。"

有人评价王老是一个"大乞丐"，说他在位时为三线企业争取项目、资金、政策，退休后还在为研究三线建设八方奔走，筹措经费出专刊、办中国三线建设研究网，还以79岁的高龄担任中央电视台电视纪录片《中国大三线》摄制组的总顾问。王春才感谢国家领导人对三线建设与三线人的关怀与支持。1993年4月9日，时任中共中央总书记江泽民为由王春才主编，四川人民出版社出版的《中国大三线报告文学丛书》题了词："让三线建设者的历史功绩和艰苦创业精神在新时期发扬光大。"该丛书共160万字，分《中国圣火》《蘑菇云作证》《金色浮雕》《穿越大裂谷》

● 2014年3月22日，在北京中国三线建设研究会成立大会上。左起：陈东林、作者晓露、王春才

4册。1994年1月14日，该丛书首发式在成都军区新华礼堂隆重举行，钱敏、鲁大东、陈荒煤、徐世群等领导同志到会祝贺，并为参会人员签名赠书。王春才在会上汇报发言时感慨地说，从此拉开了宣传三线建设成就与弘扬三线精神的序幕。该丛书被四川省新闻出版局评为1993年"四川省优秀图书"，并受到广大三线职工的欢迎。

中国三线建设研究会的同事对王老是这样评价的："王春才是研究三线建设的活字典、带头人，是三线建设研究的灵魂。没有王春才的努力，就没有今天的中华人民共和国国史研究学会三线建设研究分会，也不可能有现在全国兴起的三线建设研究和宣传的热潮。"

"艰苦创业、无私奉献、勇于创新、团结协作"的三线精神在王老身上得到了充分的体现。三线精神是点燃中华民族灵魂的一簇圣火，这簇圣火永远不会熄灭。王老没有给家人留下什么物质财富，却给世人留下了丰厚的精神财富。

（2014年12月17日写于成都）

缅怀杨克芝先生

2020年11月24日，各个中国三线建设研究微信群都在传递着一个不幸的消息："湖北襄阳846厂杨克芝先生于今天凌晨因病去世，享年74岁。"杨克芝先生是中国三线建设研究会常务理事、《三线风云》文选副主编、湖北

● 这个叼着烟斗的老头杨克芝到另一个世界去了，烟酒才是他形影不离的好朋友。图为李杰拍摄

卫东厂《卫东人》报主编。大家纷纷留言，沉痛悼念杨克芝先生。

晚上从微信群里得到这个消息，我大为震惊，深感悲痛。我问陆仲晖是怎么回事，他说杨克芝先生今年年初就检查出了结肠癌。我却浑然不知，在他病中没有问候过一句，现在只能深表遗憾。

我夜不能寐，在手机上重温他写的文章。一个才华横溢、特别认真的三线建设研究者，一个特别亲切的老大哥怎么招呼都没打就走了呢？我特别不能接受这个结果。我回忆着与杨克芝先生的每一次相遇，我们的每一次相遇，都是在与三线建设研究有关的活动中。

2020年8月14日，杨克芝先生成立了一个微信群，名叫"足迹履痕编委工作群"，号召大家整理王春才老先生的照片及文字说明。他早两年就向大家征稿，他一直想出一本中国三线建设研究会成员写王春才老先生的书。他在群里很活跃，哪里看得出他已经是癌症晚期病人。我和杨克芝先生相识于2014年3月22日的北京，我们都是为了参加第二天举行的中国三线建设研究会成立大会来到北京的。王春才老先生和倪同正老师特意把我带到杨克芝先生面前，郑重地介绍我们认识。在会上，我们俩都当选为常务理事。我送给他一本我写的书《让优秀成为习惯》，没过几个月，他通过QQ邮箱，给我发来长长的勘误表，指出我书中的错别字，从第一页到最后一页，说明他认真看完了这本书，还做了记录。如此认真严谨，他真不愧是《三线风云》的副主编。

2014年10月18日，应杨克芝先生邀请，我到湖北襄阳参加了庆祝卫东厂成立50周年暨《卫东记忆》出版发行仪式，我获得了一套杨克芝先生主编的《卫东记忆》。在湖北卫东厂那几天，杨克芝先生极尽地主之谊，把来自全国各地的三线建设研究者招待得很巴适。

2014年11月，杨克芝先生来到成都，我陪着他拜见了锦江厂退管站的陆仲晖和王连彦等人，参观了锦江厂老厂区和"锦江魂"碑。接着我又和王春才老先生、杨克芝先生、陆仲晖站长一起去了攀枝花市，在张鸿春的陪同下，参观了正在建设中的中国三线建设博物馆。

2015年1月15日，中央电视台大型文献纪录片《大三线》开机仪式在贵州六盘水市举行，在这里，我和杨克芝先生再次相遇了。我们很高兴，也留了很多影。

2017年7月22日，原6569光电所三线遗址开发利用学习咨询会在成都市大邑雾山举行。我和杨克芝先生参加了这次会议。会后，我请杨克芝先生到我家做客，我老公陪他喝了几杯，两个都是喜欢烟酒的男人，在一起聊天自然十分投缘。他还加了我女儿的微信，平时和我女儿微信聊天。今天晚上我告诉女儿，杨克芝先生病逝了，我女儿也很震惊。

● 2014年11月3日，在成都彭州市参观锦江厂三线建设文物陈列馆。左为杨克芝，中为陆仲晖，右为作者晓露

中国三线建设研究会第二届代表会议暨三线精神研讨会于2019年7月8日在成都市大邑县雾山三线记忆小镇召开。这是我和杨克芝先生第六次见面，他有说有笑，精神状态极佳，谁知分别竟成永诀。

两次在雾山开会，杨克芝先生都特别地关照我，送给我一点他远道带来的礼物——他们厂自己采制的茶叶。

我翻着微信，杨克芝先生在"足迹履痕编委工作群"中最后一次露面是10月20日，他在群里发了一张动态的字体"大家好"。他给我的微信中最后一条消息是11月6日，我回了一个笑脸表情包表示看到。

总以为来日方长，一个大活人却冷不丁就突然消失了，再也不能相见，一个爱开玩笑的老顽童就此永别，我想和他说话，他却再也听不到了，再也不能回答我了。我心痛难忍。

但他编的书、他写的文章却留下来了。

他写的《从国营846厂的变迁看湖北小三线的建设》被编入陈夕总主编的"中共党史专题资料丛书"之一《中国共产党与三线建设》（陈东林主编，中共党史出版社2014年11月出版）一书。《从国营846厂的变迁看湖北小三线的建设》一文，作为该书唯一一个三线企业的研究专题，让846厂的历史在中国共产党党史和国家三线建设史中获得了一席之地。

他写的《尊崇历史唯实求是：对846厂厂史编纂和遗存保护的点滴感悟》《杨克芝名字的追忆》等文章这两天又在网上热传。

他参与编辑的《三线风云》和主编的《卫东记忆》都留给了世人。

杨克芝先生还有很多愿望没有实现，他查阅了大量档案资料，正着手编纂卫东厂厂史；他向中国三线建设研究会成员征集了很多专题写王春才的文章和照片，他要出一本专门写王老的书。

杨克芝先生在文章中写道："位卑不敢忘宗，力单更需潜行。小车不倒只管推！——这就是我杨克芝心目中的责任和担当。"这句话就是杨克芝先生生命的真实写照。

人总是要死的，但能够给这个世界留下一点有益的东西就会死而无憾。

他知道他的身体是被烟酒害的，但还是离不开烟酒这两个老朋友。

杨克芝先生，安息吧！

（写于2020年11月25日）

为了让牺牲的铁道兵名留青史

　　我手里有一本又厚又重的书，名叫《铁道兵英烈名录》，这是一个名叫齐肃生的老铁道兵寄给我的。在得到这本书之前，我是听马新林老师说到的这本书。他说有一个非常了不起的女铁道兵，编辑出版了一本《铁道兵英烈名录》，这个人名叫林建军。林建军退休以后，从2010年开始，用了6年时间，数次全程重走襄渝线，沿途寻找、拍摄烈士陵园和铁道兵牺牲官兵的安葬地，走过铁道兵修建的多条铁路，寻找每一个铁道兵烈士陵园和每一座烈士墓，为每一个烈士墓碑拍照和抄写碑文，有时候天黑了打着手电筒还在烈士陵园忙碌。她拍摄烈士墓照片数万张，在新浪网建立博客，上传烈士墓照片，传播烈士安葬地信息，方便烈属和战友寻找烈士。听到这个故事，我对林建军肃然起敬，并迫切地想得到这本书。

　　这是一本沉重得不能再沉重的书。铁道兵从组建到撤销的35年间，战时实施铁路保障，平时参加国家铁路和国防工程建设，由于工程艰巨、工期紧迫、施工条件差，先后有近万名官兵献出了生命。该书列出从1948—1983年，铁道兵牺牲人数为8314人。《铁道兵英烈名录》的编辑出版旨在铭记历史，告慰先烈，激励后人。《铁道兵英烈名录》将众多牺牲者的安息地及碑文列表造册，以丰富和补充铁道兵有关史志卷宗，为英烈家属、战友及其团队祭奠扫墓提供方便。

　　我随《铁道兵英烈名录》穿越时间隧道，回到战争年代，回到了和平建设时期，回到了半个多世纪前我们铁道兵官兵逢山凿路、遇水架桥的战斗岁月；回到"背上了那个行装扛起了枪，雄壮的那个队伍浩浩荡荡，同志呀，你要问我哪里去呀，我们要到祖国最需要的地方"的施工现场。书中一个个烈士的名字，那是一个个鲜活生命的定格，那是镌刻在共和国史册上的悲壮历史。他向世人述说着英雄的铁道兵官兵用生命去殉祖国的事业，为祖国牺牲与奉献的真实故事；他记载着铁道兵筑路的艰辛与其中的惨烈。（段海燕《无尽的思念》摘录）

《铁道兵英烈名录》的主编林建军，女，1951年出生，籍贯山东，大专学历。1967年初中毕业，1968年进工厂。1970年应征入伍，铁道兵第十一师医院卫生员。1974年退伍，退伍后先后在青岛医学院附属医院和北京铁道兵某局工作。现已退休，居住在北京。

林建军在《铁道兵英烈名录》后记中写道："中国人民解放军铁道兵于1984年1月1日正式退出了解放军的序列，走过了35年的伟大历程。铁道兵用血肉铸造的52条钢铁运输线纵横在共和国的天南地北，为共和国的发展奠定了基础，给人民送去了文明和幸福。铁道兵与共和国的历史同在，铁道兵与共和国的光荣同在。"

林建军在后记中还写道："在搜集英烈名录和事迹的过程中，我听到的最多的问题是：你为什么做这个？其实初衷很简单：就是要为铁道兵的牺牲者留下一个名字，让烈属能够找到烈士墓祭奠。但在跋山涉水、艰难曲折的寻找过程中，复杂的心路却不是用一句话所涵盖的。""由于关节疾患，我在寻找路上要服用止痛药。下肢一直肿到膝盖，每天早上起床必须在第一时间穿上鞋，否则脚就再也塞不进鞋里。后来，脚肿得不能再肿了，脚背起了一层水泡，水泡被磨破、感染，每走一步都疼得钻心……一天拍摄结束，手腕肿得像发面。我在山路上跌倒过，跪着爬起来；我在陡坡上四肢着地向上攀爬，草籽钻进了内衣；最佳拍摄位置，或是荆棘窝，或是杂木丛，或是野草堆，或是断坡——无法站、站不住，用足跟在粗砾的坡上踩出一个坑，制造一个足尖能够踩住的支撑点；忍着尖刺穿透衣服慢慢顶入肌肤的阵阵痛楚，用身体挤开荆棘；鞋底被断枝扎透了，足底渗出了红色；长时间崴脚站着，鞋面和鞋底"分家"了。我在农户小旅店潮冷的被窝里，抱着疼痛难忍的膝盖掉过泪；寒风摇窗的黑夜中，我在躯体疼得不能翻身的时刻动摇过。手臂被毒蚊虫叮咬后留下星罗棋布的尖痂，像锥子一样嵌在肉里又疼又痒；回到北京一个多月后，足底和五趾像脱壳一样渐渐脱下厚厚的老茧……"

铁道兵英烈们，你们与英雄齐名！你们与日月同辉！！你们就是铁道兵军旗红灿灿！！！

为铁道兵英烈留名的林建军，是铁道兵精神的传承者，同样是铁道兵中的英雄！

在中华人民共和国即将成立70周年之际，谨以此文向解放战争、抗美援朝、援越抗美以及新中国铁路建设事业中无私奉献的铁道兵们致以崇高的敬意！

（写于2019年9月）

飞抵攀枝花

2014年11月，湖北卫东厂的杨克芝来到成都，说有一批文物要捐给攀枝花市正建设中的中国三线建设博物馆，成都锦江厂的陆仲晖也有一批文物要捐给中国三线建设博物馆。于是，原国家计委三线建设调整办公室主任、中国三线建设研究会高级顾问王春才老先生叫上我，还有杨克芝和陆仲晖一起乘飞机前往攀枝花。

2014年11月14日，飞机从成都双流机场出发。除了成都上空有浓雾外，剩下的行程天气都非常好，能见度很高。飞机一直在崇山峻岭上空飞行，下面的山势都非常陡峭，形成条条深壑。快到攀枝花时，我看到飞机前方有一座山头被削平了，心里一直在猜想那座山上到底修建了什么，不一会儿，飞机就停了下来。真奇怪，怎么没有感觉到飞机盘旋下降的过程呢？下了飞机才知道，原来我们在飞机上看到的被削平的山头就是飞机场，山很高，飞机直接就停在了山顶上。这是一个小型飞机场，感觉飞机都不需要多长的跑道，从山顶上飞出去就在天空中了。然后，我们坐汽车沿盘山公路一路盘旋下山，一个多小时后，我们才来到攀枝花市区。到达攀枝花市后，时任攀枝花市文物局局长的张鸿春全程陪同我们，参观了攀枝花开发建设纪念馆（大渡口十三幢）、正在建设中的中国三线建设博物馆、攀枝花市文物管理所、二滩水电站等。

攀枝花市是一座因矿而生、因三线建设而成的工业新城，是一座英雄的城市，也是全国唯一以花命名的城市。在1965年以前，这里还没有

● 2014年11月15日，陪同王春才（左三）视察攀枝花市正在建设中的中国三线建设博物馆。左四为杨克芝，右二为陆仲晖，右一为作者晓露

开发，只有"7户人家一棵树"，随后就以这棵树的名称命名了这个城市（最初因保密的需要，对外称渡口市）。三线建设时期，几百万来自全国各地的建设大军齐聚攀枝花、贵州六盘水、成昆铁路线上，以渡口出铁、成昆铁路通车、六盘水出煤的大格局改变着西部面貌。随后，一个崭新的钢铁工业城市攀枝花市和以"西南煤都"著称的贵州省第三大城市六盘水市出现在世人面前，一条连接四川省和贵州省，穿越高山峡谷的铁路面世了。中国人在西方人说不可能修建铁路的地方建成了成昆铁路。

　　在攀枝花市，人们耳熟能详的就是毛主席说的那句话："攀枝花建不好，我睡不着觉。"而攀枝花的建市纪念日也与毛主席有关。1965年3月4日，毛主席在审阅冶金部部长吕东和副部长徐迟呈报给李富春、薄一波两位副总理的一份关于攀枝花钢铁工业基地的报告上，作出批示："此件很好。毛泽东，3月4日。"当年正因为毛主席的英明决策才使得攀枝花的开发建设得以顺利展开，为了纪念，就将每年的3月4日定为这个城市的建市纪念日。

大渡口十三幢原是渡口建设指挥部招待所，是攀枝花开发建设的重要遗址，也是历史的实物见证，邓小平、彭真、彭德怀、贺龙等党和国家领导人都曾下榻这里，指挥三线建设。当年，住在这里的彭德怀元帅，面对着窗户对面弄弄坪上的建设大军，写下一首诗："天帐地床意志强，渡口无限好风光。江水滔滔流不息，大山重重尽宝藏。悬崖险绝通铁道，巍山恶水齐变样。党给人民力无穷，众志成城心向党。"彭德怀元帅的诗真实地表现了当年三线建设者忠于党、忠于祖国的赤诚之心。

张鸿春带着我们参观了正在建设中的中国三线建设博物馆。说到这个博物馆，王春才老先生和张鸿春都特别激动。因为当时攀枝花市最初的出发点就是要搞一个国家级的三线建设博物馆，后来立项临时调整为四川省三线建设博物馆，在王老的特别关注下，奠定了最后的格局——中国三线建设博物馆。我们从王老于2012年6月12日写给攀枝花市的一幅题词中可以看出攀枝花市在他心目中的分量："攀枝花是我国三线建设的龙头，三线建设成功的典范，三线建设者的骄傲。默默三线，千古丰碑。学习攀枝花，宣传攀枝花。展现三线历史，发掘三线文物，弘扬三线精神。赠攀枝花市。王春才，二〇一二年六月十二日。"

"备战备荒为人民""好人好马上三线""不想爹不想妈，不出铁不回家"——尽管激情燃烧的三线建设岁月已经离我们远去，但当年建设者们为我们留下的艰苦创业、无私奉献、团结协作、勇于创新的三线精神将成为全民族的宝贵精神财富。

神秘的816核工程

重庆市涪陵区白涛镇有一个震惊世界的地下人工山洞，洞内上下9层，弯弯曲曲的各个洞，长度加起来有24公里。这个洞现在已经对外开放，成为一个旅游景点。

地图上消失的白涛镇

重庆市涪陵区白涛镇，这个地名曾经在地图上消失了20年。三线建设时期，因为代号为"816工程"的国家核基地就建设在这里，为了保密的需要，1966年10月15日，白涛镇从地图上消失。20世纪80年代初，国际形势趋于缓和，1982年该项目缓建，1984年停建，停建时土建工程已完成85%，安装工程完成了60%。最近几年，816工程形成的世界最大人工洞体工程向游人开放。

2020年10月23日，我随同中国三线建设研究会常务副会长陈东林、副会长艾新全一行人从重庆市南川区直接到了816，这是我第二次来到816。第一次是2017年8月25日，中国三线建设研究会副秘书长何民权带着我和周健来的，建峰集团党委书记、董事长何平接待的我们。当时，除了安排我们参观816洞体外，他还带着我们参观位于半山腰的职工家属生活区，告诉我们，他们打算在这里发展旅游业，利用闲置的厂房打造三线文化小镇。我有点担心，这里能够吸引游人来吗？

晚上住在半山腰麦子坪建峰宾馆，半夜，我被窗户的响声吵醒，原来是风在叩击窗户。窗外的风挺大，发出"呜——呜——呜——"的啸叫声，鬼哭狼嚎一般。我都快忘记这种风声了，以前在山区生活时常常能够听到，搬到成都平原后就听不到了。建峰集团宣传部的靳洮部长告诉我，816工程在设计时考虑到了风向问题，万一出现核泄漏，不会吹向人口稠密的城区。

816小镇

我这次到816来，最想知道3年前建峰集团何平董事长向我描绘的816三线文化小镇到底建起来没有，建得怎么样。

10月24日，建峰集团建峰资产分公司副总经理郑志宏亲自担任导游，为我们一行人讲解816小镇。

我欣喜地发现，三年前何平董事长说的要建设816三线文化小镇的构想已经变成了现实，小镇正式命名为816小镇。816小镇利用半山腰职工家属区和闲置的厂房改建，不但具有历史的厚重感，还非常时尚、休闲，很有文创设计感，已经成为网红打卡地。

利用原816堆工机械加工厂改造而成的816小镇，有火锅、礼宴、民宿、书院，有816三线军工陈列馆、李杰三线主题摄影展馆，有球形环幕影视厅，有芳华大礼堂、爱情山楂树，有研学基地、亲子乐园，有天地与自然彼此关照的无边际水池，还有可以眺望武陵山大裂谷的星光草坪。无论哪个年龄段的人，都能够找到适合自己游玩的地方。

816小镇的宣传口号很打动人，我抄录几句于后：

> 每一处风景都是文化
>
> 每一栋建筑都有故事
>
> 每一处展馆是活的历史

等你来对坐远山、乐赏晨曦，

追云、等风、慕霞、揽月……

体验一次情景换装摄影秀

怀旧风、工业风、田园风……

在镜头里发现不一样的自我

定格飞扬的青春和一个时代的真与美

在816小镇，我看到很多的游人在这里游玩，有年轻的，也有年老的。他们有的在树下漫步，有的在茶舍品茗，有的在唱歌，还有一群老年人穿着军装摆着舞姿在拍照。

习近平总书记说："人民对美好生活的向往就是我们的奋斗目标。"

当年三线建设者们艰苦奋斗的目的不就是为了让中国富起来、强起来，让中国人民过上好日子吗？看着一群群游人快乐的笑容，听着他们欢快的歌声，我由衷地感到欣慰。

神秘的816核大洞

冥冥之中，我和816核大洞注定有缘。

几年前，我不止一次地做着一个相同的梦，梦见我来到一个四周都是高山的地方，山下有一个大洞，山顶上有很多高耸入云的烟囱，梦中有人告诉我，这里是816工程的大洞，我梦中的心情是激动、崇敬的，好像故地重游。

我两次来到816核大洞，汽车从位于半山腰的麦子坪向山下行进，在崇山峻岭中盘旋时，我都睁大眼睛，寻找梦中的烟囱，果然在一个山头上看见了很多烟囱。816的人告诉我，那些高大的烟囱是从核大洞延伸出去的，冒出地面的高度有150米，除了排气通风的作用外，还向空中不停冒出蒸汽，使整个山头笼罩在云雾之中，目的是不让敌人的侦察飞机发现下面的目标。20世纪六七十年代，我们国家的领空保护能力还很有限，还管控不了敌人的飞机长驱直入我们的领空，科学家们就采取了这种空中干扰技术来保护这个绝密的核工程。

20世纪60年代，中国所处的国际环境相当危险，为了保护国家安全，中国迅速开启了原子弹研发计划。1964年10月16日，中国第一颗原子弹在新疆罗布泊爆炸成功。原子弹的存在，给那些对中国心怀不轨的国家一个威慑。但毛主席意识到，我们不仅不能放下核武器，还要大力发展核武器，不仅要数量，还要质量。

816工程正是三线建设中保护中国核事业的一部分。

一支新组建的代号为"8342"的工程兵部队来到这里，一大批国家顶级核专家来到这里。他们在干什么？这里的山不知道，水不知道，他们的家人不知道，甚至他们自己也可能不知道。他们被要求"这里的事要一辈子守口如瓶"。

这支部队在这里一干就是18年。这里的大山被一点一点地掏空，里面建成了一座堪称"地下长城"的核工程。建设期间，共有76名解放军官兵牺牲，其中年纪最小的只有19岁。他们被葬于距离山洞3公里的"一碗水烈士墓"，与816工程同眠。

随着国际形势发生的巨大变化，1984年，816工程停建。工程兵部队撤走了，但还有几千名职工家属留在了这里。他们另谋出路，几经周折，生产化肥，建成了今天的重庆建峰集团。

一个国家如果没有强大的国防，就保护不了自己的领土、领空被侵犯，保护不了自己的人民，站起来、强起来的中国人民再也不想过任人宰割、任人欺凌的日子了。

816工程如今成为爱国主义教育基地，教育人们要牢记前辈们面对强敌威胁不屈服的精神，艰苦奋斗、无私奉献的精神，告诉人们，今天的和平生活是多么来之不易。

（写于2020年10月25日）

"形散神不散"的锦江厂

2013年底，我应邀到倪同正位于彭州丹景山镇锦江油泵油嘴厂家属区他的家中见面，从此开启了我与锦江油泵油嘴厂职工的友好往来。

锦江油泵油嘴厂于1966年3月开始筹建，由上海柴油机厂包建，是中国西部地区柴油机燃油喷射装置规模最大的专业化工厂，曾是部、省、市重点骨干企业，全国油泵油嘴三大企业之一，也是国家大型企业、四川省

● 2014年11月3日，中国三线建设研究会常务理事杨克芝（中）、作者晓露（右二）在锦江厂退管站陆仲晖（左二）、阳运涛（左一）、王连彦（右一）陪同下，参观锦江厂旧址，在"锦江魂"碑前合影

500家最大规模企业和成都市50强企业。但20世纪90年代后期因经营不善，企业开始亏损。2003年3月，锦江厂开始进行破产清算。

锦江油泵油嘴厂虽然已经破产解散了，但在全国三线建设研究群体中却是一个非常有名的企业，因为这个企业是一个典型的"形散神不散"的三线企业。企业破产后，锦江厂职工在网上建立锦江厂的网站，联络锦江厂职工，自觉写回忆文章宣传三线建设。他们还自费在锦江厂厂址处立了一块石碑，上书"锦江魂"3个遒劲的大字以及锦江人撰写的锦江记碑文，怀念那些艰苦奋斗的光辉历史。工厂虽然不在了，但那些分散到全国各地的职工们在成都、上海等地成立了多个锦江厂职工联谊会，每年都要举行联谊活动。

锦江人在陆仲晖、倪同正、王连彦等人的带领下，组织职工撰写回忆在锦江厂的文章，收集锦江厂的老照片，并以《锦江岁月》《锦江情韵》《锦江之歌》《锦江骊歌》《锦瑟华年》《锦书百年》《回望锦江厂》为书名结集成书。近年来，他们还修订了1985年之前的《锦江厂志》，并计划继续编纂1966—2003年的《锦江厂志》。569册锦江厂文书档案已全部数字化处理，2000余册历史资料正在数字化处理之中。他们还主动收集锦江厂的文物3000余件，成立锦江厂三线建设文物陈列室。全国很多三线建设研究者都到锦江厂旧址参观，到锦江厂退管站参观锦江厂三线建设文物陈列室，他们常常以锦江厂为例子进行三线建设研究。

我和倪同正就是在网上因宣传三线建设而认识的。通过倪同正，我又认识了锦江厂的陆仲晖和王连彦。后来，我们在王春才老先生的支持下，一起研讨《三线风云》图书的编辑和出版，一起参加中国三线建设研究会，为宣传三线建设、弘扬三线精神而努力。

雾山记忆

在成都市大邑县雾山乡，有一个雾山农场。我曾多次随中国三线建设研究会的领导一起来到这里，在这里讨论原中国科学院光电技术研究所三线遗址的开发利用，讨论《三线风云》第三集的文章收集和编辑，举行大邑雾山"三线记忆展览馆"开馆仪式和《三线人诗书影画作品选》首发式。最隆重热烈的一次是在2019年7月，120多位来自全国各地的三线建设研究专家，在这里参加中国三线建设研究会第二届代表会议暨弘扬三线精神研讨会。

20世纪60年代，出于国防安全需要，党中央、国务院决定将一部分军工、科研单位从大城市和沿海沿边地区向三线地区进行战略转移。中国科学院光电技术研究所于1970年6月在成都大邑县雾山乡动工兴建（建设时期叫6569工程，当地人称6569所）。1973年4月长春光机所人员分迁来到这里，1973年7月正式投入科研试制工作，1975年12月更名为中国科学院光电技术研究所。为长远发展的需要，1988年，全所整体搬迁到成都市双流区。光电所搬走后，遗址就闲置荒废了。直到2014年，来了一个叫周健的人，使这个遗址获得了新生。

周健是成都心苑林业开发有限公司董事长。他和朋友们想寻找一个合适的地方发展乡村旅游，他的父亲周成楼将他带到了这里。周成楼在1971—1973年参加过6569光电研究所在大邑雾山的建设工作，当时是民工连连长。他对周健说，这里的房子建筑质量非常好，可以买下来重新修缮

● 2019年7月8日，参加中国三线建设研究会第二届代表会议暨弘扬三线精神研讨会的代表参观大邑雾山的三线记忆展览馆

和装修。于是，周健和朋友们用非常低廉的价格将原6569所生活区建筑群买了下来，包括原6569光电所的职工医院、单身宿舍和电影院等。当时，这些房子已经非常破旧了，看着十分可惜。

受王春才等人的启发，周健看了很多三线建设的书，觉得三线精神很可贵，他打算将这里打造成三线文化体验小镇，建设成爱国主义教育基地，因此特请各位专家来献计献策。

汽车从大邑县城出发，沿着一条小溪逆向行驶，在郁郁葱葱的崇山峻岭间穿行，约半小时就到达了目的地。在一个两边都是大山的山沟里，远处的雾中山在雾中若隐若现，一条清澈的小溪潺潺流淌，小溪两边是一排排整齐的红砖楼房，一看就是一个非常典型的三线建设单位的建筑。

　　经过几年的打造，这里建成了三线记忆小镇，建成了三线记忆展览馆，成为五星级农家乐，成为成都一小时经济圈内炙手可热的休闲避暑胜地，成为中国三线建设研究会文创基地、中国科学院光电研究所历史文化教育基地。这里成为三线遗址保护利用的典型。

　　再次走进雾山，沿途布置了非常有特色的标语——"有一种记忆叫三线，有一种生活在雾山"，非常有代入感。房屋道路都已修旧如旧。景区内游客很多，充满了人气。在一栋平房的侧面，画了整面墙的墙绘，是六七十年代特征的工农兵头像和"备战、备荒、为人民"的标语，还有很多六七十年代记忆的图画和标语，特别有年代感。原来的电影院改造成了三线记忆展览馆，除了震撼心灵的文字图片外，还有很多三线建设时期的文物。

　　大邑雾山因建6569所而兴旺，随着6569所搬迁而变得冷清，这些年又因旅游开发重新热闹起来。这是传承和发扬艰苦奋斗、自力更生、自强不息、不断创新的三线精神的结果。三线精神是非常宝贵的精神财富，三线建设时期需要它，实现伟大的中国梦需要它，发展乡村旅游也需要它，应该不断传承和发扬。

山川厂名变地名

四川省隆昌市山川镇，321国道、隆纳高速、隆黄铁路穿境而过，自古为出川交通要道。但是以前这里仅仅是一个乡，叫新生乡，是隆昌市与泸县交界的界牌山下一个偏僻的穷山沟，只因为三线企业山川厂于1965年落户在此，才使得当地旧貌换新颜，从农业之乡变成工业重镇，人口激增，于1992年撤乡并镇，并改名为山川镇。可以这样说，没有山川厂就没有山川镇。2019年6月，隆纳高速公路新生收费站更名为山川收费站，山川已经由一个厂名变成了一个地名。

山川厂是千百个三线建设企业中的一个。

1965年，根据当时五机部的决定，由陕西西安秦川机械厂包建，并经过4次选址工作，确定在界牌山下的界牌村，依山临水建设国营山川机械厂。在这样的历史背景下，一批又一批设备从老厂搬上火车运到新厂，一批又一批政治条件好、技术过硬的工程技术人员和管理干部告别故土和亲人，唱着"毛主席的战士最听党的话，哪里需要到哪里去……"的歌，来到界牌山下的荒山野岭，来到工地现场，投入到火热的山川厂建设中。他们头顶蓝天，脚踏青山，披荆斩棘，艰苦创业，为祖国的国防建设作出了重要贡献。

国营山川机械厂原为国防工业企业，生产军用产品。1980年，工厂贯彻中央关于"军民结合"的方针，开始选择适合工厂生产条件的民品。20世纪80年代，该厂生产的"山川"牌自行车行销全国23个省、市、自治区和香港以及东南亚地区，成为一代人的青春记忆。2006年，山川机械厂改制重组为山川精密焊管有限责任公司。经过50余年的奋斗创新，公司植根山川，砥砺前行，走向新的辉煌，走出了一条军民融合、技术革新，集军工、汽车零配件生产为一体、年产值达数亿元的现代化企业发展之路。

今天的山川人在苦苦寻找山川镇的魂，他们赫然发现，三线建设和三线精神就是山川镇文化的命脉。于是，他们请来中国三线建设研究会常务理事、宣传联络部副部长、成都晓露文创设计有限公司总经理刘常琼前来出谋划策，设计制作。

2018年10月8日，当晨曦照亮大地，人们突然发现，老粮店的外墙上多了很多东西。上面部分是一些醒目的标语："三线精神：忠诚祖国，无私奉献，艰苦创业，顽强拼搏""备战备荒为人民""好人好马上三线""把落后的帽子丢到太平洋那头去""不要战争，要和平""靠山、分散、隐蔽""深挖洞、广积粮、不称霸""先生产、后生活""一不怕苦，二不怕死""革命战士是块砖，哪里需要哪里搬""有条件要上，没有条件创造条件也要上"。一条条具有那个时代特征的、鼓舞人心的战斗口号再次将人们带回那个激情燃烧的岁月。

下面部分是图文并茂的宣传版面，标题是"三线建设的伟大成就"。用扳手和生锈的铁管、铁板为元素，回顾了那段过去了的历史。文字内容有"什么是三线建设""三线建设范围""三线建设的伟大成就"。

那些参加过三线建设的白发苍苍的老人们被触动了，来到宣传栏前仔细地看，认真地拍照。

一位老人激动地说："对对对，我们当年就是先工作后生活，没有条件创造条件也要上。"另一位老人说："我是西安秦川厂的，为了支援三线建设来到这个地方，当时这里纯粹是一个荒山沟，哪有什么工厂，工厂都是我们的双手建起来的。"还有一位老人说，她从西安来的时候才23岁，刚来时条件艰苦，住在干打垒平房里，非常潮湿，她的大女儿长期靠着墙睡觉，患了严重的类风湿关节炎，现在手都是弯曲的。

● 2020年5月22日，在隆昌市山川三线文化墙前合影。左一为央视《大三线》导演刘洪浩，左三为隆昌市党史办主任兰翔梅，左四为作者晓露

　　山川三线建设文化长廊成为隆昌市的爱国主义教育基地。2021年，在纪念中国共产党成立100周年的系列活动中，隆昌市的很多单位的党组织都到这里来开展主题党日活动。

　　50多年过去了。今天，我们回头再看当年山川机械厂启动建设时的情景，重温三线建设战天斗地的壮阔场面，追忆那些"好人好马上三线"的内迁建设者们，去感受他们弃小家，为大家，不远千里扎根祖国大西南的伟大爱国情怀；感受他们"献了青春献终身，献了终身献子孙"的无私奉献精神；感受他们困了睡"大通铺"、饿了啃窝窝头、渴了喝渔箭河河水的艰苦奋斗精神；感受他们不计得失、加班加点、只争朝夕抓生产、抢进度的敬业精神。这一切仍然让人激情燃烧、热血沸腾。这些精神和品质都将作为宝贵财富传承于世，永远被铭记，激励新一代山川人不忘初心、继续前进，创造新的辉煌！

第十一辑

开拓者之歌

　　1965年，一群由西安东方厂专家组成的新厂选址小组历经艰辛，选定了天星沟作为新厂厂址。1966年10月，国营东方红机械厂（后更名为天兴厂）在天星沟正式动工建设，于是，寂寞的群山沸腾了。让我们来了解一下这群开拓者吧！

天兴厂的开拓者盛金福

● 盛金福94岁时留影

盛金福是天兴厂的第一任厂长，他有没有什么传奇故事呢？为此，我找到他的二女儿盛荣改，请她给我讲述。

盛荣改不但深情地给我讲述了她父亲的故事，还亲自给我写了一篇文章。我根据她的文章和她讲述的故事整理如下：

盛金福是天兴厂的第一任厂长，他是河北顺平县人，出生于1925年。14岁参加八路军，跟随部队活跃在太行山，进过北方兵器机械学校学习。新中国成立后从山西太原调到北京工作，后又调到西安东方机械厂。1965年为三线建设到四川选址建厂，任天兴厂第一任厂长。他1978年春调到西南兵工局，任机动处处长，1985年离休，2020年4月在重庆病逝，享年96岁。

1939年的一天晚上，八路军进驻村庄，才14岁的盛金福和小伙伴去参加了一个八路军的动员会。第二天他就和小伙伴悄悄跟着八路军走了，就这样参加了八路军。在新兵连集训后，他被分到了晋察冀边区兵工部，还加入了中国共产党，从此一生就跟兵工结了缘。盛金福跟随部队，活跃在太行山山区，还进兵工学校学习。

　　新中国成立后，盛金福从山西太原调到北京工作，后又调到陕西省西安844厂，参加国防厂建设。在1965年那个非常时期，他响应号召，参加三线建设，来到了四川的南川天星沟，任天兴厂第一任厂长。

　　那时的人们，信仰的是马克思列宁主义、毛泽东思想、没有共产党就没有新中国、毛主席是人民的大救星；那时的干部，吃苦在前，享受在后，决不搞特殊化，宗旨是全心全意为人民服务。盛金福响应号召参加三线建设，带领十几个人参与多地选址，最终选定位于南川县三汇乡金佛山下的天星沟。

　　那是一个原始的深山老林，完全符合当时的选址要求——靠山、隐蔽。当时国际国内形势都需要我们国家建立一批保密工厂，也就是现在的三线工厂。

　　天星沟是真正的深山老林，杂草丛生，藤蔓遍地，万山重叠，悬崖峭壁，两山相夹，茂密的森林，各种竹子，有一条淙淙小溪急匆匆地流向山外，这就是天兴厂人的新家园。

● 2023年9月25日，在盛荣改策划组织的首届《秋歌》音乐会上，作者晓露和天兴厂第一任厂长盛金福的3个女儿合影，从左到右：作者晓露、盛荣琴、盛荣改、盛荣娣

盛金福他们刚到天星沟时，没有住处，就住在三汇老乡家。一盏煤油灯，一张小方桌，几条长板凳，就是办公的地方。山区一到晚上万般寂静，有时在工地上回来晚了，提着煤油灯、打着手电筒走在山间的田坎上，一不小心就会滚到田里，浑身是泥。

这里的蚊虫多不胜数，坐下休息时，头上就会飞过一大群。老乡教他们用艾草编成辫子点火熏，可熏走了蚊虫，把自己也熏得够呛。

第一批进厂的人基本都是一群经验丰富、工作责任心强的领导。他们很快修起了干打垒房子，在五百平方修建了新厂指挥部，又修了两层楼的干打垒宿舍。他们从老乡家搬进了宿舍，开始了工厂车间的筹划和建设。此时一些老工人和家属也陆续从全国各地迁入工厂。

盛金福的妻子和几个孩子也于1968年10月迁到了天星沟。1970年10月第一批招收进厂的新学工，包括盛金福的二女儿盛荣改在内共有19个家属子弟。1970年11月，重庆地区的新学员陆续进厂。

新进厂的职工开始了拉电线、修马路、修家属宿舍的工作。盛金福和其他厂领导带领车间工人，一个山头一个山头地拉电线，埋电线杆，逢山过山，逢水蹚水。老厂长盛金福一生廉洁奉公，两袖清风，代表了那个时代共产党员的风范。

1978年，盛金福调到西南兵工局工作，任机动处处长，于1985年离休。

共产党培养的干部宋世忠

宋世忠是天津人，出生于1932年。1957年清华大学附中工农速成中学高中毕业，1963年北京工业学院毕业，大学毕业后分配到西安东方厂工作，任技术组组长。1966年调到天兴厂支援三线建设，1983年7月至1990年9月任天兴厂党委书记。20世纪90年代初，宋世忠任新厂指挥部指挥长，负责天兴厂到成都的搬迁工作。2014年5月26日，我到他家采访的时候，他开口的第一句话是"我是共产党培养的干部"，令人印象深刻。

● 2014年5月26日，宋世忠在家接受采访

共产党培养他读中学和大学

宋世忠出生于1932年，家里有两个哥哥和一个妹妹，父亲是天津海关港口的报关员，一个普通的雇员，家庭条件很一般。1949年以前，宋世忠只上过小学二年级，13岁时因父亲失业，他开始当童工。1949年新中国成立后到天津国棉一厂当学徒工。1950年结婚，同年提为干部，任工段长，1950年8月加入中国共产党，后来调到厂人事科当办事员。

1953年7月，北京清华大学附属中学到天津招收工农学员，宋世忠考上了，就成为带薪学习生到北京学习。1957年高中毕业后，他又回到天津国棉一厂工作，还是在人事科当办事员。1958年初，清华大学附属中学派人到天津国棉一厂，要求宋世忠回学校复习考大学，于是他又回到北京清华大学附属中学复习功课，当年保送进北京工业学院，在大学学习5年。1963年大学毕业，分配到西安东方厂工作，在机装车间当技术组组长，后任政治指导员，负责社会主义教育运动。

为支援三线建设从西安来到天星沟

1965年，国家开始进行三线建设，西安东方厂负责在四川南川县（现重庆市南川区）包建天兴厂。

天兴厂1965年开始选址，参加第一批选厂址的人有盛金福、于仲才、王学告、屈正武、贾绍全、张永昌、何柯、黄书广、唐国基以及司机姬明庆和潘光荣等。最早厂址选在璧山，后来选在天星沟，因为天星沟更符合靠山、分散、隐蔽的选厂原则。

● 2014年5月26日，作者晓露（左）随同王春才和中央电视台三线建设口述历史摄制组到宋世忠家中采访宋世忠（中）

宋世忠是1966年10月到天星沟的，属于第二批到天兴厂的人。他进沟的时候才34岁。进沟的人都是上级决定的。领导把你叫去谈话，说把你调到哪里去，什么时候报到，就这些。那个时候的人，一切行动听指挥，不会讨价还价，党叫干啥就干啥，调令一下，背起行李就走了。

● 1966年，部分开拓者在五百平方合影。左一为宋世忠，左二为刘智效，中后为杨怀成，女职工是王忠惠，右一韦胜启，前面小孩子是韦胜启的大儿子韦平

刚到天星沟的时候，条件非常艰苦，没路、没电、没水，住在当地农民家里，就是下面养牛、上面住人的那种房子。

当时从南川到小河的公路要经过三汇，但从三汇到天星沟这段没有公路。天星沟的农民封闭在山沟里，种水稻和苞谷，过着自给自足的生活。七十二洞有一所小学校，天星沟的孩子们就在那里读书。从天星沟到三汇，是沿着河边走，走到天星洞的时候，河边不能走了，就从河边爬到天星桥上（河流从一个天然的溶洞流出，横跨溶洞的山体被当地人称为天星桥），走到对面的山坡上，再下到河边，沿着河边走到三汇，才可以坐上到南川的客车。天星沟的农民连几公里外的三汇公社都很少去，从天星沟通往三汇的小路基本上都被杂草遮挡了，很不明显。那个时候，三汇公社只有靠山的一条小街，是我们建厂后，劈开了三汇后面的山，劈开了通往天星沟的两座山，才修成了通往天星沟的公路。

建厂的时候，厂部办公室设在三汇公社，工作人员住在农民家。那时候，从三汇公社走到七十二洞，大约需要两个小时。

刚到天星沟的时候，宋世忠负责搞基建，三通一平（通路、通水、通电、平地）。他带人到地方上寻求支援，到南川、酉阳、黔江去招民工搞基建，但黔江未安排民工来。

1966年底，天兴厂在天星沟入口处修建了500平方米的干打垒平房，作为最早的新厂指挥部办公和住宿的地方，后来那个地方就取名五百平方。新厂指挥部有厂办公室、财务科、行政科、组织科、保卫科和宣传科。当时厂级领导有盛金福（厂长）、于忠才（副厂长）、王学告（党委书记）、屈正武（政治部主任）等人，党办主任是严振林，保卫科科长是孟景学，宣传科科长是侯钰，财务科科长是杜魁叶，行政科科长是张永昌，组织科科长是贾绍全。

接着修了十多栋干打垒住房，包括车库后面有3栋，老商店这片有4栋，粮店后面有5栋，学校后面有4栋。

1968年，宋世忠的爱人和几个孩子一起来到天星沟，一家人才团聚了，结束了长达18年的两地分居生活。

天星沟非常艰苦

开始建厂那几年，当地政府很支持，给予了很大的帮助，物资供应有保障，吃住没有问题，但其他生活用品就很匮乏了。当时交通也不方便，厂里经常安排一些运输车到很远的地方购买生活物资。

才进沟的时候，天星沟很不方便，早晨可以在农民那里买点菜，如果过了早晨，这一天就没有菜买了，谁家要是来个亲戚朋友，都买不到吃的。那个时候还没有冰箱，买回的食物不能储存。

天星沟离重庆只有180公里，要从重庆坐火车到万盛，然后从万盛坐汽车回沟里。重庆到万盛的火车每天只有一班，下午5点从重庆发车，晚上9多到万盛，厂里就安排运输车到万盛接站，半夜12点才能到天星沟。开始那几年接送火车是"解放"牌大货车，20世纪80年代条件好些了，就买了两辆大客车。

当时的交通不像现在这么发达，从天星沟到南川县城都很困难。厂里的职工家属一般就待在沟里，很少外出。

虽然艰苦，但厂里职工的生活水平和全国相比，算得上中等水平；和当地人相比，就好很多了。厂里的职工走出去，是很令人羡慕的。

天兴厂90年代搬迁到成都

20世纪90年代初，宋世忠任新厂指挥部指挥长，负责天兴厂的搬迁工作。

关于新厂厂址的选择，上级部门是希望天兴厂搬到重庆市巴县鱼洞，但厂里的人都嫌重庆太热，不愿意去。后来又考察了温江，觉得温江离成都市区太远了，不满意，还是觉得十陵更好。上级领导曾动员我们几个厂都搬到龙泉驿区的龙泉镇去，不要在石灵乡（当时叫石灵乡，1994年改名为十陵镇，2003年改名为十陵街道），但几个厂都不同意，最后就定在十陵了。

搬迁的时候，上级要求我们天兴厂（5004厂）和宁江厂（564厂）合并搬迁，名为"双四"工程，我们两个厂都不愿意合并搬迁，但没有办法。几年后，两个厂还是分开了。

对三线建设的看法

宋世忠说，当时的印象，觉得三线建设花这么多钱，投入大，是得不偿失的。现在反过来看，他感觉三线建设还是有一定作用的。三线建设对当地的经济建设起到了很大的带动作用。现在四川发展得这么好，他发现成都很多发挥作用的大厂都是搬迁来的三线企业。

北京人曲绵城

曲绵城，祖籍山东，1937年在山东出生，1945年抗日战争结束后到北京，和杨振宁、邓稼先是中学校友。1961年从北京工业学院毕业，分配到西安东方厂工作。为支援三线建设，1966年参加天兴厂的选址工作。1983年7月至1990年9月任天兴厂厂长，随后调往重庆空压厂任党委书记，直至退休。2018年去世。

对于曲绵城，我只是认识，并不了解，因为他是我一个同学的父亲。我请曾经的办公室副主任罗昌信写了一篇关于曲绵城的文章，并修改成第三人称。

第一次听说很有魅力的北京人曲绵城

那是1958年盛夏，罗昌信被"大跃进"的洪流从绿色山城推向了黄土高原，落脚到一个万人大厂——东方机械厂，被分配到千人车间——工具车间，再分配到红红火火的热处理工段。说它红红火火，是因为3台电炉一旦张口，就会反射出红红的光；2台盐浴炉一旦开工，就会火气冲天。罗昌信的师傅中有沈阳来的东北大汉，也有重庆江陵、长安等厂来的青年小伙。最不可思议的是这个战高温的人群中，居然还有3个长得水灵秀气的漂亮姑娘。其中的一个姑娘十分特别，她能在1000多摄氏度的高温盐浴炉前将高速钢材质的刀具由软变硬，经过淬火处理后的刀具，拿到生产车间就会削铁如泥。她的身材和容貌如同她的名字一样，美如珍珠，她的名字叫印美珠。不知过了多久，她被调到总装车间去了。后来听人说，她成了车间技术员曲绵城的妻子。这是罗昌信第一次听说很有魅力的北京人曲绵城。

第一次近距离接触北京人曲绵城

当年"大跃进"的口号是"超英赶美"，要求战斗在第一线的工人、农民用文艺形式为此呐喊助威，于是罗昌信在黑板报上以3个小姑娘的名义写了两首打油诗，不知是谁把它抄去发表在《陕西日报》上。罗昌信学写的第一篇小小说《猛将》，被厂宣传部的老杨拿去发表在《西安晚报》上。厂工会看他还有点文字功底，就在厂俱乐部旁的宿舍楼为他安排了一个单人间，让他业余负责编辑张贴《东方文艺》，还兼任俱乐部图书馆的管理员。那时的俱乐部主任就是从重庆江陵厂调去，后到天星沟当厂工会主席的李作应。

如何编辑张贴《东方文艺》呢？就是把职工投来的小说、诗歌之类，一笔一画地写在几张大白纸上，然后把它们贴在电影院前的玻璃框内，供读者欣赏。倒是在图书馆当管理员的罗昌信有看不完的书，就像我小时候那样可以痴迷在书海之中。

一天傍晚，罗昌信正沉浸在书海时，他的同学陈文盛急匆匆地走来，约他去看演出并会见一个人。罗昌信跟随他的脚步来到电影院前的坝子上，只见一个高大的身影正专注在《东方文艺》栏目前。陈文盛说："他就是我们的技术组组长。"陈文盛是工具车间摆线齿轮滚刀的制造专家，为了保证齿轮加工质量，他被抽调到总装车间去了。在这里要把齿轮、游丝、发条等若干个零件组装成钟表式引信，没有过硬的技术指导是不行的。罗昌信眼前这位引信专家面目和善、彬彬有礼，说话京味儿十足，他拿着3张厂业余话剧团排练的《霓虹灯下的哨兵》演出票，邀罗昌信和陈文盛一起走进了剧场。这是罗昌信第一次近距离接触北京人曲绵城。

扎根三线企业的北京人曲绵城

北京人曲绵城早年毕业于北京工业学院（现北京理工大学），1961年被分配到西安东方厂，在那里摸爬滚打，锤炼成了某方面的技术专家。三线建设时期，西安东方厂包建了在四川南川县天星沟的国营天兴仪表厂，这个专家携漂亮的妻子投奔三线，在天星沟里扎下根来。滚刀专家来了，引信专家也来了，足见"好人好马上三线"的威力。其实在天星沟的北京人不止曲绵城一个，还有中国人民大学来的一对夫妻和中国晚清时期重要的政治家、思想家、教育家，资产阶级改良主义的代表人物康有为的后代康某。可他们都先后离开了艰苦而又偏僻的天星沟，只有曲绵城这个北京

● 1976年，劳动竞赛送喜报。左一为曲绵城，左二为张玉坤，左三为文长贤，左四为武卫华，左五为陈登友

人还在这里坚守着。其实他调回北京是有可能的，可他放弃了这种可能，一直扎根在山沟里，这让罗昌信感悟到北京人曲绵城的品德之高尚。

北京人曲绵城是一个能抓住重心、有决断力的厂长

有一天，组织科安排罗昌信为入党积极分子上一次党课。罗昌信上讲台向下看去，居然还有总装车间的技术权威曲绵城。罗昌信讲着，曲绵城在一个本子上记录着，好一副谦虚认真的学习模样。有志者事竟成，不久他真的就加入中国共产党了。一个虚心、谨慎、尊重他人的北京人曲绵城留在了罗昌信的记忆中。

当年，政策要求领导干部革命化、年轻化、知识化，谦虚、谨慎、和善、品德高尚的技术专家曲绵城，理所当然成为厂党委的选拔对象。曲绵城被提拔为总工程师，于1983年7月晋升为厂长。罗昌信发现地处南川天星沟的天兴仪表厂不但能生产优质的100高引信，还能生产很多去外地开花结果的优质厂长和副厂长。盛金福调到了兵工局，于忠才调到了华川厂，屈振武调到了红宇厂，周华乔调到了江华厂，李孝敏调到了东方厂，荣建华调到了江华厂，黄培荣调到了金光厂……前面的厂长交出接力棒，后面才有曲绵城、胡健康、武卫华、黄培荣等厂长接棒向前冲。胡健康于1994年2月上调到涪陵地区任副专员、专员、地委书记，后来晋升为直辖市重庆市市级领导。

北京人曲绵城当厂长的时候，罗昌信已经是厂办副主任了。大约是在1984年，在一次中层以上领导干部会上，曲绵城分析了军转民的形势和未来，毅然作出了将天兴厂搬离天星沟的决策，并指定第一份向部里申请迁厂的报告由罗昌信执笔。这才有了由罗昌信1985年起草的那份迁厂报告——《关于天兴仪表厂申请迁往成都的可行性报告》。这说明北京人曲绵城是一个能抓住重心，且有决断力的厂长。

北京人曲绵城是一个很能体谅同事的厂长

罗昌信的孩子在重庆生活，需要他去关注；年迈的父母在重庆，需要他去尽孝。1985年，罗昌信申请调到重庆去工作，他找曲厂长谈心，倾诉了他的特殊隐情，希望曲厂长能放他回重庆主城应聘。尽管有些为难，但曲厂长仍然与宋世忠书记沟通，放罗昌信到重庆热水瓶总厂工作了。这说明北京人曲绵城是一个很能体谅同事的厂长，还有其他事例可以佐证。

有一天，曲厂长带着李勤、李炳学、胡健康等中层干部来重庆热水瓶总厂调研。罗昌信带他们从玻璃熔化车间、瓶胆加工车间、铝扎车间，一直看到了喷漆铁壳生产和装配车间。这一路一直是在挥汗如雨的状态下走完的。中午在客人食堂的饭桌上，曲厂长很感慨地说道："轻工真的不轻啊！"他还特别提醒重庆热水瓶总厂的领导，"你们的产品该告别瓦罐熬药的时代了。"言下之意，热水瓶将会被饮水机、不锈钢瓶等创新产品所取代。他的预言已经成真。罗昌信退休后，一个好端端的国家二级企业、轻工部质量管理先进企业就倒闭了。这说明，北京人曲绵城是一个有远见卓识的企业领导。

曲厂长一行回厂后，决定将彩花铁壳热水瓶当作年终奖发给职工。于是新商店的唐经理就来重庆，2000多个热水瓶就这样运到天星沟，分到了每个职工手里。罗昌信也不负天星情，带着一帮人拉了一车瓶胆到天星沟，凡是不保温的瓶胆包换。这说明北京人曲绵城是一个很有人情味的厂长。

前两年，罗昌信在"天兴人"微信群中，看到了我发的一条让人不想看到的消息："曲绵城厂长去世了。"太令人震惊！同罗昌信年龄相近的、身体素质更好的曲绵城，怎么就突然去世了呢？

追寻北京人曲绵城的思维境界，他是一个专注目标、下足功夫、有所成就的人。

一生建设了3座兵工厂的唐国基

唐国基，江苏如皋人，1955年毕业于华东第二机械学校（现扬州工学院）工民建专业，为新中国五机部第一批毕业的基建专业学生。1955年，他毕业后响应国家号召，建设大西北，参加了陕西省西安东方厂的建厂工作。1965年，好人好马上三线，他被紧急派往重庆五机局，开始了天兴厂选址、设计工作。1981年，兵器工业部新建特种弹厂，他又被紧急调往河南南阳的一家兵工厂进行改建工作。他是兵器工业部优秀的基建工程师，一生建设了3座兵工厂。

● 中年时期的唐国基

西安东方厂是苏联援建的156个项目之一。苏联援建的156个项目是新中国一五计划（1953—1957年）期间苏联对新中国工业领域的156个援助项目。这一系列的项目曾帮助了中国的工业经济发展，奠定了新中国的工业基础。

1955年颁布第一个五年计划时，中央政府确定了156项重点建设项目，但在实施过程中，有的项目被合并，有的项目被撤销，最后完成的建设项目是150个，而人们已习惯上通称为"156项"。"156项"重点建设项目集中在中国急需的煤炭、电力、石油、钢铁、有色金属、化工、机械、医药、轻工、航空、电子、航天、船舶等14个行业，分布在黑龙江、吉林、辽宁、山西、河南、江西、湖北、湖南、安徽、陕西、甘肃、内蒙古、云南、新疆等17个省、自治区。"一五"时期，中国以"156项"重点建设项目为核心，以限额以上900余个大中型项目为重点，开展了大规模的工业建设。1969年150个建设项目全部建成投产后，中国史无前例地建成了独立自主工业体系的雏形。"156项"重点建设工程的完工，让中国在极短的时间内在能源、机械、原材料、化学等重化工业现代化道路上迈出了关键的一大步。"156项"重点建设项目是当代中国工业化的奠基石，是中国经济建设史上的里程碑。（本段摘自"中国社会科学院经济研究所"公众号赵学军著《"156项"重点建设项目研究的进展与展望》）

我们家的好邻居

1971年10月，我家来到天星沟后，和唐利刚家为邻居，一直到1981年底他家调到河南5123厂。10年的邻居，我们两家结下了深厚的友谊，用唐利刚的话说："我们两家有缘，邻居了整整10年！你们家是我们家过去的、也是我有生之年最好的、难忘的邻居！"

唐利刚比我大两岁，他有两个姐姐和一个妹妹，还有姥姥和他们一起生活。唐利刚的爸爸唐国基是基建科的工程师，厂里的很多房子都是他设计的，他妈妈徐永兰是医院的出纳。他的爸爸妈妈在我爸爸妈妈眼里就是知识分子。我爸爸虽然没有多少文化，但却从骨子里崇拜知识分子。我爸爸妈妈很尊敬他们一家人，总是说他爸爸妈妈都是有文化的人，却没有一点架子，他们家的孩子也很有礼貌，不调皮。

唐利刚的妹妹唐九红比我小好几岁，她喜欢和我一起玩耍，那时候她还没有上学。有一次，她见我用剪刀剪烟盒纸上好看的图案，就说她哥收藏了很多好看的烟盒，说着她就跑回家拿了一本厚厚的书过来，里面果然夹了很多烟盒纸，好些我都没有见过。见我爱不释手的样子，九红就对我

● 1976年底，唐国基一家在天星沟合影。从右到左，第二排：唐国基、唐国基的父亲、唐国基的妻子徐永兰。第三排：大女儿唐丽娟、儿子唐利刚、二女儿唐丽梅。第一排：小女儿唐丽莉、侄女祝育敏

说："这些烟盒纸全送给你了。"我说："真的？你哥不骂你？"她说："不骂，我哥说他不要了，全送给我了，我现在全送给你。"我说："真的送给我了？我就剪了？"她说："你剪吧！"于是我就操起剪刀，挑选了一些好看的图案剪了下来。九红和我一起将这些剪下来的图案用米饭粘贴在一张作业本纸上，然后贴在墙上。当我和九红正在得意扬扬地欣赏自己的杰作时，唐利刚笑嘻嘻地走进我家，但当他看到他的烟盒纸都变成了碎片时，脸都气绿了，咬牙切齿地说："你们好气人啊，我存了那么久的烟盒，全都给我剪碎了。"唐利刚虽然很生气，但他很有教养，再没有多说一句难听的话或做出过分的事。

艰苦生活的记忆

唐利刚的姥姥和妈妈个子都很高，他姥姥和我奶奶一样，都缠过脚，

● 1981年11月，即将离开天星沟的唐国基一家与作者晓露家人合影留念。从左到右，第一排：郑昌秀（作者母亲）、徐永兰（唐国基夫人）、作者晓露。第二排：王炳江（作者父亲）、唐国基。第三排：刘常永（作者四哥）、唐利刚、刘常明（作者三哥）

有一双小小的尖尖脚。他家孩子多，经济也不宽裕，经常到杀猪场买大骨头回家熬汤喝，啃干净的骨头就倒在家门口地上晒，晒干后背到三汇场上去卖给收荒店。那时候，牙膏皮、废铁皮、废铁丝都会收集起来去卖钱。有一段时间，他爷爷带着他姑姑5岁的女儿祝育敏到他家来住了一段时间。他爷爷来以后，将他家门前空地用竹竿编成篱笆围起来，变成了一个小菜园子。他爷爷还每天到山上挖一种叫荠菜的野菜。那时候我爸爸经常下河打鱼、上山打猎，我妈经常做一些泸州特产，自己做豆花、磨汤圆、蒸白糕等，家中有这些好吃的东西就会给他家端一碗去，他家不会将空碗还给我家，而是装一碗自家认为稀罕的东西还礼。

他家调到河南去了

唐利刚的两个姐姐手都很巧，会绣花，会自己裁剪缝纫衣服，她们总是给妹妹的衣服上绣上好看的花，还给唐利刚做可以两面穿的夹克衫。大姐和二姐高中毕业后都去农村当了知青，1978年大姐唐利娟当知青时考上了中专，读了3年涪陵卫校，毕业后在厂职工医院当妇产科医生。后来二姐唐丽梅和唐利刚都招进厂当了工人，唐利刚后来考上厂职工大学，毕业后当了技术员。

他家是1981年12月离开天星沟的。因为家具用品都打包了，他妈妈走的头天晚上挤在我床上睡了一晚上。他妈妈辗转反侧睡不着，一直对我讲述他们家在天星沟的经历，不断叹息，我却因年龄小、瞌睡大，不明白她说的事情。

两个老妈妈不远万里的相会

2013年夏天，分别32年以后，我在成都的天兴小区再次见到了唐利刚。他兴奋地对我说，他才买了一辆小轿车，这次他妈妈、二姐、老婆和妹夫都一起回四川了。他说他妈妈最想见我妈妈，我怔了一下，说："我妈回泸州老家去了，这可怎么办？"我妈妈在头年做了结肠癌手术，做了化疗，被我大姐接走了。我想，这次可能是两位80岁老人在有生之年的最后一次见面机会了，如果没有见上面，一定会很遗憾的。我给大姐打了电话，希望她将妈妈送回来，我大姐说妈妈身体不好，坚决不同意。我妈妈在旁边听到电话了，就自己一个人坐长途大巴从300公里外的泸州赶回来了，和唐妈及他们一家人见了一面。几个月后，我妈妈与世长辞，唐妈在两年后也去世了。

2016年，当我想写唐利刚一家人时，却发现我并不了解他们，他们一家人从哪儿来，到哪儿去了，我都不知道。感谢现在的微信群，让我很容易地联系到唐利刚，他向我讲述了他们一家人的故事。

唐利刚的来信

幺妹你好！首先谢谢你还记得我们！

是的，在我的记忆中，我们两家有缘，邻居了整整10年！你们家是我们家过去的、也是我有生之年最好的、难忘的邻居！特别是2013年，我母亲最后一次去成都，王妈不顾高龄及路途，从泸州赶回成都，两个老妈妈完成了人生中最后的一次相逢！我时常想念她们！还有你们全家！怀念年少的时光！我们能在天星沟相逢，这都是因为特殊的年代、祖国的需要！我们这些三线人为国家奉献的太多太多了！

我的父亲是江苏如皋人，1955年毕业于华东第二机械学校（现扬州工学院）工民建专业，为新中国五机部第一批毕业的基建专业学生。毕业后响应国家号召，建设大西北，参加了东方厂的建厂工作。我父亲兄弟姊妹8个，他在家排行老大，第一个出来工作就远离了家乡。五六十年代，从西安回老家需两三天时间。三线建设时期，东方厂主建东方红厂，我父亲也就责无旁贷地被派往重庆了。

我的父亲为了建设东方红厂，1965年还在北京出差，就被紧急召回西安东方厂，随后派往重庆五机局，开始了一年的新厂（东方红厂）选址、设计，有幸成为第一批建厂元老。七十二洞的名字，还是我父亲联想西游记即兴起的！我父亲自己一个人在山里为三线艰苦创业了五六年！我们家是1971年10月到的天星沟，比你家早几天。

我母亲徐永兰，在原东方厂医院任出纳，后在东方红厂医院任出纳、会计，厂财务科会计。

那时候，我们家是有些困难，因为有我姥姥特会持家，我们的童年还是蛮开心的。我如果不是眼睛的问题，也许生活就会是另一个轨迹了！还有我的父亲为了给我们家改善生活，捞过田螺，我父亲摸螃蟹也特别厉害。后来，我父亲和一个姓徐的东北大爷率先下河打鱼，记忆中，咱们这栋楼的邻居，应该都吃过天星沟的小鱼！

我们国家曾发现了特种弹的供给不足，当时只有齐齐哈尔的一家专业厂生产，兵器部下令将河南南阳的两个三线厂合并改建为特种弹厂。时间紧，任务重，部里就到重庆五局调了几个有三线建设经验的工程师，去河南南阳（5123厂）进行快速的改建，我们家就这样又到了河南的山里。当5123厂建设基本完成后（河南也有很多三线厂），由河南省国防工办主建一家建设监理公司，我父亲才又回到了城市，我和我妹妹后来也到了郑州。

到了河南又是一个新厂，这里干燥、寒冷！我们的父辈为了三线建设真的是献了青春献终身，献了终身献子孙！我母亲和两个姐姐都是在5123厂退休的。我的大姐成了厂医院妇产科主任，退休后又留任了两年，太辛苦了！

唐国基为中国兵器工业的发展无私奉献了一生

看了唐利刚的来信，我才知道他爸爸唐国基是一个如此伟大的人物，三线人就是像他这样做着默默无闻的人，干着惊天动地的事。别的三线建设者，建好一个厂后，就在这个厂里工作，享受自己的建设成果，但唐国基却是建好一个厂后又带领全家老小奔赴下一个新的工地。唐国基的一生，是为中国兵器工业发展无私奉献的一生，他是把自己的一生交给党安排、哪里需要哪安家的典型代表，是那个时代无数无名英雄中的一个。

在艰苦的环境下
依然勤勤恳恳工作的周华乔

● 2017年，周华乔与老伴徐玉珠

周华乔，浙江绍兴人，1935年出生于青岛，1954年考入北京工业学院，1959年大学毕业分配到西安东方厂。1966年支援三线建设调入天兴厂，历任技术员、技术组组长、工程师、副总工程师、副厂长，1983年调入江华机器厂任厂长，科技处主任。1993年被评为研究员级高级工程师，1994年成为享受国务院政府特殊津贴专家，1995年获"四川省劳动模范"光荣称号。

周华乔是在青岛上的小学，济南上的中学。1954—1959年在北京工学院上大学，大学是五年制的。北京工学院是一个专门培养军品生产高级技术人员的学校，专业包括炮、弹、引信、火炸药、坦克、雷达的设计制造等。

1959年，周华乔大学毕业后分配到西安东方厂。

西安东方厂是苏联援建的156个项目中的一个。当时，苏联派了专家到厂里指导，厂里也派出好几百人的庞大队伍到苏联学习，包括总工程师、技术科科长、技术人员、生产工人等，各个专业的都有，学习回来就可以直接进行生产。厂里的设备有一些是苏联的设备，多数是国产设备，技术资料全套都是苏联的。

20世纪60年代中期，毛泽东提出"备战备荒为人民""提高警惕，保卫祖国，要准备打仗"。进行三线建设，整个兵工企业都要扩大生产。当时西安东方机械厂承包了2个工厂，一个是东方红厂（后更名为天兴厂），一个是湖南的红日厂。原来全国生产引信的主要有5个厂，但到1966年增加到好几十个厂。

大家都听党指挥，一声号令，便卷起铺盖来到四川。

1966年，周华乔到了天星沟，天兴厂才开始搞基建，周华乔他们就先设计厂房，规划要买哪些设备，然后搞设备安装、调试。到1971年开始设计产品零件，到1974年就生产出军品来供给部队了。

刚到天星沟时，山沟里基本上没有菜，农民也不种菜，牛奶、鸡蛋更难买到。有一次，周华乔和一位厂领导为了买鸡蛋，坐着拉猪的卡车去到南川县城，但买完鸡蛋后就被人没收了，说他们吃鸡蛋是搞资本主义。刚建厂时，天兴人住的房子是干打垒，那时候规定的造价是每平方米30块钱。每天生活烧的是煤球。每人定量一个月一斤肉、半斤菜油。在这样一个偏僻的地方，孩子们还要上学，所以工厂就自己开办了幼儿园、小学、中学、医院，工厂还开办了技校、职工大学。说实话，山沟里的教学质量比较差，孩子们能考进一般的大学就算很不错了。那时候整个工厂的负担其实是非常繁重的，要负担医院、学校、电影院，所有的都要维持在最基本的生活水平，在现在来说简直是不可想象的艰苦。即使在这样艰苦的环境中，大家依然勤勤恳恳地坚守岗位，齐心协力地完成各项任务，并且还完成得很不错。

从大学毕业参加工作到1980年，周华乔都是技术员，没有当过车间主任，没有当过厂领导。1978年12月，党的十一届三中全会召开，邓小平提出要重用人才，领导干部要革命化、年轻化、知识化、专业化。周华乔是大学毕业生，懂技术，当时才40多岁，所以厂里开始考虑提拔他。1979年，他加入了中国共产党，1980年，晋升为工程师，1981年，晋升为副总工程师，1982年，晋升为副厂长，1983年调到江华厂晋升为厂长，真是一年进一步。

江华厂在华蓥山，属于广安，是重庆江陵机器厂主包建的一个厂，也是三线企业。这个厂曾经是大庆式企业，是一个非常好的企业。生产军品时，曾获得国家二等奖。军转民以后，工厂生产摩托车离合器和汽车变速器，这两种产品技术含量都很低，价格也不高，养活不了全厂职工，所以企业最终走向破产，也是必然的。

幸好工厂是搬到成都龙泉驿后于2006年才破产的，如果在山沟里破产就实在太困难了。搬到龙泉驿后，生活条件好多了，每家都有一套自己的房子，子女的出路也多了，也好找工作了，所以在政府帮助下，江华厂能整体搬迁到成都龙泉驿，全厂职工都还满意，也感谢国家对工厂最后的支持。

对三线建设的认识，周华乔认为，在20世纪60年代，毛主席提出来要建设三线，是很有必要的，要不然打起仗来，光靠大城市那几个厂还是不行的。只是感觉有些重复建设，太分散，比如，从重庆搬到龙泉驿区十陵的4个厂中就有3个厂是生产引信的，其实合并成一个厂就可以满足生产了。三线建设时期布点是根据国家的形势需要，后来收缩也是根据国家的发展需要，是对的，要不然对国家也是个包袱。在那些艰苦的地区有那么多三线企业，现在都搬到城市来了，在城市里，孩子们有了一个好的学习环境，将来也有好的工作环境，这是非常好的事情。

周华乔说："兵器工业部的工厂都是生产常规武器的，按照现在的眼光来看，是比较落后的，国家向高精尖武器发展是正确的。国家能够发展到现在这个样子，有自己的核武器，有自己的导弹，有自己的卫星，又有自己的技术，确实很不错。现在国家军工发展很先进，作为一名老兵工，我感到非常高兴。有了强大的国防力量，就不用害怕任何国家的挑衅行为。我在看电视连续剧《换了人间》，在朝鲜战场上，志愿军战士就用那样落后的武器，都能够打败以美国为首的联合国军，迫使他们停战谈判，所以现在更不用害怕任何侵略和挑衅。"

周华乔还说："现在反腐倡廉，我们都感到很满意，那几年腐败确实太严重了。那时候像我们这样的厂级领导有没有贪污腐败的条件呢？我想了一下也有。但是不可能，因为我们不会干这些违心的事。那时候，我们的工资收入水平不高，但是我们都勤勤恳恳，踏踏实实，想都没想过贪污这些事，想都没想到过要为自己捞什么好处，唯一想的就是根据国家需要，千方百计圆满地完成任务，来让国家更快地富强。我们问心无愧，我们一心为了国家富强，献了青春献终身，献了终身献子孙。三线建设，我们这一代人是有贡献的，有功劳但更有苦劳。所以现在国家发展到这个程度我们都很满意，现在这个生活条件我们感觉很满足。"

永远跟党走的老兵工吴树金

2021年6月26日下午，在80岁的周学义老师傅带领下，我到成都市龙泉驿区十陵街道天兴小区去采访了吴树金老人。

吴树金，1927年出生，山东胶州半岛人。16岁进入八路军兵工厂，此后一直在兵工系统工作，1946年12月加入中国共产党，离休前为天兴厂408车间主任。

吴树金老人家住天兴小区21栋2楼，我前去采访时，已经94岁的吴树金老人因一点小病，刚从医院输液回来，从医院来

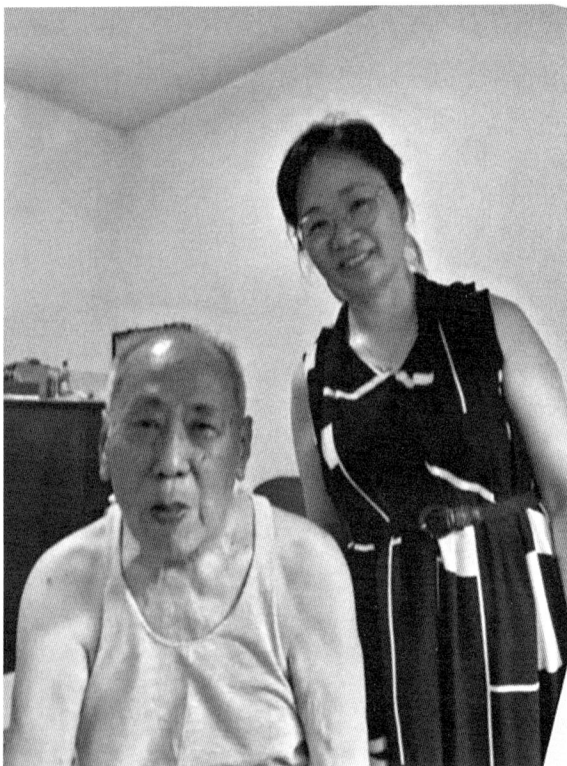

● 2021年6月26日，作者晓露与94岁的吴树金合影留念。图为周学义拍摄

回，都是他自己驾驶电动轮椅车。吴老精神不错，身体很好，思维清晰，谈吐很有条理。

日本侵略中国时，他是一个要饭的穷孩子

胶州半岛离日本很近。日本侵略中国的时候，胶州人深受其害。吴树金小时候站在山上，晚上看见山下的一个村庄全都燃起了大火，那就是日本鬼子干的坏事。

吴树金家很穷，父亲就两兄弟，他大伯打了一辈子光棍，没有结过婚。奶奶是个要饭的人。他父母生了两子两女。他13岁的时候，父亲说："养活不了你了，你去要饭吧！"他不想去要饭，但没有办法，还是得去。怎么要饭？就是提着一个篮子，边走边喊："大伯大娘啊，给我一口饭吃吧！"吴树金讲述着往事，几度哽咽流泪，悲伤得说不出话来。

后来遇到一个好心的大娘，叫吴树金到她家去干活，但她家只有红苕吃。吴树金去了她家，她家还有一个老头。吴树金在她家干了两个月，每天就吃红苕，没有工钱。后来她家红苕也吃完了，就不要吴树金了，大娘说："没有办法了，红苕都没有吃了，你还是走吧！"

后来吴树金去赶集，遇到一个32岁的单身汉，他家里没有人干活，就叫吴树金去他家给他当帮手，白吃白干，不给工钱，吴树金就在他家干了两年。那个单身汉是一个不错的人，吴树金就尽着力量干活，反正能糊口就行。

后来八路军来了，开展减租减息，成立农会改善雇工的待遇。农会就是穷人雇工参加的组织。农会的人就互相帮助，给吴树金撑腰。他们找到吴树金的东家，帮吴树金说话，说大家都看见了吴树金在给他们家干活，东家应该给工钱。最后大家一算账，说东家应该给吴树金300斤苞米，把吴树金高兴死了。但东家给吴树金苞米时，没有给够。那个时候都是用升来量，好算。吴树金把苞米拿回家，对他爹说："东家没有给够苞米。"他爹说："算了，想想你自己去的时候说的话吧，是你自己答应白吃白干的。"后来他就不想去东家干活了，就在家干了一年活。

他16岁到八路军兵工厂工作，从此过上了好日子

1943年，吴树金16岁的时候，村里几个半大不小的伙伴叫他一起去当八路军。那个时候八路军兵工厂有3个厂，分别叫一厂、二厂、三厂，一厂在崔山（音），二厂在牙山，三厂在哪儿他忘了。

他们村有一个很有威望的人，是为八路军办事的——给八路军兵工厂招工人。他听说他们几个人的事情后，就把他们招去了。就这样，吴树金就到八路军的兵工二厂去工作了。

二厂在牙山的山洞里，牙山洞穿洞，地形复杂，鬼子不敢来。到二厂连能推车的路都没有，东西主要靠人搬，只有几匹马帮着驮货。吴树金去的时候，二厂已经在牙山发展3年了。

到二厂工作，吴树金觉得跟着共产党太好了。他以前是个要饭的穷孩子，吃不饱饭，到二厂后不仅能吃饱饭，吃得也很好，而且还有了薪金。他们干活是有分工的，该干什么就干什么，该怎么干就怎么干，该休息就休息，不像在私人东家那里，永远有干不完的活，怎么干东家都不满意，都挨骂。

抗日烽火中八路军兵工厂原始的生产方式

二厂和三厂的技术顾问是兄弟俩，人称大老孔和二老孔。大老孔和二老孔的家庭条件非常好，受过很好的教育。大老孔负责三厂，生产八路军用的手推车、农具等，就是农民用的那种农用车。二老孔负责二厂，他是研究化学的人，指导工人做手榴弹和地雷。做手榴弹和地雷要用铁、火药，工人们就到处去收破铜烂铁。为了炼铁，吴树金他们成立了化铁组和翻砂组。

吴树金刚进二厂的那天，吓了一大跳。只见十几个人一起喊着号子拉着

一个大风箱："嗨哟嗬嗨……"他们正在烧木炭炼铁。木炭是用山里的松树烧成的，毛主席在《为人民服务》一文中写的张思德，就是在执行烧木炭任务时，窑洞塌方，才牺牲的。

那个时候没有电，没有汽油，什么都靠手工、人力。吴树金做过车工，他最怕上夜班了，因为夜班容易打瞌睡。他一打瞌睡，师傅做的零件就要损坏，为什么呢？因为师傅手里拿着零件在车床上车，车床的轴是靠人坐在下面用手摇着转动的，如果他一打瞌睡，车床突然停下来，零件碰到车刀上，就废了。那时候也没有电灯，师傅上夜班车零件，如果他没有摇摇把，就举着一盏煤油灯，灯火跟着师傅车的零件一起移动。如果他打瞌睡，煤油灯就会烧到师傅。煤油灯，就是用棉线搓成捻子，放在油碗里，用火点燃捻子，那个时候就是靠煤油灯照明。那个时候吴树金年纪小，上夜班最容易打瞌睡了，没少挨师傅的骂，所以他最怕上夜班，但二厂是三班倒，轮着来，轮到他上夜班就必须上，因为打日本鬼子需要武器弹药啊！

做火药要用硫黄、木炭和硝。硫黄在煤矿里就能挖到，硝出自胶东黄河拐弯的地方。有一年，厂里派吴树金去提硝。黄河发过大水以后，土地上就留下硝，早上，吴树金他们就拿着扫帚去扫硝，再用水冲干净，烤干，就成了硝。

二老孔是技术顾问，后来成了二厂的厂长。他后来又教工人们做六〇弹。六〇弹比手榴弹打得远。

日本投降后，八路军兵工厂搬出了山洞

1945年，日本鬼子投降了。八路军的几个兵工厂全部集中成立一个大厂，全部迁到徐州，叫华东第三兵工厂。徐州的兵工厂有了正规的厂房，不用钻山洞了。兵工厂所在的地方是原日军营地，前面是很大一片开阔地，是日本人的飞机场，东边是坦克部队，西边是炮兵部队。

吴树金他们在兵工厂工作，开始厂里有个规定，28岁以前不准结婚，更不准在厂里结婚，后来改了规定，23岁可以回老家结婚。1950年，吴树金23岁，就回老家结婚了。妻子（女方）是他姐姐、姐夫那个村的人，他们到女方家去说媒，女方家就答应了。

1950年，朝鲜战争爆发了，徐州离东北太近了，上级叫赶快搬厂，三天三夜之内必须搬完，什么都不要留。兵工厂搬走后，厂址就被部队征用了。

华东第三兵工厂搬到了湖南株洲。这个地方是国民党军队撤退后留下的一个兵工厂旧址。

厂里造的地雷用不上了，厂里的一部分人就调到了西安864厂，这个厂就是三线建设时期包建204厂的工厂；一部分人调到了沈阳的724厂。三线建设时期由724厂包建了564厂。

服从安排，到祖国最需要的地方去

吴树金在湖南株洲工作了几年，1956年，他被组织抽调到中南中湘干部学校脱产学习了3年。能够被抽调出来参加学习的人，都是工作好、觉悟高的。

吴树金小时候没有读过书，但他特别注意听讲，因为他在兵工厂工作过，所以觉得老师讲的都特别有用，也听得懂，下来做作业也做得好，每次考试成绩都在80分以上。本来要求进干部学习班的人必须具有初中学历，领导了解到吴树金没有读过书，曾想叫他退学，但看他每次考试成绩都不错，就把他留下来了。但后来开始学习微积分了，他不认得字母，学习就跟不上了。

关于新中国成立初期国家是如何培养军工的，原天兴厂子弟校老师杨晓彬向笔者提供了一条信息。杨晓彬说，新中国成立初期，军工厂工人的文化素质都比较低，有好多人大字识不了几个，干活都凭经验，急需有知识、有文化的工人。大概从1953年开始，国家开办了4所培养军工技术工人的技校，代号是211、212、213、214技校，其中的214技校就设在重庆。当年读过这几所技校还健在的老人也都八九十岁了，杨晓彬的母亲王旭珍就是其中之一。

从4所技校开始，军工队伍的文化素质得到了普遍提高，说起中国工业，军工系统无疑是领军者，当年，一提到国防厂矿，无人不羡慕。国防工厂到各类学校招人时，能入选的人都是特别牛的。

1959年，重庆152厂到中南中湘干部学校来要人，吴树金就要求到重庆去工作。就这样，吴树金被分配到了重庆江陵机器制造厂。吴树金在该厂工作了4年，做产品试验工作，职务做到了工段长。

1963年，吴树金调到了西安844厂工作，后来担任了车间指导员。

1971年，为了支援三线建设，吴树金主动要求调到天兴厂工作。在天兴厂任408车间主任，也就是火药装配车间主任，一直到1987年离休。离

● 天兴厂在天星沟时，每年都要在露天广场举行元宵晚会

休后他一直生活在天星沟，1999年随工厂整体搬迁到成都市龙泉驿区十陵街道。

运气好，是因为他遇到了共产党

吴树金总结自己这一生，觉得自己就是运气太好了，因为他16岁时就遇到了共产党，加入了共产党领导的八路军兵工厂。他一个要饭吃的穷孩子，从此过上了好日子。吴树金的一生，就是跟着共产党走的一生。

1946年12月，吴树金19岁，那年他第二次被评为劳动模范，因为表现好，就被批准加入共产党了。2021年建党100周年，吴树金已经是有75年党龄的老党员了，党组织还给他颁发了"光荣在党50年"纪念章。

吴树金参加工作后就很少回老家了，连两个老人去世他都没有回去。因为工作一直都很忙，领导不放他走，他自己也舍不得放下工作。

吴树金老人的一生见证了中国国防工业在中国共产党的领导下从小到大、从弱到强的发展历程，见证了中国人民在中国共产党领导下站起来、富起来、强起来的过程。

说说奔赴三线的那些难忘的日子

罗昌信，出生于1939年，重庆人，1958年毕业于重庆第一机械工业学校，被分配到西安市东方机械厂工作了10年，在厂工具车间冲模具工段当技术员。1968年为支援三线建设，调到天兴厂工作，曾任工具科技术员和厂办公室副主任。1985年调到重庆热水瓶总厂工作，直到退休。本文根据罗昌信的文章改编。

艰难的进沟路

1968年，罗昌信从西安坐火车到重庆，从重庆踏上了去新厂报到的路。

罗昌信到菜园坝火车站乘上了开往万盛的列车。这趟车速度很慢，停靠的站也多，木条的座椅顶着屁股很不舒服，不远的路程却走了4个多小时，到万盛时天都黑了，他很顺利地在火车站旁的旅馆找到了老曹。

第二天早晨，老曹把罗昌信送上了万盛开往南川的客车。客车在悬崖边的公路上爬行了好久，终于到了马鞍山。罗昌信在这里下车后背着行李，沿着通往小河镇的石子公路徒步前行，这才真正踏上进沟之路。

进沟的路没有十八弯也有九道拐，路边的小河水依偎着九道拐流淌，山上的绿树叶不时扇来一阵凉风扑在脸上，碎石的公路上很少有汽车通过。罗昌信呼吸着这甜滋滋的新鲜空气一路前行，不累、不喘，感觉真好。

三汇场到了，这是一个十几间民房构成的场镇，街上显得冷清，没有

277

生气，但它却是三汇公社和三汇小学的所在地。街上不见行人，走到尽头，罗昌信看到一位老人坐在街边的木椅上，就前去问道："婆婆，你知道五百平方在哪里吗？"她显得很兴奋，站起来对罗昌信说："你是外头来的吧？来得好，来得好呢！来得越多越好，人多才热闹哈！"她接着用手指着前面那座山的半山腰说，"就在那拜，过了天星桥就拢了。"

罗昌信听老单说过，这里的人说话口音有点特别。"这里""那里"说成"这拜""那拜"，"白菜""白糖"说成"扁菜""扁糖"，"到了"说成"拢了"。

罗昌信沿着三汇那个婆婆所指的方向前行，爬上半山腰果然有一座桥。这座桥不是人工搭建起来的，而是天然形成的。桥下有个洞，河水穿洞流过。那个洞被称为天星洞，这座桥被称为天星桥。以此为据，发扬光大，人们就把整条山沟称为天星沟了。后来工厂改名取"星"谐音，东方红机械厂就更名为天兴仪表厂了。再后来工厂搬迁，山沟改建，天星沟就变成天星小镇了。

离天星桥不到100米就是五百平方了，走近一看，才知道"五百平方"的内涵，原来是半山坡上建起了前后两排共4栋干打垒平房，总面积500平方米。这个简陋的地方，却是东方红机械厂的建厂指挥部。在五百平方工作的人员全都是西安东方机械厂来的。

罗昌信沿着石梯爬到五百平方，这里的房间不多，人也很少，但"麻雀虽小，五脏俱全"，有组织科、宣传科、基建科、行政科，甚至还有保卫科。

罗昌信的工作是组织科科长贾绍全分配的。他说："没有厂房，没有机器设备，你还想当技术员？没门，先去搬运站当搬运工吧！"搬运站在三汇，罗昌信只得背起行李往回走。来到三汇，他看到邓雨明在向排列整齐的民工队伍训话。邓雨明是这个民工营的营长。他声音洪亮，中气很足，安排工作有板有眼。民工的工作多是开山修路，为工程兵的基建队伍打杂之类，像这样的民工营有几个。民工都是来自酉阳秀山的年轻农民，有男有女，文化水平高点的还可到行政科、宣传科工作，那个在广播里播音的就是秀山来的女民工。

罗昌信背着行李走到三汇场背后一个姓颜的农民家，这个家的一间正屋就是罗昌信的居住地了。还好，同寝室的都是西安老厂工具科的人，大家都认识。特别是陈文盛，他和罗昌信曾是同甘共苦的同学加兄弟。陈文盛是个性格内向的人，不多言、不多语，他所研制的滚刀拿到齿轮生产车间试制均能合格，他也称得上是这方面的技术专家了。管你什么专家，到了天星沟也得和罗昌信一样，到搬运站去当搬运工。

搬运站离罗昌信他们的住地不远，是用竹子竹席搭建起来的棚子，里面是用竹子搭起的床，一共两间，男女各一间，30多个青年男女都住这里，也都是从酉阳秀山招来的民工。其中也有长得帅气的小伙，长得秀气的姑娘，只是衣服穿得老气，手上戴着布手套，拿着砖夹或铁铲，随时准备投入战斗。他们都称呼罗昌信和陈文盛为罗同志、陈同志，也把两人视为领导。他们的纯朴、听话、肯干时时都感染着罗昌信，罗昌信也愿意和他们一起冲锋陷阵。

罗昌信他们将这帮年轻人分成了6个小组，每个组任命了一个组长，每当拉建材的车停下来，就依次上车进沟卸货。车多了，有人生病了，罗昌信他们也顶岗上车。所卸的货有时是片石，有时是砖头、河沙、水泥。片石就卸到离五百平方不远的地方，这里要建几幢干打垒宿舍，以便带家属的职工居住。砖头、河沙都卸到沟里，水泥则卸到一个临时搭建的竹棚里，建厂房、宿舍、商店、学校、食堂都需要它们。不过最早建起来的还是抽水机房。真的得天独厚，要感谢先行者找到了这个清泉，泉水不断地涌出，甘甜可饮。把泉水从这里抽到山上的水池，再靠压力通过网状水管回流到需要用水的地方。这是必须首先解决的三通之一——通水。

就这样，罗昌信他们为这么多项目的建设做着物流工作。不知有多少吨的建材从他们的手掌经过，手被片石划伤流血了，被砖夹磨出血泡了，脸被水泥抹灰了，还得干。

● 1975年4月，出席涪陵地区"工业学大庆"经验交流会的全体代表合影。
第二排右一为罗昌信，第三排左二为胡健康

离别天星沟

天星沟生产的产品是从西安东方厂复制的，产品的技术要求高，工艺复杂，但在三线人的眼里没有攻克不了的难关。在驻厂军代表的严格把关下，厂里生产了一批又一批的优质产品，装备部队。

在对越自卫反击战的紧张时期，天星沟也跟着紧张起来。除了生产第一线的工人们日夜加班生产外，罗昌信他们这些在厂部办公楼工作的人也跟着忙碌。听说在越南战场上发现了一种武器，连越南女人都可以拿着它向我们的坦克射击，打坏了我们的不少坦克。这怎么行？一定要拿到它、研究它、造出它来。也不知从哪里弄来了样品，我们的工程技术人员拆卸它，一个零件一个部件地分析它，绘制它，原来它是英国产反坦克穿甲弹。在总工程师周华乔的领导下，从绘图到工装制造，再到零件加工，最后到总装成型，仅用了很短的时间，真的是只争朝夕！

社会在发展，中国在强大，国防需要更具有震慑力的战略武器。而天兴厂生产的常规武器，显然已经落后了。天兴厂，你就来个军转民吧！天兴厂生产过机械手表，可被价廉物美的电子表代替了；天兴厂生产过座钟，也被价廉物美的电子挂钟取代了。天星沟呀！你怎么这样消息不灵、信息不通哟？于是一个把厂迁出山沟的想法浮现在厂领导的脑海中，离开这交通不便、生活不便的山沟更成了全厂职工的愿望。

1984年，在一次中层以上领导干部会上，曲绵城厂长宣布："天兴厂打算从天星沟迁出，以适应民品开发的需要，第一份向部里申请迁厂的报告请厂里第一笔杆子老罗来写。"

厂长要罗昌信来写这个报告，真的难为罗昌信了！好在早有人到重庆、成都考察，积累了大量资料，罗昌信经过好多天的消化吸收，终于形成了文字——《关于天兴仪表厂申请迁往成都的可行性报告》。报告发往北京后如同石沉大海，等了一年又一年都没有任何消息，可能是资金原因暂时不能搬迁。罗昌信可不能再等了，他年迈的父母需要儿子去他们身边尽孝，沟里的几个娃需要去开阔视野，谋求发展，请求前往重庆工作的心思一直在他心里盘旋着。

对方来信了，约罗昌信到重庆面谈。罗昌信抽空去了，曹厂长表示欢迎罗昌信去热水瓶厂工作并满足他全家随迁到重庆落户的愿望。当天兴厂知道这个消息后，曲厂长、宋书记找罗昌信谈心，问他能不能不走，厂要成立党委办公室，需要他去当主任。罗昌信的主意已定，走是肯定的了。

罗昌信终于如愿。他1958年离开重庆，1985年回到重庆，在外辗转了27年终于又回来了。

回到了重庆，却抹不掉罗昌信对天星沟的怀念。他曾两次回到天星沟，想看看曾经工作过的厂房，睡过觉的宿舍，办过公的楼房。但这一切全都变了，变得让他不认识了。只有石钟溪那清清的流水没有变，还在不知朝夕地流淌着。当罗昌信看到两个小孙子在溪水中忘情嬉戏时，才想起这里已不是昔日的工厂，它已是供人度假的天星小镇了。

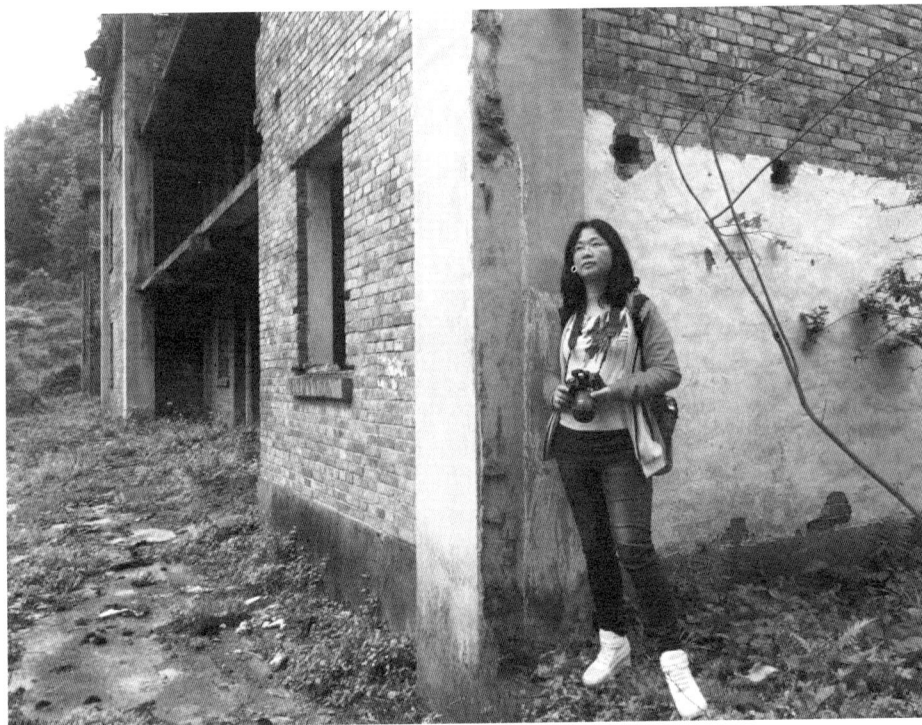

● 2017年5月2日，作者晓露在天星沟新商店后职工宿舍废墟前

三线人之歌

　　三线人是伟大的，为了新中国的国防事业，他们扎根艰苦封闭的深山峡谷，干惊天动地的事；三线人是平凡的，他们在深山沟里过着普通人的生活，做默默无闻的人；三线人是勤奋的，无论身处何方，都保持着艰苦奋斗的本色。

我和作家唐程是同事

● 唐程晚年留影

唐程是唐仲武的笔名，他是理化室化学分析组组长，在工作上是技术骨干。他和其他人不一样，空闲的时间很少参与闲聊，而是趴在桌子上写东西。他经常在报刊上发表文章，我对他肃然起敬。

唐师傅觉得我年龄虽小，但还有点文学基础，所以总是主动和我谈论一些文学的话题。他经常将他写的小说草稿拿给我看，让我提意见。唐师傅的手稿都是用报废的记录表格书写的。他的小说，很多都是描写青年男女之间的爱情故事，每次都看得我脸红心跳，因为那个时候我还不到20岁，从来没有谈过恋爱。每次看完后，我就急忙把文稿送还唐师傅，除了会说"写得好"之类的恭维话，哪还敢提什么意见。

那个时候，没有电脑，没有手机，写作全靠用钢笔一字一句地书写出来，写完了改，改了又誊写，一篇文章可能会翻来覆去抄写好多遍，直到自己都认为满意了，才小心地装在信封里，贴上8分钱的邮票，按报刊上的投稿地址寄出去，然后就是漫长的等待。自己投了稿的报刊，每天都要认真翻看一遍，生怕看漏了自己的文章。那个时候，要发表一篇文章实在太难了，就是在这种情况下，唐师傅仍一直坚持写作。唐师傅说他在庆岩厂有一个文友，他常常利用星期天骑自行车到十几公里远的庆岩厂去和文友交流。天道酬勤，唐师傅在写作上收获颇丰，并加入了四川省作家协会，成为一个小有名气的作家。他是我们几千人的大厂里，唯一一个成为四川省作家协会会员的人，而我有幸成为厂里第二个加入该协会的人，则是30年之后的事情了。

那个时候，唐师傅收到的信最多，几乎每天都有一封或数封。这些信中，有稿件入选的通知书，有文友的来信，有刊登了他的文章的报刊，也有不少退稿信，当然，还经常有稿费汇款单，而这是很令人羡慕的。

有一次，我鼓足勇气将自己写的文章拿给唐师傅看，他非常认真地看完了，然后郑重地对我说："小刘，你语言流畅，用词准确，中心思想突出，有很好的语文功底，多写多练，是能够写出好文章的。好文章不在于长，而在于精。凡是与主题无关的，不管写得多么好，都要狠心砍掉，不要心疼。"唐师傅的这番教诲令我茅塞顿开，至今仍是指导我写作的座右铭。

因从事的是有毒有害工种，唐师傅55岁就从工厂退休了。退休后，他全身心地投入写作。为了写出真实反映川东游击队的故事，他到重庆石柱县蹲点几年，深入大巴山采访，写出了30多万字的长篇小说《方岳魂》，此书于2006年由作家出版社出版发行。

2007年，已经69岁高龄的唐师傅将自己几十年来发表过的散文整理汇编成散文集《眷恋》。《眷恋》出版时，我在天兴集团兴原公司任副总经理，他托他的女婿王跃将书转送给我，为此，他几次三番打电话给我，问我收到书没有，看过没有，看了有什么心得。他的认真令我诚惶诚恐，于是我将书认真地通读了一遍，精彩的文章还要反复阅读。在此书中，唐师傅用"眷恋厚厚的热土""眷恋浓浓的亲情""眷恋多彩生活""眷恋绚丽青春"为小标题，将文章进行分类。"那种浓浓的厚厚的乡土情结，那种一往情深的喃喃低语，那种对土地上生长万物的深深怜爱，那是怎样的喜人动人感人啊！"（摘自邹景高《我爱〈眷恋〉——序唐程散文集〈眷恋〉》）。

在这本书的后记中，唐师傅用一篇短文总结了自己的一生：

学习写作四十余年，以诗歌创作为主，偶尔写点散文、随笔，记叙逝去的岁月，抒发胸臆。步入中年以后，缪斯离我远去，改做小说。自觉一生勤奋，累积有诗数万余行，小说文字数百万字，发表者略占十分之一，收效甚微。老之将至，想把少许见之于世的散文集结起来把玩，羞愧难当，捧给曾教育过我、帮助过我、热心支持过我的老师、亲人和朋友，请你们笑纳、雅正，在此一并致谢。

作为一个技术工人，我曾努力不懈地钻研过业务，把年轻的生命投掷在学海中，孜孜不倦地追求，把一个仅读了几年书的半文盲打磨成一个具有中级技术职称的工人技师，在本职岗位上成为一个顶尖的全能人物，能独当一面，拿得起放得下，沾沾自喜于对得起抚养我的父母和国家；作为一个有志男儿，不满于现状，永远向着高处攀登，总想给社会留下点什么来回报生我养我的时代，又把仅剩的一点余暇乃至睡眠时间投进文海中挣扎，苦读、苦记、苦学、苦练，倒也庆幸留下些许属于自己的文字，记录下我的心迹，我应该满足了。

2017年2月26日下午2时30分，唐师傅与世长辞，享年79岁，他是头天下午在成都十陵的菜市场买菜时突发疾病昏倒在地后，再也没有苏醒过来。噩耗传来，令我思绪万千，一幕幕往事如放电影般浮现在脑海里，特作此文，以为悼念。

天兴画家徐新华

人物简介：徐新华，重庆丰都县人，出生于1955年10月。下乡当过知青，于1976年通过招工进入天兴厂当工人，后调入天兴厂子弟校当美术老师，2015年退休，2023年9月6日因病去世，享年68岁。

徐新华为中国教育学会会员、中国美育名师、中国东盟艺术学院客座教授、四川省教育学会员、成都市教育学会会员、成都古驿书画研究院画家、美术教育家、中学一级美术老师。毕业于四川教育学院美术系本科，师从著名美术教育家崔琰教授、四川美术学院杜泳樵教授等。擅长油画、水彩画、水粉画等，被业界尊为当代客家文化绘画艺术第一人。徐新华给长卷中国画《洛带古韵图》诚誉为当代客家文化之《清明上河图》。油画作品《小夜曲》《挤奶》等被中国台湾、香港特区等地人士收藏。在内地成功举办多次个人画展。

对天兴厂满怀深情的徐新华

1955年10月，徐新华出生于重庆市丰都县，1974年初中毕业后下乡到丰都县龙河公社一大队三小队。1976年被招进天兴厂，在404车间当工人。

谈起自己的成长经历，徐新华对天兴厂充满了深厚的感情。他说，是天兴厂培养了他，没有天兴厂就没有他今天的成就。他在天星沟生活了20多年，人生的青春年华都是在天星沟度过的。

到天兴厂后，徐新华经常背着画板到处写生，他的美术才华被工厂领导发现。1980年，他被调到木工车间，从事民品木钟的装饰烫画工作；1983年，他被调到厂科研所从事民品开发中的外观设计，参与了天兴厂第一块车用仪表的开发工作。

讲到这一段往事，徐新华特别激动。开发第一块车用仪表时条件非常艰苦。夏天的重庆非常炎热，那个时候，没有空调，谁都不想去重庆出差，但为了工作，他们却经常去重庆出差。

他说，那时候，为了工作，他和领导、同事经常加班到深夜，从来没有一分钱的加班费，但大家还是任劳任怨地工作，从来没有计较过。那个时候的三线人真是太伟大了。

徐新华对天星沟非常有感情，天星沟的山水林木给他留下了不可磨灭的印象。他在天星沟画了大量的风景画，在南川办了个人画展，南川电视台还进行了专题报道。

桃李满天下的教师徐新华

徐新华从1986年开始直至退休，一直从事小学美术教师工作。

20世纪80年代初，他带领十几个学生，包括刘皓林、邱东等人，到重庆参加四川美术学院暑假班的学习。他们睡地铺，那个时代没有空调、电风扇，学生全身都长满了痱子。1992年，邱东以文化和专业考试双双第一的好成绩进入四川美术学院附中，4年后保送进入四川美术学院装潢系本科学习，毕业后进入中国国际航空公司工作，现任该公司的艺术总监。

在20世纪八九十年代，在闭塞的天星沟，天兴厂子弟校有七八个学生考上四川美术学院附中，这在当时的三线企业中是非常罕见的，令徐新华感到非常自豪和骄傲。

创作《洛带古韵图》的画家徐新华

作为一名知名画家，徐新华最自豪的就是他耗时10年创作的长卷中国画《洛带古韵图》。这幅画卷长20米，宽40厘米，精心绘制在绢上。当要展现给朋友看时，徐新华会小心翼翼地戴上白手套，把画卷放在柔软的布艺沙发上，缓缓展开，边展开边介绍。因为画卷太长了，他一边展开，另一边又开始收卷。

《洛带古韵图》描绘的是明末清初的洛带古镇。这座坐落于龙泉山下的客家小镇，有着上千年的历史，是中国西部最大、也是唯一的客家古镇，镇上85%以上的人都是客家人。

画面从龙泉山中的桃花起笔，再由田间转换到古镇，古镇上赶集、嫁娶、舞龙、舞狮、唱戏、喝茶、遛鸟等场景一一呈现。画中对客家服饰、建筑、人文、风俗的刻画，真实展现了春节期间客家小镇的欢乐景象。

这是一幅有情绪节奏变化的画作。整幅画卷囊括3500多位人物，从农民耕种起最后到舞龙止，街道上的人物越来越多，然后在建筑中穿梭时又慢慢减少，再到最后舞龙时达到高潮。长20米的画卷到这里戛然而止，观者却意犹未尽。

徐新华原是天兴厂子弟学校的美术老师，1999年随工厂整体从重庆搬迁到成都十陵后，他对位于十多公里远的洛带古镇发生了浓厚的兴趣。结

● 徐新化绘《洛带古韵图》片段

合四川和广东地区的建筑特色，他发现，这里的每栋客家建筑都有自己的特点，每个房子的瓦当、鳌尖和莲花图案都不一样，非常精细，特别是广东会馆屋顶上特殊的皇冠建筑，在很多地方是没有的，他就想用画作留住这些客家文化。

2000年，徐新华接受龙泉驿区文化馆馆长熊杰的建议，决定用中国画形式反映客家文化，把洛带的客家风貌记录下来。这个想法产生以后，他就有了一种强烈的使命感。但是要创作一幅完整记录洛带建筑和客家人生活的画卷却并不容易。首先，徐新华是学油画的，他现在要重新学习中国画的绘画技巧。其次，他对洛带和客家文化并不了解。于是，他搜集了大量的客家文化、服饰、风俗资料进行研究，到实地采风，请教客家文化专家，经常带上画板到洛带写生。用他自己的话说，那几年，他起码去了洛带上千趟，画的手稿素材达700多幅，包括洛带古镇的建筑、人物、生活场景等。他还把国画精髓《清明上河图》反复观看、研究了几百遍。

经过长达5年的准备，2005年，他才开始创作，起笔画白描稿，其间白描稿修改了四五十遍才定稿。直到2010年，他才完成了《洛带古韵图》这幅画卷。比《清明上河图》还长4倍的20米长的画卷，3500多个人物，他是用俗称"一根毛"的狼圭笔一点一点勾上去的，创作过程非常艰难和枯燥。他说，不容易，真的很不容易，创作过程中他很多次都想放弃了，最后又咬牙坚持。画完这幅画，他的视力从1.5下降到0.8，看东西都有重影。如果再让他画一幅同样的画卷，他说他已经做不到了，首先视力就不行了，体力和精力也不行了。

后来，徐新华经常带着《洛带古韵图》到各处展览。现在，《洛带古韵图》被制作成影像在洛带古镇的客家土楼巡回播放。

徐新华的《洛带古韵图》一经面世就在业界引起轰动效应，国家一级美术师邱笑秋称之为"当代客家版的《清明上河图》"，中新新闻、环球网、网易新闻、百度App、红星新闻、天府龙泉驿等网站都用视频和文字的形式进行了报道。有人慕名而来，出价600万元购买，但徐新华却不为所动，他说他要把这幅画卷捐给国家或留给后人。

耐心照顾亲家的好人吴意全

在我的心目中，吴意全一直都是一个热心助人的好人。

1984年春天我认识吴意全的时候，他才34岁。他是一个热心的人，20世纪八九十年代分到厂里的大学生基本上都在他家吃过饭，在他的带领下爬过山。他多次邀请我参加他组织的登山活动。

吴意全是南川沿台人，出生于1950年，1971年以知青身份从农村被招收进天兴厂，他的妻子夏达珍1977年从重庆望江技校毕业分配进厂。工厂搬到成都后，他们夫妻两人先后退休。他们的女儿女婿继续在天兴厂工作，都是厂技术中心的工程师。

一个人对他的父母、子女和爱人，做到无微不至的关怀和照顾，人们会认为是理所应当的，但如果是照顾残疾的亲家就像照顾自己的父亲一样，并且一照顾就是好几年，又有几个人能够做到？反正我以前从来没有听说过，但吴意全就做到了。

2008年1月8日，我有幸参加了他们女儿的婚礼。婚礼上只有男方的父母出席，论到新娘给新郎父母敬茶时，她眼含热泪，遥对远方喊道："妈妈，你就安心去吧，我们会把爸爸照顾好的。"众人都很吃惊，不知道他们家出了什么事。

新郎新娘一家人来敬酒时，吴意全和我们匆匆话别，他说他下午就要坐火车到河北涿州去照顾亲家，亲家母才去世了，亲家公残疾，一个人在家生活不能自理，为了让女儿女婿安心工作，只有他去照顾了。当时我就

● 照片拍于1991年夏天金佛山仙女洞前。从左到右：罗绍光、吴意全、秦新民、李志春、全举

听得很吃惊，去照顾亲家？真是闻所未闻，世上竟然有这样的好人。

吴意全的亲家公出生于1933年，是河北涿州一所中学教化学的退休老师，患有高血压和糖尿病，2005年因患脉管炎造成左腿高位截肢。亲家母于2007年患脑部胶质瘤，于2007年12月病逝。女儿女婿乘飞机赶回去料理了亲家母的后事，把亲家公送到乡下亲家公的兄弟家，就匆匆返回成都了，因为他们的婚礼时间到了。

可是亲家公到乡下兄弟家却一天都待不下去——乡下没有暖气，只有炕，诸多生活条件和城里没法比，他就闹着要回家。兄弟把他送回家，他一个人生活又不能自理，就使劲给儿子也就是吴意全的女婿打电话诉苦，弄得儿子好为难。深明大义的吴意全就主动提出要去照顾亲家公。

吴意全到了亲家家后，每天给亲家公买菜做饭，陪他聊天，给他洗澡，有时候还背他下楼去晒太阳。有空的时候，他就在亲家公住的校园里散散步，打打拳，锻炼身体。那年，亲家公75岁，吴意全58岁，很多人都以为是儿子在照顾父亲。

● 1985年5月1日，在金佛山山顶合影。第一排左起：熊集俭、刘经峰、姚根华、褚俊敏。第二排左起：张晓成、作者晓露、李素芬

2008年4月，因家里有急事，吴意全就带着亲家公回到了成都。当时，他家住四楼，两室一厅的住房里，亲家公住小卧室，大卧室住吴意全夫妻俩，大卧室外的封闭阳台住着吴意全的丈母娘，女儿女婿单独住在厂里的单身宿舍。

2008年5月12日，汶川发生了8.0级特大地震，成都震感强烈，感觉房子都要倒塌了似的，非常吓人。吴意全看着75岁的亲家公和86岁的丈母娘，不知道该背哪个下楼，最后他决定背不能行走的亲家公下楼，让老丈母娘自己扶着楼梯慢慢下楼。他背着亲家公出门的时候，一阵剧烈的余震让他打了一个趔趄，左手肘撞在门上，皮都撞破了。他没有去医院治疗，一个星期后竟然感染了，整只左手都发黑了，后来住院治疗了几天才好。

亲家公在吴意全家里生活，一直都不太习惯四川的气候，总想回河北。一年后，吴意全又带着亲家公乘火车回到河北涿州，到医院给他安装假肢。亲家公住院期间，也是吴意全一个人照顾。在涿州生活了一个月，

他又带着亲家公回到成都。

2013年9月，亲家公因糖尿病双目失明了，本来成都就有很好的医院，但他就相信北京的医生，吴意全又带着他到了北京的一家医院。医生就给他开了几十元的药，他们在旅馆里住了一个星期就回到成都了。过了十几天，亲家公就去世了。

亲家公去世前，也许是因为心情烦躁，也许心急上火，特别想吃绿豆冰糕，吴意全就每天下楼去给他买，后来就批发了一些放在冰箱里。亲家公去世后，冰箱里都还放着很多没来得及吃的绿豆冰糕。

亲自照顾了亲家公5年多的时间，吴意全和亲家公产生了深厚的感情，亲家公去世后，他痛哭了几场，一年多心情都不能平静。

我问他："你照顾你亲家烦不烦？"

他说："烦肯定烦哦！他长期生病，行动不便，心情特别烦躁，没有安全感，就特别黏人，我要是离开他一会儿，他就会打电话来。他最后那段时间，经常把屎尿都屙在身上，很脏很臭，每天我都要给他洗换衣服。女儿女婿都要上班，我不照顾他，哪个照顾他嘛！他是一个病人，我只能理解他，将就他。那几年，家里有一个不能行走的亲家公，还有一个老年痴呆的丈母娘，后来又添了一个小外孙，把我们两口子忙得团团转。"

吴意全照顾亲家公的故事感动着我，也感动着所有的天兴人。是天兴人的口口相传，才让我知道了这个故事。

记天兴厂老文艺队

1970年12月，天兴厂成立了第一支宣传队，盛荣改是队员之一。现在已经70多岁的盛荣改回忆着50多年前的那段芳华岁月，依然激动不已。她联系了很多当年的宣传队队员来共同回忆，才把老宣传队队员的名单一一写出来。以下是盛荣改写作的天兴厂老文艺队的一些逸事。

1968年10月，我们全家随着父亲来到了四川省南川县的天星沟，参加三线建设。这里是连绵的群山、茂密的森林、湍急的小溪、青翠的竹子，两山之间的山沟沟，就是我们的新家园。几栋干打垒楼房的墙面上，写着"备战备荒为人民""为人民服务""团结就是力量"等标语。我们住在运输连后面的干打垒二层楼房，地面是由钢筋、水泥浇灌的预制板。房子的后面就是大山，从山上流下来的淙淙泉水，形成小小的瀑布，门前就是那条湍急的小溪。当时我还做了一首诗："窗临瀑布急，门迎石钟溪。一沟见线天，傲鹰晴空里。"

晚上点的是煤油灯。当灯光全熄后，万山寂静，只有风穿松涛沙沙声。一眼望不断的山峦，恍如隔世。

当时的工宣队手里拿着喇叭、话筒，宣传着各项政策，召集开会，等等，很有生产队开大会的派头。1969年，那时我还没进厂上班，我们这些家属子弟被组织起来在三汇外面急转弯河滩上捞河沙。一天，一个工宣队的女同志叫我去参加排练舞蹈，代表厂里参加南川县的文艺演出，这是东方红厂第一次参加县里的文艺演出。当时有8个人，4男4女，跳的是舞蹈《北京的金山上》，是由上海调来的一个女同志编排的。

● 七八十年代天兴厂文艺队队员

工宣队的女同志带着我们排练，到了10月1日下午，打着"东方红厂毛泽东思想宣传队"的横幅，坐上大卡车，开了40多分钟。那时还没修水泥路，地面坑坑洼洼，我们一路颠簸到了南川文工团，参加晚上7点半的文艺演出。文工团的舞台又旧又小，可在当时却是最好的，8人演出却还是有点挤。演出节目多是具有地方特色的，快板呀，金钱板呀，唱山歌呀，最好的就是有个厂演的京剧《红灯记》片段。总之还不错。等我们回到家时都快12点了。打着手电筒，各自回了家。这是东方红厂第一次外出展演，当时女同志穿半截花裙子，上身白衬衣；男同志就是白衬衣、黑裤子。服装简单又质朴，动作明快又简单，有个人给我们拉二胡。现在回忆起来其实就是托儿所小朋友跳的舞，但还是引来台下的掌声。

1970年12月中下旬，厂里成立了第一支宣传队，叫"毛泽东思想宣传队"，李楚基是领队，陈正明是导演。陈正明是一个干净利索、性格开朗幽默的人，大家很喜欢他，称他为"陈导"。他把我们集中起来练功，踢腿劈叉。我怕痛，经常偷懒，但王莉、房天惠等人却非常认真。

罗昌惕是创作组的。罗老师是从西安调来的，非常有才华。作为创作组成员的他，为我们写了对口词，表演唱《铁姑娘队》，男同志的节目有《我们的炊事班》。我记忆最深的就是他写给新学员的一首四川小调："张家那个二娃子有志气吧。学习那个毛选嘛真哟积极，不要看他是新学工吧，革命干劲嘛，要个人来比。（扯）常擦床子，打水又扫地，学习很虚心噻。不怕文化低。这样的好徒弟吧，师父心头噻，多欢啰喜。"

后来从重庆、涪陵、万盛招来一批有特长的学员，包括篮球、乒乓球、足球、歌舞等特长，他们被陆续分配到了各车间。1970年12月中下旬，从各车间的新学工里选了一批人组成宣传队，含乐队，应该有30人左右。我记得有王凡、荣建华、胡建康、黄培荣、张德树、张泽军、房天惠、李雪、刘学芳、盛荣改、蔡华、李亚萍、唐孝琼、唐治华，简帮民、粟生政、周桂林等。

首支乐队的队员中，武彬敲扬琴，小提琴手有付贵全、吴小林、刘银水、刘顺银、刘先志，机动科的何老师拉大胡，小件车间有徐二胡，吴小凡拉板胡，何建国、何长寿拉大提琴，手风琴演奏丁先星，琵琶演奏刘先志，还有工具科吹圆号的蔡长生。

首支宣传队的领导还有范垂江，他还负责京剧的编排，他和厂广播员杨盛芝还一起排演过京剧《红灯记》《沙家浜》片段。

唐二叫唐治华。唐孝群是1972年西安实习回到天星沟进的宣传队，还教我们从西安东方老厂带回的舞蹈。

当时在刚盖好的学校旁边的食堂排练，随着南川的人进厂，又加进了王莉、谷强等。这是一支很强的宣传队，荣建华、王莉、王凡、房天惠、李雪等都是在校和下乡的文艺骨干，很有才华。王莉的舞蹈跳得非常好，身材也好，在当时算舞蹈队的主角了。独唱演员有朱光辉和李炳莲。朱光辉演唱《老司机》《克拉玛依之歌》等歌曲。娄家玲是宣传队里唯一一个专业艺术学校毕业的，毕业于西南师范学院音乐系。娄老师当时看着小巧玲珑，美丽大方，非常爱笑，给我留下深刻印象。这支文艺队伍，在当时艰苦的环境下，为全厂人带来了精神食粮。他们年轻、热情、活泼、奔放，离开了农村下乡的知青点，进入三线兵工厂，把他们的一腔热血，洒在了兵工事业上。

文艺队排练了许多节目，记得有《红太阳照边疆》《扫雪》《洗衣歌》《丰收舞》《我们的炊事班》，歌剧《柯山红日》片段，《阿佤人民唱新歌》《敬爱的毛主席》等，当时流行的舞蹈《洗衣歌》《丰收舞》等，很受欢迎。排练好后到各兵工厂巡回演出，如白马镇的406厂、红光厂等，还到涪陵汇报演出。记得在406厂演出时，跳《红太阳照边疆》，跳到一半，我的裙子被踩掉了，差点摔跤，引起台下哄笑。记忆最深的是那天中午在406厂吃午饭时，吃的是大碗面，每人碗里一片烧白，又厚又长，又软又糯，非常好吃。也许是那时的肉非常少，凭肉票供应，很少有人做烧白，我在西安从未吃过烧白，吃起来觉得特别好吃。

巡回演出时，我和李雪总是结伴。一是因为舞蹈队只有我俩和武彬是家属子弟，而武彬在乐队，跟着乐队走；二是她的视力不太好，动作慢。吃饭时我们往往都是最后到，一开桌，年轻人狼吞虎咽，动作麻利地往口里塞，那时可不知彬彬有礼，互相谦让，以填饱肚子为主。而温文尔雅的李雪，还没吃多少就光盘了，多数时候都没有吃饱。

那时的宣传队是一个温馨的大家庭，大家互帮互爱，欢歌笑语，快乐地度过了美好的青春时光。我们在涪陵汇报演出时，是宣传队的鼎盛时期，在涪陵演出几天，备受欢迎，受到很多单位邀请，也受到热情招待，享受丰盛美食。

后来宣传队队员们都回到各自的车间，成为车间生产线上的主力军，成为车间的文艺骨干，活跃了车间的文化生活，在厂里组织的文化生活中尽显风采。其中有许多人还成了工厂的领导。

时光如梭，当年的青春少年已成了银发老者，但他们依然活跃在自己热爱的艺术队列中，放飞夕阳。他们为三线建设的付出，永远留在三线建设的丰碑里。

回忆过往，有许多事和人都淡忘了，没提到的老队员们请原谅。此文得到了罗昌信、蒋鹏初、王凡、王莉的支持和认定，在此向他们表示感谢。

文武全才李英姿

1989年8月，我还在坐月子的时候，上级机关对天兴厂进行国防计量认可检查，检查组要求重视计量理化工作，要求工厂计量部门和理化部门单独成为一个独立机构。于是工厂成立了计量理化处，我作为计量管理员自然被分到计量理化处，仍然担任计量管理兼人事管理员，检验处领导王刚调任计量理化处处长兼党支部书记，教育处副处长曹启宙调任计量理化处副处长。

计量理化处只有50多个人，但每两年一届的篮球、排球比赛我们还是要组队参加。我的水平在人员众多的检验处里根本没有资格参加，但在计量理化处里"矮子里头拔高子"，也有机会成为篮球队队员和排球队队员，参加厂里组织的各单位之间的比赛。

然而我们计量理化处女子篮球队队长李英姿，是厂里最优秀的篮球中锋。她带领着我们这支貌似最弱的女子篮球队，竟然也能够出线晋级，从淘汰赛进入循环赛。

2003年，李英姿去世的时候才50岁。她是在前夫庄大汉的怀抱里合上的双眼，去世时神态非常安详，就像睡着了一样。庄大汉请人给她化了淡妆，换上漂亮衣服，一如她平时的打扮，让瞻仰她遗容的亲戚朋友感觉她仍和生前一样漂亮。

那天在她的灵堂前，我听到这个结局的时候，很感动，回到家心情久久不能平静。她是一个如此优秀的女人，却如此命运多舛，我为她感到难过。半夜，我竟然从梦中哭醒，翻身坐起来，让自己痛痛快快流了一通眼泪，为她写了一篇文章后，才倒下去又睡。

李英姿和庄大汉结婚后就住在我家楼上，那时候我还是一个小学生。李英姿是厂里的名人，没有人不认识她。她1.68米的个子，是厂女子篮球队的中锋，绝对的女一号角色。她还有一副好嗓子，擅长女高音，每年厂里文艺演出时，都有她的独唱节目。每年庆"七一"大合唱歌咏比赛时，她都是我们检验处最出色的女高音领唱者，领唱《我的祖国》《山丹丹开花红艳艳》等高难度歌曲。

庄大汉也是厂里的名人。他是高干子弟，1949年他父亲带领解放军去解放贵州时他出生了，他父亲就给他取名"庄进黔"。但实际上厂里绝大多数人都不知道他的大名，都叫他庄大汉，因为他长得高大魁梧，虎背熊腰，一米八几的个子站在那里，就像一座铁塔。

庄大汉的行事风格就是霸气。听说他就是霸气地把李英姿前男友打跑了，才把李英姿抢到手的。

庄大汉和李英姿走在一起，那是非常吸引路人眼球的，高大帅男加气质女神，没人能比。

但庄大汉大男子主义十足，并不会关心照顾女人，还脾气暴躁，一不高兴就动手打人。李英姿经常在家大哭大叫"打死人了"，她的声音又高又尖，周围几栋楼都听得见。有时候李英姿会坐在楼梯上痛哭流涕，也不怕上下楼梯的人笑话。

后来我长大上班了，和李英姿都在厂检验处工作，我在办公室搞管理工作，她在计量室做精密量具检测工作。我也是一个文体活跃分子，和李英姿都要参加单位的文体活动，所以和她有较多的接触，比如参加篮球比赛、排球比赛，参加歌咏比赛、交谊舞比赛、文艺会演等。只不过每次她都是策划者和主角，我是一个普通参与者和配角。

说实话，我非常佩服李英姿，她是一个非常出色、非常优秀的女性。她多才多艺，除了打篮球和唱歌外，钢笔字也写得非常漂亮，娟秀流利。

她为人处世落落大方，领导和同事都喜欢她。在球场上、舞台上，她都是我们的主心骨、总指挥，有她在我们就有信心，她不在我们就乱成一团。

但她活力四射的身体，却有严重的哮喘病，每年都要住几次医院。李英姿说，她高中时太爱打篮球了，经常打得汗流浃背，没有及时换下汗湿的衣服，背心老受凉，就患了哮喘病。她哮喘病发作的时候，就呼吸不畅，张着嘴大口大口地喘气，看着都难受。但一到有篮球比赛的时候，她就忘记了自己的病。有几次，轮到我们篮球队参加比赛，她正在住院治疗哮喘病，白天还在输液，晚上就穿上运动服和我们一起参加比赛。我们检验处邓超群处长总是说，她不懂得照顾自己，自己把自己身体搞坏了。

20世纪90年代，庄大汉当了厂里的中层领导干部，因为经济问题被判刑，坐了5年牢。庄大汉去坐牢前，找到自己的拜把子兄弟庄山，嘱托他把李英姿母子照顾好。

庄山和庄大汉性格完全不同，他温柔体贴会照顾人，很有女人缘。庄大汉把李英姿委托给庄山照顾时，庄山已经和老婆离了婚。庄山还真是尽心尽责，把李英姿母子照顾得很周到，劈柴买煤之类的脏活重活，他都主动去做，这让李英姿很感动。和庄大汉共同生活了20年，庄大汉没有做过什么家务事，李英姿又要上班又要带孩子，还要做家务，真的很累，从来没有享受过被人照顾的日子。现在被庄山照顾着，她感到从未有过的幸福。

李英姿向庄大汉提出了离婚的要求，庄大汉无奈同意了。离婚后，李英姿和庄山同居了。

庄大汉刑满释放出狱后，找李英姿谈了几次，希望复婚，说过去的事情就让它过去吧，他们重新开始吧，但李英姿坚决不同意。后来，庄大汉没有回厂，在其他地方找了一个女人结婚了，自己开公司打拼。

但后来，庄山又和厂里一个比李英姿年轻的女人好上了。李英姿摇摇头，漠然地离开了庄山。那个女人离了婚，和庄山生活在一起了。

两个男人把李英姿的心伤透了，她后来再没有和任何男人有瓜葛。

在外人面前，李英姿永远是乐观的、漂亮的、高雅的，从来没有表现出怨天尤人和垂头丧气的样子。她永远是一个骄傲的公主，依然活跃，依然唱歌跳舞。

50岁那年，李英姿检查出患了绝症，但她没有向任何人说起，依然该做什么就做什么，依然和姐妹们一起去旅游一起玩耍。在她临死前半个月，她儿子才向庄大汉打电话说了她病重的消息。

庄大汉立即带着现任妻子王文平一起赶来。庄大汉到病房里探望李英姿，王文平也想进去，被李英姿的同事一把拖了出来。同事说："人家都要死了，你就让他们两口子说说话吧。"王文平就知趣地没有去打搅他们。

那天，庄大汉和李英姿单独相处了5个多小时，直到李英姿的朋友叫他们吃晚饭时，他们的谈话才被打断。他们两个人的眼睛都是红肿的，一看就是哭了很久的样子。也许那一天，他们把所有的恩恩怨怨都尽情地倾诉出来了。

后来，庄大汉俨然一个称职的丈夫，一直在李英姿病床前伺候，整整15天，直到李英姿在他怀里咽下最后一口气。

李英姿死了，庄大汉又俨然以一个丈夫的身份，站出来大张旗鼓地为李英姿操办丧事。他请人搭建了灵堂，请来乐队奏乐。那两天，李英姿灵堂前非常热闹，人山人海。庄大汉以前的朋友同事，李英姿的朋友、同事、球队队员、文艺队队员，都前来吊唁。庄大汉忙前忙后，在众人面前出尽了风头。庄山也来了，他躲在灵堂外面，一个人捂着脸哭泣，哭得很伤心。

其实庄大汉是很爱李英姿的，但他年轻时不会爱，后来醒悟了又没有机会了。这次，庄大汉带着赎罪的心情为李英姿处理后事，也算是有了一个圆满结局，也感动了很多人。

（文中人物李英姿、庄大汉、庄山、王文平等均为化名）

被婚姻枷锁锁住的人生

2020年6月，胡新林的老婆王玉花死了，终年75岁。王玉花终于放手了，可惜，胡新林已经老了。

胡新林和王玉花的老家在南川一个偏远的农村。王玉花出生于1945年，父母早逝，是姐姐把她拉扯大的，从小没有读过书。1962年生活困难时期，王玉花的姐姐向胡新林的母亲借了一袋麦子，还不起，就说等胡新林长大了，把自己妹妹嫁给胡新林，胡新林的母亲就同意了。胡新林比王玉花要小六七岁，家长给他定亲的时候，他还是一个十一二岁的小孩子。

胡新林初中毕业，18岁参军入伍，因写得一手好字，会写文章，深得部队首长喜欢。他曾经给王玉花写信，但王玉花不认识字，收到他的信后还要请人帮她念信，也不会写回信，胡新林就失去了给她写信的兴趣。胡新林在部队先给首长当文书，后来当卫生员。1971年，他从部队转业，被分配到天兴厂工作。

胡新林刚被分到天兴厂工作的时候，老家的人就忙着帮他把结婚证领了。按双方家长的意思，从小定下的娃娃亲，都过去七八年了，终于等到胡新林满20岁了，应该结婚了。当时，胡新林并不在家，也没有人想过征求他的意见，胡新林就这样糊里糊涂地被结婚了。

胡新林回到老家，和王玉花进了洞房。然而，胡新林发现自己和王玉花根本没有共同语言，他根本就不喜欢王玉花。说来也是，胡新林当兵后就离开了老家，和王玉花长期没有见面也没有沟通，这感情从何产生。

第二年，他们的儿子出生了。那个年代，工厂职工的住房都是工厂分配的，胡新林的妻子儿子都是农村户口，在工厂没有资格分房子，胡新林在厂里只能住单身宿舍，王玉花和儿子就跟胡新林的父母在老家生活。平时胡新林一个人在厂里生活，只有休探亲假的时候才回到老家。胡新林回到老家也不和王玉花同居，和王玉花形同陌路。

胡新林年轻的时候真是一表人才，按现在的说法，就是"妥妥的一枚帅哥"。胡新林高高的个子，不胖不瘦，白衬衣总是洗得雪白雪白的，裤子总是熨得笔挺笔挺的，皮鞋总是擦得锃亮锃亮的，再加上当过兵，无论站或坐，身板都挺得笔直笔直的。他有才华，工作也很上进，领导都想培养他。

胡新林条件这样好，明里暗里喜欢他的女孩子真是不计其数。围着他转的那些女孩子，要么是厂职工医院的医生护士，要么是厂里的工人，个个都打扮得花枝招展，又洋气又时尚。而王玉花就差远了，永远是一副没见过世面的乡下女人形象，又老又不会打扮，也不会说话，胡新林打心眼里瞧不起她。胡新林不愿意王玉花出现在自己的生活圈子里，从不把王玉花带到厂里和同事朋友见面，因此很多人都不知道胡新林是结了婚的。

那些年，胡新林就想和老婆离婚，每次回老家，都是和王玉花谈论离婚的事情。可是王玉花满脑子都是封建传统思想，说什么嫁给了胡新林，就"生是胡家人，死是胡家鬼"，打死她都不会离婚的。气得胡新林打也打了，骂也骂了，王玉花还是坚决不离婚。那个年代，离婚不自由，只要一方不同意离婚，另一方就别想离成。胡新林气得没有办法，就长期住在厂里不回家。那些围着胡新林转的美女，眼看胡新林离婚无望，一个个都离他而去，结婚嫁人了。

后来出了一件事，把胡新林彻底毁了。厂里一个女青年和胡新林私下约会，被人发现了，因为胡新林是已婚男人，所以被人扣上了有男女作风问题的帽子。从此，他的工作没有前途了，他也开始日趋颓废，在无奈和绝望中孤独地生活着。

后来，儿子长大了。为了解决儿子的工作问题，胡新林提前退休，让儿子顶替进厂，和他生活在一起。他拿着微薄的退休金，退休后一直在厂里做临时工。

20世纪90年代末，工厂要搬迁到成都了。王玉花一定要跟着儿子到成都生活，就把老家的房子卖了，来到天兴厂。表面上看，他们一家人团圆了，但胡新林对王玉花已经从不喜欢变成了厌恶和憎恨。王玉花来了，他就搬到单位值班室里住，把自己的工资交给儿子，由儿子安排一家人的生活。

王玉花总是向邻居们抱怨，说胡新林不喜欢她。她说话时一副可怜相，邻居们也觉得她可怜，但都不喜欢她，私下议论时说就她那个水平，难怪她老公不喜欢她。有邻居对王玉花说，既然胡新林这么不喜欢你，你还不如离婚算了，大家都自在，王玉花就不吭声了。

1999年，一家人随工厂搬迁到了成都，住上了宽敞的新房子，但胡新林从不回家住，依然住在单位值班室里。后来儿子结了婚，又给他添了孙子，胡新林就把工资卡交给了儿媳妇。他每天回家吃饭，逗逗孙子，但从不回家住，也不和王玉花说一句话。

我还是小姑娘的时候，就觉得胡新林很帅气。这么多年来，我看着他从一个风流倜傥、踌躇满志的英俊小生，慢慢变成了一个双眼无神、面无表情、不修边幅的衰老头儿。

王玉花这一生牢牢抓住了婚姻这个枷锁，锁住了男人，也把她自己锁死了。他们看似有一个完整的家庭，却从来没有过夫唱妇随、琴瑟和鸣，从来没有享受过婚姻的幸福。我常常听到别人讲起胡新林和王玉花的故事，讲故事的人都是声声叹息。他们的悲剧有那个时代观念意识的原因，也有他们个人性格的原因。

王玉花已去，胡新林终于自由了，终于可以享有一段属于自己的黄昏恋了。

（文中人物胡新林、王玉花为化名）

三线建设者留守儿童的故事

王娟是我的好朋友。因为我老公在南川县气象局工作，她老公是外地的一个老师，于是结婚后我们一起住在母子宿舍。

我们都出生于1963年，都是随支援三线建设的父辈进入山沟里的"三线二代"。不同的是，我从小就跟着父母进入了山沟，王娟却是在奶奶身边长大，读高中时才回到父母身边。和我开朗活泼的性格相比，她显得拘谨、内向，还有些淡淡的忧郁，我想这一定和她的成长经历有关。

这些年，随着中国城市化进程的加速发展，农村人纷纷来到城市打工，农村的留守儿童问题得到广泛关注。但我与王娟交谈后，我才意识到，王娟实际上就是一个三线建设者家庭的留守儿童，只不过在那个年代，还没有留守儿童这个说法。

王娟的爸爸、妈妈都是陕西人。王娟的爸爸于1964年毕业于兰州医学院，毕业后被分配到甘肃省某医院工作，而王娟的妈妈则在西安东方厂工作。王娟的妈妈不但自己要上班，还要照顾三个年幼的孩子和两家的老人。两地分居给生活造成了极大的困难，早日结束两地分居是大妻俩最渴望的事情。

1970年，王娟的妈妈从厂里得到消息，如果她申请调到三线企业去工作，就可以将王娟的爸爸也调到那里去，这样就可以结束夫妻两地分居的问题。就这样，王娟的爸爸妈妈向组织递交了申请，并办理了调往天兴厂的工作调动手续。

就在这关键时刻，王娟的爷爷突然中风了，卧床不起。

王娟的爸爸是家中的独子，王娟的爷爷中风后，王娟的爸爸就请了假在家照顾老人。一个月过去了，老人的病情虽然稳定了，但却彻底丧失了生活自理能力。王娟的奶奶是一个小脚女人，也是一个没有劳动能力的人。这个家，需要有人照顾两位老人，但王娟的爸爸妈妈即将远赴四川的一个偏僻山沟里工作，怎么办？

王娟的二爷家、姥爷家和舅舅家都离王娟的爷爷家不远，他们可以帮着照顾王娟的爷爷奶奶。经过几家反复商量，决定将7岁的王娟留在爷爷奶奶身边，让爷爷奶奶有个人使唤。当时，王娟的姐姐10岁，弟弟3岁，之所以没有将姐姐留下来，是因为弟弟太小，需要姐姐照顾。

当时，王娟已经上小学一年级了，并且已经办好了转学证明。听说不让她跟着爸爸妈妈走，她大哭起来，说学校里的同学都知道她要走，现在又不走了，同学们会嘲笑她的，她就是要跟着爸爸妈妈走。爸爸生气了，打了她，说："你这孩子，咋这么不懂事呢？"王娟就这样留在了爷爷奶奶身边。

留在爷爷奶奶身边的王娟，成了家中的通信员。家中需要传个话啥的，就叫王娟去跑腿。

家中最大的问题就是没有劳动力，打水是每天都要面临的困难。村里每家每户都是到村里唯一的一口井里打水，把水桶拴上绳子丢进几十米深的水井里，再绞动辘轳将水桶吊上来，称为绞水。王娟和奶奶都没有力量将水桶绞上来，通常都是村里的人帮忙完成，然后祖孙俩再费力地将水抬回家。王娟稍大点后，就独自担水了，年龄小的时候就担小半桶，再大点就多担一点。王娟读中学时，是在区上的中学读书，平时住校，周末回家。学习忙的时候，很多同学周末都不回家，但王娟必须回家，因为她要回家担够爷爷奶奶一周的用水，将家里的水缸装满。

生产队分粮食、分东西的时候，是王娟最痛苦、最恐惧的时候。生产队通常都是在塬上分粮食、分东西。塬上，是指中国西北部黄土高原地区因流水冲刷而形成的高地，四边陡，顶上平。塬上四周都是土地，从土地收获的果实，直接堆放在塬上进行分配，然后各自担回家。王娟生产队的塬上离村庄有几里路，旁边是一片坟地。每次队上分粮食，别人家都是热热闹闹一大家子来塬上，很快就把粮食担回家了，而自己家分的粮食只有自己一个人在塬上守着，要等二爷来担，二爷要将自家的粮食担回家后，才来担王娟家的。别人家很快就把自己家的粮食担走了，塬上往往只剩下王娟一个小姑娘。天黑了，四周漆黑一片，只看得见坟地上的点点荧光，每次王娟都会被吓得心怦怦直跳，大气也不敢出。这种恐惧的感觉，在王娟心灵上刻下深深的印记，及至几十年过去了，她还常常做到坟地的噩梦。当她谈论这些往事时，仍然是面带忧伤。

但王娟在生产队也非常有优越感，因为她的父母都在国营工厂工作，她家人都是吃商品粮的，令别人非常羡慕。她爸爸每个月会寄20元钱回来，这在当时无疑是一笔巨款，让王娟在经济条件上比同村的同龄人都好。

爸爸每年回老家探亲时，总是讲新厂很好。说新厂两边是高山，中间是小河，风景很好，家家通电灯，户户有自来水，住的是楼房，出门是水泥路面的公路，厂里有电影院，比城里的条件还好。王娟就非常渴望能够早日到爸爸妈妈的身边。

王娟一盼就盼了10年。直到王娟读高二前，为了高中毕业考学考工的需要，爸爸才将王娟接到了自己身边，在工厂子弟校读高二。而这个时候，王娟的爷爷已经离开人世了。

由于长期没有在父母身边生活，回到父母身边的王娟和父母之间的关系变得客客气气，少了亲昵的感觉。王娟很羡慕姐姐能够和妈妈亲热地说说笑笑，而自己却做不到，她已经习惯了所有的事情自己扛，再大的困难都不会向妈妈吐露半点心声。

王娟的老公于20世纪90年代被调到天兴厂里工作，准确地说，是王娟的母亲退休后，他顶替王娟母亲的名额才被调到厂里的。90年代，国营企业还是人人向往的地方，能够从一个偏远县的小学校被调到天兴厂工作，在那个时代来看是往高处走。但没过几年，我们这样的国营企业的好日子就到头了。到了成都后，王娟的老公很快就辞职出去自主创业了。

王娟的父母都很孝顺，退休后都回到农村老家，照顾双方的老人，直到把双方的老人都养老送终后，才回到自己在成都的家。王娟的奶奶去世的时候，已是86岁的高龄老人。

每次听王娟讲述她自己的故事，都让我感到心痛。自古忠孝难两全，王娟的父母为了三线建设，远离亲人，彰显出三线人的博大胸怀。他们为了同时兼顾好工作和父母，也算是费尽苦心，只可惜让幼小的王娟承受了过重的生活担子，失去了在父母身边受宠撒娇的幸福。当年的三线建设者的子女，可能还有不少像王娟这样的孩子吧。

（文中人物王娟为化名）

● 2004年1月25日，天星沟里天兴厂新商店片区的职工宿舍

一个"三线二代"的钢琴梦

我有一个天兴厂子弟校同学，在2000年他工作的企业极端困难的时候，他竟然做着想拥有一架三角钢琴的梦，直接将我惊得目瞪口呆。

2000年国庆节期间，我们天兴厂子弟校同学会在成都的一家度假村举行。我们班的同学全都是从小就跟着支援三线建设的父母，从祖国的四面八方进入天星沟的，一起在子弟校上小学、初中甚至高中。后来，多数人留在天兴厂工作，少部分人又跟随父母被调到全国各地，或考上学校被分到外地工作。天兴厂于1999年整体搬迁到了成都市龙泉驿区，交通方便了，通信方便了，同学们迫不及待地强烈要求组织同学会，于是就有了这次同学会。我们有的同学十几二十年没有见过面了，相见时都激动得热泪盈眶。

10月3日清晨，晨曦照亮了大地，度假村里草木茂盛，鲜花盛开、空气清新湿润，鸟儿在树上啾啾鸣叫。我沉浸在同学会的激动和兴奋之中，睡不着，就早早地走出房间，来到花园里呼吸新鲜空气。一幢房屋里传出优美的钢琴声，是贝多芬的名曲《致艾丽丝》，我心里为之一动，情不自禁走了进去。这是一间演艺厅，舞台上摆放着一架白色的三角钢琴，同学徐晶锗正坐在钢琴前忘情地弹奏，琴声轻快流畅，姿势优雅无比。我悄悄地找了一个角落坐下来，静静地欣赏着。

在昨天晚上的联欢会上，徐晶锗唱歌时浑厚的男高音已令我刮目相看，今天他又表现出如此高超的钢琴水平，更令我感到震撼。他小时候是

● 2000年国庆节，天兴厂子弟校同学在成都举办同学会。弹钢琴者为徐晶锗，前排右一为作者晓露

个很有教养的孩子，成绩很好，憨厚诚恳。我初中毕业后就考上中专到外地读书，等我中专毕业回厂工作时，他已经考上大专也去外地读书了。他大专毕业后先被分回我们厂，在厂子弟校当老师，后来跟随他父母被调到了另外一家三线厂工作。前几年，他们厂也搬到了成都市龙泉驿区，我们才恢复了联系。

一曲弹毕，我轻轻地拍着手，向徐晶锗发出了由衷的赞叹，并问道："还不知道你会弹钢琴，什么时候学会的？"

徐晶锗答道："读大学的时候学会的，然后就迷上了。"

"你学的好像不是音乐专业吧？"

"不是，我学的是数学，但很喜欢音乐。"

"你天天在家里练习钢琴？"我好奇地问。

"不完全是。刚工作那几年买不起钢琴。我毕业后不是当了几年数学老师吗，我就每天去弹学校的风琴，就是我们小时候上音乐课时老师用的那种脚踏风琴。"他诚实地回答。

"我记得那种琴。"我说。我们上小学时，音乐课用的都是笨重的脚踏风琴，每次上音乐课前，老师就叫几个男同学去办公室将风琴抬到教室里。这种风琴演奏时需要演奏者脚踩踏板为风琴鼓风。没想到徐晶锗竟然用这种脚踏风琴练出了如此高超的钢琴弹奏技艺，不得不让我心生佩服。

"后来从学校被调到工厂工作，每天摸不到琴，感觉特难受，就省吃俭用花了9000多元买了一架普通钢琴，每天在家里练习。"徐晶锗又指着三角钢琴说，"这架钢琴好，'珠江'牌的，很贵，我希望拥有一架这样的钢琴，不过我喜欢黑色的。"

"这种钢琴要多少钱才能买到？"

"家用买十多万元的就可以了。"

"十多万元啊？这也太贵了吧？你也太敢想了。"我不禁倒吸一口冷气。在2000年，很多人一个月才几百元的工资，10万元对普通人而言无疑是一个天文数字。那个时候，买一套住房都要不了10万元，何况徐晶锗家和我家一样，也是住的厂里统一分配的住房，只有70多平方米，就算买得起钢琴也没有地方放啊。

"作为一个梦想吧，努力奋斗，这辈子应该能够实现吧？"徐晶锗憨厚地笑着说道。

同学会后不久，徐晶锗因为所在企业效益不好，就辞职出去打工。打工的生涯并不顺利，先后跳了几次槽后，才在一家民营企业稳定下来。徐晶锗打工虽历经挫折，但结果还不错，他后来工作的这家企业发展得很好，从一家小型民营企业发展成了上市公司，公司员工都跟着沾了光获了利。他的老婆王晓霞也因为企业破产，才43岁就内退了。王晓霞本来是他们厂职工医院的妇产科医生，内退后独自背着医疗器械回老厂山区开了一家私人诊所。她看准了老厂所在山区由于工厂搬迁后，当地老百姓缺医少药的问题，回去开诊所，可以帮老百姓解决看病难的问题，也可以多挣点钱。路虽然走出去了，但痛苦和困难也接踵而至，最让她不能忍受的是远离亲人的痛苦和寂寞，还有一个人面对困难时的孤独和害怕。有一次，她为一位孕妇接生，孕妇大出血，她用尽了20多年积累的工作经验，都没有办法止住血。那时候，她独自在手术室里急得直哭，心里绝望地想着，这下完了，自己今天不被病人家属打死，也会被抓去坐牢。还好老天开眼，后来竟然止住了血，转危为安，她才渡过了难关。经历了这件事后，她感到很害怕，就关闭了诊所，回到成都，在住家附近的一家医院工作。

2008年5月12日，四川汶川发生了8.0级特大地震，震后人们对成都的电梯公寓产生了担心和怀疑，导致电梯公寓价格直线下降了一半左右。具有远见卓识的徐晶锗夫妻乘机买了一套宽敞的住房。新房装修好后，夫妻俩请我们同学到他们家玩，看他们俩捡了大便宜后的高兴劲，我也感到很高兴。

转瞬来到了2010年国庆节，我们又在成都举行子弟校同学会。一天晚上，我陪着几位从外省回来的同学来到了徐晶锗家，惊奇地发现，徐晶锗家新添了一架三角钢琴，是徐晶锗心仪的黑色的"珠江"牌钢琴。我大呼小叫起来："徐晶锗，你可真行啊，还真把三角钢琴搬回家了，花了十几万元吧？"徐晶锗说："没有，只花了两万多元，比想象的便宜多了。"

徐晶锗打开琴盖，自弹自唱起来：

> 你在北国，我在南疆；
>
> 白桦绿棕，天各一方。
>
> 啊，啊，
>
> 我的知音，我的姑娘。
>
> 当你看见那黎明的星空，
>
> 那是我注视着你温柔的目光；
>
> 当你看见那满天的落霞，
>
> 那是映山红盛开在我那甜蜜的梦乡。
>
> ……

深情的歌声伴着优美的旋律在房间里久久回荡，而徐晶锗弹唱时迸发出的光彩更令人着迷。

徐晶锗弹完后对我们解释道："这首歌叫《两地曲》，是全国青年歌手电视大奖赛上王红星演唱的曲子，当年王红星获得了美声组一等奖。"

"天啊，这么高难度的歌你都拿得下来，你太厉害了。徐晶锗，你唱得好也弹得好，我就像在听电视上的歌手演唱一样。"同学李素芬惊呼道。

我们正热烈地交谈着，王晓霞回来了，她才给病人做完手术。王晓霞虽然一脸的疲惫，但还是热情地陪我们说话，和我们一起唱歌。徐晶锗说，王晓霞非常辛苦，经常加班给病人做手术，有时候加班到半夜，他就要去接她回家。人命关天，医生的责任大，压力也大，其实活得挺累的。

我感叹道："我知道你们两口子都不容易，但确实很能干。你终于如愿以偿，把三角钢琴搬回了家。你原来还说希望有生之年能够实现这个梦想，没想到也才10年的时间就实现了。"

徐晶锗说："是啊，我也没想到可以这么快实现这个梦想。"

王晓霞说："钢琴买回来了，他喜欢得不得了，经常弹到晚上12点还不愿去睡觉，儿子从大学回来还要和儿子一起探讨，完全沉迷进去了。"

我说："这样好啊，过得充实。能够尽情地做自己想做的事情，就是最幸福的人。"

徐晶锗的儿子大学三年级的时候做了交换生，要到美国留学两年，毕业后，将同时拥有国内大学和美国大学的毕业证。徐晶锗为儿子出国留学举行了一场小型的宴会，在宴会上，我见到一对年轻的美国人。原来，徐晶锗每周末都要到成都大学打羽毛球，就认识了这对年轻的美国夫妇，他们在成都大学任教。他们想在学校放假的时候住到中国老百姓家里，深入了解中国老百姓的生活，同时还可以提高自己的中文水平。他们要求借住家庭提供独立的居住空间、卫生间和洗衣机，这些条件对刚搬了新家的徐晶锗来说完全可以满足，于是热情地邀请他们住进了自己家里，每天让两位美国人到他父母家吃饭。年轻的美国夫妇给徐晶锗开出了令人咋舌的高额居住费和生活费，令徐晶锗轻松地赚了不少钱，还帮助儿子将英语水平提升了很多，让儿子轻松地通过了出国留学的英语考试，得以顺利地到美国留学。

徐晶锗的幸福生活令我感慨。他们两口子曾和许多中年人一样，经历了企业效益不好和企业破产的打击，但他们没有消沉。中国这十几年，经济高速发展，成都作为中国西部经济发展的中心，给老百姓创造了无数勤劳致富的好机会。徐晶锗两口子抓住了机会，寻找到了适合自己的新的发展之路，因而他们也是幸运的。支撑他们坚持到底的力量，来自他们不断追求幸福生活的梦想，因为有梦想，他们活得精彩。

后记：徐晶锗退休后，组织了一支乐队，全身心投入他的音乐爱好之中。

网上邂逅郭志梅

十多年前，我喜欢在网上写博客，在网易博客上写了很多回忆天星沟的文章。有一天，我在网上搜到了一篇写天星沟的文章。看了文章内容后，我给作者留言："你是郭志梅吧？我认识你父亲郭先柄。"作者很快回复道："是的，我就是郭志梅。请问你是谁？"我告诉了她我是谁，又传给她我小时候的照片和全家合影，她才勉强想起来我是谁。

小时候，我们家离郭志梅家不远。在天兴厂子弟校读书时，她比我高三级，因此我们没有在一起玩耍过，她对我印象不深，我也不知道她后来到哪里去了。通过这次网上邂逅，我才知道，原来她于1978年考上西南师范大学，大学毕业后被分配到西安工作，难怪这么多年见不到她。

通过交谈，我发现郭志梅是一个热情、健谈、说干就干、风风火火的女人，和我很谈得来。她在天星沟只生活了10年，但她对天星沟的感情依然深厚。我们之间有共同的天星沟故乡情，有共同的写作爱好，因而有说不完的话。她当时是陕西省信访局《民情与信访》的总编，在这本杂志上为我发表了好几篇回忆三线建设的文章。

2015年春节，郭志梅和丈夫回到成都，看望她的母亲和兄弟们。正月初四，我邀请了王春才夫妻和其女儿女婿、郭志梅夫妻到我家做客。郭志梅的老公周伯衍先生是中国书法家协会会员、西安市书法家协会副主席，他特意写了两幅书法作品分送给王老和我。

2017年4月，郭志梅听我说有几位20世纪80年代被分配到天兴厂工作的大学生相约回天星沟，她就竭力鼓动我和她一起回天星沟，和大学生们会合。感谢她的鼓动，促成了此行，让我重温了青春的激情，让我写出了深情的图文并茂的文章《天星沟的召唤》。这篇文章在天兴人中传播广泛，影响深远。

● 2015年2月23日，第一次握手。中为王春才，左为作者晓露，右为郭志梅

2019年7月，中国三线建设研究会第二次代表会议暨弘扬三线精神研讨会在成都大邑县举行，她专程赶来参加会议。我开着车，接上她和重庆南川区宁江小学校的两位校长一起前去。在路上，我们两个久别重逢的好友，滔滔不绝地说着话，那两位校长只有当听众的份儿。

2021年5月，我们一家人到西安旅游。郭志梅知道后，专门抽出一天时间陪我们游玩，请我们吃饭，还带我去参观贾平凹文学艺术馆。

郭志梅经常鼓励我尽快将《远去的天星沟》一书写完，尽快出版。在她经常的督促和鼓励下，今年春天，我终于把书稿写完并交付出版。而她自己也没有闲着，她的第三部散文集《天星沟》也即将写作完成，即将出版问世。天星沟的两朵姐妹花，用绽放的绚丽，回报故乡天星沟。

郭志梅真正成了我志同道合的朋友，成了鞭策我鼓励我的大姐姐，我们之间的友谊不因距离而遥远，不因时间而冲淡。我们互相鼓励，相信还会有更多的精彩一起迸发出来。

附　录

中国三线的崛起与新时期的大动作

王春才

作者简介：王春才，江苏省建湖县人，1935年出生于苏州。1965年始在三线建设领导机关工作，1997年退休。历任中共中央西南局国防工业办公室、四川省国防科学工作办公室基建规划处处长，国务院三线建设调整改造规划办公室规划二局局长，国家计委三线建设调整改造规划办公室主任、高级工程师，中国三线建设研究会高级顾问、四川省三线建设研究会高级顾问、中国作家协会会员、四川省作家协会会员、中国报告文学学会会员。

从1964年开始，在三线地区展开的规模巨大的建设，是新中国成立后一次重大经济战略调整，历时17年，取得了巨大成就，初步建成了中国的战略后方基地。这对于改善中国生产力布局，增强经济和国防实力，促进三线资源开发，推动少数民族地区的经济发展和社会进步，都有着深远的意义。后来，20世纪80年代开始的三线大调整，进一步开拓了中国西部地区经济建设的新局面，也为以后的经济建设打下了坚实的基础。

今年适逢三线建设51周年纪念，牢记三线千古丰碑的历史，不忘三线人，以此文展示三线建设的崛起与经济战略大调整，供学者、专家、三线人参阅，并请提出宝贵的意见。

惊心动魄的三线建设

党中央做出三线建设决策已经51年。51年沧桑巨变，作为三线建设亲历者和见证人，当年上千万三线建设者用自己的双手和智慧，在现代人难以想象的艰苦环境中，战天斗地、艰苦创业的风云壮举，仿佛又回到了眼前。

20世纪60年代初，中国处在帝国主义国家包围之中。美国总统扬言要炸毁青海原子弹基地，苏联又撕毁中苏协定，在中苏边境陈兵百万。面对美苏两国战争讹诈，为了新中国的安全，对于强加给中国的战争，只有针锋相对，别无他途。为取得反侵略战争的胜利，加强国防现代化，毛泽东主席和党中央作出伟大的战略决策和部署，备战、备荒、为人民，在三线地区展开大规模建设，这是新中国成立后的一次重大的经济战略调整。几十年的实践来看，这次调整不仅在当时起了备战作用，而且在探索中国工业由沿海向内地纵深发展，推动少数民族地区的经济和社会进步也起到了重要作用，并且为21世纪经济建设向西部发展创造了非常有利条件。这一点，越往后会看得越清楚。

毛泽东决定建设三线，除客观形势需要外，也借鉴了苏联在苏德战争初期失利的历史教训。当年苏联的工业基地大都分布在西部地区。战争突然爆发，苏军边打、边撤、边迁，搬不及的工厂尽落敌手。搬迁需要时间，建成投产也需要时间，前线的战争消耗不能及时得到补给，更谈不上组建、装备新的部队开往前线作战，造成前线节节败退，丧失大片国土，人民深受其害的残局。苏联统帅斯大林采取紧急措施，将大城市军工厂迁到乌拉尔山区，在卫国反击战中，山区军工厂生产的武器如飞机、坦克、喀秋莎火箭炮起了重要的作用，德国军队败退。

中国的情况与苏联有相似之处，其工业大部分分布在东南沿海地区，战争爆发，首当其冲，难保不落敌手。中国决定建设三线，力争完成于战争爆发之前，做到居安思危，有备无患。一旦战争爆发，能尽量缩短战争时间，减轻人民痛苦，以小代价换取大胜利。

三线建设作为一个特定的历史概念，已经深深留在一代人的记忆里。1964年5月中旬，中央工作会议在北京召开，重要议题是讨论第三个五年计划。时年71岁的毛泽东主席在会上明确指出："第三个五年计划，原计划在二线打圈子，对基础的三线注意不够，现在要补上。攀枝花钢铁基地建设，一要加快，二不要潦草。没有钱把我的工资拿出来，没有路骑毛驴去……"同年8月，在中央书记处会议上，谈到三线建设问题时，毛主席表情严肃地说："机不可失，时不再来。内地建设不好，我就一天也睡不好觉。"会后，有关方面立即确定了三线建设的布局。

"三线"这一概念出自毛主席关于三线建设的战略构想。在这个构想中，他把全国划分为前线、中间地带和后方三类地区，分别称为一线、二线和三线。从地理上划分，中国沿海为一线，中部地区为二线，西部纵深地带为三线。其中划定的三线范围为乌鞘岭以东，京广铁路以西，雁门关以南，昭关以北广大地区，包括川、黔、滇、陕、甘、宁、青、晋、豫、鄂、湘、粤、桂13个省、自治区的全部或部分地区，占全国面积的三分之一。这一地区位于中国腹地，离海岸线最近在700公里以上，距西面国境边界上千公里，加之四面分别有青藏高原、云贵高原，太行山、大别山、贺兰山、吕梁山等连绵山脉作天然屏障，在当时"要准备打仗"的特定形势下，是较理想的战略后方。一、二线地区各自的腹地又称小三线，三线建设主要指三线和小三线建设，也包括一线地区设备人员向三线的迁移。

在1964—1966年这段时间里，毛泽东、周恩来、邓小平等领导人经常过问三线建设的重大问题。并决定，由国务院副总理李富春主持三线建设的日常工作，薄一波副总理和罗瑞卿总参谋长协助，并相应成立了以中共中央西南局第一书记李井泉为主任，程子华、闫秀峰、彭德怀、钱敏为副主任的西南三线建设委员会，以西北局第一书记刘澜涛为主任，王林、安子文、李广仁、宋平为副主任的西北三线建设委员会，以中南局书记王任重为主任，王树成、华国锋、戴苏理、何幼琦为副主任的中南三线建设委员会。

西南是祖国战略大后方，为三线建设重点地区，项目、投资占全国三线三分之一，四川占四分之一。党中央、国务院非常关心支持西南三线建设。

为了抢时间，三线工厂的建设，大部分都是沿海企业包建，从干部、技术人员到工人，从基建、设备安装到出产品，一包到底。1965年12月，时任中共中央总书记的邓小平到西南三省视察三线建设情况。来到贵州省遵义，当他听到航天工业基地筹建指挥部负责人汇报建设进度缓慢时，连夜给当时的上海市委书记陈丕显打电话，指示由上海市加快包建该基地，要求一个月内完成人员、设备及物资的派遣调拨任务。临挂电话时，他还风趣地说了一句："完不成任务，我可要打你陈丕显的屁股哟。"陈丕显书记当即赴上海机电一局协调，动员加快支援。不久提前完成包建任务。党和国家其他领导人李富春、陈毅、贺龙、聂荣臻等，曾多次到施工现场视察，并同大家一道解决了一个个建设中的难题。彭德怀元帅为三线建设，抛弃了个人恩怨，在罢官6年之后，又欣然出任西南三线建委副主任，不顾68岁的高龄，只身上任，分管煤、电能源工作。在一年多的时间里，跋涉4000公里，走了西南地区几十个县、市的几十个工地。不久一场浩劫开始，他忍辱负重，仍然全身心扑在三线事业上，充分表现了老一辈革命家的宽广胸怀和高尚情操。

说到攀钢，还有这样一则故事。攀钢建在四川省境内金沙江畔的一个小渡口旁叫作"弄弄坪"的地方。当年，为攀枝花钢铁基地选址，李富春和薄一波副总理都参加了。当地选址的同志，都看中了离江不远的这片地，可惜不是很平坦。李富春回京后向周恩来总理汇报此事时，周总理用他那江苏淮安味颇浓的普通话说："弄弄平嘛！"从此，这个地方便得名"弄弄坪"。

与攀枝花齐名的十堰市也是大三线的产物。1966年，国务院一机部决定上马第二汽车制造厂，由地处长春的一汽厂包建。1968年，考察组翻山越岭到陕西、四川等地选址，一眼看中了四川德阳，当时四川省的主要领导因舍不得那片良田好土而未同意，最终这个项目定在了十堰。二汽厂投产后，既为国家作了贡献，又带动了鄂西北的经济发展，以至四川的副省长蒋民宽后悔说："还是湖北佬精！有远见。"

1965年至1966年上半年，铁道部部长吕正操、冶金工业部副部长徐驰、第四机械工业部副部长高竣、第五机械工业部常务副部长朱光、第六机械工业部常务副部长刘星等43位部级干部，在本行业四川三线项目建设现场蹲点指挥建设，帮助协调解决资金、材料运输等问题，与现场领导干部同吃同住，加快了工程建设进度。对此，我有亲身的体会。1966年2月，我在中共中央西南局国防工办基建规划处工作，与处长田栋樑陪国防工办主任蒋崇璟、第四机械工业部副部长高竣、秘书陈国志、建设司副司长梁峰、四川三线筹建处主任王洋，在第四机械部广元081雷达基地建设工地蹲点。现场热火朝天，081基地党委书记郭克、指挥长赵一山，带领我们劳动平场地，运砂石，参加现场调度会，同吃、同住。在草棚食堂排队就餐，手拿《毛主席语录》，排队集体背诵一段毛主席语录后，在窗口向卖饭菜的炊事员递上粮票、饭票，递碗打饭菜。有人围着小桌吃饭，桌子不够便有人蹲在地上就餐。晚上在席棚睡觉，我与田处长、陈秘书陪高竣副部长（老红军，原任武汉军区副司令员）住在一个席棚。2—3月的广元风沙大，席棚抖动漏沙，只能头埋在被窝睡觉，很难入睡。我们蹲点一个多月才返回家。我时年31岁，小时在苏北建湖县水乡长大，吃了不少苦，因此蹲点参加三线建设是锻炼，不算苦，领导同志为我们作出了榜样。1970年，我陪蒋崇璟主任、成都军区参谋长茹夫一，到四川省青川县山区电子789厂现场调研考察。晚上住在青川县招待所，我与管德如工程师发现被子上有虱子，蒋主任、茹参谋长带头脱光衣服睡觉。这就是三线精神的体现。

　　1965年初，党中央一声令下，从全国各地抽调的铁路、矿山、冶金、化工、核工业等大批专业技术人员和职工队伍，以及铁道兵、工程兵指战员开赴三线地区。当时传颂着这样一句口号："好人好马上三线。"那几年毕业的大学生，许多都被直接分配到三线工厂，数以百万计的建设者从四面八方会集到大三线的千百条沉睡的山沟里，最高峰时建设队伍超过400万人。他们按照钻山、分散、挖洞的要求，依山傍水扎大营，住的是茅棚，喝的是泥浆水，一日三餐常常是干馒头、老咸菜。材料、设备运不进来，他们用肩拉膀推；工程款不足，他们用无偿的劳动加以弥补，甚至不惜牺牲宝贵的生命。建设大军中最值得一提的是解放军工程兵、铁道兵，他们在绝壁上修路，往山肚里打洞，哪里的骨头硬就到哪里啃。在建设队伍中，既有从国家机关抽调的几千名领导干部，也有选调的上万名科技人员，还有从沿海内迁的数万名职工和从老工业基地调来包建的几十万名工程管理、生产骨干，加上建筑安装队伍、当地民兵。仅武汉市，那几年便有数以万计的大中专毕业生、下乡知青和公检法干警，到鄂西北的第二汽车制造厂和湖北化学纤维厂等三线工厂安家落户。广大三线职工为了让毛主席睡好觉，在荒无人烟的大山深处安营扎寨，炸坡建厂。

　　三线建设者为开创宏伟而壮丽的内地建设事业立下了辉煌的战功，他们的业绩，将永载中华人民共和国的史册。

　　由于三线地区所处地理位置闭塞、强调保密和过去人们不难理解的因素，三线建设从一开始就被罩上一层神秘的帷幕，外界人除了概念，别无所知。后来原子弹、氢弹爆炸，飞机、火箭、卫星上天，战舰、核潜艇下海，人们对此欢呼跳跃，但不知道在多大程度上与三线建设相联系。那时，当上下都把视线主要盯在沿海的时候，三线更不被人们多加顾及。

　　大规模的三线建设一直延续到20世纪70年代末期，其间形成于1965年，不久即因"文化大革命"爆发而受到严重干扰。第二次高潮是因1969年中苏边境的珍宝岛事件而形成，大部分三线企业都建设于这段时间。形成了上千亿元固定资产，其中大中型骨干企业2000多个（含小三线企业

200多个），重大产品科研基地数十个，国防军工生产能力占全国一半以上。交通、能源、原材料、机电轻纺以及文教卫生、农牧财贸部门也都相应安排了配套项目。大三线建设在不发达的内地，发展了攀枝花、十堰、德阳等30多个新兴工业城市，新连通成昆、湘黔、襄渝、焦枝等10条干线铁路近8000公里，建公路25万公里。整个三线地区形成了一个规模庞大、门类齐全的后方战略工业基地，其中建成了攀枝花钢铁基地、六盘水煤炭基地、第二汽车制造厂、第二重型机器厂、东方电机厂、洛阳矿山机械厂等一大批大型企业，三线地区机械加工能力占全国三分之一以上。成昆铁路、葛洲坝水电枢纽等工程项目为国内外所瞩目，军工系统装备了一大批国内独有或亚洲之最的高大精设备和设施。人们常用"藏龙卧虎"这个词来估计、评价三线建设的雄厚实力。三线建设这个庞大的系统工程，项目之浩繁、工程之艰巨为全世界所少见。它的建成是一代创业者自力更生艰苦奋斗无私奉献的结晶，在中国建设史上写下了光辉的一页。

艰难的转折闯出新路

三线建设就是靠这种吃苦耐劳的劲头，历经三个五年计划到20世纪70年代末，按照最初的设想大体建成。然而战争终究没有打起来，当一批三线项目出产品、出成果的时候，国际形势已经趋于缓和。中国率先宣布裁军100万人，党的十一届三中全会作出把工作重点转向经济建设，投资重点实行战略转移的决策。形势的变化使许多厂矿竣工之日，竟成了停产之时。军工单位任务锐减，生产科研歇了"炊"，人心涣散，有能耐的纷纷被调往沿海。一场艰难的角逐，严峻地摆在三线人的面前。当年毛主席曾说："三线建设一天搞不好，我一天睡不好觉。"人们非常怀念感激伟大领袖毛主席啊！在这艰难的困境中，有人说现在该轮到三线职工睡不好觉了。全国人民勒紧裤腰带省下的大量资金投进了山沟，理论家们不得不对三线建设的功过是非展开激烈的争论。但是三线建设的几百万好人好马最需要的是生存和出路，三线的出路在哪里？当时中央军委主席邓小平1978年就指出："总的方针是至少拿出一半的人搞民用，将来自动化了，可以三分之二的人搞民用。"1983年，国务院纠正了理论界各持一端的片面认识，针对三线军工转民用问题，提出了"调整改造、发挥作用"的八字方针，三线调整改造的大局就这样定了。三线人喊出了"第二次创业"的口号，军工企业重点调整产品结构，搞军民结合、平战结合。在对服务方向和产品结构进行重大调整开始的时候，他们五金日杂什么产品都上，出现了不同民用厂争饭吃的现象。后来功夫用在发展重大产品上，为国民经济技术改造服务。几年来，他们为交通运输部部门提供了一批民航飞机、铁路车辆，重、轻、微型汽车和各种摩托车；为能源、原材料供应，装备了成套的大型水电、火电、核电设备，重型矿山采掘设备，钢材炼轧设备；为轻工纺织行业设计制造了大量新型机械和生产线。同时，一些科研生产单位还为正负电子对撞机、亿次银河计算机、长征运载火箭、地球同步卫星等尖端产品，研制出关键部件、元器件。三线企业又重新充满了生机，他们冲破单纯经营生产的小天地，走上了为四化全面服务的大疆场，全力地实施了保军转民，民品有了很大发展。许多企事业单位宣告走出困境，结束了靠国家"皇粮"救济的历史。三线企业毕竟基础雄厚，上一个产品，搞同样的规模，一般要比地方省一半的投资和时间。中船重工重庆长征西南铸锻厂转产铁路敞车，用两年半时间，花4000万元，形成年产两千辆的能力，比铁道部门同样规模的厂节约6000万元，缩短5年时间。

1985年，国务院三线建设调整改造规划办公室（以下简称国务院三线办）主任鲁大东，要求三线企业领导干部解放思想，跳出山沟，跳出沿海，跳到国外，加强领导，开展一、三线地区经济合作。国务院三线办副主任周长庆分管相关工作。拉开序幕，扬起风帆，乘长江万里波浪，将自己的触角伸向沿海、伸向海外。一批有战略眼光的企业，开始走出深山峡谷，军转民，发展到内转外。从鸭绿江口到北部湾边，三线单位在1.8万公里的海岸线上，共设了1000多个生产经营点。他们通过这些窗口看世界，参与市场竞争，找到了新的出路和希望。利用沿海的政策优势和地理优势，以窗口为跳板，到国际上争一席之地，三线人管这条途径叫"借船出海"。湖南省建南机器厂22名科技人员，从湘西来到深圳蛇口，借助香港和美国几个科技人员的智力投资，联合办起了生产计算机磁头的公司，单1988年即创汇6000万美元，成为全世界第三大磁头生产厂家，他们把这个办法叫"借鸡下蛋"。国外有则报道说，中国要生产大飞机了。中国航空工业揭开这新一页的是西安飞机公司，主要得益于为美国、法国、意大利、加拿大的四家飞机公司转包生产航空产品，从中获取了一批先进的技术硬件和软件，这是一种花钱少的技术引进，被他们称为"借梯上楼"。

结构调整虽然取得了较大成绩，但应该说转变还是初步的。还有一部分三线军工企业没有民品，在已有的民品中不少是水平不高的，许多还没有形成规模经济，缺乏竞争能力。与此同时，军工科研生产能力仍大量闲置，影响了三线军工整体优势的发挥和经济效益。我们还要看到，实现"军民结合，平战结合，军品优先，以民养军"的目标，任务还相当艰巨，三线企业还必须下大力进行科技创新结构调整工作。

在生产民用产品的同时，三线企业不能忘记自己的本职责任。转民说到底即提高企业经济效益，他们懂得中国需要和平，但是和平首先需要自己强大。多年来，在军品研制生产方面，他们不断改革创新，跟踪国外先进技术，为部队提供了大量先进的武器装备。

三线调迁大见成效

20世纪60年代中期至70年代初期，"要准备打仗"的口号妇孺皆知。大三线建设带有很浓的时代色彩，许多企业为防空袭而钻山太深，过于分散的大投资、大配套格局，使大三线企业成了养在深山人未识的"闺秀"。1983年11月20日，国务院一位主要领导和国家计委主任宋平，约见四川省省长（原川东三线建设总指挥）鲁大东和电子工业部部长（原西南三线建委副主任）钱敏及国务院国防工办副主任郑汉涛将军，就三线如何走出封闭的圈子，进行了一次长谈。十多天后，为充分发挥三线的作用，成立了国务院三线建设调整改造规划办公室在成都办公。自此，中国大三线渐渐撩起了神秘的面纱。

国务院三线办成立后，对三线企事业单位进行了实地考察。在当年备战要求下，许多企业仓促建设，厂址存在先天不足，暴露了一些难以根治的客观问题。如兵器564厂，1965年选厂址，遵照进山钻洞的要求，把工厂坐落在四川省南川县山上一个大的天然溶洞。投产后不久，发现厂房开裂下沉，找原因，最终查明，厂房建在煤矿顶上。今年97岁的老兵工肖景林厂长，向五机部、西南兵工局汇报了此情况。当年我也去过564厂，肖厂长介绍了工厂以上险情，说564厂患上了"心脏病"无法生存下去。电子756厂选厂址时，为了不占良田好土，将工厂建在四川省广元市旺苍县河滩上。当地水利部门提供资料，说100年内不会发大水，不料1982年夏天一场暴雨，将部分生产车间、住宅淹了，死亡3人。甘肃锻压机床厂建在天水市山区山脚下，靠山太近，1990年8月一场暴雨，山体大量土方滑坡，大部分厂房车间被埋在土石下，被埋生产面积14600平方米，占总面积的百分之六十。正在车间生产的7名职工被埋在50多米深的地下，无法营救，作出了牺牲，立碑纪念。国务院副总理邹家华与甘肃省省长立即赶到现场，看望慰问死难者家属，财政部拨款3000万元给天水锻压机床厂，救灾易地恢复重建。厂长陈三国与厂党委书记江国和立即向死难者家属做安抚工作，组织全厂职工排水推土保护设备材料。陈三国厂长含泪打电话给国务院三线办汇报工厂遭灾抢险情况，鲁大东主任指示国务院三线办要行动起来，作为大事来抓，支持工厂重建。国务院三线办副主任向嘉贵与规划二局局长刘涤华赶到现场，帮助恢复重建。后来在甘肃省三线办主任马世禄、副主任宫宝军组织下，我也参加了讨论重建方案。1993年，新的生产线生产的锻压机床热销国内外，创汇40多万美元。这些典型的厂址选址不当造成的损失，让我们反思总结三线建设的经验教训，对选址不当的三线企业的后遗症认真对待，进行调整改造，尽量避免人员伤亡与财产损失。国务院三线办在制订"八五""九五"三线调整规划时，优先考虑脱险调迁项目。1997年下半年我退休了，张培坤担任国家计委三线办主任，吉大伟担任副主任（后担任国防科工委三线调整协调中心主任），与李忠德、郭自力、黄少云、黄义浦处长深入现场，协调解决问题，加快了脱险调迁步伐。

为了使企业从险情困扰、交通不便、信息不灵的环境中解脱出来，参加国家经济建设，从"七五"开始，国家对三线企业采取了"调整改造、发挥作用"等方针，这是国家调整工业布局，发挥三线企业优势，增强国民经济后劲的一项重大战备决策。它不仅有利于解决三线历史遗留问题，给处于困境的三线企业带来生机和希望，为军转民战略转移创造良好的机遇，而且有利于调动广大三线职工和科技人员的积极性，把三线企业推向市场，从根本上解决和发展生产力。

在党中央和国务院的关怀下，经过有关部、省（市）和企业的共同努力，经国务院批准，"七五"三线调整计划中的121个调迁项目完成调迁计划。调迁不仅改善了企业生产经营环境和生存条件，稳定了职工队伍，并促进了企业产品结构的变化，取得了显著经济效益，并带动了地方经济和技术进步。据不完全统计，这批企业在调整前，绝大多数处境困难，20多个单位亏损近3000万元，18个停缓建单位每年吃掉维持、维护费3800多万元，再加上每年的多种自然灾害补助费用，国家每年要支付近1亿元。调整后，不仅不再要补贴，还自筹6.7亿元投入迁建工程。1993年与调整前的1986年相比，产值增长两倍，利税增长1倍多，销售收入增长了3倍以上。

"七五"调迁企业之所以能取得显著成绩，重要的原因之一是将企业调迁同结构调整有机地结合起来，按专业化协作原则统一规划，共同建设，将企业调迁同技术改造结合，引导企业积极调整产品结构、开发民品。正是由于坚持了这些措施，进行了布局和产品结构调整。在"七五"的121个项目中，撤销建制12个，就地转产13个，搬迁的企业都有了支柱民品。据不完全统计，到1993年，这些企业8年来共开发民用新产品600多种，完成技改项目100多项，军品研制也有新的发展，逐步形成了一批军民结合型企业。

1986年鲁大东主任指示，调迁企业建成后，要达到创"三新"，即新的厂容厂貌、创新的产品、新的生产经营运转机制。航天工业部部长刘纪原认真执行创"三新"要求，在航天系统召开了调迁企业创"三新"会议，作为工厂竣工验收的准则，效果显著。国务院三线办推广了航天工业部的好的做法与先进经验。

2014年6月21日，中国三线建设研究会在北京当代中国研究所召开了纪念三线建设50周年研讨会。四川航天技术研究院（对外名为四川航天工业总公司）副总经理肖兴忠发言，体会深刻："三线调迁给四川航天带来了生机，达到了'三新'的要求。"公司前身是国防三线062基地和064基地合并而成，始建于1966年，所属企事业单位分布在四川省达县地区的5个县、市、区内汉渝公路的两侧300多公里。1979—1980年，062基地航天产品总装试验成功。作为中国航天在三线的大型骨干基地，四川航天在国防军工的地位和作用十分突出。由于历史的因素，当初选址不够充分，致使建成后带来灾害性隐患无法根治的弊端，险情严重。加之地处大巴山深处，工作和生活条件极为艰苦，交通不便，信息不灵，运输成本过高，人才流失也十分严重，制约着企业生存和发展。1983年，国务院做出了对三线建设进行"调整改造、发挥作用"的伟大决策。7111厂、7102厂、7105厂、7103厂、7104厂、7106所、7301所等项目被列入国家三线调迁计划。除7111厂迁在四川温江建设外，其余集中在成都龙泉驿建设。统一规划、统一建设，既节约了投资，节约了土地，又便于协作。历经12年的风风雨雨，完成了这个凝聚力工程，不但摆脱了旧址险情威胁，从根本上改善了生产生活环境，稳定了职工队伍，更为参与市场竞争提供了一个比较公平的平台。2013年，实现收入102亿元，利润总额4.4亿元，首次突破军品、民品、公共事业发展大关。位于四川省彭州市的解放军5109厂，三线调迁带动军民品发展，

2013年完成销售收入20亿元，军民品各10亿元。江苏昆山市解放军6909厂，由江西上饶县山区整体搬迁到昆山，创造了新的发展机遇，上了新的台阶。工厂在较快发展的同时，企业文化也得以沉淀，逐步显现出三线企业"可信、务实"的6909特色文化。

为了促进中国西部地区的经济发展，进一步给三线军工企业创造良好的生产经营和生存条件，"八五"脱险调迁计划118个项目进展情况良好，但由于材料和多种费用增加，普遍超指标，周期拉长，有相当一部分调迁单位跨入"九五"计划去实施。"十五"计划完成收尾，到2003年，三线建设调整基本完成，调迁与就地调整400个单位，花钱200多亿元，其中国家资本金占20%。花钱不多，成效显著。1993年4月9日，中共中央总书记江泽民同志为我主编的《中国大三线报告文学丛书》题词："让三线建设者的历史功绩和艰苦创业精神在新时期发扬光大。"该丛书分4册：《中国圣火》《蘑菇云作证》《金色浮雕》《穿越大裂谷》。每册40万字，共160万字，1993年12月四川人民出版社出版发行，被评为四川省优秀图书。1994年1月14日，在成都军区新华礼堂举行了隆重的首发式。丛书顾问鲁大东、钱敏、陈荒煤参加了首发式并讲话，国务院三线办副主任向嘉贵代表国务院三线办向四川人民出版社、编委、作者表示祝贺与感谢，并强调江泽民总书记为丛书题词肯定了三线建设与调整的成绩，并提出了希望。三线人十分感动高兴，受到很大鼓舞。

1991年3月，李鹏总理在谈到国防科技工作调整时指出：我们在两件事情上取得了可喜的进展，一是"保军转民"，二是"三线搬迁"。这两件事的成功尽管是初步的，但它足以证明我们的调整工作方向正确，卓有成效，并为进一步调整打下了坚实的基础。

51年来，三线建设与调整走过了一条曲折艰辛的道路。许许多多建设者，冒风雨、顶酷暑、斗严寒，战胜重重困难，抢建三线。有不少同志献出了生命，长眠于三线大地！这些默默无闻的建设者所创造的功绩，历史是不会忘记的。

弘扬三线精神，促进文化经济发展

　　三线建设项目资金全部由国家投入。三线调迁项目由三家承担，国家出百分之四十，主管部与调迁企业各分担百分之三十。建行贷款还给予贴息。在选址建设方案上要节省投资。如重庆巴南区107总厂，也叫大江厂，是由山沟9个兵工厂合并建成的，被称为"九九归一"，形成一座美丽的新城。贵阳新天寨中国振华电子集团有限公司，将都匀、凯里山区多个厂重新组合集中新建，便于生产协作，面貌焕然一新。三线建设项目分双给与单给两个标准，给钱又给退税优惠政策叫双给项目，只给退税优惠政策叫单给项目。

　　财政部、税务总局对三线建设调整工作也很关心支持。军品不缴税，民品要缴百分之十七的增值税，采取先缴半年后返还的政策，累计退税120多亿元，调动了企业生产积极性。如四川省绵竹县汉旺镇大山中的东方汽轮机厂，1995年被列入国家"九五"脱险调迁计划，是单给项目，进行就地调整改造，不给投资，只享受退税政策。由于生产经营全面发展，累计退税5.6亿元，用这笔资金进行技术改造，新盖了一些厂房、住宅公共设施，改善了万名职工生产、生活条件。未料到2008年5月12日发生汶川8.0级特大地震，旧建筑倒塌造成死亡303人，伤1000余人，新建筑受损但未倒塌，减少了人员伤亡。"5·12"大地震后，国务院批准东方汽轮机厂在德阳市进行灾后恢复重建，东汽精神带动企业生产经营发展，2014年完成销售收入150多亿元。陕西法斯特齿轮集团有限公司，老厂建在宝鸡大山中，实行部分调迁，在西安市开发区盖了新厂房，用退税的资金购置了新的设备，进行技术创新，生产的汽车齿轮供应国内外市场，在泰国办了分厂。老厂、新厂齐发展，2014年完成销售收入120亿元，是陕西省缴税大户，万名职工平均每人年收入7万多元。法士特李大开董事长感慨地说："三线建设与调整，带动、壮大了我国工业和经济的发展。"湖北省国防工办原副主任、湖北省三线办主任李庆体会很深，他们将三线调迁企业规划建在襄阳、宜昌、孝感中等城市，带动了城市工业经济的发展，只有9603厂一个单位调迁到武汉市。他积极支持孝感市委副书记邓昌德引进三线调迁企业至孝感安家落户。原孝感县是农业县，后成立孝感市，当时没有什么工业，6万人口靠发展农业带动经济发展。1986年，孝感市市长邓昌德抓住三线调整机遇，带领班子深入山区三线企业调研，宣传孝感的优惠政策、优质服务，征用土地7000-8000元一亩，很有吸引力。1987年，经上级批准，将南樟山区的电子4404厂引进到孝感，工厂3年就投产了。1992年4月1—3日，国务院三线办在孝感市召开了全国三线调整工作会议，介绍孝感"借鸡下蛋""借水行舟"引进三线调迁企业的做法。接着核工业309地质大队、兵器238厂、航天066基地落户到孝感经济开发区，发展很快。2014年10月20日，72岁的老书记邓昌德带领老主任李庆与我及央视《大三线》大型文献纪录片总制片人、执行总导演刘洪浩参观市容，看了旧城后又看新市区，焕然一新。三线调迁企业带动了孝感迅猛发展，由县级市升为地级市，现有人口60万人。2012年，国务院批准孝感市经济开发区升级为国家级高新区。孝感市国家级高新区范围80平方公里，有1000多家企业，人口将近19万人，经济总量300多亿元，2014年财政收入30多亿元（孝感市年财政收入200多亿元）。回忆往事，众人感谢老书记邓昌德为孝感经济发展作出了重要贡献。今年7月6日，刘洪浩执行总导演带领摄制组在孝感高新区拍摄了很多镜头，专访了邓昌德及宋丹娜、陈少兰等众多有功之臣。

现在，三线建设艰苦创业的日子已过去了，但是，几百万建设者为了国家安全和人民幸福所表现出来的浩然正气，将长存于天地间。为了国家利益，上海支援三线建设有40多万人，他们离开豪华都市奔赴山区安营扎寨，艰苦奋战。四川彭州锦江油泵油嘴厂是上海柴油机厂、无锡柴油机厂包建的，来了800多人。倪同正同志，1970年由上海柴油机厂支内赴四川锦江油泵油嘴厂参加三线建设，任厂技校老师、厂办副主任，退休后返沪定居，仍住在当年狭窄的旧民房。后来工厂破产了，但广大员工仍然怀念在三线团结奋斗的日子，他与锦江厂离退休管理站陆仲晖站长，组织编印出版了有2000多张图片的大三线工厂回忆录《锦江岁月》。还主编中国三线建设文选《三线风云》丛书。该丛书首册60万字，2013年4月由四川人民出版社出版，很受学者和三线人欢迎。本书引领读者走进中国三线建设的风雨历程，感受三线人"献了青春献终身，献了终身献子孙"的高尚情怀和牺牲精神，激励人们为把中国建成小康社会而奋斗。三线伟业，永存史册。倪同正主编接触上海支内退休返沪的友人较多。他告诉我，大家回顾以往，认为这一段三线岁月，为国家作出了贡献，留下了终生难忘的记忆。他们还帮助附近的电子913厂（中和机械厂）编辑出版了《中和风雨行——九一三厂纪事》一书，共60万字。

贵州省六盘水市史志办余朝林主任，1964年出生于盘县西冲镇，满族人，研究生学历，长期在六盘水市多个部门工作，总编、主编《六盘水三线建设志》等书。他热爱三线建设伟业，敬重三线人艰苦奋斗为国家作出的巨大成就和奉献精神，主编了中国三线建设文选《三线风云——贵州六盘水专辑》，是丛书第二册，50多万字，描述了三线人创业的风云壮举。大三线厂这样做了，小三线厂也这样做了，做得很好。湖北襄阳城边山里有个小三线厂，建厂40多年了，代号为846厂，第二厂名叫卫东机械厂。艰难的建设过程与奉献精神不断激励后人前进。卫东厂第二代三线人顾勇厂长是全国国防科技工业先进工作者，是享受国务院政府特殊津贴的湖北省杰出的中青年企业家。他带头传承卫东厂前任的三线精神，承前启后，创新"顾氏管理法"，提升了企业管理与自动化水平，确保爆破产品安全生产。考虑国家资金投入困难，他们在老厂区修防洪沟堤，进行技术改造，绿化成新厂区。用国务院三线办批准他们享受民品退税的1600余万元资金购置新设备，建成多条先进生产线，生产经营大发展。在湖北省国防科工办领导和襄阳市政府支持下，将湖北省小三线同类型产品的企业组合成湖北卫东控股集团，由顾勇担任董事局主席。2012年完成利税6000万元，2013年完成利税8000万元，是襄阳市纳税大户，去年又组建了爆破分公司，拓宽了市场。为了传承"艰苦奋斗，求实开拓，实事求是，团结拼搏，振兴卫东"的精神理念，2012年，顾勇主席策划动员公司全体职工写回忆三线文章，编辑出版《卫东记忆》一书。由《卫东人》报主编杨克芝（笔名柳波，1946年出生于河南省唐河县杨户村，卫东集团副总政工师）担任《卫东记忆》主编，在当代中国研究所陈东林教授、上海大学历史系徐有威教授、中共中央文献研究室宋毅军研究员等人指导支持下，《卫东记忆》于2014年10月出版，38.4万字，116篇文章，印刷3000册，公司每人一册。2014年10月18日，卫东集团公司在卫东公司厂区礼堂举行了《卫东记忆》首发式，中华人民共和国国史学会三线建设研究分会致信祝贺。正如杨克芝主编代序《五十年，铸就卫东精神》的结束语："让我们不忘昨天，珍惜今天，擎起'卫东精神'的旗帜，去迎接卫东光辉灿烂的明天；谨以此书献给——国营卫东机械厂诞生五十周年、湖北卫东控股集团创立十周年。"

三线建设是物质建设，也是精神文化建设。"物质变精神，精神变物质"，这个朴素的真理，在三线建设的伟大实践中，表现得是那样深刻而鲜明。三线建设留给后来人承继的，不只是物质遗产，也有精神文化遗产。这种伟大遗产，在改革开放的今天，在相对和平的环境里仍是珍贵的。人，乃至一个国家民族，总要有点精神，伟大的精神来源于物质同时又能创造出巨大的物质。人民群众是历史的主人。当年正是奋斗在这块土地上的几百万建设大军，用他们的聪明才智、辛勤劳动、无私奉献，才在较短的时间里完成了三线建设这个宏伟的事业，使我们国家，在当时严峻的国际环境下，有了可靠的战略后方基地。今天，我们周边战云未散，世界并不太平。我们是在内有困难、外有压力的情况下坚持建设中国特色社会主义的。所有关心伟大祖国的命运和前途的人们，对当年三线建设的历史功绩和创业精神都会永志不忘！

当年我有幸参与三线建设的规划、选点、协调工作，后来又从事三线建设调整工作，到过不少建设现场，见过很多三线人。而今，事隔多年，时移物换，人已非昨，可是，对三线建设和三线人仍怀有深厚的感情，退休十几年了，仍然在激励我做着弘扬三线精神、宣传三线建设这有意义的事业。可是现在有很多人不了解什么叫三线。2001年3月12日，《北京日报》理论周刊读书第16版，刊登了我的三弟王春瑜（中国社会科学院明史研究员、作家）读《彭德怀在三线》一书（该书是我的著作，四川人民出版社1991年修订再版）的评论文章，见报后，"三线"被改成三八线，《彭德怀在三线》被改成《彭德怀在三八线》。报社主管领导李乔主任打电话问我怎么办，我首先感谢他安排在《北京日报》刊登宣传彭德怀元帅在三线工作的故事，青年编辑将"三线"改成"三八线"，不怪他，说明我们对三线建设宣传得不够。这促进我们加大宣传力度。2013年12月27日下午，我在全国政协礼堂应《纵横》杂志副主编高芳邀请，座谈《纵横》杂志创刊30周年。出席会议的有50人，大部分是高层领导与学者，每人发言不超过5分钟，我讲了"三线"被改成"三八线"的小故事，引起大家大笑。接着我讲了什么叫三线以及三线的范围，希望《纵横》杂志多刊登宣传三线建设的文章。他们认真对待，记者和编辑登门采访中国船舶工业公司原总经理王荣生、国务院三线办原秘书长于锡涛、贵州航天工业局原副局长钱海亮等人。采访的文章陆续发表了，刊登的于锡涛的文章《毛泽东最早作出决策三线建设的启动和调整改造》很受读者欢迎，还被其他杂志转载。

2014年06期《纵横》杂志还刊登了姚忆博采访我的文章——《三线建设50周年》，有8000多字。文章由"调整与改造""三线新生""三线伟业""永载史册"4个部分组成，并注明该文章资料参考了陈东林教授著作《三线建设备战时期的西部开发》。《三线建设备战时期的西部开发》全书40.6万字，2003年8月由中共中央党校出版社出版，我手里的这本，是2012年6月9日陈教授签名赠送我的。2013年12月25日，我住在北京烟台山酒店6507房间，陈东林教授来电话要我接受25岁的姚忆博采访，介绍他是中国人民大学国际关系学院外交系硕士研究生。姚忆博来到了我的房间，我开口问他："你这么年轻，怎么对写三线建设感兴趣呢？"他说他是襄阳山区一个军工厂第三代三线人，爷爷奶奶及父母都是为了支援三线建设来到这个厂的，他在这个厂出生，在厂里上幼儿园、初中和高中。先辈艰苦奋斗无私奉献的精神教育了他，他要宣传三线建设，弘扬三线精神。我很感动，当即接受了他的采访。我很开心，宣传三线建设有年轻的接班人了。还有，遵义师范学院历史文化与旅游管理学院王佳翠副教授（遵义人，37岁）走访了多个三线单位、三线人，查阅了大量史料，写成书稿。最近由中国文史出版社出版了王佳翠《遵义三线建设研究》一书，该书35万字，我乐意提供了图片，为该书作序《三线建设铸丰碑》。该书是"乌江流域历史文化研究丛书"之一，也是遵义师范学院乌江流域历史文化研究中心项目，在此表示祝贺。

这几年，宣传研究三线建设的学者多了，著作多了。2013年，四川人民出版社出版了张鸿春作家主编的《攀枝花100问》，市领导明确规定这册书是攀枝花学生的教科书。2014年7月，中共党史出版社出版了《中国共产党与三线建设》，55.2万字，是中共党史专题资料丛书之一。陈夕担任总主编，本卷执行主编陈东林，执行副主编徐有诚、宋毅军。该书为进一步深入研究这一时期中国共产党领导三线建设的党史，打下了坚实的基础。为了纪念党中央作出三线建设战略决策50周年，由中共四川省委党史研究室、四川省中共党史学会主编的《三线建设纵横谈》一书，2015年8月已由四川人民出版社出版发行，编委会主任王承先、杨自力，主编王承先，副主编宁志一。这是一本佳作，很受学者、读者欢迎，可喜可贺。该书汇集了全国党史工作者、理论工作者、三线建设亲历者的文章57篇。全书分为5个大板块："三线建设：新中国大战略""三线建设与相关省区的经济社会发展""三线建设与四川跨越式发展""三线建设地标攀枝花开发建设""三线建设遗产保护利用"。

三线建设是中国经济建设中一个重要阶段，曾经影响和制约过中国的经济发展。经过20年调整改造，三线建设的巨大潜能开始大量释放，犹如猛虎下山，蛟龙出海，必将在建设有中国特色的社会主义建设事业中发挥更大的作用。

　　三线建设取得了辉煌建设成就，留下了许多从建成之日起就和大地紧紧连在一起的工程实体。反思三线调迁，一些厂址厂房报废了，要尽可能把资源利用起来。同时随着时代发展和技术进步，有的实体逐步变成遗迹遗存。我们应当尊重历史，敬畏历史，有选择地或树碑，或建馆，用地标文化形式，妥善保护好重要遗迹遗存，这是我们的历史责任。三线建设的政治、经济、社会、技术、文化等价值，随着时间的推移，会沉甸甸地显现出来，而用文字、实物、影像、艺术等手段记录或凝固，并再现三线建设历史，是一项十分有意义的工作。2011年6月10日，我应邀出席四川广安市三线工业遗产陈列馆开馆仪式，四川攀枝花文物局张鸿春局长、刘胜利专家也参加了座谈，认为广安三线工业遗产陈列馆建成，在全国三线地区开了个好头，有示范作用。2013年8月，六盘水市建成贵州三线建设博物馆，与文化、旅游相结合，一年多时间参观的人有100多万人次。2015年3月3日，攀枝花市中国三线建设博物馆开馆，也再现了攀枝花市作为中国三线建设龙头的文史。攀枝花市文物局收文物下了功夫，馆内共有2万多件文物。最近，即10月28日，重庆市三线建设研究会与江津区三线建设研究会在江津夏坝镇，就晋江厂（5057厂）遗址利用召开了“江津三线建设研究暨夏坝工业遗址创建研讨会”，是很有意义的。四川省博物馆学会工业遗产专业委员会2014年12月16日在绵阳梓潼召开了年会，又与广安市三线工业遗产陈列馆、四川省国防科工办宣处主办了《四川工业遗产保护》期刊，我已看到02期，很受启发，增长了工业遗产保护的知识。2015年年会即将召开，将深化工业遗产保护工作。

　　要把三线建设与西部大开发、“一带一路”建设联系起来，探讨一脉相承的关系。一些优秀作品可以作为广大党史、国史研究者的参阅资料，可以作为广大青少年了解那一段辉煌历史的教材。期望随着三线建设研究的深入开展，三线建设在国防建设、经济建设中的重要性将会得到更加充分的认识，艰苦奋斗、无私奉献、团结协作、勇于创新的三线精神一定能够在新的历史时期发扬光大。

2015年10月30日至11月1日写于成都

三线建设的决策与价值：50年后的回眸

陈东林

作者简介：陈东林，1949年出生于湖南长沙。历任当代中国研究所研究员、经济史研究室主任，中国社会科学院"陈云与当代中国"研究中心副主任，中华人民共和国国史学会学术委员会副主任，中国三线建设研究会副会长。主要著作有《三线建设：备战时期的西部开发》《中国共产党与三线建设》等。

三线建设，是1964年在毛泽东同志和中共中央的决策下，进行的一场以战备为中心的经济建设战略。国家共投入2052亿元资金和几百万人力，历时15年之久，在三线地区和一、二线地区腹地，建设起了以国防工业、基础工业为主的，近2000个大电型工厂、铁路、水电站、科研院所等基础设施。三线建设规模堪称新中国成立以来经济建设战略的空前壮举。

所谓三线地区，是包括四川、贵州、云南、陕西、甘肃、宁夏、青海、山西、河南、湖北、湖南等省、自治区的中西部地区。一线地区是指东部沿海和边疆省、自治区。处于二者之间的缓冲地带则被称作二线地区。

虽然过去了50年，但由于三线建设主要是国防工业，处于深山僻野的保密状态，仍然不被大多数人所知晓。甚至参加过三线建设的人们，也常常疑惑地自问：我们去建设是为了什么？值得不值得？50年过去，是揭开这一系列谜底的时候了。

为什么要搞三线建设？

1964年5月27日，毛泽东主席在中南海菊香书屋召集刘少奇、周恩来、邓小平等人，开了一个临时中央政治局常委会会议。毛泽东严肃地说："在原子弹时期，没有后方不行的。要准备上山，上山总还要有个地方。北京出了问题，只要有攀枝花（钢铁基地）就解决问题了。前一个时期，我们忽视利用原有的沿海工业基地，后来经过提醒，注意了。最近这几年又忽视'屁股'和后方了。"毛泽东所说的"屁股"，是指基础工业。他的担心，是针对第三个五年计划的部署。"三五"计划本来中心任务是放在搞好农业和轻工业，大力发展粮食生产，解决人民的"吃穿用"问题，因此被称为"吃穿用"计划。而对基础工业和国防工业的投资有所减少。毛泽东起初也是同意的，但是，国际形势的严峻，使他越来越感到不安。

4月25日，解放军总参谋部作战部写出一份报告，报送毛泽东。报告提出，他们对国家经济建设如何防备敌人突然袭击问题专门进行了调查研究，从他们接触到的几个方面来看，问题是很多的，有些情况还相当严重。例如工业过于集中，14个100万人口以上的大城市就集中了约60%的主要民用机械工业、50%的化学工业和52%的国防工业。大城市人口多，大部分都在沿海地区，易遭空袭。主要铁路枢纽、桥梁和港口码头，多在大城市及附近，一旦发生战争，交通可能陷入瘫痪。

毛泽东看完报告后说："我们不是帝国主义的参谋长，不晓得它什么时候要打仗。要下决心搞三线建设，一、二线也要搞点军事工业，准备游击战争要有根据地，有了这个东西就放心了。"中央常委们一致赞同毛泽东的建议，决定修改"三五"计划，把抓"吃穿用"和三线建设结合起来。

8月2日夜里，美国驱逐舰"马克多斯"号在北部湾与越南海军鱼雷艇发生激战。4日，美国悍然派出第七舰队大规模轰炸越南北方，中越边境地区也落下了美国的炸弹和导弹。6日清晨6点，毛泽东在中国政府抗议美国侵犯越南的声明稿上批示："要打仗了，我的行动（指他原准备骑马沿黄河考察综合利用问题的计划）得重新考虑。"8月12日，毛泽东将总参谋部作战部的报告退回给总参谋长罗瑞卿，并急切地问："国务院组织专案小组，已经成立，开始工作没有？"30日，邓小平批示将李富春、薄一波、罗瑞卿研究后提出的如何防备敌人突然袭击的报告印发。报告建议：

1. 一切新的建设项目，不在第一线，特别是15个100万人口以上的大城市建设。2. 第一线，特别是15个大城市的现有续建项目，除明年、后年即可完工投产见效的以外，其余一律要缩小规模，不再扩建，尽早收尾。3. 在第一线的现有老企业，特别是工业集中的城市的老企业，要把能搬的企业或车间，特别是有关军工和机械工业，迁移一部分到三线。4. 在一线的全国重点高等学校和科学研究、设计机构，应有计划地迁移到三线、二线。5. 今后，一切新建项目不论在哪一线建设，都应贯彻执行分散、靠山、隐蔽的方针，不得集中在某几个城市或点。

阵阵袭来的战争阴云，使祖国广袤的西部地区，通过三线建设的特殊方式，第一次在国家计划中占有空前的重要位置。"吃穿用"结合三线建设的"三五"计划指导思想再度发生变化，"以战备为中心"的三线建设战略决策终于确立。

国际形势真的很险恶吗？

经过了十几年，三线建设完成的主要项目有：四川、云南交界的攀枝花钢铁基地；成昆、湘黔、襄渝、南疆、青藏（西宁至格尔木段）、阳安、京原、焦枝、枝柳铁路；以重庆为中心的常规兵器工业基地；贵州六盘水煤炭钢铁基地和航空工业基地；重庆至万县长江沿岸的造船工业基地；陕西的航空工业、兵器工业基地；甘肃酒泉的导弹基地和钢铁基地；湖北十堰的第二汽车制造厂；湖北葛洲坝水利枢纽工程、秦岭火力发电厂、乌江渡水电站；渭北煤炭基地；湖北江汉油田、陕甘宁地区长庆油田、河南油田；四川西昌航天发射基地；江西直升机基地；豫西、鄂西、湘西兵器工业基地；云南的船舶工业基地；等等。

长期以来，否定和肯定三线建设的争论一直存在。一个焦点就是：当时是否真的有战争爆发的可能？

1994年，尘封在美国档案馆中的一批机密档案已满30年，通过美国历史学家的不懈努力，其中一部分终于被曝光解密，证实1964年美国确实制定了对中国进行突然袭击的计划，且不仅仅是设想，而是变成了具体实施方案。

1963年4月，通过卫星和U-2高空侦察机侦察，美国确认中国将在1964年爆炸第一颗原子弹，十分惊恐。美国参谋长联席会议提出一份长篇报告，拟定了打击中国核计划的方案。包括：1. 由国民党军队实行渗透、破坏和发动对大陆的进攻；2. 实施海上封锁；3. 南朝鲜进攻北朝鲜，以对中国边界施加压力；4. 对中国核设施进行常规武器的空中打击；5. 使用战术核武器有选择地打击中国的目标。1963年9月，蒋经国到美国，商谈使用空降兵部队打击中国核设施问题。

1964年4月14日，美国国务院政策设计委员会专家罗伯特又起草了《针对共产党中国核设施直接行动的基础》的绝密报告。报告认为：必须采取"相对沉重"（即没有限制）的非核空中打击，利用在中国的特工进行秘密进攻。空投一支100人的破坏小组，能够制服中国核基地的警卫部队并毁坏核设施，但要完全彻底地摧毁它则很困难。美国总统约翰逊和国务卿腊斯克、国防部部长麦克纳马拉就此进行了讨论。9月15日，中国的核试验已经箭在弦上，约翰逊和腊斯克、麦克纳马拉、中央情报局局长方克恩、国家安全顾问邦迪举行了聚会，最后的看法是：在中国爆炸原子弹、美国对中国采取不宣而战的打击之间，还是后者更有风险。对中国核设施的攻击，应该在"军事敌对"发生时才可以。于是，试图伸向战争按钮的手终于缩了回来。

那么，中国领导人当时是否了解到美国的这些绝密计划？如果不了解，三线建设决策未必就是有的放矢。笔者看到的档案证明：1964年9月16—17日，也就是美国最后讨论对中国核基地进行袭击的时候，周恩来主持了由军委和国务院负责人组成的第九次中央专门委员会会议，研究是否按时爆炸原子弹。有人提出推迟到1970年在三线地区建设好第二个核基地以后再进行核爆炸，以免提前遭受袭击；也有人认为早晚都有压力，还是按计划10月爆炸。9月21日，周恩来给毛泽东写去特急信，附上罗瑞卿起草的请示报告，提出三种方案：1．"今年爆炸"；2．"明年4月与空投航弹连续试炸"；3．"推迟爆炸"，到西南的第二批核试验基地建好以后。毛泽东和中央常委研究后指出，原子弹是吓唬人的，不一定用。既然是吓人的，就早响。批示"即办"，按原计划10月爆炸。

1969年三线建设的第二次高潮，也是在苏联的核打击威胁之下掀起的。

1969年3月，中苏边防部队在中国黑龙江省珍宝岛发生了大规模武装冲突。这时，苏联领导人企图使用核武器打击中国，苏共中央政治局会议曾多次进行研究。苏国防部部长格列奇科竭力主张"一劳永逸地消除中国威胁"的核进攻计划。还有一个意见，即有限地对中国实施"核外科手术"，主要是摧毁中国的核设施。苏总参谋长奥加尔科夫反对这样做，认为太冒险，因为中国幅员辽阔、人口众多，一两颗原子弹难以消灭其抵抗，反而会使苏联陷入没完没了的战争。1978年，叛逃美国的苏联人舍甫琴科（曾任联合国副秘书长）回忆说："在轰炸中国的问题上，意见分歧使政治局陷入僵局。他们有几个月不能就这个问题作出决定。"最后的决定是，"在边境全线派驻大量装备有核武器的部队，来显示苏联的实力。"

三线建设的两次高潮，都是面临美国、苏联袭击的危险之下进行的，并非无的放矢。但是不是反应过度？档案证明，毛泽东和中共中央当时也是有战争打得起来和打不起来两种考虑的。问题不在于哪种可能性大，而在于没有后方基地的中国，无疑是在拿国家命运赌博。因此，毛泽东和中共中央即使得出入侵战争的可能性较小的分析，也不能不考虑到对方违背理性的行动，准备的后果可能是浪费，不准备的后果则可能是灭亡。由此看来，进行三线建设，建立后方基地，是一种必要的选择。

三线建设是否算一种浪费？

回答这个问题，经济效益是一个关键。由于"靠山、分散、进洞"的原则，企业选址不少选在不利生产的地区，加上缺乏论证，上马过急，产品过分为军工服务等问题，造成了严重的浪费，许多企业经济效益低下，是个不争的事实。但这种问题是普遍的还是部分的？长期以来，一直没有整体数据下定论。否定和肯定三线建设者，都是抽样举例来支持自己的观点。否定者举出甘肃、陕西、贵州等偏僻山区很多企业难以生存，被迫关闭搬迁的事实；肯定者则举出攀枝花钢铁集团、西昌卫星发射中心、成昆铁路等发挥巨大作用的成功案例。

从1983年开始的三线建设调整改造战略，经过半年多的调查，基本摸清了状况：三线地区共有大中型企业和科研设计院所1945个。符合战略要求，产品方向正确，有发展前途，经济效益好，对国家贡献大，建设成功的，占48%；建设基本成功，但由于受交通、能源、设备、管理水平等条件的限制，生产能力没有充分发挥，特别是产品方向变化后，经济效益不够好的，占45%；选址有严重问题，生产科研无法继续进行下去，有的至今产品方向不明，没有发展前途的，占7%。由此可见，三线建设从经济效益上来讲，基本上是发挥了作用的。

有严重问题的小部分三线企业，包括三种情况：1. 企业所在地自然灾害频发、生活条件恶劣，危及生产和职工生命安全；2. 选址过于分散，或是远离原料产地，不适合行业特点；3. 因国家改变战略或资金困难，长期停建缓建，靠国家补贴度日。

1984年，三线企业调整改造开始，对有问题的企业分别关、停、并、转、迁。原则是：向原料产地、产品市场、有利于发挥本身技术优势和加工协作的地区，有利于技术和市场信息交流的大中城市搬迁。解决"脱险搬迁"问题的三线企业有201个，于2005年底全部完成调整搬迁。

也有人要问，如果当时不把大批企业建设在西部山区，是不是能免除后来的调整改造，效益会更好？这样看，三线建设还是造成了很大的资源浪费。回答这个问题，首先要放在当时的历史条件下看，在无法判断战争是否会爆发的情况下，只能立足于最坏的结果来考虑。这是为国家安全必须付出的代价。

三线建设究竟有何价值？

如果从改变中国经济发展不平衡的布局看，三线建设也有着重要的经济效益。

1949年新中国成立，面对的是旧中国留下的沿海和内地极不平衡的经济布局。据1952年统计，沿海七省三市的工业总产值，约占全国的73%。重工业中钢铁工业80%以上的生产能力在沿海地区，而资源丰富的西北、西南、中南地区几乎没有什么钢铁工业。轻工业中纺织工业80%的纱锭和90%的布机分布在沿海，内地广大产棉区的纺织工业却很少。其他工业的分布情况也大多如此。到1963年，西部七省、自治区工业总产值占全国比例甚至低于1949年。这种情况，通过三线建设得到了初步改变。

首先，在西部地区建成了一大批工业交通基础设施，新增了一大批科技力量，提高了西部地区的生产力水平。西部地区建成了一批重要的铁路、公路干线和支线，使三线地区的铁路占全国铁路的比重，由1964年的19.2%提高到34.7%。西部地区建成了一大批机械工业、能源工业、原材料工业重点企业和基地。贵州六盘水煤炭还可以支援外省，初步改变了江南无煤炭调出省的状况。三线地区共建成钢铁企业984个，工业总产值比1964年增长45倍。三线地区工业固定资产原值1980年比1964年增长了4倍。

其次，在西部建成了一批新兴工业城市，带动了西部地区经济、文化和社会生活的初步繁荣。随着大批资金、科技人员和工业设施的投入，铁路、公路的修建，邮电的开通，矿产资源的开发，科研机构和大专院校的内迁，给西部荒芜的落后地区带来了千载难逢的发展机遇。一批新兴工业城市在荒山僻野中拔地而起，如攀枝花、六盘水、十堰、金昌过去都是山沟野岭，现在成为世界著名的钢城、煤都、汽车城、镍都。几十个古老的历史县乡城镇被注入了新鲜血液，成为现代化工业科技都市和交通枢纽，如四川的绵阳、德阳、自贡、乐山、泸州、广元，贵州的遵义、都匀、凯里、安顺，云南的曲靖，陕西的宝鸡、汉中、铜川，甘肃的天水，河南的平顶山、南阳，湖北的襄樊、宜昌，山西的侯马，青海的格尔木等等。

可以说，如果没有三线建设缩小东西部地区的经济差距，那么在改革开放初期，我们要实施优先发展东部沿海地区的大战略，将会遇到原材料、动力供应等问题。在这个意义上说，三线建设为改革开放提供了安全保障和物质条件。

如果把评价三线建设和当前国际金融危机下的西部大开发联系起来，思路就会更加开阔。改革开放以来，中国形成了以东部沿海地区为主的出口产品基地。2004年，中国GDP对外的依存度高达67%。中国经济必须开创新的市场和对外通道。三线建设时兴建的内（江）昆（明）铁路，到21世纪初全面通车，成为连接东南亚经济圈的重要国际通道。西部大开发战略实施以来，在三线建设的基础上，又新建了大批高速公路和机场，向西打开了对外开放与合作的新路。形成西北部由新疆、内蒙古至俄罗斯、中亚五国、蒙古，西部由新疆、西藏至巴基斯坦，西南部由云南、广西至东南亚国家的国际通道后，不仅有利于西部地区经济发展，而且有利于国家应对国际金融危机和东部海域冲突。

在这个视角下，我们从被长期诟病的三线选址方针"靠山，分散，隐蔽"，还可以得出一些有益的启示。这个方针本是针对核工业提出的，但在三线建设中片面强调战备的影响下，被当作企业普遍选址的要求，造成了很大浪费。如重庆涪陵的816工程，是历时5年挖成的世界第一大人工山洞。由于潮湿和没有采光，20世纪80年代被废弃，2010年开放为旅游基地。

进入21世纪后，西部的交通和抗御灾害条件有了很大变化，"靠山、分散"等不利因素基本得到改变。如重庆南川山区，渝湘高速公路穿过其中，沿线公路四通八达，过去到重庆需要一天以上时间，现在只要一个多小时。就在被废弃的三线企业遗址旁边，崛起了现代企业重庆铝业集团。高速公路开凿了众多隧道，则是现代版"进洞"的一个体现，有节省交通时间、不占耕地和保护地表等优点。因此，时隔50年后，对"靠山、分散、进洞"口号，也有必要重新考量。如四川省山地面积占总面积的93%，平原和可耕地十分稀缺。"靠山"尽可能不占用平地，不能不成为今后发展工业的一个必然要求。由于大城市人口密集，工业污染比较严重，不宜再建设集中的工业城市，"分散"也是今后工业发展的必由之路。"进洞"在未来解决了潮湿和采光、通风问题后，如地下铁道、地下商城一样，"洞中工厂"也会有发展的前景。总之，评价三线建设的价值，我们一是要立足当时的国际国内形势下思考，二是要与未来的发展结合起来。

（2013年度国家社科基金重大项目"'小三线'建设资料的整理与研究"，原载《新华文摘》2014年24期）

天兴人"三线"絮语

——天兴厂纪念新中国成立60周年专题电视片解说词

蒋鹏初

作者简介：蒋鹏初，1950年生，"老三届"重庆南开中学初中1966级学生，在职自考大专毕业，破格晋升高级政工师。下乡知青，1971年被招进天兴厂当工人，1983年被聘任秘书。从1985年起，先后任厂办副主任、党办主任、宣传部部长、党委工作部部长、成都天兴仪表（集团）公司监事等，直至2010年退休，在天兴厂工作了40年。

曾被评为中国兵器装备集团公司优秀思想政治工作者、中国兵器装备集团公司优秀党务工作者、四川省国防科技工业优秀党务工作者、西南兵器工业优秀党务工作者；被聘为中国管理科学研究院研究员、中国管理科学研究院企业管理创新研究所高级研究员等。

2009年金秋十月，新中国成立60周年之际，也是我们天兴建厂43周年之际。天兴曾是一个三线军工厂，在山沟里待了33年，搬到成都十陵又有了10年。十陵是天兴人的第二家园，它靠近成都三环路，交通、信息十分便捷，又靠近成都最大的湿地公园——青龙湖公园，环境、气候十分宜人。宏大的天兴装配大楼屹立在成都东郊，天兴人变为了成都人。

然而，天兴人依然是三线人，我们几十年在天星沟生活、工作的场景依然历历在目，三线奋斗精神依然代代传承。

天星沟是天兴人的第一家园，是老一辈辛勤创业的地方，地处黔渝交界的重庆南川区境内，在海拔2251米的金佛山脚下，位置十分偏僻。

从1966年开始，在三线建设的大潮中，几千名来自全国各地的干部、工人、上山下乡知识青年、复转军人、大中专毕业生，响应党的召唤，陆续进入天星沟，要在这里建设一座大型的兵工厂，当时的厂名叫"东方红机械厂"。于是，寂寞的群山沸腾了。

天兴员工刘常琼：我们几兄妹随支援三线建设的父母，从四川泸州市举家迁徙进沟时，工厂建设已经有5年了。进沟那天的情景至今依然历历在目。那是一个细雨蒙蒙的秋日，一辆大客车载着我们在曲折的盘山公路上颠簸、爬行，险要的山形路势不时令我们恐慌惊叫。只记得行驶了很长的时间，当我们全身筋骨都快被抖散架的时候，车辆才驶入了崇山峻岭环抱的天星沟。

抬头望去，只见四周的山是那样高，高得全都与天连在了一起。半山腰云雾袅袅，好似有很多篝火在燃烧冒烟。年幼且从未见过大山的我惊奇地瞪大双眼问个不停："那些是烟吗？是在烧火吗？山上有人吗？"这个疑问在我心中盘旋了很久很久，总想亲自跑到"冒烟"，其实是云雾的地方去看个究竟。

在山沟里的生活异常艰苦。先来的叔叔阿姨们已在这里开辟了一条简易的公路，修建了一些干打垒住房，建起了学校，拉通了电线，但是条件仍然非常差。由于山区气候的特点，这里经常阴雨绵绵，到处都是大坑小凼，泥泞不堪。学校还没有桌椅，我们每天上学，都得扛着高凳去当课桌，拎着矮凳去当座椅。在老家烧惯了天然气的我们，在这里不得不烧柴烧煤，过着烟熏火燎的日子。物资特别匮乏，交通更是难题，离县城20公里，每天只有两班交通车。迫不得已时，还得花几个小时徒步而去，徒步而归。

在天兴子女直观感受到的这样艰难的环境里，天兴的前辈们胸怀革命理想，披荆斩棘，开山劈水，筑路架桥，战胜重重困难，建起了一座现代化兵工厂，生产军品，支援国防，保军转民，走向市场。我们的山沟工厂甚至还成了上市公司。几代三线人为祖国的国防事业贡献了自己的热血和汗水，有的甚至献出了自己宝贵的生命。在这期间，天兴的下一代也逐渐成长起来，天兴子女刘常琼就是这样，从学校毕业即进厂，当了一名光荣的兵工战士，后来还成长为一名中层领导干部。

在大山沟里，我们曾经在厂庆30周年前夕，请老师傅、老领导回顾了三线建设创业的艰辛情景。

退休干部宋世忠：我们来的时候可以说是一无所有，几十个人住在距现场2公里的三汇公社，生活和办公条件十分简陋。首先是住宿不便，几个人挤在一间农民房子里，有的住在农民家长年不住人的草棚里，有的住在闲置的牛圈中。交通不便，外出办事要翻山越岭，以步代车。当时公社有点电，但很不足，到了晚上灯只是有点红光，不亮，多数时候还得提着马灯。在公社领导和县政府的支持下，我们克服了许多困难，把工作开展了起来。

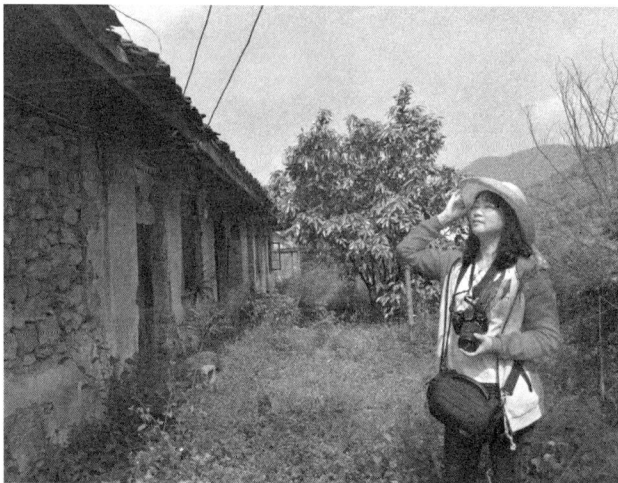

● 2017年5月，作者晓露在建厂初期最早的干打垒平房前

这就是创业者们当初落脚的三汇小镇，后来已发生了变化，再想寻觅当年的踪迹已不容易。

从小镇前行1000米，就是工厂的入口处，这里被称为"五百平方"。坐落于此的几排陈旧的小平房，就是建厂初期的大本营。

退休干部邓雨明：当时工厂大规模的建设还没有开始，为了在现场有一个安身及办公之处，决定先修建一个办公指挥的地方。根据不占良田好土的原则，选择了天星桥上边的一块土石坡。当时公路不通，在地方政府的协助下，大家完全靠着肩背手提把建筑材料运到工地，盖起了500平方米的房子，作为指挥部和大本营。

基本建设的首要任务就是平整场地，筑路修桥。于是一双双曾开动机床、曾描绘图纸、曾摆弄仪器的手，拿起了铁锤和钢钎，挥舞着锄头和铁

● 2017年5月2日，三汇场口。图为作者晓露拍摄

锹，带领着2000多个民工，开山劈石，挖泥抬土，筑路修桥。1966年底，第一座由公社通往建设工地的桥修好了，第一条连接工地和外界的路通车了，随后大规模的建设大军和大量的基建物资被运进来了。

工厂的基本建设在1967年出现了高潮。为了就近解决住宿问题，工厂依照"快速、节约、方便"的原则，盖起了一批干打垒住房。

离休干部杜魁业：干打垒住房是三线建设时期勤俭建厂的一个特定产物，就是不用砖和水泥，就地取材，用石头、黄泥、白灰砌墙而盖成的房子。毛主席说，三线建设，可以坐火车去，火车没有可以坐汽车去，汽车没有可以骑毛驴去，三线建设资金不够，可以把他的稿费拿去。这些都体现了毛主席对三线建设的重视，所以要勤俭建厂。干打垒住房造价很低，墙是用石头砌成的，所以很厚，窗子很小。建设初期，在河的两岸山坡上盖了几十幢干打垒房子。

老同志的这些摆谈，使我们年轻一代对三线艰苦创业的情景有了更多的感知。老一辈的奋斗精神感动着我们。

老人们说："三线建设搞不好，毛主席他老人家睡不着觉。我们当时能够到三线厂来，是莫大的光荣！"但"三线建设"是什么，我们却没有搞懂。它的"神秘面纱"，是多少年后才被揭开的。那可是一个伟大的工程。

三线地区包括了云贵川等7个内地省、自治区以及邻近省、自治区一部分，共涉及中西部的13个省、自治区。在贯穿前后3个五年计划的16年中，国家投入了2000多亿元巨资。老一辈400多万名职工、军人和上千万人次的民工，在"备战、备荒、为人民""好人好马上三线"的号令下，收拾背包，跋山涉水，来到祖国大西南和大西北的深山峡谷、大漠荒野，用艰辛、血汗和生命，建成了三线地区强大的国民经济和国防生产力。初步构成了中国的战略后方基地，改善了中国的生产力布局。

天兴的一名职工曾经满怀豪情写出一首叙事诗，献给所有三线人。诗中写道：

> 一个光荣的名字，
> 一片神奇的土地，
> 一群大写的人，
> 这就是我们三线！

基于当时特定背景所采取的"山、散、洞"的选址原则，给不少企业后来的经营发展造成了严重的问题。在这种情况下，天兴和许多企业一样，又从山沟迁到城市。历经10年艰辛，2000年初，天兴终于整体搬迁到了成都。

离开了天星沟，天星沟却令天兴人魂牵梦萦。我们年轻人更是难忘在沟里度过的童年和青少年时光，难忘天星沟美丽的自然风光，更难忘记闭塞的环境带来的艰辛、咆哮的山洪带来的惊恐。

三线建设艰苦创业的日子已经过去，但几百万名三线建设者那种对祖国、对人民的忠诚精神，那种"献了青春献终身，献了终身献子孙"的奉献精神，那种"艰苦奋斗、团结协作、改革创新、无私奉献"的拼搏精神，都是宝贵的精神财富，将永传于世。

正是这些精神的耳濡目染，新一代天兴人在新的竞争环境中，继续奋发努力，以比过去数量减少一半的员工，生产出成倍、成几倍翻番的业绩。

保军转民以来，天兴已投放国内外两车市场两三千万套汽车仪表、摩托车仪表，为"天兴"品牌增光添彩。是天兴人铸就了"天兴仪表"这一全国知名品牌，追根寻源，又是天兴精神陶冶了一代又一代天兴人。天兴精神就是三线精神，天兴人是一群永葆青春的三线人。

体验三线酒店　回味峥嵘岁月

郝幸田

作者简介：郝幸田，祖籍山西平定，1956年11月出生于重庆市渝中区，大学文化，高级政工师。1974年3月，在河南新野插队当知青；1976年12月，在河北任丘参加华北石油会战，历任通信处电话站线务员、机务员；1982年1月，在解放军基建工程兵机造厂任宣传干事；1984年2月，在重庆中建机械制造厂先后任经营助理、厂长秘书、宣传处处长、党办主任兼团委书记；2002年2月，在国务院国资委企业文明杂志社历任经济宣传部主任、编辑部副主任、主编兼记者。

　　2022年夏天，我怀着欣喜的心情，去了重庆南川一趟，特意住宿在美丽的金佛山西坡下天星小镇的"三线酒店"。山脚下，这几栋20世纪七八十年代的建筑，灰砖拱顶夹杂着现代透明玻璃观光电梯，显得既古朴又新颖，让我印象深刻。因为它新老结合，颇具"后现代"情调。

　　三线酒店距离南川城区20公里。原址是基建工程兵204部队及兄弟部队，于20世纪60年代末三线建设时期所建的军工企业——国营天兴仪表厂，主要生产常规武器及配件。厂部紧挨天星沟，背靠山坡，非常隐秘。一条清澈见底的小河静静流淌，横贯而过。我小时经常跟小伙伴，在河里嬉戏、捞鱼捉虾，不亦乐乎。

国营天兴仪表厂跟南川其他三线兵工厂一样，在金佛山驻扎30年之后，于1999年，搬迁至成都龙泉驿区十陵镇。现在的天星小镇已经成了旅游胜地，当年的厂房已经大部分被拆除，只留下5栋20世纪70年代的职工宿舍楼和一个露天电影院。而三线酒店是在完整保留民宅和电影院原有旧建筑的基础上，重新加以保护和利用，从而恢复了原有的三线特色。

三线酒店主体建筑由三部分组成，即三层楼的主馆、旧馆和露天电影院。远看整个建筑群，像一艘扬帆起航的大船。这栋曾经的职工宿舍大楼，现在被修葺一新。除了建筑外部安装了玻璃观光电梯，建筑整体结构并无太大改观，仍保留着当年的外貌。酒店建筑面积5000平方米，为博物馆式体验酒店。"三线"体验客栈共有客房117间，每一间客房都陈列着一件有关三线建设的物品，如毛主席挂像、印有"为人民服务"字样的搪瓷洗脸盆，有的房间还有收音机、先进奖状、工作服、漱口杯……客栈保持原有三线建设时期的生活场景，让参观者身临其境，如单工宿舍、多子家庭、厂长办公室、财务室、军代室、收发室、供应科、卫生所、公社食堂、黑白照相馆、老式理发店、书店、粮店、供销社、"三线"标语等。极具时代特征的商业配套设施，再现了三线建设时期的原生态生活风貌，让游客重温那个让人魂牵梦绕的时期的工作和生活状况。

除了历史陈列，整个酒店呈现出浓浓的怀旧氛围。具有历史厚重感的青砖，沿用当年的圆弧屋顶、窗花及遗留孔洞，一一展现在人们面前。酒店会在露天电影院播放露天电影、组织演出，重现当年的场景。露天电影院的3间小屋，也恢复成当年的广播站、电影播放室、宣传室。

在原有电影院场地的下面，掏空增建了金佛山博物馆，寓意隐藏在山里的博物馆。由低层进入博物馆入口，在视觉上给人以山地漫步的感觉。在博物馆的顶部，露天电影院的场地中，增加了玻璃镂空。白天太阳光直

● 2018年12月10日，三线酒店后院（原天兴厂职工宿舍四合院）。图为作者晓露拍摄

射博物馆，夜间博物馆的灯光透过玻璃照在电影院的场地中，向游客展示着金佛山珍贵的动植物资源。

重温激情燃烧的岁月，体验老一辈当年建设祖国的火热场景，这里是年轻一代的首选之地，更是弘扬传承三线精神、红色基因的最佳场所。

身临其境，不禁让我又回忆起许多年前，在这里度过的那段时光……

打从孩提时，我就从父辈口中听到过"三线建设"这个响亮的名字。从1964年开始，面对复杂的国际形势变化，国家有关部门遵照毛主席、党中央"靠山、分散、隐蔽"的方针，把保密性较强的国防工厂，规划建在较为隐蔽的山区。这些生产火炮、弹药等武器的军工企业，当时对外都有自己的代号。部分基建工程兵部队，在西南地区重镇重庆的崇山峻岭间，展开了规模巨大的三线建设。1966年，建字204部队的指战员们，在大足四川汽车制造厂完工后，奉命调迁到南川县的深山腹地，承建5家兵工厂的土建、安装施工任务。

在那艰苦的施工岁月里，204部队3个区队（营）的指战员艰苦奋战、勇于奉献，即使再苦再累也没有讲价钱、要待遇。当时参建部队的居住和生活条件都相当艰苦。刚到施工现场时，连队驻地都比较偏僻分散，住的都是自搭的木棚或板房，睡的是草席和木板。房顶多是油毛毡或干草遮盖，墙壁是用树枝荆条所编的骨架，里外再抹上泥巴，好遮风御寒。南川山里的冬天阴冷潮湿，夏天更是酷热难熬，晚上热得没法睡，就到屋外露天地上摊席睡觉。不仅被蚊虫叮咬，时间一长，一些同志还患上了风湿病。虽然条件很艰苦，但是指战员们仍然精神饱满，干劲十足。那时候的连队，就像一首军旅歌曲唱的："毛主席的战士最听党的话，哪里需要到哪里去，哪里艰苦哪安家。"

1967—1970年，204部队与兄弟部队的指战员们，经过艰苦奋战，分别在南川县的丁家嘴乡天星大队建成东方红机械厂（后改为天兴仪表厂），在岭坝乡甘罗大队大坝沟建成红山铸造厂，在半河乡大河大队龙骨溪建成红泉仪表厂，在文凤乡石峨大沟建成庆岩机械厂，在水江镇魏家湾建成宁江机械厂等7家军工企业，基本完成了光荣而艰巨的国防工程建设任务，保证了常规武器的及时生产（之后随着施工任务完成，该部队于20世纪70年代初奉调中原南召县，支援河南国防工程建设）。

短短四五年内，重庆南川的大山深处，便崛起了一座座功能完备的"军工城"。每一个兵工厂，恰是一个城市部落，除有大规模的厂房和住宿楼外，还有各自的文化宫（俱乐部）、电影院、游泳池、医院、学校、招待所、邮局等配套服务设施，厂区社会功能十分完善。

1980年以后，随着国际形势缓和与改革开放浪潮的袭来，三线建设逐渐失去了曾经的战略意义。重庆军工企业开始"军转民"。当年204部队指战员建设的这些鲜与外界联系的神秘兵工厂，纷纷整体迁离南川，分批搬至重庆、成都。有的在新址继续生产军工产品，有的政策性破产，有的实行了改制。而在兵工厂工作、生活的职工有的下岗，有的买断工龄外出打工。这些一度辉煌的兵工老厂，便完成了最后的历史使命，变得愈发萧条，工厂建筑已经成为刻有那个年代鲜明印记的工业遗产。天兴仪表厂人去楼空10年左右后，在中央大政方针的指导下，南川区政府和重庆旅游投资集团通过联手，将三线兵工企业闲置土地盘活，以发展旅游产业，为传承三线精神，挖掘三线文化，实现转型发展，找到了新的发展路径。于是天兴仪表厂这几栋老建筑，就成了如今的三线酒店，具有山地特色的文旅小镇也应运而生，变身为集滨水商业街、酒店及山地生态观光于一体的旅游度假区。

曾在南川度过的那段美好的童年时光，给我留下了不可磨灭的印象。只要回想起每逢寒暑假，到父亲所在部队和指战员们一起快乐生活的日子，心里便怀有无限眷恋，总也忘不了那魂牵梦萦的部队生活，忘不了父辈毕生挚爱的人民军队和绿色情怀。

父亲时任204部队后勤处协理员，他与处长负责领导管理当时处下属的军需、战勤、器材、机械、财务5个业务机构（股），还有机械、修理、木材、预制、汽车5个中队（连）及物资库与卫生队。主要根据部队3个区队（营）承担的施工任务，一线的实际情况和需求，进行全面全方位的军用物资、粮草、武器弹药的调配筹措，以提供充足及时的供给，确保各项兵工厂建设任务的圆满完成。

那时随着父母转战南北，并在军营里生活成长，耳濡目染，亲身感受和目睹了基建工程兵指战员，逢山开路、遇水架桥，不畏艰险，"敢教日月换新天"的英雄气概。他们正是靠着这种高度的爱国热情和忘我的奋斗精神，建起了中国牢固的战略后方基地。在那片曾经浸透着他们力量汗水的"夹皮沟"里，留下了他们恍如昨日的永恒回忆；在为之献出青春和热血的国防建设中，刻下了他们从军的光荣足迹。他们在为祖国作出巨大贡献的同时，也为后人留下了艰苦奋斗、无私奉献的精神财富。

虽然当年父辈建设的兵工厂已不再辉煌，他们当中的一些战友已经远去，但他们后代心中的三线情节仍在。因为那是父辈的青春，是父辈走过的历史。因此，我萌发了重返故地的念头，到当年他们奉献过青春的地方走一走、看一看，希望能记录下父辈们当年曾经付出的艰辛与贡献，哪怕是片言只字。这不仅仅是为了怀念，更重要的是为了不被遗忘。

三线建设的历史既珍贵又辉煌。每一个兵工厂，都有一段不平凡的历史；每一个投身三线建设的基建工程兵指战员，虽然普通却很伟大，他们都是最可爱的人。有幸再次了解并曾经历过的那段历史，让我对奉献三线的建设者们更加景仰与崇敬。

今天，我以游客的身份，入住从前三线兵工人曾经的宿舍，如今的三线酒店客房，历史与现实就交汇在这窄小的房间里。三线是军工企业的根和魂，是204部队指战员的情与爱，三线酒店今天以一种特殊的方式，纪念着三线建设与其建设者，既是对国防工业建筑遗产的保护与利用，也是对三线文化、军旅文化、红色基因的最好传承。

天兴厂简史（1966—2000年）

蒋鹏初

　　成都天兴仪表（集团）有限公司，原名为国营东方红机械厂、国营天兴仪表厂、四川天兴仪表厂（以下简称天兴）。始建于1966年10月，在南川市投资、生产、生活了整整33年，于2000年5月全迁至成都市。

　　在33年里，天兴能够从一个钻大山、进深沟的普通三线企业，发展成为中国规模最大，实力最强的车用仪表开发和生产基地，中国车用仪表行业"排头兵"，中国车用仪表行业第一家A股上市公司，中国车用仪表行业第一品牌，这是历代天兴人艰苦创业、拼搏开拓的成果，也是南川市历届党政领导和广大人民群众支持帮助的结晶。天兴人永远不会忘记南川三线建设这一段刻骨铭心的奋斗历史。

　　天兴是中国兵器装备集团公司所属的大型企业，到2000年，企业职工2500人，资产总值4.2亿元，股票市值十多亿元。它以本企业为核心，拥有成都天兴仪表股份有限公司（该公司在深圳证券交易所上市，代码"000710"）、成都天兴山田车用部品有限公司、成都兴原工业有限公司、上海万友天兴仪表工业有限公司等5个全资或控股公司。企业主产品是"天兴""天一"牌摩托车仪表、汽车仪表，在全国的市场占有率持续多年四分之一以上，已累计向市场投放1300多套，为全国名牌主机厂配套。"天兴仪表"被国家统计局等评为首届十大中国著名品牌，被国家国内贸易部等评为中国名优产品，被国家科委等授予"中国新技术新产品交易博览会"金奖,获中国兵器工业总公司优质产品、四川省优质产品、四川省名牌产品、中国机械工业部汽车工业司零部件优等品等荣誉称号,经中国测试技术研究院和日本同行多次鉴定为"技术水平在中国处领先地位"。企业还生产油量传感器、油泵、水泵、自动变速器、齿轮盒、曲轴箱体等车用部品和各类高精度工模具。企业已通过ISO 9000质量体系认证,具有进出口经营权。企业引进了日本先进的仪表生产线和美国、德国等具有世界一流水平的工模具生产线及技术,首批被确认为"四川省企业技术中心"。

33年来,天兴诞生在南川,建设在南川,发展在南川。天兴人拼搏市场,冲出山沟,从南川走向全国市场,其产品还随整车走向国际市场。尽管在33年后,天兴离开了南川,但南川永远是天兴人难忘的故乡。

第一章　艰苦创业

一、内迁在急

第一个五年计划期间,中国兵器工业相当一部分重要工厂建设在中苏边界、沿海地区及大、中城市。60年代,中苏关系恶化,苏联背信弃义,片面撕毁援建合同,给中国正在发展中的兵器工业造成困难。

1964年,毛泽东分析了当时复杂的国际形势,提出了"要准备打仗",并要立足于"早打""大打""打核战争"的战略思想,为此确定要加强国家战略后方,即"大三线"建设,要对大城市的国防工业进行战备疏散。

1965年,中央确定以重庆为中心建设兵工后方生产基地。1966年初,国家第五机械工业部党组做出建设该厂的决定,对外厂名取为"国营东方红机械厂",由西安国营东方机械厂包建。

按照中央和中央军委提出的"靠山、分散、隐蔽"的方针,1966年5月,由第一任厂长盛金福率队从西安老厂赴四川重庆选择厂址。开始曾选在合川、璧山、铜梁等地，因不隐蔽而被上级否定，为此，选址工作即由川北转向川南。在实地考察的基础上，1966年8月15日，上级行文批准，同意天兴及其他3个国防厂（红山厂、庆岩厂、红泉厂）选址在南川县。其中，天兴选址在三汇公社工农大队（后改为天星大队）的天星沟。

二、进驻山沟

1966年9月初，天兴建厂先遣组人员进驻天星沟，开始就在农舍里办公住宿。涪陵地委为了支援三线，让白手起家的建设者有个立足之地，决定援建天兴500平方米干打垒房屋，由南川县政府负责施工，1966年10月动工。当时天星沟是一片原始林带，没有公路，当地群众沿羊肠小道，挑背砖、瓦、石灰到现场，两个月就竣工，成为工厂办公地和建厂初期的大本营。以后此地长期被职工称为"五百平方"。

1966年10月4日，天兴建厂的第一仗——平整道路的战斗打响，基建破土动工，为此工厂将这一天定为"厂庆纪念日"。

天兴位于金佛山西麓，处在一个东西向狭长的山谷沟底，两面多为陡峭山崖，沟长3.6公里，沟宽30—180米，发源于金佛山的石钟溪贯穿厂区，汇水面积大，山沟气候潮湿、多雨。这种不良环境本不适宜建厂，工厂曾于1967年2月第一次提出迁建意见，但由于矛盾暴露不充分，上级予以否定。缺乏论证，仓促定点，给工厂留下严重后患。工厂连年遭受洪水、危岩、滑坡、泥石流侵害，仅在1968年、1975年、1984年3次特大洪水中，就遭受直接经济损失数百万元，职工死亡2人。为此，国家在"八五"期间决定天兴实施脱险搬迁。

三、基建施工

60年代，毛泽东非常重视加强战备，加快三线建设，他说："三线建设搞不好，我就睡不着觉。""一定要让毛主席他老人家睡好觉"成为三线职工自觉努力奋斗、艰苦创业的动力。

基建施工，千头万绪。创业职工在南川县和涪陵地区党政的支持和协助下，开始了征用土地调查，规划了范围，办理了征地手续，完成了拆迁；招收了民工，第一批民工在三汇公社招收，主要为勘测设计和现场生活服务，紧接着在南川、酉阳、秀山、垫江、黔江等地招收2500多名民工，将其划分为5个民工营；落实了施工单位，厂房建筑主要由国家所属国营公司和部队承担，福利建筑主要由地方施工队负责。基建战役从路通、电通、水通和平整场地的"三通一平"开始打响。

现场职工组织地方民工，配合施工单位，大家团结一致，协同作战，忘我工作，摸爬滚打，在1966年底到1967年初形成建设高潮。但是由于"文化大革命"的影响，随后的现场建设处于半停工状态达两年之久。施工队伍几进几出。第一批2500名民工于1967年全部撤离。1969年7月又招来第2批民工。军管会于1967年5月进驻工厂。1968年11月，工厂成立革命委员会，之后一些工作恢复正常。1970年，工厂形成新一轮建设高潮，同时加紧进行军品试制生产。1974年，工厂实施竣工验收。工厂占地面积34万平方米，建筑面积15万平方米，职工人数2500人。

四、创业艰辛

首先调进天兴的职工，大都是老兵工企业里组织能力强的领导干部、业务能力强的工程技术人员和生产骨干。在此基础上，工厂于1970—1976年又分批从涪陵、南川、达县、丰都等地招收了一大批经过艰苦劳动锻炼的上山下乡知识青年和少部分复转军人，同时，陆续接收了部分大中专生和技校生。新兴的天兴企业的职工从五湖四海汇集在一起，他们大都年富力强，风华正茂，正值人生的黄金时代。他们听从祖国召唤，服从组织安排，以党和人民的事业为重，毅然投入祖国的大三线建设，从古都西安大城市，从祖国的四面八方，来到这崇山峻岭之中，艰苦创业，努力发展，"献了青春献终身，献了终身献子孙"。

最早来到现场的职工，开始就居住在破旧茅棚中，有的甚至住在牛棚、猪圈的"阁楼"上，蚊虫叮咬，寒冷潮湿，生活简陋，外出办事经常是步行翻山越岭。基建初期，缺少机械化工具，"三通一平"基本靠人工，老职工就带领民工，在山崖下烧起打铁炉，自己生产钢钎等铁器，上山砍竹，自己编织箩筐等竹器。工地缺少砂石，职工、民工就一起下河捞沙捡石。砖的运输跟不上，全厂老少齐参战，运砖到工地。工厂职工自己修建洗澡房和安装热水锅炉。数百名职工翻高山，冒严寒，自己完成全长13公里的高压线安装接线任务。为了加快宿舍基建速度，广大职工参与了回填土石方的艰苦劳动，有一次连续大干了七天七夜。为了节约基建投资，工厂党委决定组织职工，自己动手修建厂区公路。1972年12月至1973年11月，全厂职工共同参与了两次修筑厂区混凝土公路的攻坚战，共修建了5.5米宽、7公里长的水泥公路。经重庆公路局对路面质量鉴定，完全符合国家标准。在筑路建设中，广大职工吃苦耐劳——没有搅拌机，就用人工铁锹代替；没有震动器，就土法上马制木质工具；大家不畏严寒，不分昼夜，连续奋战，有的累弯了腰，有的压肿了肩，有的手被水泥腐蚀了厚厚一层皮，有的连续战斗晕倒在工地上……

在从事艰苦的基建工作的同时，全厂职工还进行了紧张的生产准备和试制工作。他们发扬"革命加拼命"的精神，争时间，抢速度，一方面进行各种业务、技术准备，一方面进行生产线准备。新进厂的学工虚心向师傅学习，主动争干重活、脏活，师傅言传身教，带出了好作风。大部分学工都被送出外培，从而加快了生产准备进度。

在工厂基建和试制生产时期，正是"文化大革命"十年动乱时期，广大职工力排干扰，埋头苦干，默默奉献，克服了工作和生产上难以想象的困难，培育起了三线职工特别能吃苦的艰苦创业精神。实践表明，这种传统精神是天兴企业能够得以不断发展的宝贵精神财富。

第二章　企业发展

从1966年建厂至今，天兴发展以生产经营为主线，划分为四个时期：

一、基本建设和军品生产准备（1966—1974年）

从开始建厂到实施工厂竣工验收。

二、单一军品生产时期（1975—1980年）

这个时期全部生产军品。企业建厂时引进了多个国家的高精设备，拥有地方企业难以相比的军工优势。从1975年起开始少量投产，以后逐步批量生产，并在1979年首次实现盈利，之后，该军品转产。

三、军民结合多品种生产时期（1981—1989年）

在老军品转产之际，恰逢国家第一次提出"保军转民"的战略方针，企业在转产新军品的过渡时期，首先集中精力上民品。按照上级的统一规划，第一次上的民品就是"铁塔"牌机械报时座钟和定时器。企业充分发挥了军工实力，零部件从内到外全部自制，封闭生产，在一两年时间里就形成年产20万台座钟的能力。该产品后因市场变化而下马转产。

从1981年开始，企业开发的新军品需求量增加，也很快形成批量生产能力，在座钟下马之后，新军品就发展为主导产品，同时企业又加强了军品的研制开发。依靠军品，企业从1984—1989年，连续6年实现盈利，为国防建设作出了重要贡献。

在这一阶段，企业以军品为基础，在座钟产品之后，又开发了一系列新的民品，包括电风扇、公安产品、汽车制动器、车用仪表等，其中，摩托车仪表、汽车仪表得到突出发展。企业开发车用仪表是1984年开始的，开发的第一块表就是嘉陵JH70型摩托车仪表，其质量优异，在国内同行中率先获得成功。接着又开发了建设CY80摩托车仪表、长安微型汽车仪表。由于军品任务较重，民品车用仪表在起步的前5年中，生产规模较小。

四、车用仪表专业化规模生产时期（1990—2000年）

1990年，天兴军品除研制计划外，生产计划大幅削减，此时民品还未形成规模，企业陷入艰难境地，经济处于亏损状态。在困难面前，企业党政狠抓职工思想观念由计划经济向市场经济的转变，丢掉军品幻想，立足民品，背水一战，奋力拼搏，突出发展已开发成功的车用仪表，终于抓住了国家"八五"时期摩托车、汽车市场高速增长的宝贵机遇，走向全国市场，迅速形成大规模生产。在1992—1995年，车用仪表年产量从20多万套，上升到50万套，100万套、150万套、200万套，效益同步上升。在1996—2000年的"九五"时期，全国两车市场竞争日益白热化，企业奋力拼搏，尽管效益有所下降，但在生产规模和技术水平上，仍然持续保持了在全国车用仪表行业的领先地位。

企业经过"八五""九五"时期的发展，在资产规模上，由多年的四五千万元上升到4亿元；在企业体制上，组建了集团有限责任公司和上市股份有限公司；在企业环境上，实现了由南川市向成都市的全迁，进入了大都市新环境。

第三章　回顾展望

一、温故知新

建厂33年来，天兴能够从一个普通三线企业，发展成为全国知名的车用仪表生产企业和上市公司，其中，既有三线军工艰苦创业的共性因素，也有天兴人拼搏开拓的个体因素。"温故而知新"，回顾天兴走过的历程，在33年里，主要取得以下六大发展成果：

1. 实现了"由城市向山沟的第一次战略性转移"。乘三线建设大潮，天兴人钻山进沟，艰苦创业，天兴产品冲出山沟，走向全国，充分展示了天兴人的奋斗精神和创造能力。

2. 实现了"由山沟向城市的第二次战略性转移"。山沟恶劣的自然环境，不断发生的洪水、泥石流、危岩、滑坡等灾情迫使企业脱险搬迁。按照国家三线调迁规划，成都新区于1992年11月破土动工。企业边在老厂生产，边在新区建设，历经8年，终于在2000年实现全迁。老厂建筑群在南川市党委、政府的支持帮助下，经上级批准，整体有价转让给了南川市旅游公司。

3. 抓住了"七五"时期军品发展的机遇，大力生产和开发军品，为国防建设作出了重大贡献。

4. 抓住了"八五"时期两车市场上升的机遇，大力生产和开发车用仪表，创出了全国知名品牌，建成了全国规模最大的摩托车、汽车仪表生产和开发基地，成为中国车用仪表行业的"排头兵"和"第一品牌"，为兵工国有企业争了光，为车用零部件民族工业争了气。

5. 抓住了"九五"时期组建上市公司的机遇。成都天兴仪表股份有限公司（简称"天兴仪表"，代码"000710"）于1997年4月22日在深圳证券交易所上市，成为中国兵工车用零部件行业唯一的上市公司和中国车用仪表行业第一家上市公司。

6. 坚持"两个文明建设"一起抓，企业精神文明建设得到发展，职工思想观念得到转变。天兴曾被评为中国兵器工业总公司先进企业、四川省文明单位、四川省优秀企业、四川省军民结合先进单位、全国职工文化工作先进单位等。

二、南川情结

祖国的大三线建设使历代天兴职工与南川人民结下了不解之缘。从1966年建厂到2000年迁厂，天兴在南川从创业到发展整整33年。南川县（市）和涪陵地区历届党委、政府及地方各部门对天兴的建设和发展都给予了极大的关怀、支持和帮助。南川人民与天兴人之间有着深厚的情感。天兴职工和家属中也有很多南川人。

在最艰苦的基建创业阶段，数千名民工以支援三线建设的极大热情投身建设，付出了艰辛的劳动。

在企业不断发展的时候，地方各界为企业创造了良好的周边环境。金融、环保、通信、交通、供电、供煤……哪一样都离不开地方的支持。

在数千名职工、家属的日常生活中，南川人民为之提供了粮食、副食、蔬菜等丰富的物资。

在企业遇到各种困难的时候，有关方面给予了积极支持，伸出了援助之手，使矛盾得以化解。

从另一方面看，天兴等三线企业在南川建设、发展几十年来，也为南川的经济、文化和社会繁荣带来重大影响，天兴也力所能及为地方作出了应有的贡献。

三、新区建设

天兴2000年全迁至四川省成都市龙泉驿区十陵镇，步入一个新的发展阶段。新区生产区和住宅区的建设规模和水平超过老厂，尤其是新区所处的环境十分优越，具有很大的发展前景。

天兴新区距成都市区三环路1公里，距成渝高速公路成都出口处1公里，在外围环城高速公路内3公里。40米宽的成都至洛带干线公路经过公司大门。由于企业紧靠市区，依托大都市，公路、铁路、航空交通四通八达，同时还拥有大都市的通信高速通道。

天兴所隶属的龙泉驿区是国务院2000年3月批准建立的四川省唯一的国家级经济技术开发区。天兴所处的十陵镇是国家建设部和四川省两级试点小城镇，又属于国务院已批准的成都向东扩展规划的城市副中心。

成都市中心向东转移，十陵镇已首先得益，目前建设日新月异，已具相当规模。由于天兴与其他几家调迁的大型军工企业的建成，已构成高科技的精密机械和电子工业园区。新成都大学正在该镇建设，已破土动工，将为天兴周边增添浓厚的文化科学氛围；规划建设的以该镇国家级重点保护文物"明朝蜀王十陵"为中心的"万亩花卉公园、千亩青龙湖泊"又将为天兴周边提供在大都市郊难得的优质自然生态环境。

在这样一个新的良好环境中，天兴人将继续发扬传统的三线创业奋斗精神，加快建立现代企业制度的步伐，在激烈的市场竞争中，在跨世纪的紧要关头，去拼搏开拓，创造新的业绩。

天兴历届企业体制及党政负责人一览表（1966—2024）

供稿：蒋鹏初　陈宗华

时　间	企业名称体制	企业行政负责人	企业党委负责人
1966.4—1969.9	国营东方红机械厂	盛金福(厂长)	
1969.9—1971.7	国营东方红机械厂	王殿鳌(革委会主任)	
1971.7—1974.1	国营东方红机械厂	王殿鳌(革委会主任)	王殿鳌(书记)
1974.1—1977.12	国营东方红机械厂	盛金福(革委会主任)	王进永(书记)
1977.12—1980.1	国营东方红机械厂	冯玉文(革委会主任)	王进永(书记)
1980.1—1981.3	国营东方红机械厂(1980.5改为国营天兴仪表厂)	冯玉文(厂长)	王进永(书记)
1981.3—1983.7	国营天兴仪表厂	于忠才(厂长)	冯玉文(书记)
1983.7—1990.9	国营天兴仪表厂	曲绵城(厂长)	宋世忠(书记)
1990.9—1992.5	国营天兴仪表厂	胡健康(厂长)	武卫华(书记)
1992.5—1994.2	四川天兴仪表厂	胡健康(厂长)	武卫华(书记)
1994.2—1995.9	四川天兴仪表厂	武卫华(厂长)	武卫华(书记)
1995.9—1998.9	成都天兴仪表(集团)有限公司	武卫华(董事长、总经理)	武卫华(书记)
1998.9—1999.6	成都天兴仪表(集团)有限公司	武卫华(董事长、总经理)	余伯强(书记)
1999.6—2001.12	成都天兴仪表(集团)有限公司	余伯强(董事长)、黄培荣(总经理)	余伯强(书记)
2001.12—2007.7	成都天兴仪表(集团)有限公司	余伯强(董事长)、文武(总经理)	余伯强(书记)
2007.7—2017.11	成都天兴仪表(集团)有限公司	李道友(董事长)、文武(总经理)	巩新中(2007.7—2015.10任书记)
2017.1—2023.11	成都天兴仪表(集团)有限公司	李道友(董事长)、宋锦(总经理)	宋锦(2015.10—2020.11任书记)
2023.11至今	成都天兴仪表(集团)有限公司	李道友(董事长)、曾智勇(总经理)	庞鲁瑛(2020.11至今任书记)

后 记

写作这本书，缘起于2009年北京有关单位发起的一次"纪念中华人民共和国成立60周年'共和国不会忘记'全国征文活动"。我当时热血沸腾，认为我所经历过的"三线建设"共和国一定不会忘记，于是我撰写了《三线精神永放光芒》一文并获得该征文活动一等奖。

2014年，我加入了中华人民共和国国史学会三线建设研究分会（以下简称中国三线建设研究会），会里不断有人鼓励我把我的经历写出来，把三线建设的故事讲出来，尤其是王春才先生更是经常向我提出殷切期望，这让我有了写作的动力和压力，于是我开始断断续续地写作一些小故事。但要把这些故事结集成书，用它来反映三线建设的宏大叙事，却是一件非常困难的事情。也就是说，写我经历过的或见到过的三线人的故事好写，但三线人为什么要经历这些却非常不好写，因为三线建设全过程曾经是高度保密的"历史"，可供参照的资料非常有限，所以我只好想方设法收集有关三线建设的"碎片"资料。

时间来到了2024年初，这一年是三线建设决策整整60周年，我急切地想在这一年出版这本书。春节前我们一家人还在反复讨论到哪里去旅游，是我老公一锤定音："你今年想出书，就哪儿也不要去了，在家里安安心心地写作吧！"

春节过后，我开始联系出版单位。首先得到的消息是"三线建设是重大题材，是敏感、涉密题材，很多出版社不敢出或不愿出这类图书"。第二个难题是现在自费出书价格昂贵，尤其是国家级的出版社价格更高。但我走到这一步已经非常不易了，岂能轻易放弃？最后历经周折，新华出版社接受了这本书稿。

《远去的天星沟——我的三线人生》终于出版了，让我如释重负。老一辈的三线建设者们大多已经过世，我们"三线二代"也开始老去，作为一个亲历者能够把这段历史书写出来，能够让世人了解到这些故事和传奇，也算是我没有白在山沟里生活28年。这算是我献给曾经奋斗在崇山峻岭中的三线建设者的礼物，是献给三线建设决策60周年的礼物，也是献给中华人民共和国成立75周年的礼物。

写作这本书，我想感谢的人太多太多。首先要感谢中国三线建设研究会的王春才先生、陈东林先生，他们鼓励我，给我提供资料和参考书籍，还给我联系出版单位；感谢王春才先生为此书作序；感谢天兴厂原宣传部部长蒋鹏初为我提供大量该厂历史资料并对书稿提出建设性意见，感谢接受我采访和为我撰文的三线人；感谢四川人民出版社资深编审、中国三线建设研究会常务理事李洪烈先生主动担当此书的特约编审，逐字逐句阅读批改，为此书把关；感谢中国三线建设研究会副会长艾新全先生成为本书的第一个读者，并写出了热情洋溢的读后感；感谢四川省三线建设研究会的常务副会长黄林先生自始至终的关心和支持；感谢重庆市南川区党史和地方志研究室主任余道勇先生提供宝贵资料和宝贵意见；感谢天星两江假日大酒店的陈平女士提供天星沟当下的照片；感谢成都圣立文化传播有限公司为本书出版做出的努力；更要感谢我的家人对我的支持。还有许多帮助我审稿、提供资料、提出建议意见、关心本书出版的人，在此一并表示衷心感谢！

晓　露

2024年5月